KNAUR

Von Ursula Poznanski sind bei Knaur bisher erschienen:

Die Vanitas-Reihe:
VANITAS - Schwarz wie Erde
VANITAS - Grau wie Asche
VANITAS - Rot wie Feuer

Die Wiener Reihe:
Stille blutet
Böses Licht

Über die Autorin:
Ursula Poznanski lebt mit ihrer Familie in Wien. Die ehemalige Medizin-Journalistin ist eine der erfolgreichsten Autorinnen deutscher Sprache: Mit ihren Jugendbüchern steht sie Jahr für Jahr ganz oben auf den Bestsellerlisten, ihre Thriller für Erwachsene erfreuen sich ebenso großer Beliebtheit. Nun hat sie eine der ungewöhnlichsten Heldinnen der Kriminalliteratur geschaffen – eine Blumenhändlerin mit dunkler Vergangenheit …

URSULA POZNANSKI

VANITAS

ROT WIE FEUER

THRILLER

KNAUR

Besuchen Sie uns im Internet:
www.knaur.de

Aus Verantwortung für die Umwelt hat sich die Verlagsgruppe Droemer Knaur zu einer nachhaltigen Buchproduktion verpflichtet. Der bewusste Umgang mit unseren Ressourcen, der Schutz unseres Klimas und der Natur gehören zu unseren obersten Unternehmenszielen. Gemeinsam mit unseren Partnern und Lieferanten setzen wir uns für eine klimaneutrale Buchproduktion ein, die den Erwerb von Klimazertifikaten zur Kompensation des CO_2-Ausstoßes einschließt. Weitere Informationen finden Sie unter: www.klimaneutralerverlag.de

FSC www.fsc.org
MIX
Papier aus verantwortungsvollen Quellen
FSC® C014496

Vollständige Taschenbuchausgabe März 2023
Knaur Taschenbuch

Ein Imprint der Verlagsgruppe
Droemer Knaur GmbH & Co. KG, München

Ein Projekt der AVA International GmbH
Autoren- und Verlagsagentur
www.ava-international.de
Redaktion: Regine Weisbrod
Covergestaltung: Sabine Schröder
Coverabbildung: Collage von Sabine Schröder unter Verwendung von Bildern von iStock und Adobe Stock
Abbildung im Innenteil: Simia Attentive / Shutterstock.com
Satz: Adobe InDesign im Verlag
Druck und Bindung: GGP Media GmbH, Pößneck
ISBN 978-3-426-52397-1

2 4 5 3 1

NOTIZ 1

Ich war dabei, als wir den Polizisten zerstört haben. Normalerweise habe ich für diese Quälereien nichts übrig, sie sind abstoßend und entwürdigend. Vor allem für den Gequälten, aber auch für den, der die Zange, den Schneidbrenner, den Elektroschocker hält. Beide verlieren alles Menschliche.

Doch im Fall des Polizisten war es leider unausweichlich, wir mussten wissen, was er wusste, und natürlich hat er es uns gesagt. Jeder hätte das. Die Information war wertvoll, wenn auch nicht für alle von uns auf die gleiche Weise. Er erzählte uns, dass seine Abteilung ihre Konzentration in letzter Zeit stärker auf die libanesischen Clans richte als auf die russischen. Zu seinem Bedauern. Dass sie aber immer noch nichts Konkretes gegen uns in der Hand hätten, außer dieser einen Zeugin, die sie sofort aus dem Hut zaubern könnten, wenn Andrei wiederauftauchen würde.

Dass die Frau sich nach Wien abgesetzt hatte, ahnten wir bereits, nun kannten wir die Details. Das hieß, sie würde nicht mehr lange zu leben haben. Einer unserer Leute telefonierte sofort mit Andrei im Exil. Es wurde gefeiert. Danach wurden Pläne geschmiedet.

Ich feierte nicht mit, doch die Pläne überprüfte ich genau. Studierte sie geradezu. Schließlich hatte ich meine eigenen.

Wir töteten den Polizisten nicht; nicht körperlich jedenfalls. Aber er wird niemandem mehr von Nutzen sein. Abgelegt wurde er nahe dem Territorium der Libanesen – sollen die sich mit den Ermittlern herumschlagen, nachdem sie praktischerweise schon im Fokus stehen.

In dieser Nacht hielt ich meine Liebste im Arm, hielt sie fester als sonst. Sie war melancholisch und schweigsam, ganz anders als normalerweise.

»Keine Sorge«, flüsterte ich ihr ins Ohr. »Es liegen goldene Zeiten vor uns.«

1.

Der Club ist brechend voll, so wie schon in den beiden Nächten zuvor. Ein weißblondes Mädchen tanzt auf dem Podium in der Mitte, rundum bewegen sich Körper im zuckenden Licht des Stroboskops, die Stufen, die ich hinuntersteige, sind klebrig von verschütteten Drinks.

Im Vorbeigehen rempelt jemand mich an, ich halte mich am Geländer fest, und da sehe ich ihn. Zwei Abende habe ich mich umsonst hergequält, aber heute ist er gekommen. Boris lässt nur selten von lieben Gewohnheiten ab, und das *Duplex* war schon immer sein zweites Zuhause.

Es ist fast eineinhalb Jahre her, dass ich ihn zuletzt gesehen habe – wir also im gleichen Raum waren, die gleiche Luft geatmet haben. In meinem Kopf und meinen Albträumen war er dafür Stammgast, vielleicht liegt es daran, dass er mir kleiner scheint, als ich ihn in Erinnerung hatte.

Sein Haar ist immer noch millimeterkurz abrasiert, neu ist allerdings der Bart, den er trägt. Ein blondes Musketierbärtchen, und das bestätigt mir, dass Andrei nicht im Land sein dürfte. Er schätzt keine Gesichtsbehaarung bei seinen Leuten.

Ohnehin gibt es keinen Hinweis darauf, dass Andrei seit der Nacht in der Halle, der Nacht meines vermeintlichen Todes, wieder in Deutschland gesehen wurde. Es war zu knapp für ihn, damals, und nachdem Zweifel an meinem Ableben aufgekommen sind, wird er das Land weiterhin meiden. Wohl bis die aussagefreudige Zeugin endgültig beseitigt ist. Die Verräterin. Die Fälscherin, die vom BKA in den Karpin-Clan eingeschleust wurde.

Jetzt lacht Boris, legt den Arm um eine Frau, die ich nur von hinten sehen kann, hebt sein Bierglas an die Lippen, und plötzlich glaube ich, Benzin und verbranntes Fleisch zu riechen. Der Anblick des realen Boris ist wie Öl im Feuer meiner Erinnerungen. Sie flammen hoch und leuchten jeden Winkel aus.

Über ein Jahr lang habe ich alles versucht, um das zu vermeiden. Ich lege mir unwillkürlich die Hand an den Brustkorb. Dorthin, wo Boris' Kugel ihn durchschlagen hat.

Later Bitches, dringt es nun ohrenbetäubend aus den monströsen Boxen an der Tanzfläche, und ich nehme das als Aufforderung zu gehen. Für den Augenblick weiß ich genug. Boris ist in der Stadt, was bedeutet, die anderen sind wohl auch hier.

Ich drehe mich um, steige langsam die Treppe nach oben. Nicht aus Angst, dass er mich erkennen könnte – ich habe mich getarnt, und er ist nicht sehr gut mit Gesichtern. Aber möglicherweise ist auch Vera im *Duplex*, und ihr Auge ist beängstigend scharf. Es bräuchte mehr als eine Perücke, falsche Zähne und Silikon-Hüftpolster, um sie zu täuschen. Ich bin sicher, sie war es, die mich in München enttarnt hat.

Vera ist die Erste, die ich loswerden muss.

Es ist kein Spaß, nachts in den monströsen Wohnblock zurückzukehren, in dem ich seit einer Woche ein Ein-Zimmer-Appartement gemietet habe. Ich muss durch eine schlecht beleuchtete Grünanlage und über einen großen Parkplatz, überall finden sich Ecken und Nischen, an denen man mir auflauern könnte. Aber ich hatte keine Wahl, ich musste die erste Unterkunft nehmen, die ich mir leisten konnte. Frankfurt ist keine billige Stadt, und ich habe ohnehin ständig das Gefühl, dass sie mir Böses will, egal, in welchem ihrer Winkel ich mich befinde. Die unzähligen Fenster der Wolkenkratzer sind wie Augen, die in die Nacht leuchten, alles beobachten, mich ständig im Blick behalten. Frankfurt ist Feindesland, es ist das Territorium der Karpins.

Als einzigen Vorteil an meiner Wohnung empfinde ich die Tatsache, dass sie nur fünf Minuten vom Südfriedhof entfernt liegt, dort verbringe ich jeden Tag wenigstens eine halbe Stunde und fühle mich zu Hause. Ich wandere zwischen den Gräbern umher, lese die Inschriften und frage mich, was Eileen und Matti jetzt von mir denken. Ob sie sich Sorgen machen. Ob sie Probleme bekommen haben – vielleicht sogar mit Andreis Leuten. Ich gehe jeden Tag die Nachrichten aus Österreich durch, aber zum Glück habe ich bisher nichts entdeckt, was auf Gewalttaten in einer Blumenhandlung beim Zentralfriedhof schließen lässt.

Zurück in Frankfurt zu sein fühlt sich an, als wäre ich mit knapper Not aus einem brennenden Haus entkommen und anschließend freiwillig wieder hineinspaziert. Die Entscheidung ist genauso lange genial, wie keiner aus dem Clan auf die Idee kommt, dass ich etwas so Abwegiges tun könnte. Mit ein wenig Glück suchen die Karpins mich noch in Wien und Umgebung. Damit, dass ich irre genug sein könnte, mich direkt unter ihre Nase zu setzen, rechnen sie nicht – hoffe ich. Sobald sie auch nur die kleinste Vermutung haben, bin ich verloren.

Ich fahre mit dem Aufzug in den fünften Stock und schließe die Tür auf. Achtundzwanzig Quadratmeter für fünfhundert Euro Miete – wenn ich sehr sparsam lebe, kann ich mir das zwei Monate lang leisten. Auf mein Wiener Konto darf ich nicht zugreifen, immerhin sucht die Polizei mich in Zusammenhang mit einem Mordfall. Allerdings sucht sie Carolin Bauer, und das bin ich nicht mehr. Ich habe wieder die Schachfigur gewechselt. Nach Bauer und Springer jetzt König.

Das passt, wie ich finde. Einerseits, weil ich vorhabe, im Hintergrund zu bleiben und andere die Arbeit machen zu lassen. Andererseits, weil dies nun die letzte Runde sein wird zwischen

Andrei und mir. Am Ende wird einer von uns mattgesetzt sein. Entweder der weiße König fällt – oder der schwarze.

Zwei Monate, das ist nicht viel Zeit für das, was ich mir vorgenommen habe, reicht aber locker, um enttarnt und umgebracht zu werden. Doch immerhin werde ich den ersten Zug machen.

Carolin König hat alle nötigen Papiere, wenn man von einem Reisepass absieht, den ich trotz all meiner Expertise als Dokumentenfälscherin nicht anfertigen kann. Sie hat ein Konto eröffnet bei einer Bank, die ihre Geschäfte hauptsächlich übers Internet abwickelt. Sie hat das gesamte Bargeld, das sie angespart hat, dort eingezahlt. Sie hat ihre achtundzwanzig Quadratmeter Einsatzzentrale, ein Notebook und WLAN. Sie ist so gut gerüstet, wie es eben möglich ist.

Jetzt öffnet sie *MyBazar*, die große Online-Plattform für Käufe und Verkäufe aller Art. Wenn die Karpins ihren Modus Operandi nicht von Grund auf geändert haben, werde ich dort meinen ersten Köder auslegen können.

Zu der Zeit, als ich für den Clan aktiv war, wurde die Rubrik *Briefmarken international* häufig genutzt, um Geschäfte auszuhandeln. Anzeigen für Marken aus Südamerika standen für Drogendeals, sogenannte »exotische Marken« für Prostituierte, »nicht entwertet« war der Code für besonders junge Mädchen.

Ich scrolle mich durch die Annoncen, wobei mir klar ist, dass es großteils tatsächlich um Briefmarken geht, die gesucht oder angeboten werden. Ganz unten auf der ersten Seite stoße ich dann auf ein Inserat, das mich aufatmen lässt. Die Plattform wird offensichtlich noch genutzt.

I a Briefmarkensammlung!
Seltene Marken aus Brasilien, 12 Stück, für Kenner.
Preis VB 32,– pro Marke, alle zusammen 370,–
Auch einzeln abzugeben. Unversicherter Versand oder Selbstabholung im Raum FFM nach Vereinbarung.

Ich bin beinahe sicher, dass das ein Karpin-Inserat ist. I a steht für das *Ashes*, einen Kellerclub in der Taunusstraße. Der Kilopreis für Kokain scheint derzeit bei zweiunddreißigtausend Euro zu liegen, das war schon mal mehr. Kann natürlich auch sein, dass die Qualität zu wünschen übrig lässt. Zwölf Kilo sind insgesamt zu haben, es werden aber auch kleinere Mengen verkauft. Selbstabholung bedeutet Übergabe im *Ashes*, unversicherter Versand heißt dunkler Parkplatz im Niemandsland, der noch ausgehandelt werden muss.

Die Idee, morgen Abend einen Abstecher in den Club zu machen, um vielleicht bekannte Gesichter zu entdecken, verwerfe ich schnell wieder. Die Taunusstraße ist an sich schon kein angenehmes Pflaster, und das *Ashes* setzt noch einen drauf. Ich war dort immer nur in Begleitung von mindestens zwei oder drei Karpin-Leuten und trotzdem ständig auf der Hut. Das Lokal alleine zu betreten wäre einfach nur idiotisch.

Nein. Ich werde meinen eigenen Köder auslegen, und zwar so, dass er die exakt richtige Beute anlockt. Dafür muss ich klar im Kopf sein, also verschiebe ich das Vorhaben auf morgen, wo allerdings auch schon zwei weitere Aufgaben auf ihre Erledigung warten.

Das Auto, mit dem ich aus Wien gekommen bin, habe ich ein paar Kilometer entfernt abgestellt, in der Nähe des Ostparks. Ich kann es hier nicht benutzen, die Karpins wissen, dass mein letzter Standort Wien war. Aber ich will auch nicht, dass die Besitzerin Schwierigkeiten bekommt, also muss ich es möglichst bald in die Peripherie umparken und die Nummernschilder entfernen.

Noch wichtiger ist mir aber, endlich herauszufinden, was mit Robert passiert ist. Alle meine telefonischen Kontaktversuche während der Zeit der Grabschändungen waren erfolglos, man konnte mir beim BKA nur sagen, dass Kriminalhauptkommissar Robert Lesch nicht erreichbar sei. Bis auf Weiteres. Aus gesundheitlichen Gründen. Also habe ich nach wie vor keinen Verbündeten bei der Polizei, niemanden, der meine Geschichte kennt und die Hand über mich hält.

Wiesbaden ist nur einen Katzensprung entfernt, doch ich muss mein Vorhaben geschickt anpacken. Einfach beim BKA reinspazieren ist schon deshalb unmöglich, weil ich von der Wiener Polizei gesucht werde; wahrscheinlich fahndet längst auch Interpol nach mir.

Ich hätte Tassani in Wien reinen Wein einschenken sollen, im Nachhinein betrachtet. Er ist Kriminalpolizist, aber kein klassischer Beamtentyp. Hätte ich ihm von den Karpins und meinem Versteckspiel erzählt, wäre ich nicht automatisch die Hauptverdächtige gewesen, auch wenn der Tote in meiner Wiener Wohnung gefunden wurde.

Robert endlich aufzustöbern würde so viele meiner Probleme auf einmal lösen, er könnte sich mit den österreichischen Kollegen in Verbindung setzen und mich aus der Schusslinie nehmen. Gleichzeitig wäre Einmischung von seiner Seite Gift für mein Vorhaben. Das, was ich plane, dürfte er nicht gutheißen.

Ich fahre den Computer runter und lege mich ins Bett. Morgen stelle ich die Figuren auf, die schwarzen und die weißen, und setze meinen ersten Zug. Keine schottische Eröffnung, sondern eine armenische.

Rubrik: Küchenzubehör
24 Pakete bunte Strohhalme!
Ich verkaufe auch einzeln, das Paket für 1,90 €
Alle zusammen nur 36 €. Garantierter Spaß auf eurer nächsten Party!
Selbstabholung in FFM, sonst Versand gegen Porto!

Es ist sieben Uhr morgens, ich habe mir ein *MyBazar*-Konto angelegt und ein Inserat geschaltet, das dem ahnungslosen Betrachter völlig hirnverbrannt vorkommen muss, denn Strohhalme bekommt man in jedem Supermarkt günstiger. Kokain allerdings nicht, und das ist der entscheidende Punkt.

Die Malakyans, ein armenischer Clan und seit jeher Andreis Lieblingsfeinde, verkaufen es in großem Stil, ebenso wie Crack und Marihuana. Strohhalm-Inserate haben sie in losem Abstand immer wieder geschaltet, früher. Das von mir verfasste verspricht ein Kilo Koks für neunzehntausend Euro, damit unterbiete ich das Karpin-Angebot bei Weitem.

Mit einer Reaktion rechne ich frühestens morgen oder übermorgen, also habe ich heute ausreichend Zeit für einen Ausflug.

Mein Haar ist zwar mausbraun und unauffällig, trotzdem verstaue ich es unter einer Baseballkappe, über die echten Schneidezähne habe ich mir falsche gesteckt, die ein wenig vorstehen, mein T-Shirt ist in der Logo-Farbe eines bekannten Paketservice gehalten. In dem Päckchen, das ich unter dem Arm trage, steckt ein Exemplar von Tolstois »Krieg und Frieden«. Sollte Robert es wirklich bekommen, versteht er vielleicht die Russland-Anspielung.

Ich habe keine Ahnung, in welchem der Gebäude sich seine Abteilung befindet, aber man würde mich ohnehin nicht hineinlassen. Ich kann also genauso gut einfach bei den Beamten an der Einfahrt mein Glück versuchen. Lächelnd steuere ich auf das dazugehörige Wachgebäude zu.

»Ich habe ein Paket für Robert Lesch.«

Die beiden Männer tauschen einen Blick. »Für wen?«, fragt der, der draußen an der Schranke steht.

»Robert Lesch.« Mit gerunzelter Stirn gebe ich vor, das Etikett zu studieren. »Buchsendung, an Herrn Robert Lesch, BKA Wiesbaden, Thaerstraße 11.« Ich sehe den im Wachgebäude eine Liste zurate ziehen und dann leicht den Kopf schütteln. Wieder ein schnell gewechselter Blick mit dem Kollegen, vielsagend diesmal. »Den finden Sie hier nicht.«

»Oh.« Ich tue verwirrt. »Aber die Adresse stimmt doch? Können Sie es nicht entgegennehmen?«

Entschiedenes Kopfschütteln von beiden Beamten. »Ist es eine Privatsendung?«, fragt der an der Schranke.

»Ich denke schon. Kommt von einer, Moment ... von einer Kerstin Machek.« Ich blicke auf. »Verraten Sie mir seine neue Arbeitsstelle oder seine Adresse? Dann versuche ich, es dort zuzustellen.« Wieder lächle ich die beiden an, was bei den falschen Vorderzähnen kein schöner Anblick sein kann.

»Dazu sind wir nicht befugt«, erklärt der im Wachgebäude. »Die Absenderin dürfte Herrn Lesch auch nicht besonders gut kennen, wenn sie meint, er würde noch etwas mit einem Buch anfangen können.« Er verstummt unter dem Blick seines Kollegen und zuckt verlegen die Schultern. »Stimmt doch«, fügt er leise an.

In mir zieht sich alles zusammen, nach außen hin gebe ich mich maßvoll genervt. »Na gut, dann nehme ich es eben wieder mit.« Ich ziehe einen Stift aus meiner Jackentasche, kritzle *Empfänger verzogen* auf das Formular an meinem Clipboard und trete den Rückzug an. »Freund und Helfer, von wegen«, brumme ich im Gehen so laut, dass sie es hoffentlich noch hören. Motzigkeit macht unverdächtig.

Eine Stunde später bin ich zurück in meiner winzigen Wohnung. Ein schneller Blick auf *MyBazar*, aber bis jetzt interessiert sich noch niemand für die Strohhalme. Ich trete auf den Balkon hinaus.

Der Trip zum BKA hat mir keinen Kontakt zu Robert eingebracht, dafür aber die unschöne Gewissheit, dass etwas mit ihm sicher nicht in Ordnung ist. Er kann mit einem Buch nichts mehr anfangen, das heißt, er ist entweder tot oder liegt im Koma. Ich ziehe mein Handy aus der Tasche.

Natürlich könnte es sein, dass er einen ganz gewöhnlichen Herzinfarkt oder Schlaganfall gehabt hat – er ist starker Raucher und ernährt sich fast ausschließlich von Fast Food. Aber schon, als ich versucht habe, ihn aus Wien zu kontaktieren, klang sein Vorgesetzter am Telefon so, als stecke mehr hinter Roberts Krankenstand.

Irgendwo unter mir reißt jemand ein Fenster auf, laute Hip-Hop-Musik schallt ins Freie. Ich kehre in die Wohnung zurück, setze mich noch einmal vor den Computer. Wenn meine Vermutung stimmt und jemand Robert so schlimm zugerichtet hat wie mich damals – oder noch schlimmer –, dann müsste er in einem der Frankfurter Krankenhäuser liegen. Vielleicht sogar dort, wo man mir vor eineinhalb Jahren die Kugeln aus dem Körper geholt hat.

Google spuckt mir drei vielversprechende Möglichkeiten aus. Ich setze die hässlichen Vorderzähne wieder ein, klemme mir den Tolstoi unter den Arm und mache mich auf den Weg.

Weil es näher liegt, fahre ich zuerst zum Universitätsklinikum. Die Stationen der Unfallchirurgie liegen zentral auf dem Gelände, in den Gebäuden 23 und 11A. Ich streiche mir das Haar aus der Stirn, setze einen gehetzten Gesichtsausdruck auf und tue, als würde ich Daten auf meinem Clipboard studieren. Sobald mich jemand fragt, warum ich keinen Handscanner verwende, komme ich in Erklärungsnot.

»Ich habe ein Paket für Robert Lesch«, nuschle ich am Empfang. »Können Sie es weiterleiten? Oder mir sagen, in welchem Zimmer ich ihn finde?«

Die Frau hinter der Scheibe nimmt ihre Brille ab, wendet sich dem Computerbildschirm zu, scrollt. »Lesch, sagen Sie? Der soll hier sein?«

Ich gebe vor, es noch mal zu kontrollieren. »Ja. Unfallchirurgie des Universitätsklinikums. Das ist doch hier?«

»Schon. Eigentlich.« Sie weist mit dem ausgestreckten Finger zur Tür. »Versuchen Sie es auf 11A. Hier finde ich ihn nicht.«

Ich tue, was sie vorschlägt – ohne Erfolg. Robert ist nicht hier. War wohl nie hier, denn auch unter den kürzlich Entlassenen findet die Frau am Empfang ihn nicht.

Also mache ich mich auf den Weg zur Unfallklinik Frankfurt am Main und gestehe mir jetzt erst ein, dass ich mir das gern erspart hätte. Dort hat mein Leben tagelang auf Messers Schneide gestanden, nach der fünfstündigen Operation, in der die Chirurgen alle Kugeln entfernt und den Schaden so gut wie möglich geflickt hatten.

Wie lebendig all das in mir noch ist, wird klar, als ich das Haus betrete und der Geruch mich sofort neunzehn Monate zurückkatapultiert. Ich muss mich kurz an der Wand festhalten, mich auf meinen Atem konzentrieren. Unwillkürlich fährt meine Hand zu der Narbe an der rechten Seite des Brustkorbs, und ich rufe mich zur Ordnung. Schluss jetzt. Ich straffe mich, marschiere auf den Empfang zu. Kenne ich den Portier, der dort sitzt und telefoniert? Und, noch entscheidender: Kennt er mich?

Ich warte, bis er das Gespräch beendet hat, dann räuspere ich mich. »Ich habe ein Paket für Robert Lesch. Kann ich das bei Ihnen abgeben?«

Der Mann tippt etwas in seinen Computer und schüttelt entschieden den Kopf. »Tut mir leid, da sind Sie zu spät. Der ist längst entlassen worden.«

Die Erleichterung lässt mir buchstäblich die Knie weich werden. »Ach. Das heißt also, dass … wir es an seine Privatadresse zustellen müssen?«

»Glaube nicht, den haben sie in Reha geschickt.« Er hebt die Schultern. »Wahrscheinlich nach Wiesbaden, aber nageln Sie mich nicht fest.«

»Danke.« Ich mache kehrt, mein Herz schlägt doppelt so schnell wie sonst. Wiesbaden, gibt es dort ein Rehazentrum? Ich war da jedenfalls nicht, mich hat man schnellstmöglich über die Grenze geflogen, in ein abgelegenes Rehazentrum im niederösterreichischen Waldviertel. Unter lauter Menschen, die mindestens doppelt so alt waren wie ich und ebenfalls eine halbe Stunde für die Durchquerung eines Therapieraums brauchten, habe ich mich an meinen neuen Namen gewöhnt. Carolin. Bauer. »Guten Morgen, ich bin Carolin, ich habe einen schweren Unfall gehabt.«

Zweimal hat Robert mich dort besucht. Wenn ich kann, werde ich die Geste jetzt erwidern.

Auf dem Weg zur U-Bahn-Station google ich *Rehabilitation Wiesbaden* und bekomme ein neurologisches Zentrum ausgespuckt. Von der Friedberger Landstraße aus brauche ich etwa eineinhalb Stunden.

Noch bevor ich eine bewusste Entscheidung getroffen habe, setzen sich meine Beine bereits in Bewegung; ich habe Glück, die S-Bahn fährt sofort ein, als ich an der Station ankomme.

Zum zweiten Mal mache ich mich also heute auf den Weg nach Wiesbaden. Hat man Robert dort zur Reha gebracht, damit seine Kollegen ihn öfter besuchen können? Oder besser beschützen?

Das Päckchen mit *Krieg und Frieden* sieht mittlerweile ein wenig ramponiert aus, aber ich drücke es an mich wie einen Talisman. Obwohl ich Robert vielleicht besser etwas anderes mitbringen sollte. Blumen beispielsweise. Weiße Rosen für einen Neuanfang, Bambus für Langlebigkeit, Disteln für Kraft und Ginster für Zuversicht.

Unwillkürlich lache ich auf; das wäre ein eigentümlicher Blumenstrauß geworden. Eine Frau dreht sich nach mir um, schüttelt den Kopf und wendet mir wieder den Rücken zu. Ich rufe mich selbst zur Ordnung, konzentriere mich auf meine Umgebung. Es ist Feindesland hier und auffälliges Benehmen keine gute Idee.

Das neurologische Rehazentrum liegt in einer Allee, es gibt ein paar Wohnhäuser in der Nachbarschaft und sehr viel Grün. Ich bin gewappnet, mein Sprüchlein aufzusagen – Päckchen für Robert Lesch –, sehe aber, noch bevor ich das Gebäude betrete, dass viele Patienten das schöne Wetter nutzen und die Sonne im Park genießen.

Ich drehe also ebenfalls erst eine Runde durch die Anlage. Niemand hält mich auf, niemand fragt, wohin ich möchte, denn es ist Besuchszeit. Zwei ältere Damen überholen mich, eine davon trägt eine Kuchenschachtel.

Es dauert keine zehn Minuten, bis ich Robert finde, allerdings wird mir das erst weitere zehn Minuten später klar. Beim ersten Mal laufe ich an ihm vorbei, ohne ihn zu erkennen. Dass ich beim zweiten Mal stutze und innehalte, liegt nur an einer einzelnen, schmutzig blonden Haarsträhne, die der Wind ihrem Besitzer ins gesenkte Gesicht bläst.

Ich bin stehen geblieben, zuerst noch in dem Glauben, dass ich mich irre. Die dünne, gebeugte Gestalt im Rollstuhl kann nicht Robert sein, der Mann ist sicher zwanzig Jahre älter. Seine Beine stecken in Schienen, der Kopf hängt seitlich an der Schulter. Er scheint die störende Strähne gar nicht zu bemerken, streicht sie sich nicht aus dem Gesicht, also tue ich es.

Kein Blick, der meinen sucht, kein Zusammenzucken unter der Berührung. Ich lege ihm eine Hand auf die Schulter, vielleicht ist er eingenickt.

»Robert!« Meine Stimme ist merkwürdig hoch und heiser. »Ich bin's, Carolin. Robert? Hey!«

Keine Reaktion, und natürlich weiß ich schon jetzt, was es geschlagen hat, ich will es bloß nicht wahrhaben. »Carolin Bauer! Der Name war deine Idee, weißt du noch? Bin schon richtig dran gewöhnt jetzt.« Meine eigene falsche Heiterkeit ekelt mich an, ich kann trotzdem nicht damit aufhören. Robert ist der einzige Mensch, der meine ganze Geschichte kennt, und auch wenn er mich die meiste Zeit wie ein praktisches Nutztier behandelt hat – in letzter Konsequenz verdanke ich ihm mein Leben.

Ein paar Schritte entfernt steht eine Parkbank, ich schiebe Robert dorthin und setze mich neben ihn. Auch davon scheint er nichts mitzubekommen. Falls er überhaupt etwas sieht, dann nur seine eigenen, schlaff auf den Oberschenkeln liegenden Hände.

»Ich bin wieder in Frankfurt, seit zehn Tagen. Bin weg aus Wien, nach der Sache mit den Grabschändungen. Die Karpins haben meinen Nachbarn erschossen, aber die Polizei denkt, ich war das.« Vollkommen sinnlos, mein Redeschwall, aber es tut gut, laut auszusprechen, was passiert ist. Und vielleicht, wer weiß, dringe ich irgendwie zu Robert durch, hole ihn zurück in die Welt der Worte und Zusammenhänge. »Ich habe so oft versucht, dich zu erreichen, aber ich konnte nur mit deinem Kollegen Klencke sprechen, und der wollte mir nicht sagen, was los ist. Was ist passiert? Waren das die Karpins?«

Halb und halb erwarte ich, dass der Name etwas in Robert auslösen, ihn wenigstens zucken oder blinzeln lassen wird. Aber sein Gesicht bleibt unverändert. Aus dem linken Mundwinkel läuft Speichel.

»Sie haben dich erwischt, nicht wahr?« Ich stehe auf, trete hinter ihn und finde eine rotblaue Naht am Hinterkopf, nicht weit vom rechten Ohr entfernt. Am Hals heilt etwas aus, das eine Brandwunde sein könnte.

Ich setze mich wieder, greife nach einer von Roberts Händen und halte sie zwischen meinen. Das erste Mal, dass ich ihn freiwillig berühre, glaube ich. Anders als früher sind seine Handflächen trocken und kühl. Die Nägel sind zu lang, die Finger immer noch gelblich verfärbt vom Nikotin. Von der Innenseite des Handgelenks aus zieht sich etwas unter seinen Ärmel, das ebenfalls nach Brandnarbe aussieht.

In mir wächst ein lavaheißer Klumpen, füllt jeden Winkel aus, etwas wie das Gegenteil von Angst. Ich kenne das Gefühl und weiß, wie gefährlich es ist. Es lässt mich Fehler machen, weil es meinen Verstand ausschaltet. Hass ist nur dann eine gute Waffe, wenn er mit einem kühlen Kopf gemeinsame Sache macht.

»Ich bin jetzt wieder hier«, sage ich leise. »Und ich habe ein paar gute Ideen, glaube ich wenigstens. Wahrscheinlich verzettle ich mich und bin in ein paar Tagen tot oder sitze in einem Rollstuhl neben dir. Aber ich kann das mit dem Davonlaufen nicht mehr, verstehst du? Ich kann nicht für den Rest meines Lebens in Deckung bleiben und wissen, dass die Karpins einfach weitermachen. Ich halte die Angst nicht mehr aus, verstehst du das? An jeder Ecke fürchten zu müssen, dass mich einer von ihnen erwischt.« Ich drücke Roberts Hand, er erwidert den Druck nicht. »Und jetzt kann ich es weniger denn je. Sie haben dich in eine Falle gelockt, nicht wahr? Und dich bearbeitet?« Ich schiebe die Bilder weg, die die Erinnerung mir vors innere Auge zwingen will. »Wenn du ihnen verraten hast, dass ich in Wien war, dann ist das okay. Hätte ich an deiner Stelle auch, außerdem warst du nicht der Einzige.«

Der Speichel aus seinem Mundwinkel löst sich, bildet einen Faden, der vom Kinn hängt. Ich ziehe ein Papiertaschentuch hervor und wische ihn fort. Nein, das BKA muss Robert hier nicht bewachen. Niemand wird das Risiko eingehen, in die Reha einzudringen und ihn zu beseitigen. Wozu auch, er ist schon fort. Trotzdem rede ich weiter.

»Ich gehe jetzt wieder. Aber ich komme zurück, okay? Pass auf dich auf und … gute Besserung.«

Ich lege seine Hand zurück in seinen Schoß, wo sie keinen Halt findet und seitlich heruntergleitet. Dann schiebe ich den Rollstuhl wieder dorthin, wo ich ihn gefunden habe. Ich schätze, dass die Pfleger Robert nur ein halbes Stündchen frische Luft verschaffen wollten; es wird ihn bald jemand abholen und zurück auf sein Zimmer bringen.

Ein paar Schritte gehe ich den Weg entlang, dann entdecke ich auf der Wiese verstreute weiße Flecken. Gänseblümchen. Ich pflücke drei davon, mache kehrt und lege sie Robert in die schlaffe Hand, eines nach dem anderen.

Sie stehen für Beständigkeit, für den Triumph des Kleinen über das Mächtige. Sie sind ein trotziges Symbol.

2.

Auf der Rückfahrt kann ich kaum ruhig sitzen, ich habe ständig Roberts leeres Gesicht vor Augen, und ich möchte die Fenster der S-Bahn einschlagen. Oder zumindest laut schreien, Flüche ausstoßen, gegen Wände treten. Sie haben es wieder getan, sie haben wieder einen Menschen aus meinem Leben gerissen. Eben erst Norbert, meinen freundlichen alten Nachbarn. Jetzt Robert.

Und vor allem natürlich dich. Dein Tod kommt nun regelmäßig fast jede Nacht zu mir, nur dass sich im Traum meist meine Barrett aus dem Nichts heraus materialisiert und ich den ganzen Clan niedermähe, bevor einer von ihnen sein Feuerzeug zücken kann.

Robert. Wenn er wenigstens tot wäre.

Dass sie einen hohen Beamten des BKA ins Wachkoma befördert haben, wird den Karpins das Leben allerdings nicht leichter machen. Was mich zu der Frage bringt, ob wirklich sie für seinen Zustand verantwortlich sind. Würde Boris dann so entspannt im *Duplex* rumhängen?

Doch da ist die Brandwunde. Sieht aus wie von einem Schneidbrenner, und die gehören zu Paschas Lieblingswerkzeugen. Nur sitzt Pascha hinter Gittern, das hat Robert mir bei seinem Besuch in Wien erzählt. Hat sich daran etwas geändert?

Unter den fassungslosen Blicken der grauhaarigen Frau auf dem Sitz gegenüber ziehe ich die falschen Schneidezähne ab und stecke sie in meinen Rucksack, sehe mich herausfordernd um. Als suchte ich jemanden, den ich zum Duell fordern kann, aber es dauert nur zwei Sekunden, bis mir klar wird, wie idiotisch ich mich benehme. Ich lehne die Stirn an das kühle Fensterglas. Mich von meiner Wut zu Dummheiten hinreißen zu lassen, würde nur den Karpins in die Hände spielen. In den letzten Monaten habe ich meine Beherrschung perfektioniert; wenn ich sie ausgerechnet jetzt und hier verliere, werden meine Pläne Geschichte sein, bevor ich überhaupt begonnen habe, sie umzusetzen.

Zu Hause schwappe ich mir kaltes Wasser ins Gesicht, dann checke ich *MyBazar*. Tatsächlich gibt es eine Nachricht zu meinem Strohhalm-Inserat:

Sorry, aber das meinst du nicht ernst, oder? Denkst du wirklich, jemand kauft dir das Zeug ab? Leute wie du verstopfen diese Plattform mit ihrem Schwachsinn, ihr solltet gesperrt werden!

Ich lese die Zeilen mehrmals. Nein, das kommt nicht vom Clan, das war bloß ein querulanter User mit zu viel Freizeit. Ich schenke mir ein Glas Wein ein, stelle mich auf den Balkon und starre auf die riesigen Wohnblöcke, die mir die Sicht zum Horizont versperren. Wenn die Karpins antworten, liegen meine nächsten beiden Schritte klar vor mir; wenn sie es nicht tun, muss ich neu überlegen.

Der Abend ist noch nicht weit fortgeschritten, und ich vibriere innerlich, fühle mich eingeengt, als würden die Wände der winzigen Wohnung minütlich näher rücken. Ich sollte rausgehen, sonst leere ich die Weinflasche und bin anschließend zu idiotischen Kurzschlusshandlungen fähig. Also binde ich mir die Haare hoch, setze eine Sonnenbrille auf und trotte zum Südfriedhof.

Im Unterschied zum Wiener Zentralfriedhof sperrt er seine Pforten erst um neun Uhr abends; ich habe also noch über eine Stunde, in der ich über die grasbewachsenen Wege die Grabreihen entlangspazieren kann.

Kein Beethoven hier, kein Schubert, aber die Steine sind noch warm von der Sonne, und auch hier huschen Eichhörnchen zwischen den Bäumen umher. Ich finde eine Bank mit Blick auf einen knienden Grabengel und setze mich. Atme durch. Immerhin weiß ich jetzt Bescheid, was Robert betrifft. Weiß, dass ich auf mich allein gestellt bin.

Das muss nicht unbedingt ein Nachteil sein.

Ich frage mich, inwieweit die Wiener Polizei mir bereits auf der Spur ist. Meinen kleinen Mazda haben sie natürlich gefunden, inklusive der Dashcam – aber wenigstens die Walther habe ich nicht zurückgelassen. Macht trotzdem keinen guten Eindruck, Verschwinden ist immer ein halbes Schuldeingeständnis. Ob Tassani mich für fähig hält, einen Mord an einem alten Mann zu begehen? Ja, wahrscheinlich, auch wenn der Gedanke mich dummerweise schmerzt. Ich mochte ihn, diesen kahlköpfigen Polizisten mit italienischen Wurzeln. Ich wünschte, ich könnte mit ihm sprechen.

Aber es gibt ja noch ein zweites Vergehen, das man mir anhängen könnte; und das leider zu Recht. Ich habe einen jungen Mann in ein Kellerversteck im Wald verschleppt und ihn bei meiner Flucht aus Wien dort zurückgelassen. Wenn es Alex gelungen ist, aus dem Keller zu entkommen, und er danach die Polizei informiert hat, sucht man mich auch wegen Entführung, Freiheitsberaubung, Misshandlung und wer weiß was allem noch. Aber bisher habe ich keine entsprechenden Nachrichten im Netz gefunden. Nichts über einen Informatik-Studenten, der sich nach wochenlanger Gefangenschaft endlich befreien konnte.

Was bedeutet, dass er es vielleicht gar nicht geschafft hat. Dann ist er jetzt wohl schon verhungert, und über diese Möglichkeit darf ich nicht genauer nachdenken. Andererseits, mit ein bisschen Mühe und Erfindungsgeist war der Handschellenschlüssel erreichbar. Viel wahrscheinlicher ist also, dass Alex freigekommen ist, aber den Weg zur Polizei lieber nicht eingeschlagen hat.

In der Baumkrone über mir zwitschert ein ungewöhnlich lauter Vogel, und ich stemme mich wieder hoch von meiner Bank. Zeit, eine Liste aufzustellen. Zeit, sich eine Reihenfolge zu überlegen für die Auftritte der wichtigsten handelnden Personen. Leichter Wind lässt die Blätter in den Buchen rascheln. Die Wut, die ich vorhin kaum zügeln konnte, hat sich gelegt; der Friedhof tut seine Wirkung. Wer weiß, vielleicht verschaffe ich ihm schon bald neue Bewohner.

Am nächsten Morgen findet sich eine weitere Nachricht auf mein Inserat. Geschrieben um zwei Uhr vierzehn in der vergangenen Nacht und schon auf den ersten Blick vielversprechend.

Hallo! Ich mache gern Party und würde dir fünf Pakete abnehmen. Du hast leider kein Foto eingestellt. Kannst du mir sagen, welche Farbe die Strohhalme haben? Sind sie weiß-blau-rot gestreift?
Bin mit Selbstabholung einverstanden, Geld bringe ich bar.
Bitte um Nachricht mit Uhrzeit und Treffpunkt.
Freundliche Grüße, Mary

Nach dem dritten Mal lesen bin ich ganz sicher, sie haben angebissen. Oder genauer gesagt: Jemand hat angebissen. Ob es wirklich die Karpins sind, werde ich erst am Treffpunkt sehen, deshalb muss ich ihn sehr sorgfältig auswählen.

Die Frage nach der Farbe der Strohhalme ist in Wahrheit die nach der Nationalität des Verkäufers: Weiß, Blau und Rot stehen für die russische Nationalflagge. Ich hole mir ein Glas Wasser und setze mich vor den Rechner, ich muss mir gut überlegen, was ich antworte.

Drei schnelle Google-Abfragen zu Orten, an denen die Malakyans zu meiner Zeit gern ihre Geschäfte abgewickelt haben. Es gibt sie alle noch, und einer davon würde sich für meine Zwecke bestens eignen: ein Schlosshotel am Rand von Frankfurt, mit Luxusrestaurant und einem weitläufigen Park. Ich war nur zweimal dort. Einmal, um einige sehr betrunkene Gäste abzuholen, und ein zweites Mal eben wegen eines Deals mit den Malakyans. Ein paar von mir gefälschte Geburtsurkunden gegen ein Kilo Heroin. Grigor Malakyan persönlich war bei dem Tausch dabei; drei Monate später war er tot. Hatte Andreis Reviergrenzen einmal zu oft überschritten.

Ich denke nach, dann fange ich an zu schreiben. Ich feile über eine halbe Stunde lang, bis ich mit der Formulierung zufrieden bin.

Hallo, Mary, 5 Packungen sind reserviert, ich bringe sie in einer passenden Tasche. Treffpunkt für die Abholung: kommenden Freitag, im Park des Taunus Golf&Gourmet-Schlosses, 22 Uhr, an der Steinbrücke.
Die Strohhalme sind rot-blau-orange gestreift, sie haben beste Qualität. Wie erkenne ich dich?
Grüße, Tom

Es dauert eine knappe Stunde, bis die Antwort da ist:

Den Park kenne ich, die Brücke auch. Freitag ist in Ordnung. Wahrscheinlich wird an der Brücke nicht viel los sein, aber falls Zweifel bestehen, erkennst du mich am roten Schultertuch. Das Geld bekommst du sofort, nachdem ich mir die Strohhalme genauer angesehen habe. Das verstehst du sicher. Bist du eigentlich neu in der Stadt?
Liebe Grüße, Mary

Mein Herz hüpft beim Lesen, teils aus Nervosität, teils aus Jagdfieber. Es wirkt ganz so, als hätte ich die richtige Beute an der Angel. Mary mit dem roten Schultertuch, die gern wissen möchte, ob ich neu bin. Ob der niedrige Preis für das Koks das Einführungsangebot einer Familie ist, die ihren Geschäftsbereich auf Frankfurt ausdehnen will.

Marys Art zu schreiben kommt mir vertraut vor, ich hoffe, das ist nicht nur Wunschdenken. Auf jeden Fall verfasst sie ihre Antworten in einwandfreiem Deutsch, das ist typisch für die Karpins, Andrei hat immer großen Wert darauf gelegt, dass die geschäftliche Kommunikation einen professionellen Eindruck macht, und daher Muttersprachler damit beauftragt. Mich zum Beispiel, nicht zuletzt deshalb weiß ich, über welche Kanäle solch ein Handel abgeschlossen wird.

Eines ist jedenfalls klar: Wer sich auch hinter dem Namen Mary verbirgt, er oder sie wird nicht alleine zum Treffpunkt kommen. Sie werden mindestens zu viert sein, mit Option auf Verstärkung, die in der Nähe wartet. Sie werden Tom auf unmissverständliche Weise klarmachen, dass sie sich die Preise für Kokain auf dem Frankfurter Markt nicht ruinieren lassen.

Es sind nur noch zwei Tage bis Freitag, ich sollte alles Nötige einkaufen gehen. Das heißt, ich muss in den Elektrofachhandel, in einen Laden für Modeschmuck und in eine Tierhandlung.

Ich lebe schon einige Zeit in Frankfurt, schreibe ich zurück. *Es gefällt mir wirklich gut hier.*

Ich schicke die Nachricht ab, mache mich mit Perücke, Brille und Zähnen unkenntlich und verlasse die Wohnung. Die drei Leute, die mir in der Siedlung begegnen, ignorieren mich, und auch ich würdige sie keines Blickes. Den Fehler, mich mit Nachbarn anzufreunden, mache ich nie wieder.

Mein erster Weg führt mich in einen Laden für Accessoires, und zwar einen, der sich auf die Rockerszene spezialisiert hat. Lederarmbänder mit Nieten, massive Gürtelschnallen – und

Totenkopfringe. So einen brauche ich, und er muss möglichst groß sein.

Vierzehn Euro zahle ich für ein wirklich hässliches Exemplar aus Edelstahl und verlasse den Laden, froh darüber, dass ich so günstig weggekommen bin. Meine Mittel sind sehr viel begrenzter, als sie es in Wien waren.

Wesentlich mehr Geld gebe ich im Elektromarkt aus, für einen klitzekleinen GPS-Sender und ein Fernglas mit Nachtsichtfunktion. Letzteres werde ich hoffentlich öfter einsetzen können, denn es reißt ein beträchtliches Loch in mein Budget.

Zuletzt steuere ich die Tierhandlung an, wo ein freundlicher junger Verkäufer mit feuerrotem Haar gerade Aquarienfische füttert. »Ich bräuchte Futter für meine Boa«, erkläre ich. »Haben Sie Tagesküken?«

Er wischt sich die Hände am Hosenboden seiner Jeans ab. »Wir haben auch lebende Mäuse, die werden von Boas normalerweise besser angenommen.«

»Von meiner nicht. Ich habe mit Küken bisher die besten Erfahrungen gemacht.«

Er zuckt mit den Schultern. »Meinetwegen. Aber sie müssen wirklich durchgetaut sein, das weißt du?«

»Klar.« Müssen sie tatsächlich, sonst kann ich nichts mit ihnen anfangen. Der Verkäufer verschwindet in einem Hinterzimmer und kommt kurz darauf mit zwei vakuumverschweißten Plastikpaketen zurück. »Zehn Stück machen zwei Euro, ein Kilo gibt's schon für fünf.«

»Zehn Stück reichen fürs Erste«, sage ich und fische eine Münze aus meinem Portemonnaie. »Danke.«

Zu Hause schneide ich die Packung auf und lege die Küken auf den Balkon. Ich werde nur eines davon brauchen, maximal zwei, wenn ich mich beim Präparieren ungeschickt anstelle. Ein schneller Check am Computer, die Strohhalm-Anzeige hat eine neue Nachricht, in der jemand fragt, ob ich die Halme auch einzeln verkaufe, ha ha, oder eventuell sogar halbe Halme, längs aufgeschnitten.

Sonst hat sich niemand gemeldet. Es gibt keine Stornierung des morgigen Termins, also sollte ich mit meinen Vorbereitungen fortfahren.

Im Park des Golf&Gourmet-Schlosses sind mehr Spaziergänger unterwegs, als mir lieb ist, aber es ist auch erst Nachmittag. Der Parkplatz vor dem Hotel ist voll, die Tische auf der weitläufigen Terrasse sind fast alle besetzt. Ich bin den letzten Kilometer bis hierher in der prallen Sonne gelaufen, und ich würde mich gern selbst auf ein Glas eisgekühltes Wasser einladen, aber für das unmittelbare Hotelgelände bin ich falsch gekleidet. Wie eine Joggerin nämlich, mit Stirnband, großer Sonnenbrille und in nicht unbedingt ansprechenden Sportsachen.

Dafür falle ich im Park nicht auf, dort joggen einige. Ich laufe in lockerem Trab auf die Steinbrücke zu, die ein schmales Bächlein überspannt. Am Rand mache ich halt und tue so, als müsste ich nach Luft schnappen und meinen Puls kontrollieren, während ich die Umgebung nach einem idealen Versteck absuche.

Unter der Brücke wäre praktisch, aber zu naheliegend. Wenn meine Geschäftspartner sich nach dem ausbleibenden Strohhalmverkäufer umsehen, werden sie dort zuerst suchen. Außerdem würde ich von da unten die Szenerie nicht beobachten können.

Aber zehn Meter entfernt steht ein Baum mit dichtem Blattwerk und zwei relativ tief liegenden, dicken Ästen, über die ich nach oben klettern könnte.

Ich lasse die Brückenmauer los, hüpfe zweimal auf und ab und jogge auf den Baum zu, wo ich Dehnübungen mache.

Ja, da werde ich hochklettern können. Und dort oben ist eine Astgabel, in der zu sitzen einigermaßen bequem sein müsste. Am liebsten würde ich es sofort ausprobieren, aber noch wäre das zu auffällig. Halb stretchend, halb hüpfend kehre ich zum Weg zurück und laufe die Runde zu Ende. Mein Plan könnte klappen. Ich hoffe, um zehn Uhr abends ist es bereits dunkel genug.

Bei meiner Rückkehr sind die Küken aufgetaut; winzige, mitleiderregende Federbällchen, deren Gelb nicht mehr leuchtet. Ich nehme eines davon mit in die Küche, schneide ein kleines Loch in den Bauch, hole die Organe heraus und stecke den GPS-Sender hinein. Danach nähe ich den Schnitt zu. Das Küken ist jetzt schwerer als zuvor, aber das werden die Finder hoffentlich auf den Ring zurückführen, den ich nun über den kleinen Körper ziehe.

Es sieht aus, wie ich es in Erinnerung habe. Ein solches Küken mit Totenkopfring haben Boris und Pascha einmal im Mund eines von Andreis Drogenkurieren gefunden. Eine Kriegserklärung der Malakyans, angeblich ihre Methode, weiteres Unheil anzukündigen.

Ich lege das Küken in den Kühlschrank, ein zweites als Backup daneben. Die restlichen acht bringe ich nach unten zu den Müllcontainern. Für die getigerte Katze, die gerade auf einem der Deckel balanciert, dürfte mein Geschenk der Höhepunkt der Woche sein.

Am nächsten Tag bin ich schon um fünf Uhr nachmittags im Schlosspark, eine Spaziergängerin unter vielen. Erfahrungsgemäß kommen die Karpins eher knapp, wenn nicht sogar ein paar Minuten später zu Terminen wie diesen, aber ich will kein Risiko eingehen. Wenn es losgeht, möchte ich längst in meiner Astgabel hängen, unsichtbar. Und davor das Gelände noch ein wenig genauer studieren, vor allem meinen Rückweg planen.

Der Park ist eingezäunt, am einfachsten ist er über den Haupteingang zu verlassen, aber das Nächstliegende ist meist das Gefährlichste. Dafür wurde nicht weit von der Brücke entfernt ein Baum gefällt, der Stumpf steht nah am Zaun und ist hoch genug, um als Kletterhilfe zu dienen. Das wird mein Fluchtweg werden, wenn alles vorbei ist.

Was zu klären war, ist geklärt, und nun stellt sich mit einem Schlag die Nervosität ein. Es sind noch über vier Stunden bis zum vereinbarten Treffen zu überbrücken. Sehr viel Zeit, die ich mit meinen Fantasien und Ängsten verbringen kann.

Ich drehe eine Runde nach der anderen durch den Park. Lerne ihn auswendig, zähle meine Schritte, den Blick auf den Weg gerichtet, die Daumen in die Träger des Rucksacks gehängt. Die Zeit vergeht erbärmlich langsam, aber ich weiß, dass ich untätig in meiner Wohnung sitzend noch nervöser wäre. Irgendwann finde ich eine freie Parkbank, auf der jemand eine Zeitung liegen gelassen hat. Hinter ihr verstecke ich mich die nächste Stunde über, tue, als würde ich lesen. Von der Hotelterrasse her dringt leise Musik bis zu mir, der Chopin-Walzer in Cis-Moll. Sie scheinen einen Pianisten zu haben, denn am Ende des Stücks applaudieren die Gäste.

Das Wetter ist heute nicht so strahlend wie gestern, von Westen her ziehen Wolken auf, aber im Moment sieht es noch nicht nach Regen aus. Ich klemme mir die Zeitung unter den Arm, von der ich keine einzige Zeile gelesen habe, und drehe noch eine Runde. Vielen Menschen begegne ich jetzt nicht mehr, das ist gut. Bis zu meiner Verabredung um zehn Uhr wird hier hoffentlich alles verlassen sein.

Um acht klettere ich zum ersten Mal auf den Baum. Jetzt ist es noch hell, und ich kann sehen, wohin ich greife. Der Aufstieg ist genauso unkompliziert, wie ich gehofft habe, die Astgabel leider unbequemer als gedacht, aber das ist ein Luxusproblem. Ich lehne den Oberkörper gegen den schrägen Ast, der sich unter meinem Gewicht leicht senkt, aber nicht knackt. Ausgezeichnet.

Der Blick auf die Brücke ist akzeptabel – lieber wäre mir, es würden keine Blätter in mein Sichtfeld ragen, doch daran lässt sich nichts ändern. Im Gegenzug hat es den Vorteil, dass ich besser getarnt bin.

Neun Uhr, es kommt Wind auf. Im Park habe ich seit einer halben Stunde niemanden mehr gesehen, und nun geht die Sonne unter. Zeit, meinen Köder auszulegen. Ich klettere den Baum hinunter, nehme den Rucksack ab und hole die Tupperdose mit dem toten Küken heraus. Eigentlich wollte ich es auf die breite Steinbrüstung der Brücke legen, aber der Wind macht mir Sorgen. Der Ring ist schwer, ja, aber er ist auch rund. Wenn das Präparat in den Bach rollt, ist mein Plan gescheitert.

Also platziere ich das Küken auf dem Boden, auf einem hellen Stein am Brückenfuß. Drehe es so, dass der Totenkopf nach oben schaut, und kehre zurück in die Astgabel.

Dort hole ich zuerst die Schminke, dann das Fernglas aus dem Rucksack. Ich will nicht, dass Gesicht oder Hände als helle Flecke zwischen den Blättern erkennbar sind. Den Trageriemen des Fernglases lege ich mir um den Hals, stelle auf das Küken scharf. Bestens. Ein schneller Schwenk auf den Weg rechts und links der Brücke, da ist noch niemand zu sehen. Macht nicht den Eindruck, als gäbe es eine Vorhut.

Viertel nach neun, es wird jetzt von Minute zu Minute dunkler. Und nicht nur das. Über mir höre ich einzelne Regentropfen ins Blätterdach fallen, bis zu mir nach unten schafft es keiner. Nach kurzer Zeit hört es auf zu tröpfeln, dafür frischt der Wind weiter auf.

Mein Gesicht ist schwarz, meine Hände sind es auch, die Farbe verschmiert die Griffe des Fernglases. Der Ast drückt mir mit jeder Minute schmerzhafter gegen den Bauch und die Innenseite des linken Oberschenkels. Ich verschiebe mein Gewicht um ein paar Zentimeter, der Ast schwankt sichtbar. Mit Bewegungen muss ich vorsichtig sein, umso mehr, als ich jetzt Schritte auf dem Weg höre. Stimmen. Lachen.

Wenige Sekunden später kommen eine Frau und ein Mann ins Blickfeld. Sie hat sich bei ihm untergehakt und den Kopf gegen seine Schulter gelehnt. »... ist die Crème brûlée göttlich gewesen, ich hätte am liebsten noch eine zweite Portion gegessen«, höre ich sie im Näherkommen sagen.

»Klar, warum nicht?«, brummt er. »Wollen wir dann zurückgehen?«

Ja, bitte, bitte, bitte, flehe ich stumm. Es sind nur noch zwanzig Minuten bis zur vereinbarten Zeit; das Letzte, was ich jetzt brauchen kann, sind Hotelgäste auf ihrem Verdauungsspaziergang.

»Schau mal, die Brücke!«, quietscht die Frau. »Die ist doch romantisch! Ist die nicht romantisch?« Sie zieht ihren Gefährten darauf zu. Ich umklammere verzweifelt meinen Ast. Nicht das Küken finden. Auch nicht drauftreten. Bitte.

Im Licht der Laterne, die nur zwei Schritte von meinem Köder entfernt steht, küssen die beiden sich, und ich hoffe, sie schließen dabei die Augen. Er ist es, der sich zuerst aus der Umarmung löst. »Ich glaube, es fängt wieder an zu regnen. Gehen wir zurück, okay?«

Sie ziehen ab. Durch mein Fernglas vergewissere ich mich, dass sich alles noch dort befindet, wo ich es deponiert habe; jetzt noch einmal nach unten klettern wäre höllisch riskant. Doch das Küken liegt auf seinem Stein, der stählerne Totenkopf blickt leer in den nächtlichen Himmel.

Die Ansage des Mannes eben war leider kein Vorwand, um den Spaziergang abzubrechen – es beginnt wirklich wieder zu regnen, stärker diesmal. Der Regen prasselt auf die Blätter, tropft auf mich herunter, läuft mir übers Gesicht.

Gleich ist es zweiundzwanzig Uhr, aber um mich herum rührt sich nichts. Ist es möglich, dass das schlechte Wetter »Mary« davon abhält zu kommen? Wenn ja, war es niemand von den Karpins, mit dem ich Kontakt hatte. Die würden sich ihre Konkurrenz auch während einer Feuersbrunst vorknöpfen.

Zwei nach zehn. Fünf nach zehn. Ich merke erst jetzt, wie fest ich damit gerechnet habe, dass die Gegenseite unsere Verabredung einhält. Was tue ich, wenn nicht? Wenn sie Lunte gerochen haben?

Sieben nach zehn – und Schritte auf dem Weg. Die klackernden von Frauenschuhen, die dumpfen von weicheren Sohlen.

Drei Menschen treten in mein Blickfeld, zwei davon erkenne ich sofort. Vera, in einem blauen Sommermantel, darüber das rote Schultertuch. Hohe Schuhe, das Haar jetzt blond gefärbt. Sie hält sich einen Schirm über den Kopf, blickt sich suchend um.

Neben ihr Boris, in einer seiner voluminösen Lederjacken, unter denen sich mehr als nur eine Waffe verbergen lässt. Er tritt auf die Brücke, späht hinunter, die rechte Hand ist um etwas geschlossen, das ein Teleskopschlagstock sein könnte.

Der Dritte im Bunde ist ein junger Kerl, ihn kenne ich nur flüchtig. Er ist hochgewachsen, aber schmaler als Boris. Dunkelhaarig, langbeinig. Auch er tritt kurz auf die Brücke, dreht sich dann um und hebt die Hand in die Richtung, aus der sie gekommen sind. Vollführt eine kreisende Geste.

Es sind also nicht nur die drei hier, und der Jüngste bedeutet den anderen, sich im Park umzusehen.

Ich sitze in meiner Astgabel und wage es kaum zu atmen. So lange habe ich versucht, den größtmöglichen Abstand zu den Karpins zu halten, jetzt sind wir gerade mal zehn Meter voneinander entfernt. Ich fühle, wie mir der Schweiß den Rücken hinunterläuft, mein Mund ist plötzlich staubtrocken, in meinen Ohren rauscht es. Keine Panikattacke jetzt, nicht bewegen, nicht laut atmen. Nur langsam, ganz langsam das Fernglas vors Gesicht heben.

Vera steht ruhig da, das Gesicht ist gespannte Aufmerksamkeit. Eine Hand hat sie in der Tasche ihres Mantels versenkt – sie hat eine Schwäche für kleine Pistolen und kann erschreckend gut damit umgehen.

»Er ist nicht da«, stellt Boris trocken fest.

»Oder schon wieder fort«, sagt Vera. »Wir sind spät dran, wenn wir es wirklich mit einem Anfänger zu tun haben, hat der vielleicht schon nach zwei Minuten die Nerven verloren und ist abgehauen.«

»Dann hätten wir ihn gesehen.«

Vera nickt. Ein kurzes, ruckartiges Senken des Kinns. »Mal sehen, ob Toljan und Juri noch jemanden aufspüren.«

Toljan kenne ich kaum, er wurde von Andrei in eine andere Stadt versetzt, da war ich erst seit drei Monaten in den Clan eingeschleust. Juris gab es zwei, einer davon noch sehr jung, gerade mal zwanzig.

Der Regen wird stärker, Boris blickt missmutig zum Himmel und sagt etwas auf Russisch, das ich nicht verstehe. Der, den ich nicht kenne, lacht und antwortet in derselben Sprache.

Ich kann sehen, wie sehr Vera das verstimmt, daran hat sich offensichtlich nichts geändert. Sie ist ebenso wenig Russin wie ich und versteht bestenfalls einzelne Fetzen, wenn die anderen nicht sehr langsam und deutlich sprechen.

»Geh mal unter die Brücke und sieh dort nach, statt hier sinnlos rumzustehen«, herrscht sie den Mann an. Scheint, als wäre Vera in der Hierarchie aufgestiegen.

Er brummt etwas Abfälliges, setzt sich aber in Bewegung. Kickt missmutig einen Stein in den Bach – und entdeckt im gleichen Moment das Küken. »Ey!« Er winkt Boris zu sich, doch Vera ist zuerst dort. Sie greift nach dem Köder, betrachtet ihn von allen Seiten und dreht sich dann schnell um die eigene

Achse, als wolle sie sichergehen, dass sich niemand hinter ihrem Rücken versteckt. Für den Bruchteil einer Sekunde sieht sie genau zu mir her. Ihr Blick verfängt sich nicht in meinem, trotzdem setzt mein Herz einen Schlag aus.

»Scheiße!« Sie hält Boris das längst durchnässte Vögelchen hin. »Ich hab's gesagt, oder nicht? Es sind die Malakyans!«

Boris betrachtet den Köder und bleckt die Zähne. »Glaube ich nicht. Warum sollten die den Markt kaputt machen? Drecksarmenier.«

»Logik ist nicht dein Ding, Boris, lass es besser. Es geht ihnen nicht um den Markt. Sie zielen genau auf uns ab, du weißt doch, wie lange Andrei schon darauf wartet, dass sie zum Gegenschlag ausholen. Seit der Sache mit Grigor. Sie wollen immer noch Rache, was denkst du denn?« Sie hält ihm das Küken vor die Nase. »Und das ist eine Drohung, das ist dir klar, oder? Sie haben uns bloß hergelockt, damit wir es finden.« Wieder lässt sie ihren Blick durch den nächtlichen Park streifen. Langsamer diesmal, genauer. »Ich frage mich …«, murmelt sie, der Rest des Satzes ist zu leise, als dass ich ihn verstehen würde. Dann hebt sie die Hand. »Toljan!« Sie winkt jemanden heran, der sich außerhalb meines Blickfelds befindet.

Zwei Atemzüge später tritt ein Mann mit kurz geschorenem Haar und tätowierten Händen auf sie zu. Eine Erinnerung durchfährt mich wie ein Stromschlag. Daran, wie diese Hände einen Schwingschleifer halten, mit dem man normalerweise Holzoberflächen bearbeitet. Wenn man nicht Haut damit abhobelt.

»Was ist los?«

Sie hält ihm das Küken vors Gesicht. »Malakyans. Wir haben dir gesagt, du sollst diese Frau nicht mehr treffen. Wie heißt sie? Mina?«

»Mane. Gibt keinen Kontakt mehr. Seit zwei Wochen.« Er sieht Vera nicht an, während er spricht, sondern blickt demonstrativ an ihr vorbei. Als wäre er gelangweilt.

»Aha.« Sie hält das Küken höher. »Und das hier? Wieso bekommen wir plötzlich Drohungen aus der armenischen Ecke? Kann es sein, dass du Mist gebaut hast?«

»Nein.« Der Unterton, den Toljan in dieses einzige Wort legt, lässt mich meinen Ast fester umklammern, aber Vera bleibt unbeeindruckt. »Los, zurück zum Auto. Boris, sieh gründlich nach, ob jemand dran rumgepfuscht hat. Und halte Toljan vom Wagen fern, wer weiß, auf welcher Seite er steht.«

Mit einem Fluch stapft Boris davon, gefolgt von den anderen beiden. Ich befürchte kurz, dass Vera das Küken fallen lassen oder in den Bach werfen wird, aber sie nimmt es mit. Damit behält sie den GPS-Sender bei sich, genau, wie ich erhofft habe.

Ich höre, dass ihre Schritte sich entfernen. Meine innere Anspannung lässt nach – zu früh, ich darf mich jetzt nicht in Sicherheit wiegen. Dass Toljan eine Verbindung zu den Malakyans hatte, ist unverhofftes Glück. Im Zweifel werden sie ihm anlasten, was demnächst passiert, statt nach einem anderen Verursacher zu suchen.

Immer noch regnet es, mein schwarzer Hoodie ist völlig durchnässt, und der Ast hat so gegen die Innenseite meines rechten Beins gedrückt, dass ich es nicht mehr spüre.

Ich bewege den Fuß, lasse ihn kreisen, in meinem Bein beginnt es schmerzhaft zu kribbeln. Gleichzeitig lausche ich in die Dunkelheit. Keine Schritte, keine Stimmen. Nur das Rauschen des Bächleins und das Prasseln des Regens auf Blätter, Wege, Gras.

Nach einer Viertelstunde wirkt der Park immer noch wie ausgestorben, also gehe ich das Risiko ein und hole mein Smartphone aus dem Rucksack. Das Aufleuchten des Displays in der Baumkrone würde ein wachsamer Beobachter auf dreißig oder vierzig Meter sehen können. Ich entsperre das Handy und drücke es mir sofort gegen die Brust. Halte den Atem an, aber immer noch bleibt die Umgebung ruhig.

Also wage ich es. Ich öffne die App für den GPS-Tracker, lasse mir die Position des Kükens anzeigen und höre mich selbst ausatmen, unvorsichtig laut.

Sie müssen bereits losgefahren sein. Der rote Punkt befindet sich ungefähr vier Kilometer südlich des Hotels, auf einer Landstraße mitten im Taunus. Sie sind auf dem Weg in Richtung Frankfurt.

Immer noch kein Grund für völlige Entwarnung, denn es kann sein, dass sie mit zwei Fahrzeugen gekommen sind und nur eines davon zurückfährt. Jemand könnte noch auf dem Gelände sein und die Augen etwas länger offen halten. Der Hauptausgang ist daher weiter tabu für mich, aber ich habe meine Alternative ja längst gefunden.

Zehn Minuten warte ich noch, dann packe ich Fernglas und Handy in den Rucksack und beginne, vom Baum zu steigen. Der Regen ist nicht mein Verbündeter in dieser Sache, er hat Stamm und Äste rutschig wie Seife gemacht; trotz Gummiprofilsohle finden meine Sportschuhe nirgendwo Halt. Ich arbeite mich mühsam ein Stück nach unten, die letzten zwei Meter lasse ich mich einfach fallen, lande auf beiden Füßen im Gras und bleibe dort zusammengekauert hocken.

Die Aktion war viel zu laut, vor allem der Sprung am Ende. Trotzdem schält sich niemand aus einer Hecke und stürzt auf mich zu. Vielleicht sind wirklich alle fort.

Ich husche über die Wiese, auf die Stelle zu, an der der Baumstumpf steht. Meide dabei die Lichtkegel der Parklaternen.

Nach fünf Minuten bin ich draußen auf einer kleinen Straße und wische mir im Weiterlaufen die Farbe von Händen und Gesicht. Es ist mühevoll und funktioniert nur bedingt, das Zeug verschmiert mehr, als dass es verschwindet. Aber stehen bleiben und mich in Ruhe säubern ist nicht drin; ich habe keine Zeit zu verlieren, wenn ich die letzte S-Bahn noch erwischen will.

Eine halbe Stunde später sitze ich patschnass in einem Zug, der glücklicherweise so gut wie leer ist. Drei Jugendliche unterhalten sich lautstark am anderen Ende des Waggons, sie würdigen mich keines Blickes. Mit dem Smartphone als Spiegelersatz habe ich mir das Gesicht zumindest so weit gesäubert, dass es nicht mehr aussieht, als wäre ich aus einer Kohlegrube gekrochen.

Nun tue ich, was die meisten Menschen in der S-Bahn tun: Ich starre auf mein Handy, auf dem ich die Tracking-App geöffnet habe. Der rote Punkt ändert immer noch seine Position, mittlerweile sind die Karpins im Frankfurter Stadtgebiet angekommen und befinden sich in der Nähe des Botanischen Gartens. Ich wünschte, es wäre möglich gewesen, auch noch eine Wanze in das Küken einzubauen, aber schon der Tracker war eine Herausforderung.

Irgendwann werden sie ihn entdecken; hoffentlich erst, nachdem sie am Ziel angekommen sind. Die Ortung funktioniert angeblich auf fünf Meter genau – sobald der rote Punkt für längere Zeit zur Ruhe kommt, sollte ich die Stelle markieren.

Jetzt, wo das Adrenalin in meinem System sich langsam verflüchtigt, machen sich die Anstrengungen des Tages bemerkbar. Ich könnte auf der Stelle einschlafen, fühle mich erschöpft wie lange nicht mehr. Der Zug wird erst kurz vor ein Uhr nachts meine Haltestelle erreichen, bis dahin darf ich nicht einnicken.

Meine Augen brennen, ich blinzle. Sehe den roten Punkt auch, wenn ich für Sekunden die Lider schließe. Seit einer halben Minute steht er still, das ist zu lang für eine Ampelphase. Besser, ich setze ein Fähnchen an die Stelle. Ohmstraße. Dort liegt keines der Lokale, in denen die Karpins zu meiner Zeit unterwegs waren. Aber so vieles kann sich in den letzten eineinhalb Jahren geändert haben.

Der Punkt bewegt sich wieder, was mich erleichtert im Sitz

zurücksinken lässt. Wäre ja auch möglich gewesen, dass Vera den Tracker bemerkt und das Küken aus dem Auto geworfen hat. Es geht weiter Richtung Süden, sie halten auf eine der Mainbrücken zu.

Ich bin jetzt allein im Waggon, die Jugendlichen sind bei der letzten Station ausgestiegen. Die nächste ist meine, und ich stehe schon mal auf, es sind nur zwei Minuten bis dorthin. Der rote Punkt steht wieder still, ich starre ihn an, bis die Bahn hält. Noch im Aussteigen setze ich ein Fähnchen an die Stelle. Eine Wohngegend in Niederrad. Vielleicht schon die Endstation für heute.

Zu Hause streife ich mein nasses, kaltes Zeug vom Körper und stelle mich unter die Dusche. Schrubbe die Reste schwarzer Farbe von Gesicht und Händen. Zeit für ein erstes Resümee.

Vera hat Karriere gemacht, das ist nicht zu übersehen. So wie heute hätte sie früher niemals mit Boris gesprochen, ohne dafür Ohrfeigen zu kassieren, wenn nicht Schlimmeres. In München war sie sehr knapp an mir dran, ist das der Grund für ihren Aufstieg? Dass die Karpins ohne sie nicht von meinem Überleben wüssten?

Vera. Sie war an diesem letzten Tag mit dabei in der Halle – an dem Tag, an dem ich dich verloren habe. Sie hat alles mit angesehen, hat gelächelt, als Pascha mit dem Feuerzeug gekommen ist. Mit ihr solltest du an diesem Nachmittag einen Termin haben, ein kurzes Treffen. Sie beim Kauf eines Motorrads beraten.

Ich weiß nicht mehr, ob ich Vorahnungen hatte. Wahrscheinlich nicht, ich habe immer gedacht, Vera und ich säßen irgendwie im selben Boot. Dass sie mich warnen würde, wenn etwas im Busch wäre. Aber sie muss es gewesen sein, die dich in die Halle gebracht hat. Für das spektakuläre, feurige Finale.

Das heiße Wasser prasselt mir ins Gesicht, läuft mir durchs

Haar, über den Körper und alle meine äußerlichen Narben. Vera selbst hat auch eine; eine Brandnarbe auf der Stirn, die sie Pascha verdankt.

Hinter den geschlossenen Lidern sehe ich die Vera von heute Nacht: gut gekleidet, selbstbewusst, als wäre sie die Leiterin der gesamten Aktion. Vielleicht war der erste ihrer Karriereschritte nicht der, mich in München zu enttarnen, vielleicht hat es schon ein Jahr früher begonnen. Mit dem Anlocken des Gefährten der Verräterin. Mit der Fahrt in eine leere Fabrikhalle außerhalb von Frankfurt.

Ich trockne mich ab, verkrieche mich unter meine Decke und checke das Handy. Immer noch befindet der rote Punkt sich in Niederrad, an der gleichen Stelle wie zuvor. Im ungünstigsten Fall hat Vera an der Stelle das Küken aus dem Autofenster geworfen. Im besten Fall wohnt sie dort.

3.

Hallo, Tom! Ich war zur vereinbarten Zeit am vereinbarten Treffpunkt, aber leider habe ich dich dort nicht angetroffen. Was war los?
Mary

Das ist die erste Nachricht, die ich am nächsten Morgen bei *MyBazar* vorfinde. Die zweite ist ebenso interessant, aber um die kümmere ich mich später.

Es war regnerisch, nicht wahr?, schreibe ich zurück. *Regen macht mich nervös. Aber ich habe dir etwas dagelassen. Hast du es nicht gesehen?*

Zwei Minuten später kommt die Antwort:

Doch. Und niemand hier findet es witzig. Du solltest besser vorsichtig sein, vielleicht bewerte ich dich. Du weißt doch, negative Kritiken sind schlecht fürs Geschäft.

Ich bin immer stärker davon überzeugt, dass Vera hier persönlich schreibt, und sie macht das gut. Die PNs sind der Öffentlichkeit nicht zugänglich, trotzdem hält sie unseren Dialog so, dass niemand Außenstehender etwas Verdächtiges daran finden könnte.

Mein Geschäft läuft wie geschmiert, antworte ich. *Du musst dir keine Sorgen machen. Es stört mich auch gar nicht, dass ich ein paar Monate lang weniger verdiene als sonst. Ich kenne jemanden, der fast gar nichts verdienen wird.*

Die nächste Nachricht kommt schneller, als ich mir ein Glas Wasser aus der Küche holen kann. Kein Text, nur ein Bild – der stählerne Totenkopfring in Großaufnahme. Ohne totes Küken.

Ich schicke einen Smiley zurück. Und nur einen Satz: *Liebe Grüße von Grigor, soll ich ausrichten.*

So deutlich wäre ich normalerweise nicht geworden, das tue ich nur, weil es noch diese zweite Nachricht gibt, von einer anderen Quelle. Ich habe sie erst verstanden, nachdem ich sie durch den Google-Translator gejagt hatte. Dass sie auf Armenisch verfasst war, wusste ich schon davor, die Schrift ist ja sehr charakteristisch. Meine Vermutung, dass der Inhalt nicht besonders freundlich sein würde, wurde mir von Google unmittelbar bestätigt. Die Quintessenz lautet: *Frankfurt ist unsere Stadt. Wenn wir dich in die Finger bekommen, knüpfen wir dich an deinen Eingeweiden auf, Freund. Keine Geschäfte mehr mit rot-blau-orangen Strohhalmen.*

Ich bin recht sicher, dass die Botschaft von den Malakyans stammt, die keinen zweiten armenischen Clan in der Stadt sehen wollen – schon gar keinen, der Preisdumping bei Kokain betreibt. Mit ihrer Einmischung habe ich so früh nicht gerechnet, und sie macht mich ein wenig unruhig. Andererseits kann ich jetzt auf beiden Seiten Öl ins Feuer gießen, ich muss nur doppelt aufpassen, mir dabei nicht die Finger zu verbrennen.

»Mary« hat auf meine letzte Meldung nicht mehr geantwortet. Dass ich Grigor erwähnt habe, wird bei ihr alle Zweifel darüber beseitigen, mit wem sie es zu tun hat, und nun bespricht sie sich wohl mit den anderen. Gibt vielleicht auch Andrei Bescheid, denn wenn es um Clanstreitigkeiten geht, dürfen ohne seine Zustimmung keine Entscheidungen getroffen werden.

Zum dritten Mal heute checke ich die Tracking-App. Der

rote Punkt blinkt immer noch an derselben Stelle in Niederrad. Ich vergrößere die Karte. Wenn die GPS-Daten einigermaßen genau sind, muss der Sender sich in der Schwanheimer Straße befinden; leider weiß ich nicht, ob sich an der Adresse eine von Andreis Mitarbeiter-Wohnungen befindet. Er hat seine Leute immer gern auf eigene Kosten in seinen zahlreichen Immobilien untergebracht. Eine gute Strategie, um sie an den Clan zu binden und gleichzeitig überwachen zu können. Ich wünschte, ich würde es wagen, mir den Ort selbst anzusehen. Andererseits war ich auch im *Duplex*, und das nur mittelmäßig getarnt. Jetzt könnte ich Hijab und Abaya anlegen, die Kleidungsstücke habe ich aus Wien mit nach Frankfurt gerettet; muslimische Frauen gehören an beiden Orten gleichermaßen zum Stadtbild.

Allerdings lässt der Hijab das Gesicht frei, und wenn Vera auch nur einen Blick auf mich wirft, würde irgendetwas ihr bekannt vorkommen, und sie würde genauer hinsehen. Sie hat einmal im Vorbeigehen einen von Andreis abtrünnigen Partnern identifiziert, obwohl der sich in Ungarn ein ganz neues Gesicht hatte zurechtoperieren lassen. Und wenn ich den Hijab so feststecke, dass er nur die Augen freilässt? Würde sie mich dann noch erkennen? Vera traue ich in dieser Hinsicht fast alles zu, trotzdem denke ich, ich werde es riskieren. Schade, dass ich den praktischen Kinderwagen nicht auch aus Wien mitnehmen konnte.

Mit zügigen Schritten marschiere ich die Schwanheimer Straße hinauf, in jeder Hand eine halb gefüllte Einkaufstasche. Ich habe ein paar T-Shirts hineingestopft und zwei Laibe Weißbrot gekauft, die obenauf liegen – ich möchte aussehen wie eine Frau arabischer Herkunft, die gerade aus dem Supermarkt kommt. Es soll ein vertrautes Bild sein, das sich ohne Nachdenken, ohne zweiten Blick einordnen lässt. Nach einigem Überlegen habe ich die Walther zu Hause gelassen, obwohl mich der Gedanke, sie griffbereit zu haben, beruhigt hätte. Aber der Schleier tut das auch.

Ich bin nicht hier, um mich zu vergewissern, dass Vera sich hier aufhält, sondern um zu überprüfen, woher genau das GPS-Signal kommt. Im ungünstigsten Fall finde ich gleich das Küken im Rinnstein, aber dann weiß ich wenigstens Bescheid.

Noch etwa fünfzig Meter, wenn ich der Tracking-App glauben darf. Je näher ich komme, desto exakter wird die Anzeige, und es zeichnet sich ab, dass das Signal nicht von der Straße kommt, sondern aus einem der Häuser. Einem weißen, dreistöckigen Gebäude, dessen Fassade frisch renoviert wirkt.

Trotzdem suche ich den Boden genau ab, vor allem zwischen den geparkten Autos. Nirgendwo ein toter Vogel zu entdecken, vielleicht habe ich ja wirklich Glück.

Vor dem weißen Haus stelle ich meine Einkaufstaschen ab und tue, als müsste ich den vom Tragen geplagten Rücken strecken. Ein schneller Blick in alle Richtungen, dann öffne ich die Foto-App des Handys und knipse die Namensschilder neben den Klingeln am Hauseingang.

Mehr als das werde ich hier jetzt nicht ausrichten. Ich greife nach den Taschen und kehre zurück zur Bushaltestelle.

Schulz. Michalides. Dybvik. Raskowsky. Loeske. Finke. Yildiz. Hielmann-Mayer.

Wenn Vera wirklich in diesem Haus wohnt, lässt sich das nicht anhand der Klingelschilder erkennen. Als ich sie kennengelernt habe, hieß sie Singer, Vera Singer, aber ich habe für sie zumindest zwei Dokumente mit anderen Namen gefälscht. An die ich mich nicht mehr genau erinnern kann, aber von denen auf dem Foto war keiner dabei.

Sollte Vera wirklich in dem Haus in der Schwanheimer Straße wohnen, hat sie wohl einfach darauf verzichtet, das Schildchen des Vormieters zu ersetzen. Meinen Plan, ihr etwas zu schicken, das sie nervös machen könnte, werde ich trotzdem beibehalten, im schlimmsten Fall geht meine Post eben ins Leere.

Ein schneller Sprung in den nahe gelegenen Supermarkt, wo ich an der Fleischtheke nach einem Schweineherz frage. Für meinen Hund, natürlich. Die Bedienung mustert mich erst irritiert: muslimische Frau? Schweineherz?, bevor sie bedauernd die Schultern zuckt und mir erklärt, dass die nächste Metzgerei nicht allzu weit entfernt liegt.

Dort werde ich fündig. Ein Schweineherz ist etwa so groß wie ein Menschenherz; für Laien sind die Organe kaum zu unterscheiden. Zu Hause packe ich es in zwei Schichten Bubblewrap und eine passende Schachtel. Die Begleitnotiz ist kurz, aber griffig: *Deines reißen wir als Nächstes raus.* Beschwingt adressiere ich das Paket an Vera Singer, wohnhaft in der Schwanheimer Straße 34B. Ich schreibe mit der linken Hand, die Schrift soll ruhig unbeholfen aussehen und meiner eigenen nicht im Geringsten ähneln. Als Absender krakele ich etwas Unleserliches.

Ein schneller Sprung zur nächsten Postaufgabe-Stelle, und ich bin wieder zurück in meinen traurigen achtundzwanzig Quadratmetern, unschlüssig, wie ich den Rest des Tages verbringen soll.

Aber ein Blick auf *MyBazar* genügt, und es ist klar, was nun ansteht. Möglichst genaue strategische Planungen, denn Mary hat sich wieder bei Tom gemeldet.

Das wird euch noch leidtun.

Im ersten Moment denke ich, dass sie das Herz schon bekommen hat und dass das doch gar nicht sein kann, aber Sekunden später ist mir klar, was passiert sein muss. Ein schneller Blick in die Tracking-App … ja. Der rote Punkt ist verschwunden. *Not found*, meldet die App. Was einer gewissen Ironie nicht entbehrt, denn es ist genau das Gegenteil geschehen: Vera hat den Sender gefunden und zerstört.

Ich rufe den Standortverlauf auf und schlucke. Sie und ich müssen uns knapp verpasst haben. Wie es scheint, hat sie das Haus etwa zu der Zeit verlassen, als ich in den Bus gestiegen bin. Während ich beim Metzger und auf der Post war, ist sie an den Main gefahren, in die Nähe der Leunabrücke. Dort wurde das letzte Signal aufgezeichnet.

Ich lege mich aufs Bett, das Handy vor dem Gesicht. Ist sie extra dorthin gefahren, um das Küken ins Wasser zu werfen? Oder nein, Moment: In dem Industriepark, der sich in der Nähe befindet, gibt es zwei alte Gebäude, die früher zu einem Chemieunternehmen gehört haben und die Andrei kaufen wollte. Möglich, dass die Karpins das im vergangenen Jahr getan haben. Ist Vera hingefahren, um jemanden von den anderen dort zu treffen? Vielleicht haben sie gemeinsam erst das harte Innenleben ertastet und den Sender dann gleich zerstört oder im Fluss versenkt.

Ich frage mich, wen sie getroffen hat. Boris wird es nicht gewesen sein, der hat meinen Köder ja gestern schon gesehen und nicht an sich genommen. Hat Andrei einen neuen Stellvertreter in Frankfurt? Das zu erfahren wäre wichtig; wenn ich ihn kenne und weiß, wie er tickt, kann ich die Situation besser einschätzen.

Das wird euch noch leidtun.

Die Nachricht macht mich aus zweierlei Gründen froh. Erstens, weil sie zeigt, dass mein Unruhestiften Früchte trägt. Zweitens, weil Vera »euch« schreibt. Offenbar geht niemand im Clan davon aus, dass man es mit einer Einzelperson zu tun hat. Diesen Umstand werde ich nutzen, so lange es geht.

Ich würde mir meinen nächsten Schritt gerne länger überlegen, aber Zeit ist ein Luxus, den ich mir nicht leisten kann. Ebenso wenig wie teure Kostümierungen, also führt mich am nächsten

Tag mein erster Weg zu einem Secondhandladen von Oxfam. Ich stöbere in der Wühlkiste und finde pinkfarben glänzende Leggins von exquisiter Scheußlichkeit, mit einem Riss am linken Oberschenkel. Perfekt. Mein nächster Fund: ein schwarzer Kunstlederrock, den ich mit der Schere auf die richtige Länge bringen kann. Ein silbrig schillerndes Shirt mit tiefem Ausschnitt und einem Brandloch an der Seite – sieht nach Zigarette aus.

Am schwierigsten sind die Schuhe zu finden. Sie sollen hochhackig sein, aber ich will trotzdem darin gehen können. Am Ende entscheide ich mich für ein Paar Plateaupumps mit Bleistiftabsatz, die mich zwölf Zentimeter größer machen. Leider sind sie eine Nummer zu klein und werden mir nach ein paar Minuten höllisch wehtun, aber wenigstens kann ich sie nicht verlieren.

Fünfzehn Euro zahle ich für alles zusammen. Die Frau an der Kasse zieht angesichts meiner Wahl missbilligend die Augenbrauen hoch und lässt sie erst wieder sinken, als ich »für eine Kostümparty« murmle.

Zu Hause versuche ich, den Rock mit der Küchenschere auf Minilänge abzuschneiden, was kläglich misslingt; die Schere ist dem Kunstleder einfach nicht gewachsen. Mein Stanleymesser dagegen schon. Der Saum ist nicht unbedingt gerade, aber das kann dem Eindruck, den ich gerne erzielen möchte, nur zugutekommen.

Ich muss mich beschäftigt halten, sonst wird mir bewusst, wie irre mein Vorhaben ist. Wie viel schiefgehen kann. Von vergewaltigt über verstümmelt bis zu getötet werden ist alles drin, aber wenn mein Plan aufgeht, ist er ein großer Schritt in Richtung meines ersten Ziels: Vera loszuwerden.

Je erbarmungswürdiger ich aussehe, desto weniger hart werden sie hoffentlich mit mir umspringen. Ich betrachte mein Gesicht im Badezimmerspiegel, überlege, mir einen kleinen

Schnitt am Kinn zuzufügen, doch den würde ich so schnell nicht mehr loswerden. Ein Erkennungszeichen ist das Letzte, was ich gebrauchen kann.

Also Schminke. Mit allen Schattierungen von Rot, Blau und Braun male ich mir ein Veilchen, das es in sich hat. Bei schummeriger Beleuchtung sollte niemand seine Echtheit anzweifeln.

Dumm nur, dass das nicht genügen wird. Ich weiß, wie misshandelte Frauen aussehen, und ein blaues Auge ist meistens nur eines von mehreren Merkmalen. Seufzend drehe ich den Kopf von rechts nach links, entscheide mich für rechts, nehme meine Unterlippe zwischen die Zähne und beiße zu, fest und lange, bis ich Blut schmecke.

Ja. So wirkt das überzeugender. Die Lippe wird anschwellen wie nach einem Faustschlag, aber das sollte nicht von langer Dauer sein. So weit ist also alles vorbereitet. Mein größtes Problem ist die Frage, wie ich an den Ort des Geschehens kommen soll. Und später wieder zurück, hoffentlich.

Der Saunaclub, der heute Abend mein Ziel sein wird, liegt an der Hanauer Landstraße, nicht weit von der Autobahnauffahrt entfernt. Er ist mit öffentlichen Verkehrsmitteln gut zu erreichen, aber in meinem Aufzug werde ich unweigerlich auffallen. Das Veilchen lässt sich unter einer Sonnenbrille verbergen, bei Leggins und Minirock ist das schwieriger.

Es wird mir nichts anderes übrig bleiben, als in der Umgebung einen stillen Ort zu suchen und dort einen schnellen Kleiderwechsel durchzuführen.

Bis ich losfahren kann, ist noch einige Zeit zu überbrücken, der Club öffnet zwar schon um drei Uhr nachmittags, aber ich möchte die Betreiber antreffen. Und meiner Erfahrung nach tauchen die üblicherweise erst abends auf, wenn die meisten Gäste vor Ort sind.

Um mich abzulenken, schalte ich den Computer ein und rufe die üblichen österreichischen Nachrichtenseiten auf. Was sich als Fehler erweist, zumindest in puncto Ablenkung. Schon auf der Startseite blickt mir das ernste Gesicht von Oliver Tassani entgegen. *Spuren in Mordfall verdichten sich*, lautet die Headline.

Es geht um Norbert, natürlich. Darum, dass der Mörder zwar immer noch nicht gefasst ist, aber neue Hinweise aufgetaucht sind. »Es scheint, als hätte sich die Mieterin der Wohnung, in der das Opfer ums Leben gekommen ist, ins Ausland abgesetzt«, wird Tassani zitiert. »Es gibt dringende Fragen, zu deren Klärung sie beitragen könnte. Wir suchen sie als Zeugin und fordern sie dringend auf, sich bei einer Polizeidienststelle zu melden.«

Als Zeugin, ja klar. Ich zoome in Tassanis Foto hinein, bis seine dunkelbraunen Augen mir in Originalgröße entgegenblicken. Ich habe ihm eine ausgedruckte E-Mail zugeschickt, diesen freundlichen Gruß, den Andrei mir hat zukommen lassen. Darin steht explizit, dass seine Leute Norbert erschossen haben. Mit der gleichen Post ist auch ein Notebook an Tassani gegangen, von dem ich mir noch mehr erhofft habe. Es war Janinas Computer, den ich aus Alex' Wohnung habe mitgehen lassen und den ich trotz aller Mühen nicht entsperren konnte. Er müsste eine Fundgrube an Informationen für die Wiener Polizei sein. Janina war – oder ist – Alex' schöne, blonde Freundin und muss tief in die Machenschaften des Karpin-Clans verstrickt sein; ich bin sicher, auf dem Notebook finden sich Hinweise darauf. Warum ist dann in den Nachrichten nirgendwo die Rede davon, dass das organisierte Verbrechen in den Mord verwickelt sein könnte?

Vielleicht hat Tassani mein Paket gar nicht bekommen. Es gehen immer wieder Päckchen in der Post verloren. Aber so viel Pech habe ich wirklich nicht verdient.

Ich tupfe vorsichtig gegen meine schmerzende Lippe und wünsche mir, ich könnte dem Commissario tatsächlich gegenübersitzen und ihm meine Lage schildern. Es wäre so verlockend, Kontakt aufzunehmen. Der Situation nicht mehr völlig allein begegnen zu müssen … aber da sind leider Alex und sein ungewisses Schicksal.

Bisher habe ich mich erfolgreich dagegen gewehrt, jetzt lasse ich den Gedanken in meinem Kopf zu, gemeinsam mit den Bildern, die meine Fantasie mir dazu liefert. Angenommen, er hat es nicht geschafft, an die Handschellenschlüssel heranzukommen – dann liegt er längst tot im Keller des Abbruchhauses. Verhungert oder an einer Infektion gestorben; die Handgelenke waren böse aufgescheuert, der Keller alles andere als sauber. Fast genauso schlimm wäre es, wenn er immer noch dort unten und am Leben ist. Dann muss er längst den Verstand verloren haben, allein im Dunkel. Der Akku der Campinglampe hält nicht ewig.

Bei der Vorstellung krampft sich mein Inneres zusammen. Auch wenn sein Entkommen meine persönliche Lage gefährlicher machen würde, hoffe ich, dass er es nach draußen geschafft hat. Ich halte Alex für klug genug, dass er sich aus leeren Wasserflaschen und Keksschachteln etwas gebastelt hat, womit er den Schlüssel zu sich heranziehen konnte.

Falls er aber doch tot ist, ginge das auf mein Konto. Nein, ich kann es nicht riskieren, Tassani zu kontaktieren. Ich muss in Deckung bleiben, bis es vorbei ist, auf die eine oder andere Art.

Eine Stunde, bevor ich mich auf den Weg machen möchte, steigt eine Nervosität in mir hoch, wie ich sie lange nicht erlebt habe. Ich fühle mich wie vor einem von Andreis Aufträgen – oder wie vor einer der Hinrichtungen, bei denen ich anwesend sein musste. Alles in mir möchte fliehen. Was ich mir vorgenommen habe, wird wahrscheinlich schiefgehen, weil ich viel zu wenig Informationen habe. Ich weiß nicht, ob die Betreiber des Saunaclub noch dieselben sind. Ich weiß nicht, ob nicht jemand dort sein wird, der mich von früher kennt. Es sind so viele Unbekannte im Spiel, ich werde ständig improvisieren müssen.

Trotzdem stelle ich mich jetzt vor den Spiegel, frische mein blaues Auge auf und sprühe Fixing-Spray darüber. Gut möglich, dass ich Grund zum Heulen haben werde, dann soll die Farbe nicht verschmieren. Die Lippe ist, wie erhofft, angeschwollen. Jetzt noch die weißblonde Perücke, und mein Werk ist fertig. Auf die Silikon-Hüftpolster verzichte ich – durch die Leggins würden sie sich abzeichnen. Es muss auch so gehen.

Für die Fahrt ziehe ich Jeans und ein Sweatshirt über mein Outfit, obwohl die Temperaturen draußen sommerlich sind. Den abgeschnittenen Rock verstaue ich in meinem Rucksack; wenig Stoff braucht wenig Platz. Ein letzter prüfender Blick, dann setze ich die Sonnenbrille auf und mache mich auf den Weg.

NOTIZ 2

Wir liegen nebeneinander im Bett, Haut an Haut, ihr Kopf an meiner Schulter. Ihr Haar duftet nach Sonne.

»Hast du Angst?«, frage ich.

»Immer«, antwortet sie.

»Auch, wenn ich bei dir bin?«

»Natürlich. Angst um dich und um mich. Es ist etwas im Gang, spürst du das nicht auch? Etwas kommt auf uns zu, und ich weiß nicht, aus welcher Richtung.«

Ich drücke sie fester. »Könnte ja auch etwas Gutes sein.«

Sie dreht den Kopf so, dass sie mir in die Augen sehen kann. »Meinst du das ernst? Fällt dir jemand ein, der uns was Gutes wünscht?«

»Das Schicksal vielleicht«, sage ich, spüre aber selbst, wie lahm die Antwort ist. »Und wenn schon. Wir sind klug, klüger als die anderen. Wir drehen die Dinge zu unseren Gunsten.«

Sie schließt die Augen, schweigend, und ich unterdrücke ein Seufzen, denn in Wahrheit geht es mir wie ihr. Ich fühle auch, dass sich etwas zusammenbraut, ein Sturm. Ich weiß nur noch nicht, ob er aus Osten oder aus Süden weht. Er wirbelt die Dinge auf eine Weise durcheinander, die ich so nicht vorhergesehen habe.

Aber das gehört zum Geschäft, und das folgt den gleichen Regeln wie die Natur: Es gewinnt der Stärkste oder der Schnellste oder der, der sich Veränderungen am besten anpassen kann.

Darin bin ich unschlagbar.

4.

Neunzehn Uhr dreißig. Das *Shelley* ist eines der Etablissements, in dem Männer nach der Arbeit schnell etwas Spaß haben wollen, bevor sie nach Hause zu Frau und Kindern fahren. Kein exklusiver Club, man braucht hier nicht viel Geld, um sich eine halbe Stunde mit einem der Mädchen zu kaufen.

Noch vor ein paar Jahren haben die Karpins das *Shelley* betrieben; Andrei hat es den Malakyans für einen viel zu hohen Preis überlassen, hat sie weder auf die schlechte Bausubstanz noch auf den Schimmelbefall hingewiesen. Bei der Besichtigung war davon nichts zu erkennen, weil ein rumänischer Handwerkertrupp kurz zuvor alle Wände neu verputzt und gestrichen hatte. Natürlich fanden die Malakyans nach ein paar Monaten heraus, dass sie über den Tisch gezogen worden waren – es gab also schon vor dem Mord an Grigor böses Blut zwischen den Clans.

Ich hoffe, dass das *Shelley* immer noch fest in armenischer Hand ist. Und dass keiner von den Karpins Lust darauf hat, gelegentlich vorbeizuschauen.

Als ich an der Hanauer Landstraße aussteige, ist mir schwindelig vor Unruhe. Zwischen Autohäusern und Baumärkten suche ich nach einer Stelle, an der ich die Jeans aus- und den Rock anziehen kann, aber noch ist in der Gegend deutlich mehr los, als ich erwartet hatte. Schließlich ducke ich mich hinter ein paar Bäume neben einem Parkplatz und vollführe den Kostümwechsel so schnell wie möglich. Die Pumps quetschen meine Füße schon jetzt zusammen, und ich habe laut Navigations-App noch siebenhundert Meter Weg vor mir. Meine eigene Idee flößt mir immer mehr Widerwillen ein. Auch für den Rucksack, in den ich meine normale Kleidung gestopft habe, muss ich noch einen geeigneten Ort finden, mitnehmen kommt nicht infrage, da sind meine Schlüssel und ein Ausweis drin. Ich brauche ein Versteck, aber alles, was ich finde, ist ein Haufen alter Autoreifen, an dessen Seiten Gras und Brennnesseln hochwachsen.

Autoreifen, ausgerechnet. Ein schlechtes Omen oder ein Zeichen? Wahrscheinlich weder das eine noch das andere, trotzdem zögere ich, den Rucksack in ihrer Mitte zu versenken. Der Gummigeruch dreht mir den Magen um, bringt albtraumhafte Bilder zurück. Von dir, mit dem benzintriefenden Reifen um den Oberkörper. Von Andrei und von Vera, die mit verschränkten Armen an seiner Seite steht und lächelt.

Um Vera geht es. Ich schlucke meine Angst hinunter und werfe einen letzten Blick auf das Handy, bevor ich den Ton ausschalte und es in den Rucksack stecke.

Noch zweihundert Meter bis zum Ziel, zeigt die App mir jetzt an. Geradeaus und dann links. Der Gehweg ist uneben, ich schwanke auf meinen hohen Absätzen, muss mich konzentrieren, um nicht umzuknicken. Doch das passt zu dem Eindruck, den ich vermitteln möchte. Was ich gleich tun werde, habe ich ein paarmal bei Etablissements dieser Art beobachtet – mit sehr unterschiedlichem Ausgang.

Vor dem Club parken sechs Autos, keines davon teuer. Es dürfte also niemand aus der Führungsriege der Malakyans hier sein. Ich hätte doch später herfahren sollen.

Mit unsicheren Schritten gehe ich auf den Eingang zu und stelle mich in ein paar Metern Entfernung dazu auf. Mit gekrümmten Schultern, den Blick zu Boden gerichtet. Jedes Mal, wenn ein Auto vorbeifährt, schaue ich kurz hoch, aber zu meiner Erleichterung hält niemand an.

Dafür kommt nach etwa fünf Minuten eine groß gewachsene

Frau aus der Tür, zündet sich noch im Gehen eine Zigarette an und bleibt knapp neben mir stehen. Durch den Rauch, den sie zwischen den dunkelroten Lippen ausstößt, betrachtet sie mich. Ein zweiter Zug aus der Zigarette, dann tritt sie auf mich zu. »Bist du neu? Ich kenne dich nicht.«

Ihr Akzent ist schwer einzuordnen; nicht russisch, zum Glück, also hoffe ich, sie wird nicht erkennen, dass meiner falsch ist. Ich weiche geduckt zur Seite. »Bitte«, murmle ich, »ich nichts kann dafür.«

Mein Versuch, wie eine Russin nach drei Jahren Aufenthalt in Deutschland zu klingen, geht knapp daneben; ich höre mich eher an wie Melania Trump. Doch das scheint die rauchende Frau nicht zu stören. »Hat Narek dich herbestellt?«

Stumm schüttle ich den Kopf. Rücke noch weiter ab, doch meine Gesprächspartnerin hat keine Geduld. Sie stellt sich direkt vor mich, greift nach meinem Kinn und hebt es an. »Ah, Scheiße«, stellt sie sachlich fest. »So willst du arbeiten?«

»Muss ich.«

»Und nicht Narek hat dich hergeschickt?«

»N-Nein.«

»Wer dann?«

Ich druckse herum. »Eine Frau. Hat gesagt, ich soll hier stehen und Geld verdienen. Ich bin die Einzige, die sie heute hat rausgelassen.« Hektisch blicke ich mich um. »Ich weiß gar nicht, wo ich bin. Sie mich hier haben aus dem Auto geworfen.«

Die Frau macht drei tiefe Züge aus ihrer Zigarette, tritt sie dann auf dem Boden aus und marschiert ins *Shelley* zurück. Eine Minute später ist sie wieder da, in Begleitung eines breit gebauten Typen, aus dessen Hemdkragen schwarzes Brusthaar quillt. Er packt mich an der Schulter. »Wer bist du?«

»Nadja«, wimmere ich. »Bitte nicht schlagen.«

»Du hast hier nichts zu suchen«, herrscht er mich an. »Hau ab!«

Wie auf Bestellung füllen meine Augen sich mit Tränen. »Kann ich nicht. Sie ... sie haben gesagt, schneiden sie mir ein Ohr ab. Bitte – ich muss Geld bringen.«

Der Mann mustert mich ein paar Sekunden lang, die Mundwinkel verächtlich nach unten gezogen. »Wer? Wer schneidet dir ein Ohr ab?«

»Ich weiß nicht, wie er heißt. Ist Russe. Sehe ich immer nur die Frau.«

»Welche Frau?«

»Vera. Sie nicht Russin. Deutsche.«

Ich glaube zu erkennen, dass der Name bei meinem Gegenüber eine Assoziation auslöst. Er blinzelt, dreht den Kopf zu der Frau, die längst die nächste Zigarette raucht, und sagt etwas zu ihr in einer Sprache, die nicht slawisch klingt, die hoffentlich Armenisch ist. Er schüttelt aufgebracht den Kopf und nimmt wieder mich ins Visier. »Sie haben dich mit dem Auto gebracht?«

Ich nicke.

»Und gesagt, du sollst dich genau hier hinstellen?«

Noch mal nicken. »Ich nur zurückkommen, wenn vierhundert Euro.« Lautstark ziehe ich die Nase hoch. »So viel! Wie ich kann so viel Geld machen?«

Ohne Vorwarnung versetzt der Mann mir mit der flachen Hand einen Schlag gegen den Hinterkopf, packt mich am Arm und zieht mich durch den Eingang ins Innere des Clubs. Dort schubst er mich in eine Sitzecke und richtet drohend den Zeigefinger auf mich. »Sitzen bleiben. Warten! Klar?«

Mein Kinn zittert, ich blinzle schon wieder Tränen weg. Die innere Anspannung, die sich den ganzen Tag über in mir aufgestaut hat, erweist sich jetzt als nützlich.

Die Einrichtung des *Shelley* ist so schäbig, wie es die Fassade vermuten lässt. Abgewetzte Polstersessel, zerkratzte Tische, an manchen Stellen klebt der Boden von verschüttetem Bier, dessen Geruch den Raum erfüllt, vermischt mit dem von billigem Parfum. Gäste sehe ich nur zwei, sie sind beide schon in Gesellschaft mit jeweils einer der beschäftigten Damen und trinken wohl nur noch ihr Glas aus, bis sie sich in eines der Hinterzimmer verziehen.

Bisher habe ich niemanden entdeckt, den ich kenne; auch die beiden Männer, die jetzt den Club betreten, sind mir fremd. Sie sind um die vierzig, tragen T-Shirts und Jeans und sehen sich interessiert im Raum um. Der Blick des Kleineren bleibt kurz an mir hängen, wandert dann aber weiter zu drei Frauen, die weniger mitleiderregend wirken als ich.

Binnen Sekunden ist der Typ mit dem dichten Brusthaar bei den neuen Gästen. »Nicht die«, sagt er mit einer nachlässigen Kopfbewegung in meine Richtung. »Kommt mit, ich bringe euch zu ein paar wirklich netten Mädchen.« Er setzt sie an einem der hinteren Tische ab, dann kommt er zu mir. »Ich habe Tigran angerufen, er ist auf dem Weg hierher. Er wird sich um dich kümmern. Du bleibst so lange hier sitzen, verstanden? Beweg dich ja nicht weg!«

Ich nicke, ducke mich tiefer in meinen Sitz. Tigran, das muss Tigran Malakyan sein, Grigors Sohn. Wir könnten uns schon einmal begegnet sein, in einer von Andreis Spielhöllen – dort gab es eine kurze, aber heftige Auseinandersetzung mit zwei der Malakyan-Erben. Doch auch damals habe ich mich bloß in eine Ecke gedrückt und versucht, mich unsichtbar zu machen. Wiedererkennen sollte Tigran mich nicht, und wenn, wäre es egal. Er wird mich ohnehin zu den Karpins zählen.

Die Frau von vorhin stellt mir ein Glas Wasser hin. Schlecht abgespült, am Rand sind noch Lippenstiftspuren zu sehen. Trotzdem bedanke ich mich übertrieben herzlich.

»Wie heißt du noch mal?«, fragt sie.

Welchen Namen habe ich vorhin genannt? Verdammt. Katja? Nein, das war es nicht. Ich tarne meine Denkpause, indem ich einen tiefen Schluck aus dem Glas nehme. »Nadja«, murmle ich dann, dankbar dafür, dass mein Gedächtnis doch noch mitgespielt hat.

»Ich bin Anush«, sagt sie und streckt mir eine Hand mit spitzen, golden lackierten Fingernägeln hin. »Woher kommst du?«

Dünnes Eis. Ich kann mich als Russin ausgeben, solange niemand hier Russisch spricht; wenn es doch jemand tut, fliege ich sofort auf. »Aus Saratow«, sage ich leise. Die Stadt ist nicht besonders bekannt, aber ich weiß, dass Paschas Familie von dort stammt. Und dass die Wolga direkt vorbeifließt.

»Ah. Kenne ich nicht.« Anush rümpft die Nase, als wären Städte, die ihr kein Begriff sind, automatisch Städte zweiter Klasse. »Als ich im *Sweet Lips* gearbeitet habe, hatte ich eine Freundin aus Sankt Petersburg. Warst du schon mal dort?«

»Nein.«

Sie betrachtet mich wie ein Tier, dessen baldige Schlachtung sie ein wenig bedauert. »Du hättest nicht herkommen sollen. Tigran ist wütend.« Damit lässt sie mich sitzen und wendet sich einem Gast zu, der eben den Club betreten hat.

Ich halte mich an meinem Wasserglas fest. Anush hat recht, es war ein Fehler, herzukommen. Sie werden mich nach Strich und Faden verprügeln, bestenfalls, das wird alles sein, was ich erreiche.

»Nadja?«

Ich fahre herum. Schräg hinter mir steht ein sehr lässig gekleideter Mann, groß, mit dunklem Haar und grünen Augen, die ein wenig zu nah beisammenstehen. Seine Brust- und Armmuskeln zeichnen sich deutlich unter dem T-Shirt ab; um so auszusehen, muss er mindestens viermal die Woche trainieren. Nun erinnere ich mich, ich habe Tigran wirklich schon einmal gesehen. Damals hat er Boris mit einer zerbrochenen Flasche bedroht.

Mich sieht er an, als wäre ich Ungeziefer, ändert nach ein

paar Sekunden aber den Gesichtsausdruck, setzt sich mir gegenüber und winkt dem Mann hinter der Bar. »Zwei Glas Prosecco bitte.« Sein Deutsch ist so gut wie akzentfrei, seine Stimme tief.

Ich habe mich noch ein Stück kleiner gemacht, verstecke mein Gesicht hinter dem langen Haar der Perücke. Die Situation ist absurd, Tigran passt so wenig in diesen Club wie ein Rassepferd unter Maultiere. Er würde als Surflehrer durchgehen oder als Animateur in einem Ferienclub, mit den dezent zerrissenen Jeans und dem Flechtarmband am Handgelenk. Aber in seinem Blick liegt etwas, das mich innerlich zurückweichen lässt.

Der Prosecco wird serviert, Tigran schiebt mir ein Glas zu. »Du siehst aus, als könntest du einen Schluck brauchen.«

Ich schniefe und trinke gehorsam. Nadja soll als die Art Frau erscheinen, die durch schmerzhafte Erfahrungen gelernt hat, sich nicht zu widersetzen. Das Sektglas in meiner Hand zittert, und das muss ich nicht einmal vortäuschen.

»So«, sagt Tigran und lehnt sich ein Stück über den Tisch. »Und nun erzähl mir doch mal, wie du auf die verrückte Idee gekommen bist, in einem fremden Revier zu wildern.«

Immer noch ist seine Stimme freundlich, sein Lächeln verbindlich. Beides macht mir mehr Angst als jede Drohgebärde. Ich schüttle wild den Kopf. »Nicht meine Idee! Sie haben mich hergebracht, ich nur die Erste. Sie haben gesagt, ich muss!«

Er nickt verständnisvoll. »Ah. Und – wer sind diese Leute?«

Ich blicke zur Seite, als müsste ich überlegen, ob ich das verraten kann. Nun kann er mein blaues Auge nicht mehr übersehen. »Zwei Männer. Und eine Frau, die ich habe am öftesten gesehen. Sie bewacht uns und gibt uns Essen.«

»Russen und eine Deutsche?«

Brusthaar-Mann hat ihn offenbar schon informiert. Ich nicke in kleinen, hastigen Bewegungen. »Sie haben gesagt, sie schneiden mir Ohr ab, wenn ich nicht bringe vierhundert Euro.« Nachdem die Tränen bei mir heute so locker sitzen, lasse ich ihnen freien Lauf. »Und die machen das. Haben sie bei Ruzanna getan. Sie hat Fieber, alles voll Eiter ...«

Ich kann den winzigen Ruck sehen, der durch Tigrans Körper geht. Ruzanna ist ein Name, der fast nur in Armenien vorkommt, dort aber häufig. Die Clans bersten alle vor Nationalstolz; dass ein armenisches Mädchen von der russischen Konkurrenz misshandelt worden sein könnte, stört ihn sichtlich.

»Kennst du diese Ruzanna gut? Weißt du, woher sie kommt?«

»Bitte. Lass mich gehen. Ich suche mir Kunden anderswo, versp...«

»Ich habe dich etwas gefragt!« Er schreit nicht, er zischt. Ein Spucketröpfchen trifft mein Gesicht, ich lasse wieder ein paar Tränen fließen. Gebe vor, nachzudenken, obwohl ich extra für eine Frage wie diese am Nachmittag nach armenischen Städten gegoogelt habe.

»Einmal hat sie gesagt. Stefa... Stepa...«

»Stepanawan?«

Ich nicke heftig. »Stepanawan. Genau. Dort ist sie geboren, sagt sie.«

»Und die Russen haben ihr ein Ohr abgeschnitten?«

Ich beiße mir auf die Lippen, als würde ich es bereuen, das erwähnt zu haben.

Tigran lehnt sich zurück. »Wo wohnt ihr? Wo verstecken sie euch?«

Damit darf ich jetzt nicht einfach so rausrücken. Überzeugender wäre es, ich ließe ihn die Information aus mir rausprügeln, aber ich weiß, wie sich das anfühlt, und mir graut davor. Also sage ich nichts, starre nur auf die zerkratzte Tischplatte.

»Ich habe dich etwas gefragt.« Er ist einer der Männer, die umso leiser werden, je größer ihre Wut ist. Mir ist klar, dass die virtuelle Ruzanna mit ihrem abgeschnittenen Ohr ihm denkbar gleichgültig ist – aber wenn verfeindete Russen sich an einer Landsfrau vergreifen, geht das gegen seine Ehre. Noch dazu die Mörder des eigenen Vaters.

»Ich ... weiß es nicht.«

Er gibt dem Mann hinter der Bar einen Wink, Sekunden später reißt der mich von meinem Sitz hoch und zieht mich in eines der Hinterzimmer.

Es ist nicht groß und wird völlig von einem Bett und einem wandfüllenden Spiegel beherrscht. Der Barmann stößt mich auf die Matratze, Tigran ist uns gefolgt und schließt die Tür. In mir wallt Panik hoch; um sie in den Griff zu bekommen, balle ich die Hände zu Fäusten. Was für eine dumme Idee, hierherzufahren. In der Theorie habe ich mich auf alle möglichen Misshandlungen eingestellt und darauf, sie auszuhalten. Jetzt, angesichts der beiden riesigen Männer, sieht das ganz anders aus, aber wenn ich die Karpins vernichten will, brauche ich dafür eine Waffe. Hoffentlich, hoffentlich wird es nicht zu wehtun, sie auf das richtige Ziel zu lenken.

»Du hast es gehört, Semion. Die Russen haben einem Mädchen aus Stepanawan ein Ohr abgeschnitten«, sagt Tigran. »Was meinst du, sollen wir uns an den alten Spruch halten? Auge um Auge, Zahn um Zahn?«

»Ohr um Ohr«, grollt der Barkeeper. »Ist fair.« Den nächsten Satz sagt er auf Armenisch, Tigran antwortet in derselben Sprache, dann richten sie gleichzeitig den Blick auf mich.

Mein Atem geht schneller, mein Herz schlägt wie wild. Ich würde alles dafür geben, noch einen Rückzieher machen zu können, zu erklären, dass alles nur ein Vorwand war, ein Trick. Dass es keine Ruzanna gibt. Aber sie würden mir nicht mehr glauben.

»Bitte«, stoße ich hervor. »Mir tut leid. Ich komme nie wieder. Lasst mich laufen, bitte.«

»Wo wohnt ihr?«, wiederholt Tigran. Er kommt näher, setzt sich neben mich aufs Bett, nimmt Papier und einen Kugelschreiber aus der Schublade des Nachttischs. Das Papier ist ein kleiner Stapel Servietten mit dem Logo des *Shelley*. »Du schreibst mir jetzt auf, wo ihr wohnt. Und wie die Russen heißen, die dich geschickt haben.« Er nimmt mein Gesicht zwischen die Hände, als wolle er mich küssen; stattdessen drückt er zu, drückt mir den Unterkiefer mit aller Kraft zusammen.

Ich heule auf, versuche, mich zu befreien. Er drückt fester. »Semion«, sagt er, ohne den Blick von mir zu wenden. »Hol ein Messer.«

Es fühlt sich an, als wäre meine untere Gesichtshälfte in einen Schraubstock geklemmt. Tigran weiß, wo er zudrücken muss, um den Schmerz langsam zu steigern. Ich kann nichts sagen, kann nur wimmern. Gleich wird mir übel werden.

Von einer Sekunde zur nächsten lässt er los. »Los. Schreib!«

Reflexartig bedecke ich meinen Kiefer rechts und links mit den Händen. »Weißes Haus. In Niederrad. Lass mich gehen, bitte.«

Semion kehrt zurück, in der Hand ein großes Fleischmesser. »Die genaue Adresse«, erklärt Tigran freundlich. »Wenn ich sie selbst herausfinden muss, schicke ich ein Paket mit deinem Ohr hin.« Semion übergibt ihm das Messer. Tigran hält es mir vors Gesicht, streicht mir damit über die Wange.

Ich werde nachgeben, gleich werde ich nachgeben, aber ich darf damit nicht zu schnell sein. Ich muss sichergehen, dass sie mir glauben. »Sie mich umbringen«, heule ich daher und lasse mich neben dem Bett zu Boden fallen. »Sie mich schlagen, bis ich tot. Ihr kennt sie nicht, sind wie Teufel!«

Ein kurzer Tritt in die Seite. »Steh auf.«

Ich richte mich ein Stück auf, werfe dabei einen schnellen Blick in den Wandspiegel. Mein blaues Auge ist leicht verschmiert, was aber nicht auffällt, weil Wimperntusche und Kajal sich in den Tränen aufgelöst haben und schwarze Spuren über mein Gesicht ziehen. »Ihr kennt sie nicht«, wiederhole ich verzweifelt.

»Ich glaube, da irrst du dich, Nadja.« Tigran ist neben mir in die Hocke gegangen, das Messer hält er so, dass er es mir jederzeit ins linke Auge stechen könnte. »Wir haben Bekanntschaft mit der Familie Karpin gemacht. Sie sind wie Schaben, man muss sie zertreten.« Die Messerspitze kommt näher. »Adresse. Los.«

»Es ist …«, ich schluchze auf, drehe den Kopf zur Seite. »… in Niederrad. Aber …«

Ein scharfer Schmerz, direkt über meinem rechten Wangenknochen. Es brennt, ich spüre, wie mir Blut übers Gesicht läuft.

»Das nächste Mal ist es das Auge«, erklärt Tigran freundlich. »Dann das Ohr, wie versprochen.«

»Schwanheimer Straße«, schreie ich, fahre mir mit der Hand übers Gesicht, alles blutig, es tropft auf mein Shirt, auf den Boden. »Nummer 34B. Weißes Haus, aber viele Namensschilder. Ich weiß nicht, wem Wohnung gehört, sie uns sperren ein.« Es kostet mich Mühe, meinen russischen Akzent beizubehalten, denn die Panik hat jetzt ganz von mir Besitz ergriffen. Ich kann Tigran nicht einschätzen, vielleicht zieht er mir das Messer gleich durch die Kehle.

»Aufschreiben. Adresse, Namen. Alles, was du weißt.«

Auf dem Boden kniend greife ich mit blutverschmierten Fingern nach einer Serviette und schreibe ganz oben *Boris* hin, darunter *Vera*. Darunter die Adresse, doch kaum bin ich fertig, fällt ein Blutstropfen darauf und macht sie unleserlich. Tigran fegt die Serviette weg, schiebt mir eine neue hin. »Noch mal. Und nicht wieder draufbluten.«

Die Aussicht auf einen schmerzhaften Schlag gegen die Karpins hebt seine Laune, das kann er nur schlecht verbergen. »Du hast gesagt, drei Leute«, sagt er, nachdem ich alles noch mal notiert habe. »Eine Frau, zwei Männer. Da fehlt ein Mann.«

Ich nicke, zögere. Wen soll ich noch dazuschreiben? Am besten Toljan, von ihm weiß ich, dass er sich in Frankfurt befindet. Und dass er mit einem Malakyan-Mädchen befreundet war. Vielleicht sorgt das für zusätzlichen Zündstoff.

Als ich fertig bin, nimmt Tigran mir die Serviette ab, betrachtet sie eingehend, nickt. Hebt dann wieder das Messer, und ich rücke unwillkürlich ab. Möglich, dass er kurzen Prozess mit mir macht, nachdem er jetzt weiß, was er wissen wollte. An manchen Tagen hätte Andrei genau das getan.

»Ich euch habe alles gesagt«, flüstere ich.

Er antwortet nicht. Bückt sich und wischt an meinem Shirt das Messer sauber, dann deutet er auf die vollgeblutete Serviette, die neben mir liegt. »Wisch dich ab.« Was er danach zu Semion sagt, verstehe ich nicht, aber der packt mich unter den Achseln, zieht mich auf die Beine und zerrt mich aus dem Zimmer.

»Mach keinen Krach«, knurrt er. »Nicht die Kunden stören. Wenn du schreist, ist es das letzte Mal. Versprochen.« Er schleift mich auf den Hinterausgang zu, bei dem sich Bierkisten stapeln; aus der obersten zieht er eine Flasche und klemmt sie sich unter den Arm. Dann sind wir draußen, steuern auf einen schwarzen Wagen zu. Semion stößt mich auf den Beifahrersitz. Sobald er hinter dem Lenkrad sitzt, verriegelt er die Türen von innen. Dann schiebt er seine Jacke beiseite und zeigt mir das Messer an seinem Gürtel. Die lange Klinge steckt in einer schwarzledernen Scheide, oben ragt ein Griff heraus, der aussieht, als hätte man ihn aus einem Knochen geschnitzt. Weiße Teufelsfratzen mit gebleckten Zähnen starren mich an. »Keine dummen Ideen, okay? Wir machen einen Ausflug.« Er öffnet die Bierflasche und sieht mich vorwurfsvoll an. »Blute nicht den Wagen voll.«

Ich drücke die Serviette wieder auf den Schnitt. »Wohin wir fahren?«

Keine Antwort. Er hat den Parkplatz bereits verlassen und beschleunigt jetzt, fährt in Richtung Autobahn. Gelegentlich wirft er mir einen schnellen Blick zu. »Ruhig sitzen. Sonst stecke ich dich in den Kofferraum.«

Wir fahren stadtauswärts, er hat mir die Augen nicht verbunden, außer mir zu drohen, trifft er keinerlei Sicherheitsmaßnahmen. Das heißt, sie wollen mich entweder in sicherem Abstand zu Frankfurt beseitigen oder irgendwo verwahren, bis sie mich wieder brauchen können. Vielleicht als Pfand für einen Handel mit den Karpins.

In meinen Ohren rauscht es. Ich sinke noch ein Stück in mich zusammen, streife mir unauffällig die Pumps von den Füßen. Es ist nicht lange her, dass ich selbst jemanden mit dem Auto entführt habe, aber ich habe besser aufgepasst. Ich habe Alex mit Pfefferspray außer Gefecht gesetzt und ihn mit Handschellen an den Sitz gefesselt. Semion genügen offenbar versperrte Autotüren und die Warnung mit dem Kofferraum. Er hält mich für dumm und harmlos, das ist gut.

Wir sind ungefähr eine halbe Stunde unterwegs, als er auf einen Parkplatz zufährt. »Entspannungspause«, sagt er mit schiefem Lächeln, und ich brauche nicht nachzufragen, was er damit meint. In dem Moment, in dem der Wagen steht, schnelle ich vor, reiße die halb leere Bierflasche aus der Mittelkonsole und schlage damit nach Semions Kopf. Er schreit auf, mehr empört als schmerzerfüllt, und greift sich an die Stirn. Das sind die zwei Sekunden, die ich brauche, um den Hebel der Generalverriegelung zu lösen und die Tür aufzureißen. Ich fühle noch, wie Semions Hand an meinem Rücken abgleitet, allzu hart habe ich ihn nicht getroffen, leider. Ich höre ihn fluchen und die Fahrertür aufreißen, dann höre ich nichts mehr außer meinen eigenen Atem. Barfuß renne ich über die Wiese, zwischen den Toilettenhäuschen hindurch, auf das dahinterliegende Waldstück zu, hinein in die pechschwarze Dunkelheit. Ich laufe über Äste und Steine, ohne Schuhe schmerzt jeder Schritt, aber ich bleibe nicht stehen.

Keine Ahnung, ob Semion mir noch folgt. Ich zwänge mich durch Dickicht, das sich in meiner Perücke verfängt und sie mir fast vom Kopf reißt. Erst nach ein paar Minuten ducke ich mich hinter ein Dornengebüsch, halte den Atem an und lausche.

Außer dem Rauschen der nahen Autobahn ist nichts zu hören. Keine Schritte, kein Knacken von Ästen. Würde jemand sich nähern, ich könnte es nicht überhören. Aber vom Aufflattern eines Vogels abgesehen bleibt es ruhig.

Ich warte. Ist Semion schon gefahren? Oder harrt er auf dem Parkplatz aus, in der Überzeugung, dass ich irgendwann zurückkommen muss? Möglich wäre auch, dass er seinen Auftrag erfüllt hat: mich einfach fortzubringen und irgendwo auszusetzen wie einen Hund, den man nicht mehr haben möchte.

Etwas krabbelt über mein Bein, ich taste den Boden ab. Nein, kein Ameisenhaufen. Dafür etwas, das sich wie ein gebrauchtes Kondom anfühlt.

Ich rutsche ein Stück zur Seite und setze mich. Eine Stunde muss ich mindestens noch warten, bevor ich langsam versuchen kann, zurückzuschleichen. Ich muss nicht nur irgendwie nach Frankfurt zurückkommen, sondern auch ganz nah an den Club heran. Mein Rucksack mit dem Handy und vor allem den Wohnungsschlüsseln liegt noch zwischen den Autoreifen. Hoffentlich.

Obwohl es eine sommerlich warme Nacht ist, beginne ich zu frösteln. Der Schnitt unterhalb des Auges brennt, aber er blutet nicht mehr. Die Serviette aus dem *Shelley* halte ich immer noch in der Hand. Ich schiebe sie in die Tasche meines Rocks, stütze den Kopf in die Hände und denke nach.

Trampen? In meinem Aufzug ist das keine gute Idee. Jeder anständige Mensch würde mich sofort zur Polizei bringen, so misshandelt, wie ich aussehe. Und die weniger anständigen ... nun ja. Das möchte ich heute nicht mehr ausprobieren.

Als mir endgültig zu kalt wird, richte ich mich auf. Immer noch ohne Plan, aber mit dem Vorsatz, erst mal nicht zum Parkplatz zurückzugehen. Selbst wenn Semion schon fort ist, ist er eine Sackgasse. Aber ich glaube mich zu erinnern, dass die nächste Autobahnausfahrt in drei oder vier Kilometern angeschrieben war. Diese Strecke bei Dunkelheit durchs Gelände zurücklegen zu müssen, ohne Schuhe, ist eine entmutigende Vorstellung, aber trotzdem das Beste, was mir einfällt. Ich gehe die ersten Schritte, bleibe stehen, horche. Nichts. Die Hände vor mir ausgestreckt, arbeite ich mich meterweise durch den Wald. Es wird eine lange Nacht werden.

5.

Dass ich irgendwann einen Weg unter den wunden Füßen spüre, halte ich zuerst für reines Wunschdenken. Ich bin mehrfach gegen Bäume gestoßen, habe mir Arme und Hände zerkratzt, zweimal bin ich gestolpert und hingefallen. Jetzt fühlt sich der Boden plötzlich eben an. Wie glatt gewalzte Erde, wie ein Forstweg.

Ich bin so erleichtert, dass mir wieder die Tränen kommen, obwohl ich längst nicht mehr weiß, ob ich noch in der ursprünglich eingeschlagenen Richtung unterwegs bin. Ich arbeite mich weiter, Schritt für Schritt, fühle, wie der Weg ansteigt. Der Himmel über mir ist scherenschnittartiges Hellschwarz zwischen dem zackigen Dunkelschwarz der Bäume. Nirgendwo ein Stern zu sehen.

Früher, als ich damit gerechnet hätte, erreiche ich eine Kuppe. Vor mir endlich Lichter. Autos, die eine Straße entlangfahren – eine Straße, keine Autobahn –, und das gelbe Leuchtschild einer Tankstelle.

Meine Beine setzen sich wieder in Bewegung, der Weg führt jetzt abwärts, je weiter ich gehe, desto besser wird die Sicht. Nach und nach ziehe ich mir die Haarnadeln vom Kopf, löse die Perücke und nehme sie endlich ab. Am liebsten würde ich sie hier ins Gebüsch werfen, aber mein Geld ist knapp, ich muss mit meinen Requisiten sparsam umgehen.

Sobald ich die Tankstelle einigermaßen überblicken kann, bleibe ich stehen. Kein Auto an den Tanksäulen, derzeit. Nur ein einziger Lkw auf dem Parkplatz. Nirgendwo Semions schwarzer SUV.

Zehn Minuten später bin ich so nah, dass ich in das beleuchtete Tankstellengebäude sehen kann. Es ist vierundzwanzig Stunden geöffnet und verfügt über einen Shop. Eine Mitarbeiterin lehnt neben der Kasse und blättert in einer Illustrierten. Ihr Kollege sitzt daneben und starrt auf sein Handy.

Ich habe mein Zeitgefühl verloren; müsste ich schätzen, würde ich sagen, dass es zwei oder halb drei Uhr nachts ist. Ich war ja früh im *Shelley* und mein Aufenthalt nicht von allzu langer Dauer.

In einem Abfalleimer finde ich eine leere Plastiktüte, da stopfe ich die Perücke hinein. Niemand sieht nach draußen, deshalb riskiere ich es, mir einen der Eimer mit dem Scheibenwischwasser zu schnappen, ihn ins Halbdunkel zu tragen und mir Blut und Dreck von Gesicht und Armen zu waschen. Das Wasser brennt in dem Schnitt unter meinem Auge, doch als ich mich mit einem Stück Papier aus dem Spender abtrockne, ist kaum Blut darauf zu sehen.

Den Tankstellenshop zu betreten, kostet mich alle Überwindung dieser Welt, denn in meinen pinkfarbenen Leggins und dem kunstledernen Röckchen sehe ich aus wie eine frisch verprügelte Nutte. Normale Menschen entledigen sich dieser Art von Problem, indem sie die Polizei rufen. Aber vielleicht tun die beiden im Shop das nicht, wenn ich ihnen die richtige Geschichte erzähle.

Sie blicken gleichzeitig auf, als die elektrischen Schiebetüren sich mit leisem Summen öffnen. Der Mann lässt sein Handy sinken, die Frau gibt einen erschrockenen Laut von sich. Ich zwinge mir ein schiefes Lächeln ab. »Darf ich Ihre Toilette benutzen, bitte?«

Die Frau rührt sich als Erste. Sie ist um die vierzig, extrem dünn und an beiden Armen tätowiert. Links Blumenranken, rechts Schmetterlinge und Vögelchen. »Äh. Ja. Natürlich.« Sie weist mit dem Schmetterlingsarm nach rechts. »Das Klo ist da hinten. Brauchst du Hilfe? Bist du überfallen worden?«

Dass sie mich duzt, nehme ich als gutes Zeichen. Als eine Art Freundschaftsangebot. »Überfallen?« Ich lache auf. »Von wegen. Mein Arsch von einem Freund hat mich an einem Autobahnparkplatz rausgeschmissen. Ohne Handy, ohne Handtasche. Ich bin querfeldein gelaufen, du kannst dir gar nicht vorstellen, wie froh ich bin, dass ich eure Tankstelle gefunden habe.«

Der Mann beugt sich ein Stück vor, wirft einen bedeutungsvollen Blick auf meine Füße. »Deine Schuhe hat er dir auch nicht gelassen?«

»Die habe ich im Wald weggeschmissen. Damit hätte ich mir nur die Knöchel gebrochen.« Ich stütze mich auf dem Tresen ab. »Sorry, wenn ich euch Umstände mache. Ich möchte mich nur bisschen säubern und dann ... dann muss ich mir etwas einfallen lassen.«

Die Frau greift auf die Ablage hinter sich und hält mir ihr Handy entgegen. »Möchtest du jemanden anrufen? Deinen Freund oder so? Vielleicht tut es ihm ja schon leid.«

»Den?« Wieder lache ich auf. »Mit dem rede ich nie wieder ein Wort, mit diesem eifersüchtigen Arschloch. Behauptet, ich hätte ihn betrogen, dabei ...« Ich blicke an mir hinunter, ziehe ein weinerliches Gesicht. »Diese scheußliche Hose habe ich nur für ihn angezogen, weil er auf so was steht. Wollte ihm eine Freude machen. Und dann macht er mir eine Szene, der Sack.«

Die Frau kommt hinter dem Tresen hervor, betrachtet mein Gesicht aus der Nähe. »Ist das ein Schnitt unter deinem Auge? Hat er das getan?«

»Was? Nein! Ich bin ein paarmal hingefallen und muss mich einmal an einem Stein aufgeritzt haben.« Ich tippe vorsichtig mit den Fingerkuppen auf die Stelle, die sich bereits verkrustet anfühlt.

»Willst du wirklich niemanden anrufen?«

Heftig schüttle ich den Kopf. »Um diese Zeit? Nein, ich reiß doch niemanden aus dem Schlaf, bloß weil ich so blöd war, mich mit einem Gestörten einzulassen.«

Die Frau zuckt mit dem Schultern. »Wie du meinst.« Sie nimmt mich am Arm und führt mich zu den Waschräumen.

Unter der Neonbeleuchtung sehe ich das ganze Ausmaß der Verwüstung. Meine Waschversuche mit dem Wasser aus dem Eimer dürften die Dinge eher verschlimmert als verbessert haben. Überall in meinem Gesicht klebt Wimperntusche, sogar am Kinn. Das geschminkte blaue Auge ist als solches nicht mehr zu erkennen, aber Reste des violetten Lidschattens finden sich an meiner Nase und der linken Schläfe. Der Schnitt ist tiefrot, in ihm ist Erde kleben geblieben – ich sollte ihn dringend desinfizieren.

Mit Seife und heißem Wasser schrubbe ich mir das Gesicht so gründlich, dass im Anschluss die Haut rot glänzt. Die Wunde blutet wieder leicht, ich drücke ein Papierhandtuch drauf, bis es aufhört.

Meine Füße zu waschen ist eine aufwendigere Angelegenheit, sie sind zerschunden und harzverklebt, in der linken Ferse steckt ein Holzsplitter, den ich nur mit Mühe herausziehen kann.

Als ich in den Shop zurückkehre, wartet auf dem Ladentisch eine Auswahl von Heftpflastern auf mich, außerdem ein ausgetretenes Paar Ballerinas.

»Gaby will dir ihre alten Schlappen andrehen«, murmelt der Mann, der längst wieder in den Anblick seines Smartphones vertieft ist.

»Sonst hab ich nichts hier, und es ist besser als barfuß«, protestiert die Frau. Ich greife nach den Schuhen. »Danke, Gaby. Echt.«

Sie mustert mein Gesicht. »Und falls du ein Pflaster brauchst, wir sind ausgerüstet.«

Ich verklebe den Schnitt und schlüpfe in die Ballerinas, die mir gut eine Nummer zu groß, aber trotzdem viel besser sind als nichts. »Du bist so ein Schatz«, murmle ich, und Gaby strahlt.

»Wir sind doch alle schon mal an ein Arschloch geraten.«

»Ja. Trotzdem – ich kann mich überhaupt nicht bei dir revanchieren oder dir ein paar Euro für die Schuhe geben.«

Sie streicht mir über den Arm. »Vergiss es. Wie kommst du von hier jetzt weiter?«

Der Mann hinter dem Ladentisch steht auf und streckt sich. »Polizei rufen wäre das Beste. Sie kann ja schlecht nach Frankfurt laufen, und bis zur nächsten Bushaltestelle sind's auch zehn Kilometer.«

»Nein, bitte nicht die Polizei«, widerspreche ich. »Ich meine ... schau doch, wie ich aussehe. Die denken, ich bin eine Professionelle, das wäre mir einfach nur peinlich.«

»Du hast aber keine Kohle für ein Taxi, oder?«

Kurzes Schweigen, dann kratzt Gaby sich am Hinterkopf. »Ich könnte sie ein Stück fahren. Wenigstens bis zur nächsten S-Bahn. Wenn du so lange die Stellung hältst, Ingo.«

Ingo verdreht die Augen. »Mutter-Teresa-Syndrom, was? Du weißt noch nicht mal, wie sie heißt. Wenn sie im Auto plötzlich ein Messer rauszieht und dich absticht, kann ich keinem sagen, wer's war.«

»Du hast ja einen Knall«, empört sich Gaby.

»Nein, er ist bloß vorsichtig«, sage ich. »Und es tut mir leid, dass ich keinen Ausweis dabeihabe, um es euch zu beweisen, aber ich heiße Nadja Birkfeld und wohne in Frankfurt, in der Schwanheimer Straße. Ich hab kein Messer, keine Pistole, keinen Schlagring, nicht mal eine Nagelfeile.«

Ingo hat sich schon weggedreht, allzu groß scheint seine Sorge um Gaby nicht zu sein. »Bleib nicht zu lange fort«, sagt er. »Ich mache dafür dann früher Schluss.«

Einen Moment lang sieht es aus, als täte Gaby ihr Angebot leid, aber dann nimmt sie die Autoschlüssel von der Theke und winkt mich nach draußen. »Ich fahre dich bis Jügesheim, die S1 fährt rund um die Uhr. Schlimmstenfalls musst du eine halbe Stunde warten.« Ein finsterer Blick in Ingos Richtung. »Mehr als zwanzig Minuten brauche ich bei Nacht nicht.«

Die Tüte mit der Perücke habe ich vor der Tankstelle abgelegt und klemme sie mir jetzt unter den Arm. Gaby fragt nicht danach, sie hat schon einen kleinen roten Ford entsperrt und sich auf den Fahrersitz geschwungen. »Na komm.«

Die Fahrt verläuft relativ schweigsam. Erst nach fünf Minuten dreht Gaby sich zu mir. »Aber du verlässt den Typen jetzt, oder? Du bist keine von denen, die sich dann wieder mit ein paar netten Worten rumkriegen lassen?«

»Ganz sicher nicht.« Unter dem Pflaster fühle ich den Schnitt pochen. »Der kann sich auf etwas gefasst machen. Und nicht nur er.«

Als Gaby mich am S-Bahnhof aussteigen lässt, ist es Viertel nach vier. Ich drücke sie zum Abschied, in echter Dankbarkeit, und tappe zum Gleis. Alles menschenleer hier, trotzdem kauere ich mich auf der entlegensten Bank zusammen, die Arme um die Tasche mit der Perücke geschlungen.

Nach Frankfurt werde ich nur etwa eine halbe Stunde brauchen. Zum *Shelley* die doppelte Zeit. Heißt, ich werde um halb sechs dort sein. Ist dann noch jemand von den Malakyans vor Ort? Ich habe keine Ahnung von den Öffnungszeiten des Saunaclubs, aber ich glaube nicht, dass sie bis in den frühen Morgen reichen.

Im Zug bin ich genauso alleine wie auf dem Bahnsteig. Draußen rast Dunkelheit an mir vorbei. Ich würde so gerne schlafen, aber erst brauche ich meinen Wohnungsschlüssel.

Auf der nahen Autobahn hat der Berufsverkehr bereits eingesetzt, doch die Hanauer Landstraße ist noch menschenleer.

Ich ziehe in einem verborgenen Winkel die leuchtend pinkfarbenen Leggins aus und stecke sie zur Perücke. Nackte Beine fallen weniger auf.

Weiterschleichen. Dort vorne kann ich schon den Reifenstapel erahnen, aber ausgerechnet jetzt kommt mir doch ein Auto entgegen. Ich verschwinde hinter einer Plakatwand, der Wagen fährt vorbei. Es ist nicht der von Semion, sondern ein blauer Opel, an dessen Steuer eine gähnende Frau sitzt.

Und dann höre ich etwas, aus der Richtung des *Shelley*. Einen lang gezogenen Ton, keinen Schrei, sondern einen gedämpften, klagenden Laut, der abrupt abreißt.

Die Härchen auf meinen Armen stellen sich auf. Kann es sein, dass die Malakyans so schnell, so effizient zuschlagen? Dass sie sich schon jemanden von den Karpins geschnappt haben?

Ich sollte umkehren. Oder nein, schnell den Rucksack an mich reißen und dann abhauen, egal wohin, notfalls einfach auf den Parkplatz des nahen Baumarkts. Zwischen den Einkaufswagen verstecken und warten, bis die tägliche Betriebsamkeit einsetzt.

So geduckt, dass ich fast auf allen vieren laufen könnte, husche ich zum Reifenstapel, wo mein Rucksack tatsächlich noch liegt. Ich atme auf, reiße die Jeans, die Sneaker und die Jacke heraus und verwandle mich hinter der nächsten Hausecke in eine normale, unauffällig gekleidete Frau. Und jetzt nichts wie weg.

In diesem Moment höre ich vom *Shelley* her ein metallisches Geräusch, als würde etwas Schweres einrasten. Dann wird ein Motor angelassen. Ich stehe hinter einem geparkten Lieferwagen, eng an das kühle Blech gepresst, und verfluche mich, weil ich den richtigen Moment zum Abhauen verpasst habe. Jetzt einfach ruhig halten, ducken und die Situation im Blick behalten.

Das Motorengeräusch kommt näher, und schon biegt der Wagen um die Ecke, aus dem ich vor fünf Stunden geflohen bin. Semions schwarzer SUV. Er hat ein zweites Auto an einer Abschleppachse hängen, ein altes Wrack mit eingebeulter Motorhaube. Der Anblick spült eine Erinnerung in mir hoch.

Boris hat einmal davon erzählt. Das, was den Karpins die Fässer mit Natronlauge sind, um die Überreste ihre Opfer zu beseitigen, sind den Malakyans zwei Autoverwertungsbetriebe mit Schrottpressen, beide im Besitz der erweiterten Familie.

»Ich finde Lauge besser«, hat Boris damals gesagt. »Aber so ein Paket, sechzig mal sechzig, hat auch was. Was denkt ihr, tropft es da später raus?«

Ich stehe wie erstarrt hinter meinem Lieferwagen, und in dem Moment, als er auf meiner Höhe ankommt, steigt Semion auf die Bremse. Hat er mich entdeckt? Steigt er gleich aus? Ich ducke mich ein wenig tiefer, so weit, dass ich gerade noch sehen kann, wie er nach seinem Handy greift, telefoniert, den Kopf schüttelt, dann nickt. Doch das ist es nicht, was meine Knie beinahe nachgeben lässt.

In dem abgeschleppten Auto sitzt jemand, oder hängt, genauer gesagt, die Hände am Haltegriff über der Beifahrertür festgemacht. Es ist Vera. Das Gesicht blutüberströmt, ein Auge zugeschwollen, im Mund einen Knebel, der ihr die Kiefer weit auseinanderdrückt. Sie ringt sichtlich nach Luft, wirft sich immer wieder gegen die Tür. Bei einer dieser Bewegungen dreht sie den Kopf zur Seite, und in diesem Moment treffen sich unsere Blicke. Vera erstarrt, ihre Befreiungsversuche erlahmen. Viel dürfte sie von mir nicht sehen können, bloß die Stirn, die Augen und ein Stück Nasenrücken, trotzdem bin ich sicher, dass sie mich erkannt hat. Vera kann das. Genau deshalb muss ich sie loswerden, aber die Art, auf die das wohl gleich geschehen wird, dreht mir den Magen um.

Sie rüttelt nun heftiger an ihren Fesseln, schlägt mit den Ellbogen gegen die Scheibe, ohne mich aus den Augen zu lassen, als würde sie sich Hilfe von mir erwarten. Ich schüttle langsam den Kopf; in diesem Moment legt Semion den Rückwärtsgang ein und fährt zurück auf den Parkplatz des *Shelley*. Wahrscheinlich hat er einen Rüffel gekriegt für die ziemlich dumme Idee, Vera für alle sichtbar zu transportieren. Diese Art von Arbeit dürfte nicht zu seinen Stärken gehören, er hat ja schon mich entwischen lassen.

Ich warte mit angehaltenem Atem. Der Motor erstirbt. Undeutliche Stimmen, zu weit weg, um sie zu verstehen. Wahrscheinlich auch die falsche Sprache. Zweimal schlägt etwas krachend zu, und Minuten später fährt der SUV erneut an mir vorbei, den Wagen immer noch an der Abschleppachse, aber diesmal ohne Passagierin.

Kofferraum, denke ich, und die Schuldgefühle überrollen mich mit solcher Wucht, dass ich mich an dem Lieferwagen festhalten muss. Ich hätte nicht damit gerechnet, dass es so schnell gehen würde; dass die Malakyans noch in derselben Nacht zuschlagen würden. Aber sie hatten die Adresse. Sie müssen in der Schwanheimer Straße gewartet und Vera nachts beim Nachhausekommen erwischt haben. Und dann ...

Sie wird erst nur mäßig erstaunt gewesen sein, schließlich hat sie das tote Küken selbst als Kriegserklärung der Malakyans interpretiert. Aber was dann kam, muss sie verblüfft haben. Die Forderung, eine Ruzanna mit abgeschnittenem Ohr herauszugeben, konnte sie nicht erfüllen; in der Wohnung war natürlich keines der von mir beschriebenen Mädchen auffindbar. Trotzdem haben die Malakyans offenbar nicht mir misstraut, sondern ihr.

Der Rest ist ebenso vorhersehbar wie grausam. Sie haben Vera ins *Shelley* geschleppt und dort versucht, den neuen Aufenthaltsort der gefangenen Mädchen aus ihr herauszuquetschen, ohne Erfolg. Und jetzt ...

Ich bin so gut wie sicher, sie fahren zu einer der Autoverwertungsfirmen. Die Frage ist nur, ob sie die Schrottpresse als letztes Druckmittel verwenden wollen oder bereits beschlossen haben, dass Vera dort ihr Ende finden wird. Als Signal an die Karpins, die bloß nicht glauben sollen, dass sie sich alles erlauben können. Als ein kleines Stück Rache für den Mord an Grigor.

Druckmittel. Die Zweideutigkeit des Wortes verursacht mir Übelkeit. Die Angst davor, was passieren könnte, wenn Vera überlebt, auch. Sie hat mich gesehen, sie hat mich erkannt.

Ich sollte dankbar sein, wenn sie aus dem Auto nicht wieder herauskommt.

Die nächsten zwei Tage rühre ich mich nicht aus meiner Wohnung. Ich pflege meine Wunden, behalte die Nachrichten fast rund um die Uhr im Auge und kämpfe gegen das schwärzeste schlechte Gewissen an, mit dem ich es seit deinem Tod zu tun hatte.

Es war Teil meines Plans, dass Vera beiseitegeschafft wird, aber ein Ende in einer Schrottpresse wünsche ich nur sehr wenigen Menschen. Vera gehört nicht zu ihnen.

Obwohl sie es war, die dich in die Halle gelockt hat. Die mir nur zwei Tage vorher freudig eröffnet hat, sie wolle sich ein Motorrad kaufen, ob du sie nicht beraten könntest? Die dann gelassen neben Andrei stand, als mein Leben zerstört wurde.

Ich wollte, dass sie stirbt, denke ich verbissen, es war nötig, dass sie stirbt, aber prompt tauchen dann andere Bilder auf. Wie sie mir immer wieder Kühlakkus brachte, für die von Andrei zugefügten Blessuren. Wie sie bei Hinrichtungen meine Hand nahm und mit aller Kraft drückte, damit ich nicht aus der Rolle des loyalen Cheerleaders fiel.

Aber sie war es auch, die in München nach mir gesucht und die anderen auf meine Spur gebracht hat. Die sich durch treue

Dienste von der Mitläuferin zur Teamleiterin hochgearbeitet hat, wenn ich meinen Beobachtungen im Hotelpark trauen kann.

Zum vierten oder fünften Mal heute setze ich mich vor den Computer und öffne die Seite von *MyBazar*. Sehe sofort, dass eine neue Nachricht für mich eingetroffen ist. Sie kommt von Mary. Genauer gesagt, von jemandem, der ihren Account benutzt.

Unterhalb des Fotos von dem Totenkopfring und meinem Antwort-Smiley steht folgende Botschaft:

Ihr uns gebt zuruk was zu uns gehört. Bringt ihr dorthin, wo ihr hergenommen habt. Ohne Schaden, sonst teuer. Verstanden?

Mein Herz schlägt schneller, gleichzeitig krampft sich mein Magen zusammen. Ich dürfte richtig vermutet haben – die bisherigen Nachrichten sind von Vera gekommen. Diese hier ist es ganz sicher nicht. Sie stammt nicht von einer Muttersprachlerin, nicht von jemandem, der es gewohnt ist, sich schriftlich auszudrücken. Aber sie macht klar, worum es geht: Den Karpins ist etwas abhandengekommen.

Sie müssen in Veras Wohnung gewesen sein und gesehen haben, dass jemand dort das Unterste zuoberst gekehrt hat. Auch wenn die Malakyans wohl darauf geachtet haben, leise zu sein – Unbeteiligten aufzufallen ist nie im Interesse der Clans –, werden sie Spuren hinterlassen haben. Und vielleicht die eine oder andere sichtbare Demonstration ihrer Wut, nachdem nirgendwo eine Ruzanna zu finden war.

Jetzt wollen die Karpins Vera zurück, die offenbar seit zwei Tagen nicht mehr aufgetaucht ist. *Ohne Schaden.*

Ich denke an die Schrottpresse und wünsche mir, dass ich mich irre; wünsche gleichzeitig, dass Vera mir nie wieder über den Weg läuft. Dass sie vielleicht bloß in irgendeinem Keller festgehalten wird, aus dem sie wieder rauskommt, wenn alles vorbei ist.

Aber wenn klappen soll, was ich mir vorgenommen habe, darf ich jetzt keinen Rückzieher machen, sondern muss den gegenseitigen Hass weiter anfachen.

In wie vielen Stücken?, tippe ich und sende die Nachricht ab.

Danach schalte ich den Computer aus und laufe ins Badezimmer, weil ich glaube, mich übergeben zu müssen, doch das erweist sich als falscher Alarm. Im Spiegel betrachte ich mein Gesicht: Die Stelle, an der ich mir in die Lippe gebissen habe, ist abgeschwollen und fällt fast nicht mehr auf. Dafür hat der Schnitt unterhalb des Auges sich entzündet. Die Haut, die ihn umgibt, ist rot, gespannt und heiß.

Ich möchte damit nicht zum Arzt, solange ich nicht alle anderen Möglichkeiten ausgeschöpft habe. Zum Beispiel die, den Schnitt mit einer frischen Rasierklinge noch einmal vorsichtig zu öffnen, Blut und ein wenig Eiter abfließen zu lassen und dann Unmengen von Wunddesinfektionsspray hineinzusprühen.

Ein steriles Pflaster drüber, fertig. Ich entsorge die blutigen Tupfer und Papiertaschentücher im Klo, dann schleppe ich mich ins Bett, mit dem Gefühl, nie wieder aufstehen zu können.

Doch nach den zwei Tagen selbst gewählter Isolation ist leider klar, dass ich die Wohnung wieder verlassen muss. Erstens ist nichts zu essen mehr im Haus, zweitens erfahre ich sonst nicht, wie die Dinge sich entwickeln. Ich drehe die Walther zwischen den Händen und überlege mir, wo ich den risikoloseren Blick auf die Karpins erhaschen kann: im *Duplex* oder bei der Leunabrücke; an der Adresse, von der aus das tote Küken die letzten Signale gesendet hat.

Ich entscheide mich kurzerhand für das *Duplex*, zu viel Grübeln weckt nur wieder die Angst in mir. In dem Club ist es laut, er ist voller Menschen, und es ist viel leichter, sich dort in der Menge unsichtbar zu machen.

Der Schnitt lässt sich jetzt ganz gut überschminken, dummerweise habe ich meine Heels in Semions Wagen gelassen, doch ich finde neue in einem Billigshop. Sie sind sagenhaft hässlich – lila Glitzer, der sich schon beim Hinsehen löst –, aber dafür relativ bequem.

Trotzdem muss ich meine Ausgaben zurückschrauben oder mir demnächst einen Job suchen. Ich wünschte, ich könnte auf mein Wiener Konto zugreifen.

Stretchjeans, helles Shirt, das Haar schlampig aufgesteckt. Die schwarze Perücke diesmal, außerdem die Hüftpolster und zwei Körbchengrößen mehr, dank ausgestopftem BH. Soll ich auch die falschen Vorderzähne einsetzen? Nein, beschließe ich. Vera werde ich nicht mehr begegnen; für die anderen ist meine Tarnung ausreichend.

Es ist zehn Uhr abends, als ich vor dem *Duplex* ankomme. Die Bässe wummern bis nach draußen, wo die üblichen Raucher auf der Straße stehen, teils alleine, teils in Gruppen. Niemand dabei, den ich kenne, das ist schon mal gut. Der Türsteher mustert mich ohne große Begeisterung, aber er winkt mich durch. Ich tauche ein in die von Laserlights durchschnittene Dunkelheit und gehe die enge Treppe nach unten. Die Lautstärke ist noch erträglich, die Tanzfläche nicht voll, das wird sich erst gegen Mitternacht ändern. Von Boris und den Seinen keine Spur.

An der Bar hole ich mir einen Gin Tonic und verziehe mich damit in den Hintergrund; dorthin, wo sich die Lichtstrahlen nur selten verirren. Dafür kann ich die Treppe gut im Blick behalten.

Eine halbe Stunde lang scanne ich jedes Gesicht, das neu im Club auftaucht – niemand Bekanntes dabei. Dafür trifft mich fast der Schlag, als plötzlich jemand nach meinem linken Ellbogen greift. »Hey. Hübsche.«

Die Konsonanten kommen sehr verwaschen aus dem Mund

des jungen Mannes, dafür ist die Schnapsfahne umso deutlicher. »Wartest du auf jemanden?«

»Ja«, gebe ich knapp zurück.

»Dafich ... darf ich mit dir warten?«

Warum eigentlich nicht? Ein Pärchen, das gemeinsam rumsteht, fällt weniger auf als eine Frau alleine. Und der Typ ist so betrunken, dass er sich morgen nicht mehr an mich erinnern wird. »Wie heißt du?«

»Ma... Marco. Und du?«

»Caro.«

Er hält einen Zeigefinger hoch, als hätte er gerade eine Erleuchtung gehabt. »Das reimt sich!«

»Na und wie. Lehn dich besser gegen die Wand, Marco.«

Er gluckst amüsiert und folgt meinem Vorschlag umgehend. »Tanzen?«, fragt er fünf Sekunden später.

»Nein, danke.« Über die Treppe kommen jetzt zwei junge Frauen, die so aussehen, als könnten sie für die Karpins arbeiten, und zwar in einem der Laufhäuser. Lippen, Nasen, Brüste – alles nach dem aktuellen Schnittmuster. Aber sie scheinen alleine zu sein oder im Dienst, denn sie lehnen sich sofort an die Bar und lassen sich etwas Rötliches mit viel Eis in hohen Gläsern servieren.

»Komm. Tanssen.« Marco greift nach meinem Arm, doch es genügt ein leichter Ruck meinerseits, und er lässt nicht nur los, sondern verliert auch fast das Gleichgewicht. Ich stütze ihn und sehe im gleichen Moment eine vertraute Gestalt die Treppe herunterkommen. Boris, in Begleitung von Toljan, wenn ich mich nicht täusche.

Reflexartig drehe ich mich weg, tue, als müsse ich Marco stützen. Selbst wenn ich wie jetzt mit dem Auftauchen der Karpins rechne, löst ihr Anblick körperliche Reaktionen bei mir aus. Ich sehe, wie meine Hände zittern.

Tu was, sage ich mir und lehne Marco gegen die Wand. »Bleib

einfach ruhig hier stehen«, rufe ich ihm über die lauter werdende Musik hin zu. Dann zücke ich mein Handy und gehe in Filmmodus. Boris und Toljan lehnen nun auch an der Bar, ein Stück von den beiden Frauen entfernt. Gut, der Blick auf sie ist frei, ich mache ein paar Schritte Richtung Tanzfläche. Dort tue ich so, als würde ich mich selbst beim Tanzen filmen, halte mir das Handy vors Gesicht, grinse, ziehe ein Duckface nach dem anderen, strecke die Zunge raus und forme mit den Fingern das Victory-Zeichen. Allerdings ist nicht die Selfie-, sondern die Hauptkamera aktiviert. Ich habe nicht mein Gesicht im Fokus, sondern die beiden Männer an der Bar.

Sie unterhalten sich, für mich natürlich unhörbar; das Gespräch werde ich auch später nicht aus dem Lärm und der Musik isolieren können, zudem reden sie sicher Russisch. Aber wenn ich ein wenig ranzoome, kann ich zum Beispiel sehen, dass zwei von Toljans Fingern zusammengeklebt sind – mit Heftpflaster umwickelt, vom Knöchel bis übers Gelenk. Nicht ausgeschlossen, dass das seine eigenen Leute waren, die ihm seine wahrscheinlich harmlose Verbindung zu den Malakyans übel nehmen.

Ob sie schon Gewissheit über Veras Ende haben? Es ist drei Tage her, länger dauert es normalerweise nicht, bis der gegnerische Clan ein Beweisstück für einen gelungenen Racheakt schickt. Einen Finger, ein Ohr.

Toljan wirkt angespannter als zuletzt, Boris grimmiger. Er winkt unwillig ab, als eines der Mädchen an der Bar ihn anspricht.

Obwohl die Nervosität das Blut so laut in meinen Ohren rauschen lässt, dass ich kaum noch die Musik höre, lasse ich das Handy sinken und tanze ein wenig näher. Richte die Kamera wieder auf die beiden, während ich so tue, als würde ich meine eigenen Grimassen und Verrenkungen auf Foto bannen. Im Moment ist es hauptsächlich Boris, der redet und dabei sichtlich immer wütender wird. Er hat Bier und eine Flasche Wodka bestellt, das kenne ich noch von früher. Er und Toljan werden sie geleert haben, bevor sie das Lokal verlassen, und beiden wird man nicht das Geringste anmerken.

Als das Lied zu Ende ist, kehre ich zu Marco zurück, der aussieht, als würde er im Stehen schlafen. Er reagiert nicht, als ich mich neben ihn stelle, und ich mache mich nicht bemerkbar. Boris wirkt mit jeder Minute aufgebrachter, Toljan defensiver. Dann gesellt sich ein Dritter zu ihnen, den ich nicht kenne, und beide springen auf. Der Mann ist groß gewachsen, aber schmal, sein Gesicht lang, der Vollbart dunkel und sehr gepflegt. Er trägt einen perfekt geschnittenen Anzug und eine Uhr, an der Brillanten glitzern. In Nullkommanichts bin ich wieder auf der Tanzfläche, um auch von ihm ein Bild zu schießen, doch ich erwische nur noch sein Profil. Nachdem er ein Glas Wodka in sich hineingekippt hat, macht er kehrt und steigt die Treppe wieder hinauf; Boris und Toljan folgen ihm wie Lakaien.

Sein Auftritt hat mich in Jagdmodus versetzt und meine Angst gedämpft; am liebsten würde ich ihnen hinterherlaufen. Kann ich das wagen? Mit genügend Abstand natürlich? Vielleicht kann ich draußen den Blick auf ein Autokennzeichen erhaschen oder auf ein weiteres bekanntes Gesicht.

Aber jemand greift nach meiner Hand und hält sie fest. Marco. »Duuuuu«, sagt er.

Ich mache mich los, doch der Impuls, den Karpins hinterherzuhasten, ist verflogen. Zum Glück. »Ja?«

»Mir ist schlecht.«

Ich begleite ihn zur Herrentoilette, klopfe ihm auf den Rücken und wünsche ihm viel Glück. Jetzt sollte ich mit geringerem Risiko nach oben gehen können, doch es ist ein beschwerlicher Weg. Der Zustrom ins *Duplex* wird mit jeder Minute stärker, es ist gar nicht so einfach, die schmale Treppe hinaufzusteigen; der Gegenverkehr bringt mich mehrmals aus dem Tritt. Ich halte den Blick gesenkt. Auf so engem Raum wäre es trotz Tarnung ein Leichtes, mich zu erkennen. Was, wenn Boris nur draußen war, um zu rauchen?

Doch er und Toljan stehen ein Stück weiter die Straße hinunter, neben einem Auto mit laufendem Motor; die Tür zur Rücksitzbank ist offen. Sie bilden mit zwei anderen Männern eine kleine Gruppe; ob der Unbekannte dabei ist, kann ich nicht erkennen – Boris' breiter Rücken deckt alles ab.

Ich tue so, als würde ich etwas auf meinem Handy tippen, und schieße ein Foto. Mit ein wenig Glück kann ich später das Kennzeichen des Wagens auf dem Computer so weit vergrößern, dass die Nummer lesbar wird.

In dem Moment, in dem ich das Smartphone wegstecke, sieht Toljan zu mir her. Jedenfalls glaube ich das, vielleicht checkt er auch nur den Eingang oder die Raucher, die draußen stehen. Er sieht her, dann zur Seite, dann wieder zu mir, als hätte etwas eine Erinnerung angestoßen. Noch bevor ich mich wegdrehen kann, tut er es. Mit leichtem Kopfschütteln und Schulterzucken, als wäre er zu dem Schluss gekommen, sich getäuscht zu haben.

Ich zwänge mich an einer Gruppe rauchender Mädchen vorbei und verschwinde aus dem Sichtfeld, biege in die nächste Straße ab und gehe von da geradeaus weiter. Hauptsache, weg.

Im Bus ziehe ich die High Heels von den Füßen, für ein paar Minuten wenigstens. Wieso hat Toljan mich so grüblerisch betrachtet? Er und ich sind uns höchstens drei- oder viermal begegnet, flüchtig, bevor er anderswohin versetzt wurde. Er kann sich nicht an mich erinnern, oder? Wir haben nie ein Wort miteinander gesprochen.

Vielleicht war der heutige Abend trotzdem ein Fehler. Ohne Ton lasse ich mein Handy das Video abspielen, das ich beim Tanzen geschossen habe. Boris und Toljan, wie sie immer wütender werden. Der Film ist verwackelt, klar, ich habe mich schließlich bewegt, und die Laserlights von der Tanzfläche machen die Qualität nicht besser. Aber immer wieder ist sekundenweise alles perfekt scharf, und vor allem Boris' schlechte Laune wird deutlich sichtbar.

An einer Stelle stoppe ich das Video und ziehe das Standbild größer. Es zeigt Boris, der gerade sein Bierglas zum Mund führt.

Ich habe mich nicht getäuscht. Am Mittelfinger trägt er meinen Totenkopfring.

6.

Auf *MyBazar* gibt es nicht nur Briefmarken und bunte Strohhalme zu kaufen, man kann sich Dinge auch schenken lassen, wenn man bereit ist, sie selbst abzuholen. Ich vermisse meinen Kinderwagen, der mir in Wien so gute Dienste geleistet hat, und durchforste jetzt das Netz nach einem, der gratis im Großraum Frankfurt abgegeben wird. Zwei Kandidaten habe ich in der engeren Auswahl: einen Liegebuggy, dessen Gestänge nach längerer Aufbewahrung im Keller rostig geworden ist, und einen mit einer sogenannten »Liegewanne«, bei der es schwieriger ist, einfach mal einen Blick ins Innere zu werfen. Der erste ist praktischer zu verstauen, der zweite ein sperriges Monstrum, trotzdem werde ich wahrscheinlich den nehmen.

Ich habe gerade begonnen, der Besitzerin zu schreiben – mit neuem User-Profil natürlich –, als im nebenbei laufenden Fernseher die Nachrichten beginnen. Ich höre erst gar nicht hin, und nur langsam wird mir bewusst, wovon in einem der Beiträge die Rede ist.

»... neun Verletzte, davon drei schwer. Todesopfer sind nach aktuellem Wissensstand nicht zu beklagen. Der Saunaclub war gegen halb drei Uhr morgens nur noch schwach besucht; die Feuerwehr konnte ein Übergreifen des Brandes auf benachbarte Gebäude verhindern. Derzeit wird nach der Ursache für das Feuer gesucht.«

Die Bilder, die zu der Meldung gesendet werden, zeigen das *Shelley*, da bin ich so gut wie sicher. Drei Einsatzfahrzeuge der Feuerwehr und zwei der Polizei sind vor Ort, die Löscharbeiten sind in vollem Gange.

Das ging schnell. Und obwohl mir klar ist, dass es ein Gegenschlag der Karpins war, finde ich es erstaunlich, dass sie ausgerechnet das *Shelley* als Ziel gewählt haben. Ist ja nicht so, als hätten die Malakyans keine anderen Geschäftszweige oder Etablissements, die man anvisieren könnte.

Ich vermute, es muss ein Gespräch zwischen den Clans gegeben haben. Wegen des Kükens und der verschwundenen Vera – als Racheakt für ihren Tod wäre ein bisschen Brandstiftung allerdings zu lasch. Falls es wirklich eine persönliche Begegnung gegeben hat, wird Tigran wohl erwähnt haben, dass eine gewisse Nadja im *Shelley* aufgetaucht ist und erklärt hat, von den Karpins dazu gezwungen worden zu sein.

Ob er unter den Verletzten ist? Unwillkürlich wandert meine Hand zu dem langsam heilenden Schnitt in meinem Gesicht. Ob Anush das Ganze unbeschadet überstanden hat?

Niemand tot, das sollte ich unter »gute Nachricht« verbuchen. Trotzdem ist es ein schwerer Schlag für die Malakyans, den sie nicht einfach hinnehmen werden, und wenn ich einen Wunsch in dieser Sache frei hätte, wäre es der, dass sie sich Boris als nächstes Ziel suchen.

Boris, der auf Andreis Befehl hin Frauen die Brustimplantate herausgeschnitten hat, ohne Betäubung. Der Menschen noch lebend ins Laugenfass gesteckt hat. Der so gern mit Pascha wetteifert, wer von ihnen die Information schneller aus einem Opfer herausquält.

Veras Schicksal lässt mich mit gemischten Gefühlen zurück, aber sollte Boris sterben, wird das ein Grund zum Tanzen sein.

Ich reiße mich vom Fernseher los und tippe die Nachricht an die Kinderwagenbesitzerin fertig. Die schreibt schon fünf Minuten später zurück: Sie wäre froh, das riesige Ding so schnell wie möglich loszuwerden; wenn ich noch heute vorbeikommen könnte, würde es mir gehören.

Kein Problem. Sie wohnt in Rödelheim, und ich verspreche, in etwas mehr als einer Stunde da zu sein.

Ich ziehe heute ungetarnt los, binde mir bloß die Haare zusammen und setze mir eine Sonnenbrille auf. Noch während ich aus dem Haus trete, frage ich mich, ob ich zu unvorsichtig werde. Mein Entschluss, zurückzuschlagen, statt mich zu verstecken, hat meine Perspektive verschoben. Aber nur, weil ich in die Rolle der Jägerin geschlüpft bin, heißt das noch lange nicht, dass ich nicht immer noch gejagt werde. Das zu vergessen könnte mich den Kopf kosten.

Die Kinderwagenbesitzerin wohnt in einem netten Einfamilienhaus, mit Grillplatz im Garten und einer großzügigen Terrasse. Dort entdecke ich auch schon das Objekt meiner Begierde, doch meine Absicht, es einfach schnell an mich zu nehmen, mich zu bedanken und zu verschwinden, wird durchkreuzt.

»Hallo!« Die Frau muss etwa so alt sein wie ich, und sie strahlt, als hätte sie sich monatelang darauf gefreut, mich zu sehen. »Ich bin Mia, komm doch rein!« Sie zieht mich in den Garten und auf die Haustüre zu. »Möchtest du einen Kaffee?« Im oberen Stock schreit ein Baby, sie schiebt mich ins Wohnzimmer und deutet auf die Couch. »Bin gleich wieder da, ich muss nur nach Oskar sehen.«

Ich setze mich, versuche, das unbehagliche Gefühl in der Magengegend zu identifizieren, das seit dem Betreten des Hauses eingesetzt hat. Dann wird mir klar, dass ich lange bei niemandem mehr zu Gast war. Einer der Letzten war Norbert, daran liegt es wohl. An meinen Besuchen bei ihm und dem, was am Ende daraus geworden ist.

»Bin schon wieder da!« Mia stürmt herein, ein strahlendes, sabberndes Baby vor die Brust geschnallt. »Wie sagtest du noch mal, dass du heißt?«

»Ich habe mich noch gar nicht vorgestellt, sorry. Ich bin Caro.«

»Hey, freut mich sehr. Ich mache uns einen Kaffee, magst du ihn schwarz oder mit Milch? Soja, Kuh, Mandel?«

»Kuh. Danke«, sage ich langsam. »Aber du musst dir keine Umstände ...«

»Sind keine Umstände, echt nicht! Ich bin so froh, Gesellschaft zu haben, meine Freundinnen sind alle berufstätig und haben kaum Zeit. Ich fange auch bald wieder zu arbeiten an. Wie alt ist denn dein Kind?«

Auf die Frage bin ich vorbereitet. »Ich habe kein eigenes, aber ich passe gern auf das meiner Schwester auf, und da ist ein eigener Kinderwagen praktisch. Meine Nichte ist drei Monate alt, ein total süßes Mädchen. Heißt Vera.«

»Ach, das ist ein schöner Name.« Mia huscht in die Küche und kommt kurz darauf mit zwei Tassen zurück. »Ich freue mich, wenn der Wagen weiterhin benutzt wird. Er ist wirklich gut in Schuss, aber unhandlich, wenn man ihn in den Kofferraum stecken will. Und Oskar mag den Buggy lieber.« Oskar, der sich die ganze Faust in den Mund gesteckt hat, gluckst vergnügt.

»Deine Schwester hat Glück, dass du ihr hilfst«, fährt Mia fort. »Das heißt, du hast tagsüber Zeit, nicht wahr? In welcher Branche bist du?«

»Im Moment in keiner, leider.«

»Aha. Aber – was hast du bisher gemacht? Was sind deine Schwerpunkte?«

Waffen, denke ich. Fälschungen. »Blumen«, sage ich laut. »Ich habe als Floristin gearbeitet.«

»Ach wie schön!« Mias Stimme geht eine Oktave höher. »Das muss so entspannend sein! Ich bin Kinderchirurgin, und das ist zwar toll, aber seitdem ich ein eigenes Kind habe, macht mich mein Wissen nur noch fertig. Oskar muss bloß Schluckauf kriegen, und schon habe ich eine Liste mit furchtbaren Diagnosen im Kopf.« Sie lacht nervös. »Meinst du, du könntest ab und zu auch auf ihn aufpassen? Gegen Bezahlung natürlich, ich suche schon länger jemanden zum Babysitten. Mein Mann ist in der IT-Branche und implementiert gerade ein neues Computersystem bei einem Hamburger Konzern, er kommt nur am Wochenende heim, und ganz alleine …« Sie breitet in einer resignierenden Geste die Arme aus.

Ich zögere. Das wäre ein Job, noch dazu einer, bei dem ich kein zusätzliches Risiko eingehe. Für den ich keine Papiere brauche. Andererseits: ich und Kinder? Oskar sieht stabil aus, aber ich habe null Erfahrung mit Babys. Und was, wenn die Karpins mir doch auf die Spur kommen? Mir hierher folgen? Dann bringe ich Oskar in Gefahr.

»Ich werde es mir noch überlegen«, sage ich nach ein paar Sekunden. »Weißt du, ich suche gerade wieder etwas Festes, und wenn ich dabei Glück habe, ist es vorbei mit der freien Zeit.«

Mia nickt verständnisvoll. »Na klar. Aber das Angebot steht. Möchtest du Dinkelkuchen?«

Wir sitzen über eine Stunde zusammen. Ich mag Mia, aber danach habe ich trotzdem das Gefühl, mir den Kinderwagen hart erarbeitet zu haben. Die meiste Zeit spricht sie über ihren Beruf, Oskar und kleinkindliche Verdauung, aber jedes Mal, wenn sie mir eine Frage stellt, muss ich spontane Details zu einem Leben erfinden, das ich nicht führe.

Oskar kommt mir irgendwann zu Hilfe; er muss gewickelt werden, und ich kann mich aus dem Staub machen. Ich schnappe mir den Wagen und verabschiede mich schnell. Mias Telefonnummer habe ich eingespeichert. Für den Fall, dass ich doch bald Geld brauchen sollte.

Den Nachmittag verbringe ich damit, meine Tarnung zu genießen. In Hijab und Abaya spaziere ich über den Südfriedhof, schiebe den Kinderwagen vor mir her und überlege mir, wie es jetzt weitergehen soll.

Vera ist aus dem Weg geräumt. Das *Shelley* ist abgebrannt. Das heißt, der Krieg zwischen Karpins und Malakyans ist in vollem Gange. Was bleibt mir überhaupt noch zu tun?

Die Antwort liegt im Grunde auf der Hand. Jemand muss dafür sorgen, dass die Karpins verlieren. Dass Andrei nach Frankfurt zurückkommt und verhaftet wird. Oder von den Malakyans zu einem Blechwürfel gepresst.

Was nicht passieren sollte, ist, dass sie ein vernünftiges Gespräch führen und entdecken, dass jemand sie gegeneinander aufgehetzt haben muss. Ist aber unwahrscheinlich, nachdem die Karpins Tigrans Vater auf dem Gewissen haben.

Ich schaukle meinen leeren Kinderwagen und fahre langsam wieder vom Friedhofsgelände. Nicht weit entfernt entdecke ich eine Blumenhandlung, die in mir sofort Heimweh nach Wien aufkommen lässt. Ein Mädchen mit dunkelrot gefärbtem Haar und einem silbernen Nasenring gießt gerade die Topfblumen. Ihre Chefin lehnt in der offenen Tür und raucht.

Ich wüsste gern, ob sie auch Trauerkränze fertigen. Ob sie vielleicht jemanden brauchen, der ihnen dabei hilft. Mir fehlt Mattis Laden – die zerkratzten Möbel, die altmodische Kasse, die duftgeschwängerte Luft, das Quietschen der vorbeifahrenden Straßenbahn.

Das Mädchen rollt den Schlauch ein, mit dem sie die Töpfe gewässert hat, und trollt sich ins Innere des Ladens. Ich schlendere nach Hause, wo ich mich nach einer schnellen Dusche vor den Computer setze.

Eine neue Nachricht auf *MyBazar*, unterhalb meiner Frage, in wie vielen Stücken die Karpins denn das, was sie vermissen, gern zurückhaben würden. Etwas muss passiert sein, etwas, das sie wirklich aufgeregt hat. Die Mitteilung ist nur drei Worte lang: *Du bist tot.*

Es ist nicht die Drohung, die mich unruhig schlafen lässt. Sie richtet sich nicht gegen mich, sondern gegen die armenische

Konkurrenz. Was mich keine Ruhe finden lässt, ist die Frage, was vorgefallen sein muss, um diese Reaktion auszulösen.

Am nächsten Morgen werde ich um fünf Uhr wach mit dem Gefühl, überhaupt nicht geschlafen zu haben. Während die Sonne aufgeht, lege ich mein Kostüm an, packe diesmal die Walther unter die Matratze des Kinderwagens und mache mich auf den Weg.

Das letzte GPS-Signal, das ich aus dem Küken empfangen habe, kam aus der Industriegegend am Main, wo Andrei über einen Strohmann zwei günstige, weil baufällige Gebäude erworben hat. In der Nähe gibt es auch ein paar Wohnblocks, wenn man Google Streetview vertrauen darf. Ich wirke als Spaziergängerin also nicht völlig deplatziert.

Die Stadt ist erst im Begriff, zu erwachen. Ich liebe diese Tageszeit, das war schon in Wien so. Die Busse und Bahnen sind noch leer, das Tempo gemächlich. Hektik bricht erst in einer Stunde aus, wenn alle unterwegs sind und es überall eng wird.

Hijab und Abaya wirken in Frankfurt ebenso gut wie in Wien. Ich ziehe keine Blicke auf mich, und wenn, dann nur missbilligende. Aber niemand sieht genauer hin. Ich bin kein Individuum, ich bin »muslimische Frau«. Wenn jemand von den anderen S-Bahn-Passagieren in einer halben Stunde aufgefordert werden würde, mich zu beschreiben, würde ihm höchstens noch einfallen, dass mein Kopftuch grün war. Oder blau?

Ich muss zweimal umsteigen, alles mühsam mit dem Kinderwagen, ich sehne mich nach meinem Auto. Aber das ist möglicherweise längst abgeschleppt.

Meine Erinnerung an die Lage der Gebäude, die den Karpins gehören, sind nur noch vage, aber ich habe die letzten Koordinaten des GPS-Senders in mein Handy eingegeben. Es liegt dort, wo das Baby läge, wenn ich eines hätte, und zeigt an, dass ich bis zu meinem Ziel noch neunhundert Meter vor mir habe.

Es ist eine eigenartige Gegend für einen Spaziergang. Niemand außer mir ist unterwegs, die Straße ist breit, und es sind ausschließlich Lkw, die an mir vorbeiziehen. Unter diesen Voraussetzungen hilft meine ganze Kostümierung nichts – ich falle auf. Wer mich sieht, wird sich zu Recht fragen, was die Frau mit dem Kinderwagen mitten im Industriegebiet tut.

Bei der ersten Möglichkeit biege ich auf einen Feldweg ab und steuere auf den Main zu, in der Hoffnung, dass es dort einen Gehweg gibt. Der, den ich vorfinde, ist holprig und voller Steine, die die Räder meines Kinderwagens vor harte Bewährungsproben stellen.

Ich schiebe trotzdem tapfer weiter, es sind nur noch sechshundert Meter bis zum Ziel, zu meiner linken liegt jetzt ein Parkplatz, rechts zieht ein Frachtschiff den Fluss entlang. Wenige Minuten später kommen die beiden Gebäude in Sicht, in die ich meine Hoffnung gesetzt habe.

Sie sind lang gezogen, niedrig und sehen verlassen aus, aber das kann täuschen. Im Näherkommen halte ich nach typischen Karpin-Autos Ausschau: schwarz, teuer, schnell. Aber weder auf dem Gelände selbst noch auf der nahen Straße parkt etwas Entsprechendes.

Hierhin hat Vera das verwanzte Küken gebracht? Ich blicke mich um. Es sieht nicht so aus, als hätte Andrei aus den Bauten die neue Zentrale des Clans errichten lassen, eher, als hätte er hier einen guten Ort für nächtliche Hinrichtungen gefunden. Der Fluss ist in äußerst praktischer Nähe, die nächsten Wohnhäuser befinden sich außer Hörweite.

Langsam spaziere ich näher, versuche, alles gleichzeitig im Blick zu behalten. Die Häuser, den Weg, die Flussböschung. Dann bin ich auf Höhe der Gebäude angelangt, sie liegen links von mir, davor erstrecken sich noch ein paar Hundert Quadratmeter Freigelände, auf dem allerlei Gerümpel lagert. Das Grundstück ist mit Maschendraht abgezäunt, der an einigen

Stellen gebrochen ist. Nicht weit entfernt klafft ein Spalt, durch den ich mich mit etwas Mühe zwängen könnte. Aber was, wenn sich dann doch jemand in einem der Gebäude aufhält?

Ich will mir gerade meine eigene Enttäuschung eingestehen – meine Hoffnung, die neue Zentrale des Clans geortet zu haben, war groß –, als etwas auf der Freifläche meine Aufmerksamkeit erregt. Im hohen Gras steht ein Gabelstapler, beladen. Er befindet sich näher bei mir als beim Haus, aber um überprüfen zu können, was ich erkannt zu haben glaube, müsste ich trotzdem durch den Zaunspalt steigen.

Meine Unterlippe schmerzt, ich merke erst jetzt, dass ich sie zwischen die Zähne gezogen habe. Vielleicht ist das Ding auf dem Gabelstapler nur ein Paket, ein Bauteil. Ich blicke mich hastig nach allen Seiten um und hole das Handy aus dem Kinderwagen.

Mit der Kamera-App visiere ich den Gabelstapler an und zoome näher heran. Etwas in mir schnürt sich zu, das Atmen fällt mir schwerer.

Das Display zeigt einen Quader, gequetschtes Metall, an manchen Stellen senffarben.

Sie haben es wirklich getan. Sie haben Vera in der Schrottpresse getötet und sie dann in ihrem Sarg aus Kunststoff und Blech an die Karpins geliefert. Wahrscheinlich haben sie ihre Schuhe oder etwas anderes Charakteristisches auf das Paket gestellt, damit kein Zweifel über den Inhalt aufkommt. Daher also die Ankündigung auf *MyBazar*: Du bist tot.

An der Reaktion, die durch meinen Körper geht, merke ich erst, dass ich Veras Schicksal bisher nicht für besiegelt gehalten habe. Unbewusst habe ich wohl gedacht, sie könnten sie als Faustpfand behalten oder sie verprügelt und als lebenden, blutenden Denkzettel zu den Karpins zurückgeschickt haben.

Doch da ist das zusammengepresste, senffarbene Auto. Obwohl ich es nicht möchte, schnuppere ich, als ein leichter Wind vom Gelände zum Fluss hin aufkommt.

Ja. Man kann es bereits riechen, was im Sommer kein Wunder ist. Noch ist es nur eine Ahnung von Verwesungsgestank, der zu mir weht; er könnte auch von Essensresten in einer Mülltonne herrühren. Aber der Tag soll heiß werden; morgen wird man es bis aufs Nachbargrundstück riechen. Deshalb der Gabelstapler, denke ich. Heute Nacht werden die Karpins das Präsent der Malakyans im Main versenken.

Ich schieße drei Fotos. Meine linke Hand zittert, meine rechte ist völlig ruhig. Ein perfektes Spiegelbild meines Innenlebens. Einerseits drücken die Schuldgefühle mir fast die Luft ab. Ich war das, ich. Schon wieder. Meine Aktion hat einen Menschen das Leben gekostet, und ja, es hat keinen sehr netten Menschen getroffen, aber das macht die Schuld nicht kleiner.

Gleichzeitig male ich seelenruhig auf meiner imaginären Abschussliste ein Häkchen hinter Veras Namen. One down. Ein Problem weniger, eine Feindin, die ich in meine Befürchtungen nicht mehr mit einbeziehen muss – der erste Teil meines Plans ist aufgegangen.

Noch ein paar schnelle Fotos von den zwei Gebäuden, bevor ich kehrtmache. Wer weiß, vielleicht gehen sie ja schon in der kommenden Nacht in Flammen auf.

Wer ist als Nächstes am Zug? Ich stehe seit fünf Minuten unter der Dusche und lasse heißes Wasser auf mich herabströmen. Aller Logik nach ist es so gelaufen: Die Malakyans suchen nach einer Ruzanna, die es nicht gibt, schnappen sich stattdessen Vera, killen sie und werfen sie den Karpins vor die Tür. Die zünden im Gegenzug das *Shelley* an, was eher als Auftaktveranstaltung zu werten ist denn als Ankündigung für weitere Vergeltungsakte. Ich bin sicher, da kommt noch mehr.

Die Dinge eskalieren schnell, was ja in meinem Interesse

ist – allerdings können sie dann auch schnell falsch laufen. Wenn es hart auf hart geht, sind die Karpins der stärkere Clan; sie haben mehr Geld und mehr Leute. So war das zumindest vor neunzehn Monaten noch. Wenn sie sich entschließen, mit den Malakyans kurzen Prozess zu machen oder sie so einzuschüchtern, dass sie sich ergeben, dann muss Andrei nicht zurückkommen, um die Dinge selbst in die Hand zu nehmen.

Das muss er aber dann, wenn seine Führungsriege draufgeht und das Schiff ohne Steuermann dahintreibt. Ich wickle mich in ein Handtuch und setze mich vor den Computer. Vera ist Geschichte; ich habe keine Ahnung, wo Boris derzeit in der Hierarchie steht. Er ist immer Andreis Mann fürs Grobe gewesen, gemeinsam mit Pascha, aber für Verhandlungen oder strategische Angelegenheiten war er nicht zu gebrauchen.

Ich könnte mir vorstellen, dass Vera vieles davon übernommen hat, aber sie war sicher nicht Andreis Stellvertreterin. Das hätte nicht in sein Weltbild gepasst.

Der Mann mit dem dunklen Bart kommt mir in den Sinn, der, der Boris und Toljan aus dem *Duplex* geholt hat. Sie sind ihm beide ohne Diskussion gefolgt, haben dann bei seinem Auto gestanden – es könnte durchaus sein, dass sie dort Instruktionen bekamen.

In den Jahren, in denen ich mit den Karpins zu tun hatte, ist dieser Mann mir nie begegnet. An ihn könnte ich mich erinnern, er ist zumindest äußerlich kein typischer Vertreter des Clans. Während Andrei die Gefährlichkeit eines Nashornbullen ausstrahlt, der alles niederwalzt, wenn er einmal angreift, wirkte dieser Mann auf mich eher wie eine Viper.

Eine gewagte Annahme, denke ich, während ich die Fotos von meinem Handy auf den Rechner überspiele. Ich sollte keine lebenswichtigen Schlüsse über Fremde ziehen, von denen ich nicht mehr als den Kleidungsgeschmack kenne.

Zwei Minuten später habe ich die Fotos und Videos aus dem

Duplex auf dem Monitor; ebenso die Bilder von heute. Zuerst vergrößere ich das Foto, auf dem der schwarzbärtige Fremde zu sehen ist. Nur im Profil, zu dunkel und nicht besonders scharf, aber nachdem ich es zehn Minuten lang bearbeitet habe, ist es brauchbar.

Er hat ein Glas in der Hand, das er gerade zum Mund führt. Sein Ärmel ist zurückgerutscht und gibt den Blick frei auf eine teuer wirkende Uhr. Seine ganze Aufmerksamkeit ist auf Boris gerichtet, aber nicht auf freundliche Art; ich sehe nur die linke Augenbraue, doch die ist tief in Richtung Nasenwurzel gezogen.

Boris dagegen sieht betreten drein, er scheint gerade etwas zu erklären. Sein Mund steht offen, eine Hand ist in einer ausholenden Geste erstarrt.

Wie sich zeigt, habe ich den Unbekannten ein zweites Mal abgelichtet, und zwar draußen vor dem Club, als ich das Autokennzeichen fotografieren wollte. Das ist leider nur zur Hälfte gelungen, weil der dahinter parkende Wagen die Sicht versperrt hat. Die beiden letzten Zahlen lauten 48, mehr ist nicht zu sehen.

Dafür ist diesmal das Gesicht des Fremden besser erkennbar. Wieder spricht er mit Boris, der mit dem Rücken zur Kamera steht. Er hat die Arme vor der Brust verschränkt und sieht … herrisch aus, ein passenderer Begriff fällt mir nicht ein. Wie ein Fürst, der seinen Untertanen Anweisungen erteilt.

Diesen Eindruck hat Andrei nie auf mich gemacht. Ich hoffe, er hat keinen Stellvertreter nach Frankfurt berufen, der gefährlicher ist als er selbst.

7.

Der nächste Tag beginnt mit einer Überraschung, auf die ich gerne verzichtet hätte. Die österreichische Nachrichtenseite, die ich mir routinemäßig zum Morgenkaffee ansehe, bringt das Symbolfoto eines Tatorts – rot-weißes Absperrband, Polizeiwagen im Hintergrund – und, kleiner, ein Bild von Tassani. *Wichtige Zeugin zur Fahndung ausgeschrieben*, lautet die Headline.

Darunter wird Norberts Mord in kurzen Worten zusammengefasst und dann Tassani zitiert: »Wir haben die Wohnungsmieterin, die seit der Tat verschwunden ist, nun international zur Fahndung ausgeschrieben. Sie ist nicht unmittelbar tatverdächtig, verfügt unseren Erkenntnissen zufolge aber über Informationen, die für die Aufklärung des Falles entscheidend sind. Ich möchte sie ganz persönlich auffordern, sich bei uns zu melden, falls sie das liest.«

Ja, sie liest es, aber sie wird sich hüten, ein Lebenszeichen von sich zu geben.

Eine internationale Fahndung hat mir noch gefehlt. Immerhin wurde kein Foto von mir veröffentlicht, aber die deutsche Polizei wird jetzt natürlich eines haben. Von Carolin Bauer, die ja – dank Robert – eine ordnungsgemäß gemeldete österreichische Staatsbürgerin ist.

An Carolin Königs Fassade muss man hingegen nur ein wenig kratzen, um zu sehen, dass etwas faul ist. Ich starre Tassanis Foto an, er trägt darauf die braune Lederjacke, in der ich ihn immer wieder auf dem Zentralfriedhof gesehen habe. Ich könnte seine Hilfe so gut gebrauchen, aber jede Kontaktaufnahme würde nur zusätzliche Probleme bedeuten. Vor allem, weil ich immer noch nicht weiß, was aus Alex geworden ist.

Mutlosigkeit breitet sich in mir aus wie dunkler Schlamm. Noch eine Front, die ich im Auge behalten muss. Mir von der Polizei helfen zu lassen, war ohnehin nicht mein Plan, aber nun ist es undenkbar geworden. Und spätestens jetzt kann ich auch die Idee begraben, mir einen Job zu suchen – das Geld, das ich zur Verfügung habe, wird reichen müssen.

Ich kämpfe erfolgreich gegen den Impuls an, mich im Bett zu vergraben, und nehme stattdessen Papier und Stift zur Hand.

BORIS schreibe ich zuoberst hin. Darunter: *Mädchen, Glücksspiel, Alkohol.* Das ist so ziemlich alles, was ihn interessiert. Halt, nein, eines fehlt noch: *Autos.*

TOLJAN ist der Nächste auf der Liste, nur weiß ich über ihn nicht das Geringste.

Pascha sitzt im Gefängnis, das hoffe ich wenigstens. Vera ist tot. Von dem Mann mit dem schwarzen Bart weiß ich nicht einmal, ob er wirklich zum Clan gehört, geschweige denn kenne ich seinen Namen.

JANINA – müsste immer noch in Wien sein, wenn meine Vermutung stimmt und sie als Andreis österreichischer Kontakt arbeitet. Wir sind uns nie begegnet, ich habe sie nur aus der Ferne gesehen und für eine Journalistin gehalten. Außerdem kenne ich Fotos von ihr. Von ihr und Alex. Ich würde sie wiedererkennen.

LEILA – schreibe ich in die nächste Zeile. Sie war eine meiner Kontaktpersonen, als ich begonnen habe, für Andrei zu arbeiten. Keine Ahnung, ob sie in Frankfurt ist. Ob sie überhaupt noch lebt. Wenn ja, finde ich sie möglicherweise in dem Boutique-Hotel, das sie für Andrei als Geldwäscheautomat betrieben hat. Nicht weit entfernt vom Frankfurter Zoo, zwölf Zimmer und ein kleines Restaurant. *Hotel zu den Linden*, hieß es.

Ich suche es über Google, und tatsächlich, es existiert noch. Ist auf diversen Buchungsplattformen vertreten.

Probehalber gebe ich Reisedaten für die kommende Woche ein und werde vertröstet: *Diese Unterkunft ist für die gewählte Zeit auf unserer Seite nicht verfügbar.*

Aha. Ich versuche es zwei Wochen später, mit dem gleichen Ergebnis; auch in drei, fünf oder acht Monaten ist in den *Linden* kein Zimmer zu haben. Es macht ganz den Eindruck, als wäre das Hotel auf Jahre ausgebucht.

Interessant. Ich schütte den Rest meines kalt gewordenen Kaffees in mich hinein. Eine gewisse Frau mit Kinderwagen wird demnächst einen Spaziergang zum Zoo machen.

Doch an diesem Abend ist wieder das *Duplex* dran, es ist der einzige Ort, bei dem ich realistisch damit rechnen kann, dass Boris auftaucht. Was er meist in Begleitung tut, ich hoffe darauf, noch ein paar bekannte Gesichter zu entdecken. Livebeobachtungen sind meine einzige Chance, die Lage besser einschätzen zu können. Die Stimmung nach Veras Tod. Ich will mehr Information haben, bevor ich meine nächsten Schritte setze.

Aber diesmal erfüllt meine Hoffnung sich nicht. Ich hänge bis ein Uhr in dem Club herum, tanze ab und zu, wimmle alle ab, die mich ansprechen, und versuche, möglichst wenig zu trinken. Ich muss wirklich sparsamer sein.

Auch am nächsten Abend: nichts. Ich habe den Tag über nach Grafik-Jobs gesucht, für die kein persönlicher Kontakt nötig ist – die einzige Möglichkeit, um an Geld zu kommen, und tatsächlich habe ich zwei Angebote erhalten. Nun stehe ich todmüde im *Duplex*, entschlossen, länger zu warten als am Vortag. Aber die Musik ist diesmal so laut, dass sie mir Kopfschmerzen verursacht und mich kurz nach Mitternacht vertreibt.

Tags darauf arbeite ich zum ersten Mal seit Ewigkeiten wieder in dem Job, den ich gelernt habe: Ein Kindergarten braucht ein Logo, möglichst sofort, und zahlt mir dafür fünfhundert Euro. Ich experimentiere mit Marienkäfern, Katzen, Luftballons und Regenbogen; am Nachmittag schicke ich vier Entwürfe und meine Bankdaten an den Kindergarten. Wünsche mir dabei brennend, das könnte mein Leben sein, mein harmloses, unspektakuläres Leben.

Pünktlich um zehn stehe ich erneut im *Duplex*, heute in dunkler Perücke und mit unangenehm engen Jeans. Wenn Boris sich wieder nicht blicken lässt, muss ich mein Glück beim Hotel versuchen oder, was mir unangenehmer wäre, auf dem Industriegelände am Main. An beiden Orten bin ich viel exponierter als hier, aber dass die Karpins sich noch einmal über *MyBazar* von mir anlocken lassen, halte ich für unwahrscheinlich.

Kurz nach halb elf wendet sich endlich mein Jagdglück. Ich bin gerade auf der Tanzfläche und steige uninspiriert von einem Bein aufs andere, als ein bekanntes Gesicht auftaucht. Nicht Boris, sondern der Mann mit dem schwarzen Bart, auch heute wieder im Anzug und diesmal in Begleitung einer groß gewachsenen, dunkelhaarigen Frau. Sie hat sich bei ihm untergehakt, und es ist nicht zu übersehen, dass sie vor Besitzerstolz fast platzt. Abwechselnd strahlt sie ihn an, dann lässt sie den Blick durch den Raum wandern, wie um sich der Bewunderung der Anwesenden zu vergewissern.

Der Mann zieht sie zur Bar, ich tanze ein wenig näher, aber es ist vollkommen aussichtslos, auch nur die kleinsten Fetzen ihres Gesprächs mitzuhören. Die Musik übertönt alles, zudem reden die beiden kaum miteinander. Er hat seine Hand auf ihrem Knie, sie streicht ihm verliebt über den makellosen Bart.

Ich entferne mich wieder, auch weil jetzt jemand die Treppe herunterkommt, den ich kenne. Nicht mit Namen, aber vom Sehen: Er war ein paarmal als Andreis Chauffeur bei Terminen dabei, hat Gefangene bewacht und gemeinsam mit anderen die Laugenfässer her- oder weggeschleppt. Einmal hat er Pascha geholfen, einen Drogenkurier der Konkurrenz zu ertränken, in einer rostigen, alten Badewanne. Das dauerte über eine halbe Stunde, weil sie seinen Kopf immer wieder an den Haaren hochrissen, ihn nach Luft schnappen ließen, nur um ihn dann zurück unter Wasser zu drücken. Wir anderen mussten wie so oft dabeistehen, um Loyalität zu demonstrieren, in dem gleichzeitigen Bewusstsein, dass bei der nächsten gröberen Verfehlung wir selbst dran sein könnten. Ich konnte kaum atmen. Vera war ebenfalls da, wenn mich meine Erinnerung nicht täuscht. »Immerhin schreit er nicht«, flüsterte sie mir zu.

Pascha fand das Ganze amüsant und lachte viel, der andere tat einfach mit steinerner Miene seine Arbeit. Jetzt nickt er dem Mann mit Bart kurz zu und lehnt sich ein paar Schritte neben der Bar gegen die Wand. Bodyguard, denke ich, drehe schnell den Kopf weg und verziehe mich von der Tanzfläche.

Die besten Chancen, mehr herauszufinden, habe ich nicht hier, sondern auf der Damentoilette. Irgendwann muss die Frau pinkeln gehen oder sich den Lippenstift nachziehen. Dann sollte ich zur Stelle sein.

Es dauert nicht länger als zwanzig Minuten. Ich sehe sie aufstehen, sich auf den Weg machen, und gehe ebenfalls los. Wir erreichen die Toiletten gleichzeitig, ich halte ihr lächelnd die Tür auf.

Als sie aus ihrer Kabine kommt, stehe ich schon am Waschbecken, und wie erwartet zieht sie Schminkutensilien aus ihrem Täschchen.

Ich strahle sie verschwörerisch von der Seite her an. »Sag mal – der Mann, mit dem du hier bist, ist das ein Schauspieler?«

Sie hält kurz inne, dann lacht sie auf. »Nein. Wieso?«

»Na ja, der sieht so wahnsinnig gut aus. Und kommt mir irgendwie bekannt vor. Kann es echt nicht sein, dass ich ihn aus dem Fernsehen kenne?«

»Nein«, sagt sie, »aber es stimmt schon, er könnte echt ein Filmstar sein. Ist aber nur Geschäftsmann. Irgendwas mit Import, glaube ich.«

Ich ziehe die Augenbrauen hoch. »Ach, du kennst ihn noch gar nicht so lange? Ich dachte, ihr seid ein Paar.«

Wieder lacht sie auf. »Daran arbeite ich. Nein, ich habe ihn erst vor einer Woche kennengelernt, aber er ist so ein toller Mann!« Sie streift ihr Mascara-Bürstchen an einem Stück Papierhandtuch ab und beginnt dann, ihre Wimpern zu bearbeiten. »Er hat mir heute das hier geschenkt«, sagt sie beiläufig und dreht das linke Handgelenk hin und her. Es funkelt.

»Wahnsinn!« Ich lege tonnenweise Bewunderung und Neid in meine Stimme. »Warum hab ich nie so ein Glück? Mir begegnen immer nur abgebrannte Nullen, die nicht halb so gut aussehen. Wo hast du ihn aufgegabelt?«

Neckisches Schulterzucken. »Ich arbeite bei einem Nobelausstatter für Herren und habe ihm zwei Anzüge verkauft, daraufhin hat er mich zum Essen eingeladen. Hat gesagt, ich würde aussehen wie ein Model.«

»Na ja, da hat er recht.«

Sie bemüht sich, nicht allzu geschmeichelt zu wirken. »Danke. Aber du bist auch hübsch.«

»Geht so«, seufze ich. »Wie auch immer, viel Spaß noch heute Abend. Sag deinem ... wie heißt er?«

»Jaro.«

»Ah.« Ich atme tief durch. »Sag deinem Jaro, er hat mit dir echt einen Volltreffer gelandet.«

Sie ist mit Lippenstiftauftragen fertig, steckt ihre Utensilien wieder ein und fährt sich durchs Haar. Dann wendet sie zum ersten Mal den Blick vom Spiegel und sieht mich direkt an. »Mache ich. Danke, ciao.«

Sie geht, und ich schließe mich umgehend wieder in einer der Kabinen ein. Ich brauche ein paar Minuten, um nachzudenken.

Jaro. Wenn meine Erinnerung mich nicht völlig täuscht, hat Andrei einen Bruder namens Jaroslaw. Jünger als er und derjenige aus der Familie, der am meisten reist. Andrei hat nie allzu gut von ihm gesprochen, ihn immer als das verwöhnte Söhnchen dargestellt. Den, der sich nicht die Hände schmutzig machen will.

Aus der Nähe konnte ich diesen Jaro noch nicht betrachten, aber auf den ersten Blick besteht zwischen ihm und Andrei nicht die geringste Ähnlichkeit. Andrei ist groß und bullig, neigt zu Übergewicht und Bluthochdruck, das sieht man an seiner Gesichtsfarbe. Sein Haar ist blond mit einem Stich ins Rötliche, und er hasst Bärte; Anzüge trägt er nur, wenn es geschäftlich nötig ist.

Jaro ist zwar ebenfalls groß, aber schmal, seine Haut ist eher blass, das Haar dunkel. Nebeneinander würden sie aussehen wie ein schicker Vampir und ein rotgesichtiger Hulk. Können sie trotzdem Brüder sein?

Zudem hat Andrei nie die Abkürzung »Jaro« verwendet, sondern immer von Jaroslaw oder Slawa gesprochen. Aber im deutschen Sprachraum macht ein schnittiges *Jaro* sich fraglos besser; es verrät nicht auf Anhieb den Russen.

Jemand klopft an die Kabinentür, offenbar staut es sich gerade vor den WCs. Ich drücke pro forma auf die Spülung und gehe nach draußen. Spähe über zahlreiche Köpfe hinweg zur Bar, wo die beiden immer noch sitzen. Er wieder die Hand auf ihrem Knie, sie einen türkisfarbenen Drink vor sich. Kein Boris in Sicht, nur der Bodyguard mit dem steinernen Gesicht.

Zeit für mich zu gehen. Auf der Treppe drehe ich mich noch

einmal um und erhasche einen letzten Blick auf meine Toilettenbekanntschaft, die vergeblich versucht, Jaro zu den Klängen von »Tequila« auf die Tanzfläche zu ziehen.

Zu Hause: Google-Suche. Ich habe ein Glas Rotwein vor mir stehen und massiere meine von den Haarnadeln irritierte Kopfhaut. Natürlich gibt es keinen Facebook- oder Instagram-Account, der auf Jaroslaw Karpin lautet, damit habe ich auch nicht gerechnet. Aber die Suche nach dem Namen bleibt insgesamt erfolglos, es scheint, als gäbe es im gesamten Netz keinen einzigen passenden Eintrag. Nun versuche ich im nächsten Schritt, ein Foto zu finden, doch angezeigt wird mir nur ein Fußballtrainer namens Karpin, nicht Jaroslaw, sondern Valeri. Ich klicke mich durch die Seiten, vollkommen ergebnislos. Nirgendwo das schmale Gesicht oder eines, das ihm wenigstens entfernt ähnelt.

Ich gebe für heute auf, leere mein Weinglas auf einen Zug und lege mich schlafen.

Das *Hotel zu den Linden* liegt so nah am Zoo, dass man dort das Geschrei der Affen hören kann. Ich schiebe meinen Kinderwagen die Straße entlang und werfe im Vorbeigehen einen Blick auf den Hotelparkplatz: Leer bis auf zwei Autos, eines davon ein silberfarbener Mercedes AMG.

Dafür, dass das Hotel angeblich ausgebucht ist, parken erstaunlich wenig Gäste hier. Ich bleibe stehen, tue so, als müsste ich meinem Baby den Schnuller wieder in den Mund stecken, und versuche, durch die Glastür die Rezeption zu erspähen. Vergeblich. Ich müsste hineingehen, vielleicht fragen, ob ich die Toilette benutzen darf ... aber das ist zu riskant. Wenn Leila wirklich noch die Strohfrau für das Hotel macht und gerade den Empfang betreut, ist die Gefahr groß, dass sie mich erkennt. Dass sie zumindest anfängt zu grübeln, an wen dieses

Gesicht sie erinnert. Und dann auch noch der babylose Kinderwagen. Nein, keine gute Idee.

Ich biege um die Ecke, hier kann ich durch einen eleganten Schmiedeeisenzaun in den Gastgarten sehen. Nur ein Tisch ist besetzt, und dort sitzt – die Frau aus dem *Duplex*. Die Anzugverkäuferin, Jaros Begleiterin. Sie trinkt Kaffee und tippt auf ihrem Handy herum. Ich vermute, sie haben die Nacht hier gemeinsam verbracht und sie wartet auf den ach so tollen Mann. Der Mercedes ist dann wohl seiner.

Ich klatsche innerlich mit mir selbst ab. Treffer. Zwar habe ich mit der Frau überhaupt nicht gerechnet, aber sie ist ein klares Zeichen dafür, dass sich das Hotel wirklich noch in Händen der Karpins befindet. Mich hier gelegentlich auf die Lauer zu legen und einen Blick darauf zu haben, wer ein- und ausgeht, ist kein Problem; schräg gegenüber dem Hotel gibt es einen kleinen Park mit Kinderspielplatz, der wie geschaffen ist für diese Zwecke.

Beschwingt steuere ich die nächste Bushaltestelle an. Ob die Malakyans wissen, wo sie die Führungsebene der Karpins im Bedarfsfall antreffen können? Möglicherweise nicht. Möglicherweise sollte ihnen jemand einen Tipp zukommen lassen.

Es ist halb elf, als ich wieder zu Hause ankomme, voller Vorfreude auf ein spätes Frühstück. Ich klappe noch auf dem Gang den Kinderwagen zusammen und will ihn gegen die Wand lehnen, um besser aufschließen zu können, als mein Körper mitten in der Bewegung erstarrt; eine Sekunde, bevor mein Kopf begreift, warum.

Auf der Türmatte liegt ein Blumenstrauß.

Der Kinderwagen ist mir aus den Händen gerutscht, der Lärm muss im ganzen Haus zu hören gewesen sein. Ich lasse ihn liegen, bücke mich nach den Blumen.

Wicken, Lavendel und Beifuß. Ein Strauß wie aus dem Bauerngarten, aber mit düsterer Bedeutung. Die Wicken sagen *Willkommen zurück*, der Lavendel steht für Erinnerung, der Beifuß für bitteren Schmerz.

Ich treffe erst beim dritten Versuch mit dem Schlüssel ins Schloss, zerre den Kinderwagen in die Wohnung und schließe doppelt hinter mir ab. Die Bedeutung der Blumen ist das eine – sie lässt keinen Zweifel daran, was der Absender mir mitteilen will: *Du bist wieder da, wie schön. Ich erinnere mich noch an alles. Vor dir liegt eine schmerzhafte Zeit.*

Das ist beunruhigend, aber was mir blanke Angst einjagt, ist die Tatsache, dass überhaupt jemand Blumen vor meiner Tür abgelegt hat. Das Ritual hat immer nur zwischen Robert und mir bestanden. Niemand wusste davon; ebenso dürfte niemand wissen, dass ich wieder in Frankfurt bin. Doch diese Illusion hat sich gerade in lavendelduftendes Nichts aufgelöst.

Die Lust auf Frühstück ist mir vergangen. Ich knie auf dem Boden, noch in der Abaya, die Blumen vor mir. Es muss eine logische Erklärung dafür geben, es muss. Verrückterweise fällt mein erster Verdacht auf Tassani: Er weiß immerhin, dass ich in einem Blumenladen gearbeitet habe, und er sucht nach mir. Andererseits hat er keine Ahnung von den Blumenbotschaften zwischen Robert und mir. Dass er durch blanken Zufall die gleiche Idee entwickelt, halte ich für ausgeschlossen. Außerdem – wüsste er, wo ich derzeit wohne, würden zwei Uniformierte vor meiner Tür warten, keine Wicken.

Bei den Karpins wäre es ähnlich. Sie würden mich nicht warnen, sondern mich bei erstbester Gelegenheit in ein Auto zerren und an einen abgelegenen Ort bringen, wo schon Laugenfässer bereitstehen.

Jemand vom Blumenladen? Matti? Oder Eileen, die mich warnen will? Noch abwegiger, sie können keinen Schimmer haben, wo ich stecke.

Die einzige Möglichkeit, die ich vage in Betracht ziehe, ist, dass einer von Roberts Kollegen die Blumen geschickt hat. Einer, der weiß, wer ich wirklich bin, der mitbekommen hat, dass nach mir gefahndet wird, und der mich warnen möchte. Aber warum schickt er Erinnerung, Willkommen und Schmerz? Warum nicht Johanniskraut als Warnung vor Gefahr? Und woher kennt er, kennt irgendjemand meine Adresse?

Ich schlüpfe aus der Abaya und in meine Jeans. Falsche Schneidezähne, Sonnenbrille, Pferdeschwanz. Untätig herumsitzen halte ich nicht aus, da fahre ich lieber noch einmal nach Wiesbaden. Wer weiß, vielleicht soll mir der Blumenstrauß auf krude Weise sagen, dass Robert wieder da ist, sich erinnert und Schmerzen hat.

Der Park der Rehaklinik ist belebt, viele Angehörige scheinen das schöne Wetter für einen Besuch zu nutzen. Sie schieben oder stützen ihre kranken Verwandten die Wege entlang. Alle schattigen Sitzgelegenheiten sind belegt, nirgendwo entdecke ich Robert in seinem Rollstuhl.

Eine Stunde lang durchforste ich das Gelände. Gehe kurz in die Klinik hinein, um zu sehen, ob es einen Innenhof oder einen leicht zugänglichen Aufenthaltsraum gibt. Aber erst kurz bevor ich mich dazu durchringen will, nach seiner Zimmernummer zu fragen, wird er über eine Rampe nach draußen geschoben. Der Pfleger, ein drahtiger Mann mit asiatischen Gesichtszügen, schlendert direkt auf mich zu, vor sich den in sich zusammengesunkenen Robert, der starr geradeaus schaut, aber nur, weil sein Kopf von einer Spezialfixierung aufrecht gehalten wird.

Ich trete auf den Pfleger zu und lächle ihn an. »Hallo! Darf ich übernehmen?«

Er runzelt die Brauen. »Sie? Wieso?«

»Ich bin eine ehemalige Kollegin von Herrn Lesch, ich bin hier, um ihn zu besuchen.«

Der Mann senkt seinen Blick bedauernd auf die kahle, runde Stelle oben auf Roberts Kopf. »Er war beliebt, nicht wahr? Er bekommt oft Besuch von Kollegen.«

Ah, das ist interessant. »Wirklich? Hat mir gar niemand erzählt. Wer von uns war denn da in letzter Zeit?«

Wir setzen uns gemeinsam in Bewegung, weichen einem anderen Rollstuhl aus. »Einer, der gesagt hat, dass er früher sein Chef war«, sagt der Pfleger. »Dann eine Frau mit kurzen, roten Haaren.«

Ich nicke, als wüsste ich genau, von wem er spricht. »Ja, die waren immer sehr eng miteinander.«

»Und vor ein paar Tagen einer, der wahrscheinlich Polizeidirektor ist? Toller Anzug und teure Uhr und so.« Er grinst. »Ich habe nicht gewusst, dass man bei der Polizei so gut verdienen kann.«

Ich bin unwillkürlich stehen geblieben, aber mit drei großen Schritten wieder auf gleicher Höhe. »Ach. Ein Gutaussehender, mit dunklem Bart?«

»Ja, genau.«

»Und der hat gesagt, er wäre ein Kollege?«

Der Pfleger wirft mir einen Blick von der Seite zu. »Er hat gesagt, sie haben zusammengearbeitet.«

Möglichst unauffällig blicke ich mich um. Jaro war also hier, das heißt, er könnte noch mal auftauchen. »Ich staune nur«, murmle ich, »weil die beiden sich nie besonders gut verstanden haben.«

Der Pfleger nickt verständnisvoll. »Na ja. Schicksalsschläge ändern so was manchmal. Der Mann ist länger geblieben als alle anderen und wollte unbedingt mit mir und Simone sprechen. Er war wirklich besorgt.«

Ein Gefühl, als würde es an der Innenseite meines Schädelknochens jucken, an einer Stelle, die man nicht kratzen kann. Ich frage mich, ob es für Robert nicht doch Sicherheitsmaßnahmen geben sollte. »Besorgt?«, hake ich nach.

»Ja. Er wollte wissen, ob es nicht wenigstens eine kleine Chance gäbe, dass Herr Lesch wieder zu sich kommt und wieder … Sie wissen schon. Zurück in seinen Beruf kann. Wir haben ihm gesagt, er soll besser mit einem Arzt sprechen, aber er dürfe sich keine großen Hoffnungen machen. Das Gehirn war zu lange ohne Sauerstoff, davon erholen die Patienten sich normalerweise nicht.«

Ich würde gern fragen, was den Sauerstoffmangel verursacht hat, aber wenn ich mich weiterhin als Kollegin ausgeben will, muss ich so tun, als wüsste ich das. Unwillkürlich kommt mir Jaros Bodyguard mit dem unbewegten Gesicht in den Sinn. Der so bereitwillig Köpfe unter Wasser taucht. War er es? Hat er es bei Robert übertrieben oder war im Gegenteil nicht konsequent genug? Wieso hat er ihn am Leben gelassen?

»Wollen Sie jetzt übernehmen?« Der Pfleger ist stehen geblieben und hat die Griffe des Rollstuhls losgelassen. »Dann könnte ich mich um eine andere Patientin kümmern.«

»Natürlich. Sehr gerne. Danke, dass Sie so gut für Herrn Lesch sorgen. Und auf ihn aufpassen.«

Der Mann blickt kurz zur Seite, dann nickt er. »Das tue ich wirklich gern. Niemand hat verdient, was er durchgemacht hat.«

Er geht und lässt mich mit Robert allein. Ich schiebe den Rollstuhl weiter den Weg entlang; die letzten Worte des Pflegers haben mir das vertraute Gefühl schmerzlicher innerer Schwere beschert. Will ich wissen, was genau die Karpins mit Robert gemacht haben? Ja. Nein. Es würde mich nicht mehr loslassen, und mein Hass auf den Clan braucht keinen zusätzlichen Treibstoff.

Hinter einer Baumgruppe finde ich einen Platz im Schatten, den man vom Weg her nicht einsehen kann. Besser auf Nummer sicher gehen, wer weiß, ob Jaro nicht noch einmal einen Kurzbesuch abstatten will. Ich arretiere die Bremsen des Rollstuhls, dann hocke ich mich vor Robert ins Gras. Berühre sein

Schienbein, sein Knie. Es gibt nicht das geringste Anzeichen dafür, dass er es spürt.

Ein irrationaler Teil von mir hofft nach wie vor, dass er in Wahrheit noch in diesem Körper steckt. Dass er sich verstellt, um im richtigen Moment lachend aufzustehen, sich eine Zigarette anzuzünden und mich mit ein paar abfälligen Bemerkungen zu provozieren.

Ich suche Augenkontakt, vergeblich. Unter halb gesenkten Lidern blickt Robert ins Nichts, in eine Dimension, zu der ich keinen Zugang habe.

»Heute hat jemand mir Blumen geschickt«, sage ich leise. »Wicken, Lavendel und Beifuß. Sie haben vor meiner Tür gelegen. Irgendwer weiß, wo ich wohne.«

Keine Reaktion, natürlich nicht, trotzdem rede ich weiter. Einfach, weil es guttut. Weil es sonst niemanden gibt, dem ich mich anvertrauen könnte. »Vera ist tot. Meine Schuld, ich habe sie reingelegt. Ist das eine gute Nachricht für dich? War sie dabei, als du …«

Ich unterbreche mich selbst. Es tut nichts zur Sache, was immer Vera getan haben mag, sie ist aus dem Spiel genommen. Aber es gibt etwas anderes, das ich loswerden möchte, auch wenn Robert es nicht hören kann. »Es tut mir so leid, was passiert ist.« Ich nehme seine schlaffe Hand, drücke sie. »Es ist auch okay, wenn du ihnen verraten hast, dass ich in Wien bin und wo sie mich dort am besten finden. Ich hätte es umgekehrt auch gesagt, ganz sicher.« Wieder drücke ich sanft seine Finger, hoffe auf ein bisschen Gegendruck, ein winziges Zeichen dafür, dass er mich wahrnimmt, aber ich könnte ebenso gut die Hand eines Toten umfassen. Sie ist auch schmaler geworden, das Patientenarmband aus Plastik rutscht bis über den Handrücken.

An einer Stelle ist der Kunststoff bereits eingerissen, und ich reiße es nun ganz durch. Stecke das Armband in mein Portemonnaie wie einen Glücksbringer.

»Ich würde so dringend deine Hilfe brauchen«, flüstere ich. »Deine Rücksichtslosigkeit, deine fiesen kleinen Tricks – die wären jetzt genau richtig. Du kennst diese Bastarde doch in- und auswendig. Wahrscheinlich weißt du auch, wer Jaro Karpin ist und wo seine wunden Punkte liegen. Nicht wahr?«

Leichter Wind kommt auf und bläst Robert eine seiner federleichten Haarsträhnen in die Augen. Er blinzelt nicht einmal.

Mir war nie klar, dass einen der Verlust eines Menschen, den man nicht sehr mochte, so traurig machen kann. Ich richte mich auf und streiche Robert das Haar aus dem Gesicht, dabei fällt mein Blick wieder auf die Brandwunde an seinem Hals.

Vielleicht ist es gut, dass sein Gehirn zerstört ist, dann sind auch die Erinnerungen an das gelöscht, was man mit ihm angestellt hat. Mit neuer Entschlossenheit mache ich mich auf den Weg zurück zum Haupteingang. In mir ist alles ruhig, gleichzeitig brodelt es. Veras Tod war erst der Anfang. Und ich habe eine genaue Vorstellung davon, wen ich mir als Nächsten vornehmen möchte.

Beim Eingang begegne ich einer Pflegerin, die Robert anstrahlt, als hätten sie eine Verabredung, und mir den Rollstuhl abnimmt. Er ist hier in guten Händen, auch wenn er es nicht mitbekommt. Immerhin.

Während der Rückfahrt drehe ich Roberts Patientenarmband zwischen den Fingern und vertreibe mir die Zeit damit, mir vorzustellen, wie ich Andreis Kopf in eine Toilette drücke und so lange die Spülung betätige, bis sich auch sein Gehirn nicht mehr vom Sauerstoffmangel erholen kann. Als ich zu Hause ankomme, bin ich deutlich besserer Laune, aber das ist nicht von Dauer.

Es finden sich zwar keine Blumen vor meiner Tür, doch dafür klebt ein Post-it auf meinem Computermonitor.

Du solltest vorsichtiger sein.

NOTIZ 3

Ich war wieder bei einer Exekution dabei, und diesmal wollte ich es wirklich. Den anderen ging es vor allem um den Stoff und wohin er verschwunden war. Mir nicht. Ich wollte etwas viel Wichtigeres wissen, und das hat der Mann mir bereitwillig erzählt. Niemand hat ihm geglaubt, natürlich, und auch ich habe getan, als wäre mir klar, dass er lügt. Dass er nur seine Haut retten will, auf diese erbärmliche Weise. Ich habe meinen Gefühlen freien Lauf gelassen, das kann kein schöner Anblick gewesen sein. Aber insgeheim wusste ich, dass er die Wahrheit sagte, und es fühlte sich an wie eine Befreiung. Keine schlaflosen Nächte voller Verzweiflung mehr. Stattdessen an Gewissheit grenzende Hoffnung, auch wenn viele Fragen weiterhin offen blieben.

Sterben musste er dennoch. Ohne äußerliche Spuren, lautete die Devise, also arbeiteten sie mit Stromdosen, die keine Verbrennungen hinterließen, und mit Wasser, das sie extra dafür aus dem Fluss holten.

Der Mann brabbelte etwas von einer Nadja, die eine von uns sei. Der er das Leben geschenkt habe, aus Mitleid. Für die Lüge hielt Boris ihm den Kopf so lange unter Wasser, dass ich ihn bremsen musste. Zu früh. Es war noch nicht so weit.

Allerdings soll diese Nadja uns verraten haben. Ich habe ihn ihr Aussehen beschreiben lassen, aber das war nicht hilfreich. Eine Nutte eben. Eine wie viele andere. Aufgegriffen im falschen Revier.

Das Ende war dann beinahe friedlich. Ein sanftes Hinab- und Davongleiten. Ein Tod, der nicht unsere Handschrift trug.

8.

Ich habe die Walther hervorgeholt und in meine Umhängetasche gepackt, mir trotz des warmen Wetters den dunklen Hoodie übergezogen und sitze jetzt versteckt zwischen Müllcontainern und Holunderbüschen auf einem Fahrradständer aus Beton. Von hier aus kann ich den Eingang zum Haus im Auge behalten, und genau das tue ich seit mittlerweile zwei Stunden. Seit ich das Post-it gefunden habe.

Keine Ahnung, wie ich je wieder in die Wohnung zurückgehen soll. Offenbar ist das Schloss so leicht zu knacken wie das einer Keksdose, aber ich kann mir kein Sicherheitsschloss leisten. Noch weniger einen Türspion mit Kamera, wie ich ihn in München hatte.

Am klügsten wäre es, die Stadt zu verlassen. Frankfurt für immer den Rücken zu kehren und mich auf eine einsame Alm zurückzuziehen, wo niemand sich hinverirrt. Oder nach Wien zurückzukehren und mich Tassani zu stellen. Der mich dann möglicherweise für den Rest meines Lebens einlocht, wegen des Mordes an Norbert plus, als Bonus, auch dem an Alex, falls der denn tot ist.

Meine Augen tränen vom angestrengten Fixieren der Haustür. Gerade eben sind drei Jungs um die sechzehn herausspaziert, laut lachend und einander anrempelnd. Nun kommt eine ältere Frau mit einer schwer wirkenden Einkaufstasche nach Hause. Sie kramt minutenlang herum, bis sie ihren Schlüssel gefunden hat.

Dann passiert lange nichts mehr. Ich erlaube es mir, ab und zu meinen Blick schweifen zu lassen, so gut das zwischen den

Holunderblättern möglich ist. Dass mir nichts Bedrohliches auffällt, beruhigt mich kein bisschen. Ich habe es nur deshalb gewagt, nach Frankfurt zurückzukehren und mich mit meinen Racheplänen vorsichtig, aber stetig in die Nähe der Karpins zu begeben, weil ich wusste, dass diese Stadt der letzte Ort war, an dem sie mich vermuten würden. Dass sie überall anders eher nach mir suchen würden als hier. Dass sie ihre Anstrengungen auf Österreich konzentrieren müssten, nachdem ich nachweislich dort war.

Das alles ist jetzt hinfällig. Ich habe höchstens noch Tage, bis sie zuschlagen. Vielleicht auch nur Stunden.

Vorausgesetzt, es war jemand aus dem Clan, der in meine Wohnung eingedrungen ist. Die einzige andere Möglichkeit: ein Kollege von Robert. Der mir eine ernsthafte Warnung zukommen lässt: *Du solltest vorsichtiger sein.*

Aber wenn es so ist, warum spricht er mich nicht direkt an?

Am Hauseingang steht jetzt ein Mann, der die Klingelschilder studiert. Er ist an Armen und Hals tätowiert und scheint regelmäßiger Kunde im Fitnesscenter zu sein. Schließlich findet er den Namen, den er sucht. Sekunden später springt die Tür auf.

So viele Menschen in dieser Wohnanlage, und ich kenne niemanden davon. Ich habe keine Ahnung, wer hierhergehört und wer nicht. In Wien kannte ich jedes Gesicht, jedes Auto auf dem Parkplatz.

Ohne dass ich es gemerkt habe, ist meine Hand in die Umhängetasche geglitten und umfasst die Walther. Sie ist geladen, und bevor ich zulasse, dass die Karpins mich in die Finger bekommen, werde ich sie mir an die Schläfe setzen und abdrücken.

Sie werden mir nicht antun, was sie Robert angetan haben.

Es wird dunkel, es wird Nacht. Ich habe noch immer niemanden am Haus entdeckt, der mir bekannt vorkommt, und mit meiner Konzentration ist es vorbei. Aber ich wage mich nicht zurück in die Wohnung, denn natürlich könnte es sein, dass mich dort schon jemand erwartet. Oder später lautlos das Schloss aufbricht und mich im Schlaf überwältigt.

Einschlafen werde ich nämlich, ich fühle schon jetzt, wie die Müdigkeit mich in die Knie zwingt. Der Fahrradkeller ist möglicherweise eine gute Idee, um dort ein paar Stunden zu dösen, aber schon als ich ihn betrete, sehe ich, dass er viel zu vollgeräumt ist; ich könnte mich nirgendwo hinlegen.

Am liebsten würde ich auf dem Südfriedhof übernachten; zwischen Gräbern fühle ich mich zu Hause, aber das Tor ist längst versperrt. Es bleibt mir also nichts anderes übrig, als mich auf der Grünfläche neben dem Parkplatz zwischen zwei Sträuchern zusammenzurollen. Die Nacht ist warm, trotzdem kriecht mir die Feuchte des Bodens innerhalb von Minuten durch Jeans und Shirt. Ich platziere den Kopf auf den zusammengerollten Sweater. Die Tasche, in der ich die Walther trage, liegt in Griffweite.

Während des Versuchs, meine nächsten Schritte zu planen, muss ich eingeschlafen sein, doch das wird mir erst klar, als etwas mich erschrocken hochfahren lässt. Es wird bereits hell, und das erste Flugzeug fliegt über Sachsenhausen. Die Wohnung verfügt über schalldichte Fenster, der Parkplatz nicht. Ich rapple mich hoch, frierend. Mein Rücken schmerzt, mein linker Arm fühlt sich taub an.

Trotzdem gehe ich jetzt noch nicht ins Haus, ich warte, bis es sieben Uhr wird. Dann machen die ersten Nachbarn sich zur Arbeit auf, die Wohnanlage erwacht zum Leben, und ich kann mich wieder hineinwagen.

Um Viertel nach sieben schließe ich meine Wohnungstür auf und springe sofort einen Meter zurück, für den Fall, dass dahinter jemand lauert. Doch es rührt sich nichts. Ich lasse die Tür weit offen und gehe einen Schritt über die Schwelle, meine Hand fest um den Griff der Walther gelegt. Ein Blick ins Bad, einer in die Toilette. Nichts.

Das heißt, es ist tatsächlich niemand hier. Die Wohnung ist viel zu klein, als dass man sich darin verstecken könnte. Ich schließe die Tür zweimal ab und lege die Pistole auf den Schreibtisch. Das Post-it klebt immer noch am Computermonitor. *Du solltest vorsichtiger sein.*

Doch ein ehrlich gemeinter Ratschlag? Ich gehe noch einmal die Liste aller Menschen durch, die ich in Frankfurt gekannt habe. Wenn man von Robert absieht, habe ich mit keinem von ihnen Kontakt aufgenommen. Und niemandem liegt meine Sicherheit so sehr am Herzen, dass er für eine Warnung meine Tür aufbrechen würde.

Ich wage es, zu duschen – die Waffe in Reichweite –, und improvisiere aus dem Spärlichen, was mein Kühlschrank hergibt, ein Frühstück. Damit setze ich mich vor den Fernseher. Dem, was der Computer vielleicht für mich auf Lager hat, fühle ich mich noch nicht gewachsen.

Aber aus der Atempause wird nichts. Nach wenigen Minuten beginnen die Nachrichten, und sie beginnen mit Frankfurt.

»In der vergangenen Nacht wurde auf Höhe der Deutschherrnbrücke ein Mann tot aus dem Main geborgen. Den Ermittlungen zufolge handelt es sich um den zweiundvierzigjährigen Semion B., dessen Nachtclub erst vor drei Tagen durch einen Brandanschlag zerstört wurde. Ob es sich um einen Unfall oder ein Gewaltverbrechen handelt, steht noch nicht fest. Bei dem Toten wurde ein Blutalkoholgehalt von 3,4 Promille festgestellt.«

Meine Hand mit dem Marmeladentoast hängt auf halbem Weg zu meinem Mund in der Luft. Ich lasse sie wieder sinken.

Semion, der Vera zur Schrottpresse geführt hat. Der mich im Wald an der Autobahn erledigen sollte.

Sieht aus, als hätten die Karpins vergangene Nacht andere Dinge zu tun gehabt, als mir in meiner Wohnung aufzulauern. Sie halten wie geplant die Clanfehde am Leben, und möglicherweise ist es gar nicht nötig, dass ich zusätzlich Öl in die Flammen gieße. Aber sicher ist sicher.

Keine neuen Nachrichten auf *MyBazar*, stelle ich nach Hochfahren des Computers fest, doch das lässt sich ändern. Ich öffne die Konversation zu den rot-blau-orangen Strohhalmen. *Du bist tot*, ist das Letzte, was die Karpins mir geantwortet haben; das muss nach der Zustellung des Autoquaders gewesen sein.

Ich lege die Finger auf die Tastatur. *Den Falschen erwischt*, schreibe ich. *Aber keine Sorge. Wir erwischen den Richtigen.*

Wie gut, dass Schweineherzen nicht teuer sind. Ich kaufe wieder eines, verpacke es in Plastik und eine Pappkiste – dann packe ich es noch einmal aus und stoße ein kleines Fleischmesser bis zum Heft hinein. Viel deutlicher kann man nicht mehr werden, finde ich. Das Ganze adressiere ich mit der linken Hand und möglichst krakelig an Jaroslaw Karpin. Erst überlege ich, es ins *Hotel zu den Linden* zustellen zu lassen, aber es wäre wohl unklug, dort schon jetzt die Pferde scheu zu machen. Denn selbst wenn Jaro nur drei funktionierende Gehirnzellen besitzt, wird er das Hotel im Anschluss meiden.

Besser, ich nehme die Adresse im Industriegebiet, wo die Malakyans schon Vera abgegeben haben. Sie sind jetzt wieder am Zug, und so, wie ich Tigran erlebt habe, wird seine Revanche nicht lange auf sich warten lassen.

Bleibt das Problem mit meiner Wohnung. Am klügsten wäre es, sie aufzugeben, aber als Obdachlose kann ich meine Pläne nicht durchziehen. Mit einer schnellen Google-Suche finde ich aber immerhin eine Notlösung für das Problem mit der Tür. Für fünfundzwanzig Euro erstehe ich im nahe gelegenen Baumarkt einen sogenannten Door-Jammer. Eine Metallvorrichtung, die man in den unteren Türspalt klemmt und die ein Aufdrücken unmöglich macht. Sie müssten also mit der Axt kommen.

Obwohl sie jetzt besser gesichert ist, ertrage ich es nicht lange, in der Wohnung zu sitzen. Das Schweineherz wird frühestens morgen bei den Karpins landen, und ich kann derzeit nichts weiter tun, um die Dinge zu beschleunigen.

Aber ich kann auf dem Friedhof spazieren gehen. Mich in der Nachmittagssonne zwischen alte Gräber setzen und den Bienen dabei zusehen, wie sie von einer Blüte zur nächsten fliegen.

Es könnte entspannend sein, wenn mein Kopf mitspielen würde, doch der arbeitet weiter auf Hochtouren. Keine Anzeichen äußerer Gewalt an Semions Leiche, sonst wäre schon heute Morgen von einem Gewaltverbrechen die Rede gewesen. Wie haben die Karpins ihn dann in den Main befördert? Waren sie es vielleicht gar nicht? Hat er sich aus Kummer um das *Shelley* betrunken und ist einfach hineingefallen? Oder hat Tigran ihn beseitigt, als Strafe dafür, dass er mich hat entkommen und den Club abbrennen lassen?

Tigran. Ich müsste einen Weg finden, Kontakt zu ihm aufzunehmen, ohne dass er mich als Rache für Semion ebenfalls im Fluss versenkt. Dann könnte ich ihm Wege aufzeigen, wie er an die obere Riege der Karpins herankommt. An Boris, Jaro und wer sonst eben gerade am Ruder ist.

Allerdings müsste ich diese Wege selbst erst finden. Ich brauche mehr Information. Und mir fällt nur ein Ort ein, an dem ich sie bekommen könnte, mit etwas Glück.

Diesmal stehen vier Autos auf dem Hotelparkplatz, aber der silberfarbene Mercedes ist nicht darunter. Dafür ein Kleinbus mit Leipziger Nummernschild.

Ich habe mein Outfit auf jugendlich-geschlechtsneutral getrimmt. Aus zehn Metern Entfernung könnte man mich für einen Jungen halten: Hoodie bis über die Stirn, fixiert von großen Kopfhörern, dazu Sonnenbrille und sackartig weite Hosen.

Ich wünschte, ich hätte ein Skateboard, um es mir unter den Arm zu klemmen, aber es reicht wohl auch, den Blick ständig auf mein Smartphone zu richten, wenn ich einen typischen Siebzehnjährigen verkörpern will. Rhythmisch vor mich hin wippend stehe ich auf der gegenüberliegenden Straßenseite und verschaffe mir einen groben Überblick.

Der Eingangsbereich des Hotels ist beleuchtet, im ersten Stock brennt hinter drei Fenstern Licht. Aus dem Garten glaube ich, Stimmen zu hören, und zwar ausschließlich weibliche. *Heute geschlossene Gesellschaft*, steht auf einer Klapptafel neben der Treppe zum Eingang.

Ich überquere die Straße und biege um die Ecke, luge im Vorbeigehen durch das schmiedeeiserne Gitter, hinter dem ich gestern Jaros Begleiterin entdeckt habe. Sie ist nicht hier, dafür eine Gruppe aufgeregt wirkender Mädchen. Keines davon älter als sechzehn, wenn mich der erste Eindruck nicht trügt.

Sie haben Getränke vor sich stehen und unterhalten sich lachend, aber ich kann nicht verstehen, was sie sagen, ich könnte nicht einmal die Sprache mit Sicherheit identifizieren. Dafür weiß ich ziemlich genau, was ihnen bevorsteht.

Sie sind alle hübsch, schlank, langbeinig. Andrei hat eigene Leute – meistens Frauen –, die solche Mädchen unter dem Vorwand ködern, sie könnten ihnen zu einer Karriere als Model verhelfen. In Deutschland, dort würde genau ihr Typ gesucht, sie würden in Kürze erfolgreich sein und richtig viel Geld verdienen. Die Papiere, mit denen diese Mädchen über die Grenze kommen, sind gefälscht – das weiß niemand besser als ich; viele davon waren mein Werk, und plötzlich sind alle über achtzehn. Sobald sie hier ankommen, ist von Modeln keine Rede mehr, stattdessen landen sie in einem von Andreis Puffs.

Ihre Situation ist aussichtslos. Keine von ihnen spricht Deutsch, keine hat eigenes Geld. Die Verhältnisse sind in etwa so, wie ich sie Tigran geschildert habe, von den abgeschnittenen Ohren einmal abgesehen. Bei körperlichen Bestrafungen wird darauf geachtet, die Ware nicht sichtbar zu beschädigen.

Ich gehe weiter, den Blick auf mein Handy gesenkt. Nach fünfzig Metern kehre ich wieder um. Ich bin dunkel gekleidet, wenn ich mich hinter dem Stamm der alten Linde auf der anderen Straßenseite verberge, müsste ich die Szenerie gefahrlos beobachten können.

Das Handy in der Hosentasche, um verräterisches Aufleuchten zu vermeiden, gehe ich in Position. Die Mädchen sitzen rund um zwei Tische. Keine von ihnen hat ein Smartphone, darauf wird geachtet, man nimmt es ihnen schon zu Beginn der Reise ab. Mit dem Versprechen, dass sie in Deutschland ein neues, viel besseres bekommen. Die Gruppe im Hotelgarten kann noch nicht lange hier sein, denn alle wirken fröhlich. Keine angstvoll gesenkten Blicke. Keine in den Händen verborgenen Gesichter.

Ich überlege gerade, ob ich es nicht doch riskieren soll, mein Handy auf maximalen Zoom zu stellen und ein Foto zu schießen, als die Tür zum Garten sich öffnet und eine junge Frau heraustritt.

Ich erkenne sie nicht auf den ersten Blick, aber auf den zweiten. Janina. Der blonde Engel, für den Alex zu sterben bereit gewesen wäre. Seine große Liebe. So angsterfüllt, so schutzbedürftig.

Sie trägt einen schicken Hosenanzug, ganz Geschäftsfrau, und tritt nun auf die Mädchen zu, streicht einer von ihnen über den Kopf, lässt eine andere von ihrem Sitz aufstehen und sich im Kreis drehen. Dann zieht sie eine Polaroidkamera hervor und beginnt, Fotos zu schießen. Sobald etwas darauf zu sehen ist, gehen die Bilder von Hand zu Hand, die Mädchen beugen sich darüber, langes Haar fällt ihnen in die Kindergesichter. Sie strahlen, und in mir krampft sich alles zusammen vor Wut und schlechtem Gewissen. Ich habe keinen Anteil an dem, was diesen Mädchen zustoßen wird, sehr wohl aber am Schicksal anderer, die kein Stück älter oder misstrauischer waren. Retten können werde ich auch diese hier nicht.

Irgendwann winkt Janina unauffällig in Richtung Tür, und Boris kommt aus dem Hotel spaziert. Er zieht die Hände aus den Hosentaschen und begrüßt jedes der Mädchen einzeln. Nickt anerkennend. Fordert dann offenbar eine von ihnen dazu auf, ihm zu folgen. Die Kleine winkt ihren Gefährtinnen fröhlich zu und verschwindet durch die Tür.

Als sie hineingehen, glaube ich, noch eine zweite männliche Silhouette im Gegenlicht zu sehen, leider zu kurz, um herausfinden zu können, ob es sich um jemanden handelt, den ich kenne. Sicher bin ich nur, dass es weder Toljan war noch Jaro.

Auf dem Parkplatz wird ein Motor angelassen, Sekunden später fährt ein dunkler Audi auf die Straße. Er biegt nicht in meine, sondern in die andere Richtung ab. Wer sich am Steuer und auf dem Beifahrersitz befindet, kann ich nicht erkennen, aber ich habe eine vage Ahnung. Ich fürchte, Boris beliefert einen Kunden.

Der Weg nach Hause erscheint mir unsäglich lang. Ich ringe mit mir, ob ich nicht einen anonymen Anruf bei der Polizei tätigen soll. Mit ein wenig Glück würden sie die Mädchen rausholen und wenigstens einen oder zwei Leute des Clans festnehmen können.

Aber wenn die Karpins jetzt Ärger mit den Behörden bekommen, wird Andrei nie aus seinem Versteck kriechen. Das tut er nur, wenn der Gegner einer ist, gegen den er sich mit seinen erprobten Mitteln wehren kann. Er macht seit jeher einen großen Bogen um jegliche Feindberührung mit der Polizei; umso erstaunlicher ist es, dass sie Robert aus dem Weg geräumt haben. Aber das war eben nicht Andrei selbst.

Fast zu Hause angekommen. Ich nähere mich meinem Wohnblock so vorsichtig, als würde ich mich an scheues Wild heranpirschen. Spähe in jede dunkle Ecke, lausche auf jedes Geräusch. An der Schwelle zu meiner Wohnung lege ich das Ohr an die Tür, aber von innen ist nichts zu hören. Trotzdem springe ich nach Einschalten des Lichts sofort zurück auf den Gang, fluchtbereit.

Doch es ist niemand hier. Es gibt auch keine neuen Botschaften an mich, keine Anzeichen dafür, dass mir wieder jemand in meiner Abwesenheit einen Besuch abgestattet hat.

Ich blockiere die Tür mit dem Door-Jammer und setze mich vor den Computer. Google nach dem Lokal, von dem Anush mir erzählt hat. Das *Sweet Lips*, finde ich heraus, ist ein Nachtclub im Bahnhofsviertel. Gefährliches Pflaster für mich. Aber das macht jetzt auch keinen großen Unterschied mehr.

Am nächsten Tag stehe ich um elf Uhr vormittags in der Taunusstraße vor dem Eingang des *Sweet Lips*. Scheint eine Tabledance-Bar zu sein, doch im Moment tanzt dort niemand. Durch die halb geöffnete Tür höre ich das Brummen eines Staubsaugers.

Ich habe die falschen Vorderzähne drin und die hässlichste meiner Perücken auf dem Kopf. Halblanges, struppiges braunes Haar. Niemand hört mich eintreten, dazu ist der Teppich im Flur zu weich und der Staubsauger zu laut.

Ein Blick in den Clubraum – außer dem Putztrupp scheint derzeit keiner hier zu sein. Das ist gut. Ich räuspere mich. »Äh. Hallo.«

Eine der Frauen dreht träge den Kopf in meine Richtung. »Wir haben geschlossen.« Ich kann ihren Akzent nicht einordnen, also verzichte ich darauf, meinerseits einen vorzutäuschen.

»Ja, das habe ich mir gedacht. Ich wollte auch nur schnell etwas fragen.«

Die Frau schüttelt den Kopf. »Nicht mich. Ich mache hier nur sauber. Wenn du einen Job suchst, musst du Darika fragen. Sie ist hinten im Büro.« Eine schnelle Geste, etwa in Richtung Bar, dann dreht die Frau mir wieder den Rücken zu.

Darika. Kein Name, der mir bekannt vorkommt, da kann ich eine kurze Begegnung wohl riskieren. Zögernd gehe ich an der Bar vorbei, steuere den Gang mit den Toiletten an. Gegenüber finde ich eine schlichte weiße Holztür mit der Aufschrift »Büro«.

Nach kurzem Zögern klopfe ich an. Öffne die Tür erst einen Spaltbreit, dann zur Gänze. Darika blickt hoch. Erleichtert lächle ich ihr entgegen, denn ich bin sicher, wir kennen einander nicht.

Wäre ich dieser Frau schon einmal begegnet, könnte ich mich an sie erinnern. Sie ist spektakulär. Langes, welliges schwarzes Haar, kaffeebraune Haut, riesige Augen, die mich irritiert mustern. »Ja, bitte?«

»Entschuldigen Sie die Störung, ich wollte nur fragen ...«

»Wir stellen niemanden ein, derzeit.« Ihr Blick wird sanfter, fast mitleidig. »Tut mir leid. Ich fürchte, Sie haben auch nicht die Voraussetzungen für einen Job hier.«

»Deswegen bin ich nicht hier. Ich suche eine Freundin, die bei Ihnen arbeitet. Anush. Sie sagte, wenn ich einmal in Frankfurt bin, soll ich hier nach ihr fragen.«

Darika runzelt die Stirn. »Anush? Hm. Ach, ja richtig, sie hat bei uns serviert. Das ist aber schon lange her, sicher zwei Jahre.«

Ich mime Enttäuschung, sacke leicht in mich zusammen. »Oh. Schade. Ich schulde ihr noch Geld und finde sie nicht im Telefonbuch. Haben Sie eine Adresse von ihr?«

»Nein.«

Ich lasse die Schultern noch ein Stück tiefer hängen. Mache Anstalten, mir einen Stuhl heranzuziehen, und kann in Darikas Miene den deutlichen Wunsch lesen, mich schnellstmöglich loszuwerden.

Sie schüttelt den Kopf, betrachtet mich noch einmal von oben bis unten und kommt offenbar zu dem Schluss, dass eine so traurige Erscheinung nichts Böses im Schilde führen kann. Seufzend zückt sie ihr Handy, scrollt ein wenig herum und notiert dann etwas auf einem Stück Papier. »Hier. Das ist die Handynummer, die ich von ihr habe. Weiß aber nicht, ob die noch aktuell ist.«

Ich bedanke mich schüchtern und bin schon wieder auf dem Weg nach draußen, mit gesenktem Kopf und dem dringenden Wunsch, so schnell wie möglich aus dem Viertel wegzukommen. Möglichst ohne Bekannten von früher zu begegnen und ohne über die am Straßenrand liegenden Junkies zu stolpern. Bei jedem Vierten oder Fünften von ihnen, schätze ich, kreist Karpin-Stoff durch die Blutbahn.

Es ist ein heißer Tag, die Sonne glüht vom Himmel. Es ist ein guter Tag für den Friedhof.

9.

Ich suche mir einen abgelegenen Winkel auf dem Südfriedhof, setze mich zwischen zwei überwucherte Gräber und hole das Smartphone heraus. Rundum ist niemand zu sehen; das Wetter lädt eher zu Schwimmbad- als Friedhofsbesuchen ein.

Es wird mich also keiner hören, wenn ich gleich ins Telefon schluchze. Ich deaktiviere meine Anrufer-ID, tippe Anushs Nummer ein, überlege mir genau, was ich sagen möchte, und packe im Geiste meinen pseudorussischen Akzent aus. Dann berühre ich die grüne Verbindungsfläche.

Freizeichen, das ist ein erster Erfolg. Die Nummer gibt es also noch, bloß geht niemand ran. Es läutet viermal, fünfmal. Keine Sprachbox, die sich einschaltet. Ich starre auf den trübgrauen Marmor des Grabsteins vor mir. Manche Menschen nehmen anonyme Anrufe aus Prinzip nicht entgegen, vielleicht gehört Anush zu ihnen. Das wäre Pech.

Ich will gerade auflegen, als es auf der anderen Seite raschelt. »Hallo?« Eine unfreundliche Frauenstimme. Ich atme zitternd ein und lege los.

»Anush?«, schluchze ich ins Telefon. »Hier Nadja. Weißt noch? Die Karpins mich haben zu euch geschickt. Bist du Anush? Sie mich umbringen!«

Stille am anderen Ende der Leitung. Dann: »Woher hast du meine Nummer?«

Verdammt, das hätte ich mir vorab überlegen sollen. »Von Semion«, winsle ich. »Er mich hat rausgelassen an Autobahn. Hat gesagt, wenn ich brauche Hilfe, ich anrufe bei dir.«

»Er hat dich rausgelassen?« Anush klingt ungläubig. »So hat er das nicht erzählt!«

»Er … ich … ich ihm leidgetan.«

Anush sagt etwas auf Armenisch, es klingt stark nach einem Fluch. »Und der Idiot gibt dir meine Nummer. Warum nicht seine eigene? Na egal, er ist tot.«

»Was?« Wieder schluchze ich auf. »Wieso tot? Ich war das nicht, ehrlich …«

»Natürlich nicht«, unterbricht sie mich unwillig. »Aber deine Leute. Die waren das.«

Ich ziehe hörbar die Nase hoch. »Sind nicht meine Leute. Die wollen mich umbringen, ich bin abgehauen, und jetzt weiß ich nicht, w-w-was ich soll machen.« Interessanterweise treten mir nun tatsächlich Tränen in die Augen. Hoffentlich überzeuge ich Anush genauso sehr wie mich selbst.

Scheint nicht so. »Was geht das mich an?«, faucht sie. »Ich habe genug eigene Probleme. Ihr habt das *Shelley* abgefackelt, wenn Tigran dich in die Finger kriegt, schickt er dich in kleinen Teilen an die Karpins zurück.«

Ich gebe wimmernde Verzweiflungslaute von mir. »Und – wenn ich helfe? Wenn ich liefere einen Karpin? Einen wichtigen? Helft ihr mir auch? Ich muss verstecken, ich weiß nicht, wo …«

»Nicht meine Sache«, herrscht sie mich an. Kurze Pause. »Aber ich rede mit Tigran. Ich frage ihn. Immerhin hat dein Tipp ihn zu jemandem von den Karpins geführt, auch wenn wir das armenische Mädchen nicht gefunden haben, von dem du erzählt hast. Das mit dem abgeschnittenen Ohr. Da waren gar keine Mädchen an der Adresse. Komisch, eigentlich.«

»Was?« Ich tue so, als könnte ich mir das überhaupt nicht vorstellen. »Wo sind jetzt? Nicht wieder in Keller, ich hoffe!«

»Welcher Keller?«

»Ein kleiner Keller. Kalt, ohne Klo. War schlimm da, so schlimm«, fabuliere ich. »Weiß nicht, wo genau.«

Wieder eine Pause. »Hm. Okay, pass auf: Du rufst mich heute Abend um sieben noch einmal an. Alles klar?«

»Ja.«

»Und ich will deine Nummer sehen.«

»Wa-was? Ich kann nicht. Ist nicht mein Handy, nur geliehen, sie unterdrückt immer Nummer.«

Genervtes Seufzen. »Meinetwegen. Sieben Uhr, und pünktlich.«

Sie legt auf, ich lasse mich rücklings ins Gras sinken. Wenn Tigran sich überhaupt auf einen Deal mit mir einlässt, wird er mich vermutlich zuerst sehen wollen. Dann könnte das eintreten, was Anush angedroht hat: Sie töten mich als Revanche für Semion. Ein billiger, aber völlig risikofreier Schachzug.

Blind vertrauen werden die Malakyans mir jedenfalls nicht, nachdem mein letzter Hinweis sie nicht zu einem gefangenen armenischen Mädchen geführt hat. Dafür aber immerhin zu Vera.

So heiß, wie es heute ist, möchte ich gar nicht wissen, welcher Gestank mittlerweile aus dem zusammengepressten Autowürfel dringt. Hoffentlich haben die Karpins ihn schon in den Main geworfen.

Hoffentlich bin ich nicht die Nächste.

Ich richte mich wieder auf, stütze die Ellenbogen auf die Knie und das Gesicht in die Hände. Es wird kein Treffen in abgeschiedenen Ecken geben, keines auf dem Territorium der Malakyans. Ich habe mich schließlich nicht über ein Jahr vor dem einen Clan versteckt, nur um am Ende von einem anderen getötet zu werden.

Bis zum Abend habe ich mir etwas zurechtgelegt, das ich Tigran vorschlagen kann. Es wird mich ein wenig Vorbereitungszeit kosten, und es besteht keinerlei Garantie dafür, dass die Sache gelingt. Aber es ist eine Idee, auf die er hoffentlich anspringen wird.

Ich sitze auf dem winzigen Balkon meiner Wohnung, starre auf die Fassaden der anderen Wohnblocks und zähle die Minuten bis sieben Uhr. Dann wähle ich erneut Anushs Nummer.

»Hallo!« Wieder der harsche Ton; eine Begrüßung wie eine Kampfansage.

»Nadja hier.« Ich heule diesmal nicht, sondern piepse eher.

»Ja, ich weiß. Ich habe Tigran von deinem Vorschlag erzählt. Du willst von uns beschützt werden? Und uns dafür einen der Karpins ans Messer liefern?«

»Ja.«

»Welchen?«

Ich zögere kurz. »Kann ich nicht sagen genau. Boris wahrscheinlich.«

Es raschelt, sie hält vermutlich den Hörer zu. Sekunden später ist Tigran dran. »Woher sollen wir wissen, dass du uns nicht reinlegst?«

»Ich ihn dorthin locke, wo ihr ihn wollt haben. Ihr sucht Ort aus. Er nicht darf merken, dass es Falle ist. Am besten außerhalb von Stadt.«

Lange kommt keine Antwort, ich befürchte schon, dass die Verbindung unterbrochen ist. Doch schließlich räuspert sich Tigran. »Wann?«

»Muss erst noch Dinge herausfinden, es soll nichts schiefgehen.«

»Das sollte es wirklich nicht.« Unter Tigrans oberflächlich freundlicher Stimme liegt Eis. »Denn für einen von euch wird es der letzte Tag sein. Für ihn oder für dich. Noch etwas: Lieber als Boris wäre mir Pawel.«

Ich öffne den Mund, schließe ihn wieder. »Pawel Sobolew? Pascha? Der sitzt in Gefängnis ... sie sagen.«

Abfälliges Schnauben. »Warum haben zwei von meinen Mädchen ihn dann in Frankfurt gesehen? Vor einer Woche?« Das Misstrauen in Tigrans Worten ist nicht zu überhören. »Du hast keine Ahnung, was bei deinen eigenen Scheißrussen los ist, keinen Überblick. Du kannst das nur vermasseln.«

Ich habe mir in die Lippe gebissen, dieselbe Stelle wie letztens, diesmal unabsichtlich. Es schmerzt immer noch. Pascha ist wieder draußen? Kann das sein? Vor ihm graut mir mehr als vor Boris, fast mehr noch als vor Andrei.

»Ich nicht vermassle«, würge ich hervor. »Ihr habt keine Risiko, versprochen. Ich mich melde, wenn ich weiß, wie. Ihr bekommt einen von ihnen.«

Ein Geräusch wie Zungenschnalzen. »Wir kriegen das jederzeit auch ohne dich hin, das weißt du, oder? Hat Semion dich wirklich laufen lassen? Mit Absicht?«

Der plötzliche Themenwechsel erwischt mich unvorbereitet. »Ja. Ich so viel geweint, dass er hat gesagt, ich soll abhauen. Er ist guter Mann mit gute Herz.«

»Er ist jetzt ein toter Mann mit einem kalten Herz«, entgegnet Tigran. »Er hat einen Fehler gemacht. Ich werde das nicht tun. Wenn du mich verarschst, wirst du dir wünschen, es hätten dich doch die Karpins erwischt, so wie ihn.«

Die Verbindung bricht ab. Ich lasse das Handy sinken.

Kann es wirklich stimmen, was Tigran sagt? Jemand hat Pascha gesehen? Er wurde in München festgenommen; bei seinem Besuch in Wien hat Robert mir bestätigt, dass er immer noch hinter Gittern sitzt. »Ist aber alles ein bisschen schwierig«, hat er damals gesagt. »Du weißt ja, die Clans schwärzen einander nicht gegenseitig an.«

Schwierig. Zu schwierig vielleicht, und sie mussten Pascha gehen lassen. Die Anwälte der Karpins sind gerissen und ohne Skrupel, wahrscheinlich hat einer von ihnen ihn freibekommen.

In mir steigt Übelkeit auf, langsam, aber stetig. Wenn ich gewusst hätte, dass ich Gefahr laufe, Pascha zu begegnen, wäre ich nicht nach Frankfurt gekommen. Er ist Andreis Lieblingshenker, es kostet ihn keinerlei Überwindung, andere zu quälen. Im Gegenteil. Die meisten meiner Albträume tragen sein Gesicht.

Pascha zu den Malakyans zu locken wäre mir ein inneres Fest, aber ihn habe ich bisher nicht zu sehen bekommen. Wahrscheinlich hat er Anweisung, sich zurückzuhalten, nachdem er eben erst im Gefängnis war.

Mein Blick wandert durch meine winzige Wohnung, hin zur Tür und der kleinen Stahlkonstruktion, die sie sichert. War er es, der sich hier Zutritt verschafft und mir die Nachricht auf dem Monitor hinterlassen hat? *Du solltest vorsichtiger sein.*

Nein, das kann ich ausschließen. Pascha spricht akzeptabel Deutsch, aber ich glaube nicht, dass er imstande ist, fehlerfreie Sätze zu schreiben. Und falls doch, wäre die Botschaft eine andere gewesen: *Töte dich selbst, sonst tue ich es, langsam.*

Von ihm weiß ich kaum etwas Persönliches. Keine Ahnung, ob er noch andere Vorlieben hat, als Menschen zu quälen, und wenn ja, welche. Ich weiß nur, dass er für Andrei alles täte, dass er der loyalste seiner Handlanger ist. Und dass er traditionell gemeinsam mit Boris auftritt. Das allerdings war, seitdem ich wieder in Frankfurt bin, nicht der Fall.

Die Nacht verbringe ich schlaflos, lausche auf jedes Geräusch und denke im Kreis. In einer Sache stimme ich mit Tigran überein: Ich wäre ebenfalls lieber Pascha los als Boris. Bis in die frühen Morgenstunden versuche ich, mich an Details zu erinnern. Wo Pascha gewohnt hat. Welche Lokale er mochte. Welche Puffs. Aber ich komme nicht drauf, wahrscheinlich habe ich nichts davon je gewusst.

Todmüde und verschleiert ziehe ich am nächsten Tag mit dem Kinderwagen los, die Walther unter der Babydecke verborgen. Ich klappere alle Orte ab, an denen ich mir Chancen erhoffe, einen der Karpins zu erspähen: Das *Hotel zu den Lin-*

den, wo diesmal niemand im Garten sitzt, aber der Kleinbus mit Leipziger Kennzeichen steht nach wie vor auf dem Parkplatz. Die beiden Fabrikhallen am Main, wo letztens der Gabelstapler mit dem zusammengepressten Auto gestanden hat. Unwillkürlich atme ich flacher, während ich näher komme, aber der Würfel ist verschwunden; der Gabelstapler steht ohne Ladung an einer anderen Stelle des Geländes.

Diesmal sehe ich mir die Gebäude auch von der anderen Seite an, in der Hoffnung, einen Blick durch eines der Fenster erhaschen zu können. Vergeblich. Allerdings parkt ein dunkler BMW an der Einfahrt.

Ich verlangsame mein Tempo, beuge mich über mein imaginäres Baby und hole das Handy aus dem Kinderwagen. So unauffällig wie möglich schieße ich ein paar Fotos des Wagens und des Kennzeichens, aber noch bevor ich das Telefon wieder wegstecken kann, legt sich mir eine Hand auf die Schulter.

Mir entfährt ein Schrei, ich kann es nicht verhindern, ich fahre herum und sehe mich einem untersetzten Mann mit Schnurrbart in blauer Latzhose gegenüber. Er sieht mich aus kleinen, braunen Augen misstrauisch an und fragt etwas in einer Sprache, die ich für Türkisch halte.

Mein Herz pumpt wie verrückt, ich stelle mich so vor den Kinderwagen, dass man den fehlenden Inhalt nicht sieht, und zucke bedauernd die Schultern. »Leider verstehe ich nicht«, sage ich. Mein Akzent liegt irgendwo zwischen Serbien und Ägypten, ich hoffe, der Mann merkt nicht, wie falsch er ist.

»Was hast du hier zu suchen?«, fragt er mürrisch in gebrochenem Deutsch. »Das ist kein Ort für einen Spaziergang.«

Ich nicke unterwürfig. »Ja. Danke. Danke schön.« Ich drehe mich zum Kinderwagen um und ziehe hastig die Decke bis über das kleine Kissen am Kopfende.

»Schlechte Gegend«, brummt der Mann. »Habe vor paar Tagen Überstunden gemacht – hört man Leute schreien. Laut schreien. Das ...«, er weist mit der ausgestreckten Hand auf die beiden geduckten Gebäude, die den Karpins gehören, »... ist nicht normale Firma. Hier wird nicht gearbeitet. Aber in der Nacht – Leute schreien.«

Ich halte den Blick zu Boden gesenkt. »Haben Sie die Polizei gerufen?«

Er lacht auf, zieht ein Päckchen Zigaretten aus der Brusttasche seiner Latzhose und zündet sich eine an. »Polizei? Nein. Sind keine Freunde von mir. Und das würde nur Schwierigkeiten mit denen dort machen. Dann bin ich der Nächste, der schreit. Nein. Ich mische mich nicht ein. Du besser auch nicht, Frau.«

»Ja«, flüstere ich. »Aber ich suche den Mann meiner Schwester. Großer Mann, braunes Haar, flache Nase und so Beine.« Ich forme mit den Händen deutlich O-Beine nach. »Hat sie betrogen und ist abgehauen. Schlechter Mann. Hast du den gesehen?«

Er überlegt, zieht an seiner Zigarette. »Kann sein«, sagt er nach einiger Zeit. »Beine wie Reiter. Kann sein. Aber du geh besser jetzt. Kein guter Platz für Frau.«

»Gut«, hauche ich. »Shukraan.« Das Wort für Danke ist das einzige arabische, das ich kenne. Der Blick des Mannes gleitet an mir vorbei, er hebt eine Hand, deutet auf etwas hinter mir. »Da. Frag doch den, der gehört dazu.«

Ich drehe den Kopf und wünsche mir im nächsten Moment, ich hätte es nicht getan. Toljan ist im Haupteingang des linken Gebäudes aufgetaucht und kommt nun zielstrebig auf uns zu. »Was habt ihr hier zu suchen?«, ruft er. »Privatgrund!«

Ich will mich sofort in Bewegung setzen, so schnell wie möglich außer Sicht kommen, aber Latzhose hält mich am Arm fest. »Blödsinn«, schreit er zurück. »Öffentliche Straße! Wir können hier stehen, so lange wir wollen!«

In mir steigt Panik hoch, fegt meinen Kopf leer. Toljan kennt mich zwar nur flüchtig, aber dennoch persönlich. Letztens, vor dem *Duplex*, hat er mich angesehen, als würde er versuchen, einer Erinnerung auf die Spur zu kommen.

»Einer von euren Männern«, ruft Latzhose weiter, »behandelt ihre Schwester schlecht.«

Ich bekomme den Arm frei, schüttle den Kopf und setze mich samt Kinderwagen in Bewegung, aber da hat Toljan uns schon erreicht.

»Keiner von uns ist mit einer Kopftuchfrau verheiratet«, sagt er; die Verachtung in seiner Stimme ist nicht zu überhören. Schon ist er auf gleicher Höhe mit mir, blickt abwechselnd auf mein Gesicht und das nicht vorhandene Baby.

»Tschuldigung. Irrtum«, flüstere ich und lege an Tempo zu, doch ich habe keine Chance. Toljan stellt sich mir in den Weg, legt beide Hände auf das Faltdach des Kinderwagens. »Wie heißt der Mann deiner Schwester?«, fragt er lauernd.

Nur am Rande registriere ich, dass die zwei Finger an seiner linken Hand immer noch zusammengetapt sind. »War Irrtum. Entschuldigung«, flüstere ich und senke den Blick zu Boden.

Toljan beginnt, den Wagen zu schaukeln. Nicht sanft, sondern mit Wucht, die Federn quietschen. »Sehr ruhiges Kind, dein Kind«, sagt er grinsend.

»Nicht«, flehe ich, versuche, den Kinderwagen wegzuziehen, aber Toljan denkt nicht daran, seinen Griff zu lösen.

»Ich kenne dein Gesicht«, stellt er fest. »Wie heißt der Mann deiner Schwester?«

»Ahmed«, murmle ich, weil mir nichts Besseres einfällt. »Kein guter Mann. Betrügt sie.«

»Ich kenne keinen Ahmed. Aber ich kenne dich. Wie heißt du?«

Mein Herz pumpt wie verrückt, mein Hirn ist ein Chaos aus all den falschen Namen, die ich mir im Lauf der Zeit zugelegt habe. Einer für die arabischstämmige Mutter, die ich verkörpern will, ist nicht dabei. »Bitte«, schluchze ich auf. »Muss nach Hause.«

Abrupt hört Toljan mit dem Geschaukel des Kinderwagens auf. »Lügnerin«, sagt er ruhig. »Ich kenne dich.«

Die Walther steckt unter der Babydecke. Wenn Toljan gleich meinen richtigen Namen nennt und dann die anderen herbeiruft – Boris, Jaro, möglicherweise sogar Pascha –, werde ich danach greifen, sie entsichern und schießen.

Aber das ist nur der letzte Ausweg. »Ich habe Sie noch nie gesehen«, presse ich hervor und schreie auf, als Toljan den Kinderwagen zu sich herumreißt, ganz offensichtlich will er hineingreifen. Ich werfe mich darüber, habe eine Hand schon unter der Decke, da ist Latzhose wieder neben mir, beide Hände um eine rostige Eisenstange gelegt.

»Lass die Frau in Ruhe.« Er betont jedes Wort einzeln. »Geh zurück in deinen Schuppen. Wenn ich pfeife, kommen meine Kollegen. Das willst du nicht.«

Ich würde mich gern bedanken, ich würde ihm auch um den Hals fallen, aber ich muss den Moment nutzen, in dem Toljan bloß erstaunt dasteht, also renne ich einfach los. Hoffe, dass sein Einsatz den Mann nicht teuer zu stehen kommt; dass dem Clan die Unauffälligkeit des Standorts hier am Main mehr wert ist als Toljans verletzter Stolz. So, wie Vera im Hotelpark mit ihm umgesprungen ist, stehen die Chancen ganz gut. Er scheint in der Hackordnung der Karpins keinen der Spitzenplätze einzunehmen.

Aber er hat sich an mein Gesicht erinnert. Es heißt, dass ich mir für ihn etwas einfallen lassen muss, schnell, und meine Pläne Boris betreffend noch ein wenig warten müssen.

10.

Erst zu Hause wird mir das ganze Ausmaß der Katastrophe bewusst, und am liebsten würde ich die Wohnung nie wieder verlassen. Toljans Hirn kann jederzeit die richtige Erinnerung ausspucken – wie wir einmal bei einer von Andreis Feiern am selben Tisch gesessen haben. Wie Pascha mich zurückgeholt hat, weil ich mich in den hinteren Winkel eines Kellers verdrückt hatte, als er und Toljan gerade einem abtrünnigen Dealer drei Finger absägten. Wie wir einmal zusammen im Auto saßen und ich mich immer kleiner zusammenkauerte, weil Boris mit seiner neuen Pistole angeben wollte, wobei er immer wieder auf mich zielte. Alles mehr als zwei Jahre her, alles flüchtige Begegnungen. Trotzdem genügt es, wenn Toljan mich mit einer davon in Verbindung bringen kann. Dann war's das. Egal, ob ich heute anders aussehe, egal, wie sehr ich versuche, mich zu tarnen – er weiß bereits, dass er mich früher schon gesehen hat. Es ist nur eine Frage der Zeit, bis ihm auch einfällt, wo.

Er sollte also so bald wie möglich den Malakyans über den Weg laufen, aber anders als bei Vera habe ich keine Ahnung, wie ich einen solchen Zufall in die Wege leiten könnte.

Doch das ist vielleicht gar nicht nötig. Wer sagt, dass es die Armenier sein müssen, die sich seiner annehmen?

In meinem Kopf formt sich eine vage Idee, die nur deshalb eine Chance auf Verwirklichung hat, weil ich seit Tagen den Müll nicht mehr nach unten gebracht habe. Neben dem Tischchen, auf dem ich mein Notebook geparkt habe, steht ein kleiner Papierkorb. Den packe ich und leere ihn aus.

Ja. Da ist sie noch. Die Serviette aus dem *Shelley*. An einer Seite ist sie zusammengeknüllt, überall sind Blutflecken, aber sie hat ausreichend Lagen, um nicht völlig durchtränkt worden zu sein. Das Blut ist längst getrocknet und macht es schwierig, die Serviette ein wenig glatter zu streichen. Ich muss vorsichtig sein, wenn ich sie nicht zerreißen will.

Aber der wichtigste Teil ist, bis auf Schmierflecken, fast unversehrt. Logo und Schriftzug sind einwandfrei zu erkennen, mit ein wenig Mühe kann man auch Veras Adresse lesen, die ich darauf gekritzelt habe, ebenso ihren Namen. Von Boris' Namen sind nur die ersten zwei Buchstaben erhalten geblieben, der Rest ist unter dunklem Blut verschwunden.

Mein Blut. Meine Schrift, aber die zittrigen Großbuchstaben könnten jedem gehören.

Zwei Namen. Der von Toljan ist nicht dabei, den habe ich erst auf der zweiten Serviette vermerkt, die Tigran mir hingehalten hat. Was für ein Glück. Vorsichtig lege ich die Serviette auf den Tisch. Es wäre stark übertrieben, das, was ich vorhabe, einen Plan zu nennen, aber manchmal sind die einfachsten Maßnahmen die wirkungsvollsten.

Zurück zu den Fabrikhallen am Main wage ich mich nicht, egal, zu welcher Tageszeit, egal, in welcher Verkleidung. Das *Duplex* halte ich ebenfalls für ungünstig, bleibt also nur das *Hotel zu den Linden*. Ich stecke in dunkler Kleidung, habe die Haare unter der Kapuze meines Hoodies versteckt und meinen Rucksack umgehängt.

Es ist elf Uhr abends, als ich beim Hotel ankomme. Hinter einigen Fenstern brennt Licht, aber der Garten ist leer. Bis auf einen einzigen BMW gilt das auch für den Parkplatz, und genau dort verstecke ich mich, am Rand, geduckt zwischen Büschen. Ich warte drei quälend lange Stunden, aber niemand fährt weg oder kommt an. Als ich meine Beine nicht mehr spüre und keine weiteren Mückenstiche mehr ertrage, mache ich mich auf den Weg zurück.

Auch am nächsten Abend habe ich kein Glück, aber am übernächsten ist der Parkplatz besser belegt. Einer der vier Wagen ist ein schwarzer Audi, dessen Kennzeichen auf die Ziffern 48 endet. Der gleiche, vermute ich, der auch vor dem *Duplex* gestanden hat.

Nach nur einer halben Stunde sehe ich zwei Gestalten aus dem Hotel kommen. Hochgewachsen und schlank die erste; etwas kleiner und bulliger die zweite. Ich halte die Luft an.

Jaro verlangsamt seinen Schritt, wartet, bis Toljan ihn überholt hat, das Auto entsperrt und ihm die Hintertür aufhält. Jaro steigt ein, Toljan setzt sich hinters Steuer, sie fahren los.

Die Rückbank des Audi mit dem 48er-Kennzeichen. Für heute habe ich genug erfahren, ich arbeite mich vorsichtig aus dem Gebüsch und erwische Minuten später den Bus nach Hause. Bleibt zu hoffen, dass das heute keine Ausnahme war und Toljan öfter den Chauffeur spielen muss.

Zwei Abende lang liege ich hinter den Büschen neben dem Parkplatz auf der Lauer, stundenlang bewegungslos, den Blick auf das Hotel gerichtet. Einmal glaube ich, drinnen jemanden weinen zu hören, aber vielleicht ist es auch nur ein laut gedrehter Fernseher. Weder Jaro noch Toljan noch den Audi bekomme ich zu Gesicht. In der Dunkelheit liegend denke ich mir alle möglichen Gründe dafür aus. Dass Toljan den gefürchteten Geistesblitz gehabt hat und sie auf der Jagd nach mir sind. Dass sie in meiner Wohnung lauern werden, wenn ich zurückkomme – diesmal nicht mit Post-its bewaffnet, sondern mit Glocks, schallgedämpft.

Beide Abende nähere ich mich bei der Rückkehr meinem Wohnhaus wie einem Minenfeld, doch jedes Mal ist der dünne Kaugummifaden, den ich als unauffälliges Siegel an der Wohnungstür angebracht habe, intakt, die Wohnung leer.

Am dritten Abend sind meine Erwartungen bereits bei null. Wahrscheinlich hat Jaro in einer anderen Stadt zu tun, und Toljan ist mit alltäglichen Dingen wie Geldeintreiben beschäftigt. Deshalb jagt mir das plötzliche Auftauchen des Audi gegen Mitternacht einen gehörigen Schrecken ein.

Wieder steigt Toljan vorne aus, geht zum Fond und öffnet die Tür für seinen Boss. Sie wechseln ein paar Worte, Toljan nickt und folgt ihm zum Eingang des Hotels.

Mein Atem geht schneller. Habe ich es richtig beobachtet? Haben sie den Wagen unversperrt stehen gelassen? Eigentlich wollte ich die Serviette so neben die Beifahrertür legen, dass Jaro sie beim nächsten Einsteigen sehen muss – das getrocknete Blut darauf würde durchaus einen zweiten Blick rechtfertigen. Aber wenn das Auto offen steht, kann ich meinen Köder noch gezielter auslegen.

Und ich sollte das schnell tun, denn wenn Toljan das Absperren nicht einfach vergessen hat, kommen sie sicher gleich wieder.

Ich stemme mich hoch, husche geduckt zu der Tür des Audi, aus der Jaro eben ausgestiegen ist. Vorsichtiges Ziehen am Griff, und sie öffnet sich fast geräuschlos. Ich lege die Serviette in den hinteren Fußraum, auf den Boden zwischen den beiden Vordersitzen. Hätte Toljan sie verloren, wäre sie möglicherweise dort gelandet. Dann drücke ich die Tür vorsichtig zu und verschwinde zurück in mein Versteck.

Ich habe mich nicht getäuscht; knapp zehn Minuten später kommen Jaro und Toljan zurück, nun in Begleitung von Boris. Jaro steigt hinten ein, die beiden anderen vorne, und der Wagen fährt los. Ich wünschte, ich hätte ihn verwanzen können, auch wenn ich nicht viel davon gehabt hätte – untereinander sprechen sie Russisch.

Zehn Minuten später kehrt der Wagen zurück, was ich nur deshalb mitbekomme, weil ich mich zum Gitterzaun geschlichen habe, in der Hoffnung, ein Lebenszeichen von den Mädchen zu erhaschen. Von hier aus habe ich keinen Blick auf den Parkplatz, doch ich kann eine zuschlagende Autotür hören – und dann Boris' Stimme. Er herrscht jemanden an, gedämpft, aber mit der Schärfe eines Rasiermessers. Gleich darauf eine zweite Stimme, Toljans. Er klingt wütend, keine Spur defensiv. Natürlich verstehe ich nicht, was sie sagen, klar ist nur, dass es Streit gibt.

Ebenso klar ist, dass ich schnellstens verschwinden muss, denn wenn Toljan auch nur ein bisschen Überzeugungskraft aufbringt, wird er den anderen klarmachen, dass durchaus jemand die Serviette einfach ins Auto gelegt haben könnte. Dass sie nicht zwingend von ihm stammen muss, auch wenn er mal etwas mit einem Mädchen aus dem Malakyan-Clan hatte.

Ich husche um die nächste Ecke, laufe eine Seitengasse entlang und springe in den erstbesten Bus, der gerade an der Haltestelle steht, ohne nachzusehen, wo er hinfährt. Hauptsache, weg hier, alles andere ist egal.

Ob ich erfahren werde, was mit Toljan geschieht? Erfahrungsgemäß reagieren die Karpins auf solche Zwischenfälle empfindlich, sie statuieren lieber ein Exempel zu viel als eines zu wenig.

Sie werden denken, dass es Veras Blut ist, das die Serviette verklebt. Unter ihrem steht Boris' Name, also wird er davon ausgehen, dass er der Nächste auf der Abschussliste ist, und schon deshalb wird er sich nicht mit einem Schulterzucken von Toljan abspeisen lassen.

Der wiederum kann nicht erklären, wo die Notiz plötzlich herkommt. Und wenn er beginnt, etwas von einer verdächtigen Frau zu erzählen, die er in den letzten Tagen mehrmals gesehen hat, klingt es nach einer Ausflucht. Wenn ihm mein Name eingefallen sein sollte, erst recht – sie werden es für ein besonders dreistes Ablenkungsmanöver halten. Vor allem Boris.

Vor dem Duplex *hast du sie gesehen, hm? Wie witzig, da waren wir doch gemeinsam, und du hast keinen Ton gesagt.*

Könnte wirklich unangenehm werden für Toljan. Ich lehne die Stirn gegen das kühle Busfenster. Auf der Minusseite wird Boris auf der Hut sein. Meine Chancen, ihn in die Fänge der Malakyans zu locken, haben sich deutlich verringert.

An meiner Wohnungstür klebt immer noch auf Knöchelhöhe der dünne Kaugummifaden. Ich verriegle von innen, blockiere mit dem Door-Jammer und werfe mich aufs Bett. Hinter den geschlossenen Lidern Bilder von Toljan, wie Boris ihm die Faust in den Magen drischt, ins Gesicht, in die Nieren.

Aber auch die Erinnerung an seinen harten Griff um meinen Arm. *Lügnerin. Ich kenne dich.*

In dieser Nacht träume ich von den Mädchen, die ich im Garten des Hotels beobachtet habe, und der Eindruck mischt sich mit den Horrorgeschichten, die ich für Tigran Malakyan erfunden habe. Abgeschnittene Ohren, eingeschlagene Gesichter. Ich erwache im Morgengrauen mit bleischwerem Gewissen.

Von einem Abstecher zum Friedhof abgesehen, bunkere ich mich den ganzen Tag über in meiner Wohnung ein und arbeite an einem Grafikauftrag – eine Broschüre für ein Kosmetikinstitut in Hannover. Das Geld für das Kindergartenlogo ist überraschenderweise schon auf meinem Konto eingetroffen und verschafft mir ein bisschen Bewegungsfreiheit. Möglicherweise ist eine weitere Perücke drin.

Zwischendurch checke ich immer wieder die Nachrichtenseiten; die österreichischen ebenso wie die deutschen. Aber weder gibt es Neuigkeiten zu dem Mord an Norbert, noch finde ich Hinweise darauf, was mit Toljan passiert sein könnte. Die Ungewissheit macht mich die ganze Zeit über unruhig. Hat er sich rausreden können? Oder fehlen ihm jetzt ein paar Finger, ein Ohr, der Kopf?

Es lässt mich nicht los, also kehre ich am nächsten Tag zum

Hotel zurück, diesmal schon gegen elf Uhr vormittags. Nicht in der Abaya, die würde Toljan wiedererkennen; auch nicht als Junge verkleidet, sondern im Schlabberlook. Verwaschene Jogginghose, weites Sweatshirt, darunter ein um den Bauch getaptes Kissen. Fettiges Haar, das ich mit Öl bearbeitet habe, und ein leichtes Hinken. Ich habe mir einen Kiesel in den linken Schuh gelegt, damit es überzeugend wirkt. Mit den falschen Zähnen erkenne ich mich im Spiegel selbst kaum wieder, und als niemand in der S-Bahn sich neben mich setzen will, weiß ich, dass der Look funktioniert.

Hinkend arbeite ich mich die Straße zum Hotel entlang. Mache Halt an jedem Mülleimer, als würde ich nach Verwertbarem suchen. Ähnlich wie der Hijab bringt auch dieses Outfit die Leute dazu, eher weg- als genauer hinzusehen.

Jetzt kommt der Parkplatz in Sicht. Wo wieder der Bus mit dem Leipziger Kennzeichen steht, der Audi allerdings nicht. Die zwei anderen Autos – ein grauer Volvo und ein weißer Touareg – kenne ich bisher nicht.

Ich schlurfe näher, bleibe aber auf der anderen Straßenseite, wo praktischerweise ein Mülleimer hängt, um den die Fliegen kreisen. Nichts rührt sich beim Hotel. Die Tür ist geschlossen, doch im ersten Stock sind zwei Fenster geöffnet. Wenn ich mich nicht täusche, dringen Staubsaugergeräusche nach draußen.

Ich kann nicht ewig am Mülleimer stehen bleiben, und so hinke ich ein Stück weiter, bis zur nächsten Kreuzung, und von dort wieder zurück. Bei Tag ist es so viel schwieriger, einen unauffälligen Beobachtungsposten zu finden; notgedrungen beginne ich, das Hotel gewissermaßen zu umkreisen. Sehr lange kann ich das nicht durchziehen, der Kioskbesitzer, an dem ich schon das vierte Mal vorbeikomme, wirft mir zunehmend böse Blicke zu, und der Stein im Schuh beginnt langsam richtig wehzutun.

Ich bin gerade mitten in meiner fünften Runde und habe vor, den Stein loszuwerden, sobald ich wieder außer Sichtweite des Hotels bin, da kommt mir der Touareg entgegen. Er bremst ab, weil eine Frau mit Hund die Straße überquert, und so habe ich für ein paar Sekunden freie Sicht durch die Windschutzscheibe des Wagens.

Am Steuer sitzt die blonde Frau, die ich bei meinem ersten Ausflug zum Hotel gesehen habe und schon damals für Janina gehalten habe. Das bestätigt sich jetzt, denn der Mann neben ihr auf dem Beifahrersitz ist ohne jede Frage: Alex.

Einige Herzschläge lang vergesse ich all meine Vorsicht und starre ihn unverhohlen an. Ja, kein Zweifel, er ist es. Der Bart, den er der mehrwöchigen Gefangenschaft verdankte, ist abrasiert; er sieht wieder ganz so aus wie der schicke Student, der uns Muffins in den Blumenladen gebracht und Eileen umflirtet hat.

Dass ich den Blick nicht von ihm wenden kann, fällt ihm glücklicherweise nicht auf, denn seine ganze Aufmerksamkeit ist auf sein Smartphone gerichtet. Nun gibt Janina Gas, sie fahren weiter, und ich muss mich kurz gegen die Hausmauer lehnen.

Ich habe es richtig gesehen, es war kein Irrtum. Alex lebt. Er hat es geschafft, an den Handschellenschlüssel heranzukommen, und hat sich befreit. Was er offenbar nicht getan hat, ist, die Polizei zu informieren und die Verrückte anzuzeigen, von der er entführt wurde.

Das wäre ein Leichtes für ihn gewesen. Er kannte meinen Namen – jedenfalls einen davon, er kannte meinen Arbeitsplatz. Doch in den Nachrichten war nichts davon zu lesen, dass die Frau, die möglicherweise ihren Nachbarn erschossen hat, auch für die Entführung eines Studenten verantwortlich ist.

Alex liegt nicht verhungert und verwesend im Keller des Abbruchhauses; er ist bei bester Gesundheit.

Das ändert alles.

Eine Stunde später sitze ich auf meinem winzigen Balkon und starre auf die Mauer des gegenüberliegenden Wohnblocks. Frage mich, ob die Gegend um das Hotel herum ab sofort Sperrzone für mich sein muss. Wäre ich Alex in einer weniger entstellenden Verkleidung über den Weg gelaufen und hätte er nicht so konstant auf sein Handy gestarrt, müsste ich jetzt meine Sachen packen und verschwinden. Möglichst schnell, möglichst weit weg. Anders als Toljan müsste er keine Sekunde lang nachdenken, woher ich ihm bekannt vorkomme. Er hat sich das Gesicht seiner Gefängniswärterin sicher in aller Deutlichkeit eingeprägt. Er kennt auch meine Verkleidung mit Hijab und Abaya, denn die habe ich getragen, als ich ihn mir geschnappt habe.

Dass er lebt, erfüllt mich mit Erleichterung; dass er nach Frankfurt gekommen ist, macht das Gefühl wieder zunichte. Was tun sie hier, er und Janina? Ich hatte gedacht, sie wäre Andreis Außenstelle in Wien.

Aber ich habe Alex erzählt, dass ich die Stadt verlasse, und das hat er sicher weitergetragen. Andrei wird seine Leute von dort abgezogen haben.

Die Vorstellung, zurückkehren zu können, in die Blumenhandlung am Zentralfriedhof zu laufen und erst Eileen, dann Matti um den Hals zu fallen, macht mich wenige Sekunden lang so glücklich, dass mir Tränen in die Augen treten. Aber ich sollte meine Wunschfantasien nicht mit mir durchgehen lassen. Immerhin würde ich dort auch dem Mann wieder begegnen, der versucht hat, mich lebendig zu begraben.

Ich stehe auf, gehe zurück in die Wohnung, schließe die Balkontür hinter mir und setze mich vor den Computer. Dort habe ich sowohl einen VPN-Server installiert, der dreifach kaskadiert ist, als auch Tor, den kugelsicheren Webbrowser.

Wenn ich die E-Mail wirklich schreibe, die mir im Kopf herumspukt, darf sie niemals nachzuverfolgen sein, auch von den besten Experten nicht. Also wähle ich TOR, den Eingang zur dunklen Seite des Web.

Ich lege mir eine vielsagende neue Mailadresse zu und google nach der des Empfängers, dann lehne ich mich zurück und überlege. Niemand darf aus meiner Nachricht Schlüsse auf meinen Aufenthaltsort ziehen, und auf meine Pläne schon gar nicht.

Ich ertappe mich bei einem Lächeln, als ich schließlich die Finger auf die Tastatur lege.

11.

An: oliver.tassani@polizei.gv.at
Von: leviathankreuz@protonmail.com
Betreff: Falsche Fährte

Lieber Commissario Tassani,

Sie wollten von mir hören, und ich muss zugeben, mir fehlen unsere Gespräche ebenfalls. Damit wir das Wichtigste gleich zu Beginn vom Tisch schaffen: Ich habe Norbert Gatterer nicht erschossen, aber ich habe eine ziemlich genaue Idee davon, wer es war. Oder zumindest, wer die Tat in Auftrag gegeben hat. Sie könnten das eigentlich der ausgedruckten Mail entnehmen, die ich Ihnen habe zukommen lassen, und das Notebook sollte auch ein paar aufschlussreiche Informationen enthalten.
Was die Cadex Kraken betrifft, die Sie zweifellos in meiner Wohnung gefunden haben – die gehört tatsächlich mir. Falls sie als Tatwaffe verwendet wurde, macht das natürlich keinen guten Eindruck, aber eigentlich bezweifle ich es. Ich hatte nicht den passenden Schalldämpfer dafür, und ohne hätte der Schütze einen Höllenlärm gemacht. So etwas schätzen meine Gegner nicht.
Ich fände es sehr nett, mich wieder einmal mit Ihnen persönlich unterhalten zu können, aber so, wie die Dinge stehen, wird es bis dahin noch ein Weilchen dauern. Meinen aktuellen Aufenthaltsort verrate ich Ihnen nicht, tut mir leid, und wenn ich alles richtig gemacht habe, werden Sie ihn anhand dieser Mail auch nicht herausfinden.

Für Unterstützung wäre ich aber trotzdem dankbar. Es ist für Sie bestimmt viel einfacher, herauszufinden, was mit Robert Lesch vom BKA in Wiesbaden passiert ist. Ich hatte früher oft Kontakt zu ihm, und ich wüsste sehr gerne, was ihm zugestoßen ist.
Und, weil mich das auch sehr interessiert: Irgendwelche Erfolge bei den Ermittlungen rund um die Morde auf dem Zentralfriedhof? Haben Sie schon jemanden geschnappt? Ich drücke Ihnen die Daumen!

Es grüßt Sie ganz herzlich
C.

Ich habe fast zwei Stunden an dieser Mail gesessen, jedes Wort mehrmals überprüft und nur bei der Erwähnung von Wiesbaden ein mulmiges Gefühl. Aber ich schreibe an keiner Stelle, dass ich mich in der Nähe befinde.

Mit angehaltenem Atem klicke ich auf *Senden* – und würde es im nächsten Moment am liebsten rückgängig machen; gleichzeitig fühle ich mich mit einem Schlag nicht mehr so alleine. Tassani wird die Nachricht lesen, und wenn ich ihn richtig einschätze, wird er antworten.

Ich sitze bis elf Uhr abends am Computer, weil ich den restlichen Tag damit verbringe, an der Broschüre zu arbeiten. Unkonzentriert, weil ich nicht anders kann, als alle fünf Minuten nach einer Mail von Tassani zu schauen. In dem Moment, als ich den Rechner herunterfahre und der Bildschirm sich verfinstert, höre ich ein Schaben an der Tür.

Ich erstarre. Das Geräusch wiederholt sich, gefolgt von einem leisen metallischen Klicken. Jemand versucht, meine Tür aufzubrechen; jemand, der weiß, was er tut. Ich habe sofort Pascha vor Augen, mit einem Set von Dietrichen in der Hand. Er arbeitet so leise, dass ich keine Chance hätte, es zu hören, wenn ich schlafen oder fernsehen würde.

Jetzt ist es also so weit, ich sitze in meiner Einzimmer-Falle. Die Panik lähmt mich, ich würde gern aufstehen, aber meine Knie geben nach, also gleite ich einfach von meinem Stuhl zu Boden.

Es gibt kein nennenswertes Versteck in dieser winzigen Wohnung, ich kann nur vom Balkon springen und die Sache schnell beenden. Stattdessen krieche ich in Richtung Tür. Gewissheit, erst brauche ich Gewissheit. Es brennt kein Licht in der Wohnung, sie war zuvor nur vom Computermonitor schwach erleuchtet; jetzt ist alles dunkel.

Einmal ist es dem Eindringling schon gelungen, hereinzukommen, damals war ich nicht zu Hause und der Door-Jammer nicht im Einsatz. Diesmal ist er es. Wird das etwas nützen? Oder den Vorgang nur verzögern?

Angst bringt mich jetzt nicht weiter, ich sollte, ich muss etwas tun – am besten die Walther hervorholen, die Tür aufreißen und den Einbrecher überrumpeln –, aber was, wenn es Pascha ist? Und mein Körper einfach erstarrt? Besser luge ich erst durch den Türspion und finde heraus, wer da draußen ist.

Leise muss ich sein, geräuschlos. Ich krieche auf allen vieren und habe den halben Weg zurückgelegt, als sich die Klinke senkt und jemand gegen die Tür drückt. Vergeblich, meine Blockiervorrichtung leistet perfekte Arbeit.

Kurzes, fast unmerkliches Rütteln, dann schnellt die Klinke wieder hoch. Mir wird schwindelig, als ich mich auf die Füße kämpfe und zur Tür stolpere, aber es ist schon zu spät. Durch den Spion sehe ich nichts mehr als den leeren Gang, nur schwach erhellt von der Aufzugsbeleuchtung. Der Eindringling hat sich für seine Arbeit noch nicht einmal das Minutenlicht angemacht. Dafür aber wohl eine Stirnlampe dabeigehabt.

Hastig laufe ich hinaus auf den Balkon, von wo ich zwar nicht unmittelbar den Eingangsbereich, dafür aber den Weg zur Straße überblicken kann. Doch so weit ich mich auch über das Geländer vorbeuge, es ist niemand zu entdecken. Entweder der gescheiterte Einbrecher ist noch im Haus oder auf anderen Wegen nach draußen gelangt. Ich warte zehn Minuten, bevor ich in die Wohnung zurückgehe. Prüfe noch einmal den Door-Jammer auf festen Sitz und rolle mich dann im Bett zusammen.

Das Post-it mit der Warnung liegt auf meinem Nachttisch, dort sehe ich es nach dem Aufwachen immer als Erstes. Eine Warnung, die ich ab sofort nicht mehr brauchen werde, der Schreck sitzt mir wahrscheinlich noch tagelang in den Gliedern. Der Unbekannte an der Tür ist zu einer Zeit aufgetaucht, zu der die Wahrscheinlichkeit, mich anzutreffen, sehr groß war. Vielleicht wollte er genau das.

Ich wünschte, ich könnte umziehen.

Ich habe kaum geschlafen und fühle mich wie vom Zug überrollt – möglicherweise kümmert es mich deshalb nur wenig, dass ich mich am nächsten Tag strafbar mache. Ich klaue nämlich die Nummernschilder eines heruntergekommenen Mazdas, der alt und verbeult in einer schmalen Gasse hinter dem Bahnhof parkt. Ohne das Auto aus Wien wird es ab sofort nicht mehr gehen, aber es darf eben nicht als Auto aus Wien erkennbar sein.

Zu meiner großen Erleichterung wurde es doch nicht abgeschleppt, niemand hat die Reifen gestohlen oder aufgestochen; der einzige sichtbare Akt von Vandalismus ist ein großes FUCK YOU, das jemand mit dem Finger in den Dreck auf der Kühlerhaube geschrieben hat.

Ich wechsle die Kennzeichen und bete, dass der Motor noch startet. Das tut er, der Benzintank ist halb voll, und ich mache mich im Stop-and-go-Tempo auf den Weg durch das staugeplagte Frankfurt. Ein paarmal werde ich mich in diesem Wagen auf die Lauer legen können, bevor sein regelmäßiges Auftauchen jemandem von den Karpins auffällt. Und endlich habe ich wieder ein Fluchtfahrzeug.

Ich habe mein Fernglas dabei und bin auf dem Weg zu einer der Hallen, die früher im Besitz der Karpins waren – außerhalb der Stadt, in einem heruntergekommenen Industriegebiet nahe der Autobahn. Dort hinzufahren und mich umzusehen wäre selbstmörderisch, war mit öffentlichen Verkehrsmitteln außerdem viel zu umständlich, aber jetzt könnte ich einen Versuch wagen. Aus sicherer Entfernung, was aber nicht die beklemmenden Déjà-vus verhindert, die sich im Sekundentakt einstellen. Auf diesem Gelände hat Andrei mich einmal nachts gefesselt in den Hof legen lassen und so getan, als wolle er mich mit seinem Sportwagen überfahren. Hat immer erst im letzten Moment gebremst; nie war ich sicher, ob er es wirklich tun würde. Ob er es überhaupt schaffen würde, denn er hatte eine Flasche Whiskey bei sich im Wagen.

Dort hat er auch einen ukrainischen Clanchef exekutieren lassen, doch zuvor hackte Pascha ihm den linken Arm ab und ließ ihn dabei zusehen, wie Boris' Schäferhunde ihn fraßen.

Die Hunde fielen wenige Wochen später einer von Andreis Launen zum Opfer, aber zu ihnen war er gnädiger. Zwei gut gezielte Schüsse, und sie hatten es hinter sich.

Die Strecke dorthin habe ich noch genau im Kopf, und je näher ich meinem Ziel komme, desto stärker wird mein innerer Widerstand. Ich muss mir mehrmals klar sagen, dass ich den Weg freiwillig fahre. Dass weder Pascha noch Boris noch Stepjan mit im Wagen sind und ich nicht gleich wieder Zeugin einer langwierigen, qualvollen Hinrichtung werde. Bei der ich weder wegsehen noch heulen noch kotzen darf.

Ich schaffe es, die Nervosität im Zaum zu halten; gegen die Erinnerungen und Bilder von früher bin ich allerdings machtlos. Und froh, dass ich heute noch nichts gegessen habe.

Der Ausflug birgt kein Risiko, ich habe fest vor, Abstand zu halten. Zwischen die alten Werks- und Lagerhallen zu fahren wäre idiotisch, stattdessen werde ich von einer nahen Brücke aus testen, wie gut das Fernglas wirklich ist. Dass ich dabei vielleicht auch feststellen kann, ob sich jemand auf dem Gelände befindet und ob sich etwas verändert hat, ist bloß ein Nebeneffekt.

Kurz bevor ich die Brücke erreiche, stelle ich den Wagen in einer Parkbucht ab, putze mit einem Taschentuch das FUCK YOU von der Motorhaube und mache mich auf den Weg. Die Straße ist nicht allzu stark befahren, problematischer sind die Fahrradfahrer, die mir den Gehweg streitig machen.

Als der vertraute Teil des Industriegeländes in Sicht kommt, bleibe ich stehen und hebe das Fernglas vor die Augen.

Der Feldstecher war ein guter Kauf, er zieht die Werkshallen so nah an mich heran, dass ich zerbrochene Fensterscheiben zählen und Graffiti lesen kann. Die ganze Anlage wirkt verlassen und heruntergekommen, nur am Rand, weit von Andreis Halle entfernt, sehe ich ein paar Leute einen Lkw entladen.

Ich schwenke zurück auf den Bereich, der mir so unangenehm vertraut ist. Ein graues Blechdach, schmutzige Mauern, und ... Autoreifen. Ich beiße die Zähne zusammen. Der Stapel ist vermutlich ganz harmlos; für Exekutionen durch Necklacing standen Andrei abgelegenere Orte zur Verfügung, dafür wäre in dieser Umgebung das Risiko einer Entdeckung zu hoch. Feuer fällt auf, besonders nachts.

An der Halle sind alle Fenster in meinem Blickfeld intakt; zwei sehen sogar aus, als wären sie kürzlich erneuert worden. Das spricht dafür, dass der Standort noch verwendet wird und dass aus dem Innenbereich möglichst wenig Lärm dringen soll.

Was den Außenbereich angeht, wo Andrei damals seine Autospielchen veranstaltet hat, so sehe ich nur einen Teil davon.

In einer Ecke einen Haufen Metallstangen wie von einem zerlegten Gerüst. Einen großen, mit einer Plane verdeckten Anhänger. Und direkt daneben zwei Fässer.

Ich senke das Fernglas, hebe es wieder. Es ist genau die Art Fässer, die bei bestimmten Gelegenheiten immer bereitgestanden haben. Die Entsorgungsfässer. Die mit der Natronlauge.

Sie stehen im Freien, was ein klares Zeichen dafür ist, dass sie entweder kürzlich verwendet wurden oder demnächst zum Einsatz kommen sollen, anderswo. Würde man sie jetzt öffnen, was würde man darin finden?

Einige kurze Momente lang juckt es mich in den Fingern, die Polizei zu informieren. Wenn sich in einem der Fässer gerade eine Leiche auflöst, würde die Entdeckung den Karpins einen dicken Strich durch die üblicherweise entspannte Entsorgung ihrer Opfer machen.

Aber die Konsequenzen würden wieder die Falschen treffen. Oder nein, anders: Sie würden die entscheidende Person ungeschoren lassen, wieder einmal. Eine Verhaftungswelle unter seinen Leuten wäre die deutlichste Warnung, die man Andrei zukommen lassen könnte.

Hinter mir hupt jemand, und ich stoße unwillkürlich einen Schrei aus, lasse beinahe das Fernglas fallen, aber der Fahrer beachtet mich gar nicht, er vollführt unwillige Gesten in Richtung des vor ihm fahrenden Wagens.

Zwei Fässer. Zwei Tote? Jemand dabei, den ich kenne?

Ich kehre zu meinem Auto zurück, nicht viel schlauer als zuvor, aber deutlich bedrückter.

An: leviathankreuz@protonmail.com
Von: oliver.tassani@polizei.gv.at
Betreff: Re: Falsche Fährte

Sehr geehrte Frau Bauer!

Ich muss gestehen, ich war lange nicht mehr so überrascht, ich hätte nicht damit gerechnet, dass Sie sich aus freien Stücken bei mir melden. Erfreulich zu wissen, dass es Ihnen gut geht, aber es ist Ihnen sicher klar, dass ich mit Ihren Andeutungen nicht viel anfangen kann.

Tassani hat zurückgeschrieben. Ich sehe seine Mail erst eine halbe Stunde, nachdem ich wieder zu Hause angelangt bin, denn das Checken der Wohnungstür auf Einbruchsspuren und das anschließende Durchkämmen meiner eineinhalb Zimmer kosten Zeit. Den Computer habe ich hauptsächlich deshalb angemacht, um nach dem eben besuchten Industriegelände und seinen Pächtern zu googeln – könnte ja sein, dass sich ein vertrauter Name darunter findet. Doch die Mail lässt mich mein Vorhaben unmittelbar vergessen.

Das Gewehr haben wir gefunden und sichergestellt. Etwas Kleineres hätte es nicht getan? Unter Ihrem Namen ist weder ein Waffenpass noch eine Waffenbesitzkarte registriert, aber damit sage ich Ihnen wohl nichts Neues. Doch die Cadex war nicht der einzig interessante Fund in Ihrer Wohnung. Im Anhang schicke ich Ihnen etwas mit, das ich noch erstaunlicher fand. Die zuständigen deutschen Kollegen waren noch nicht bereit, die dazugehörigen Fakten offenzulegen, aber ich denke, ich kann mir das Wichtigste zusammenreimen. Das Gewehr passt da gut ins Bild.

Ebenso die Frage nach Robert Lesch. Dazu habe ich in Wiesbaden mehr erfahren, aber ich fürchte, das war eine vertrauliche Information unter Kollegen, die ich nicht an Sie weitergeben werde. Warum sollte ich auch? Sie werden nach wie vor in Zusammenhang mit dem Mord an Norbert Gatterer gesucht. Ich schließe für mich auch nicht aus, dass Sie bei den Ereignissen auf dem Zentralfriedhof eine gewisse Rolle gespielt haben. Für einen Vertrauensvorschuss meinerseits fehlt also jede Grundlage.
Außer, Sie geben mir Hinweise, die ich sinnvoll verwerten kann. Dann bin ich bereit, Ihnen ebenfalls entgegenzukommen.
Mit freundlichen Grüßen
Oliver Tassani

Ich lese die Mail zweimal, bevor ich den Anhang öffne. Dass es sich um ein Bild handeln muss, habe ich bereits an der Endung jpeg gesehen, also wappne ich mich innerlich. Bereite mich auf den Anblick von Norberts blutüberströmter Leiche vor, auch wenn ich weiß, dass Tassani mir Bilder vom Tatort gar nicht zukommen lassen dürfte.

Und dann füllt ein Foto den Bildschirm aus, mit dem ich nie gerechnet hätte. Eines, das ich nur allzu gut kenne; es stammt von meinem eigenen Begräbnis. Ich habe die Bilder in einem Umschlag im Schreibtisch aufbewahrt, und natürlich hat die Polizei sie gefunden.

Der Sarg, davor der Aufsteller mit dem überlebensgroßen Porträtfoto. Die vielen Blumen. Unübersehbar der große, geschmacklose Kranz von Robert. Pink und Orange, Lilien und Gerbera. Dazwischen Vergissmeinnicht und die einsame Distel. Die rote Schleife fällt in lockeren Wellen darüber: *In Gedanken immer bei dir*. Roberts Abschiedsgruß, der eine Warnung war. *Ruhe in Frieden* wäre mir lieber gewesen, aber davon konnte keine Rede sein, das war damals schon klar.

Ja, der Inhalt des Umschlags muss Tassani verblüfft haben. Die Verschwiegenheit des BKA ebenfalls. Aber bei allem Misstrauen schlägt er mir gewissermaßen einen Handel vor: Ich erfahre, was mit Robert passiert ist, dafür gebe ich ihm ein paar Tipps zu den Friedhofsmorden.

Die Sache ist die – ich könnte das tun. Ich weiß, wer die Gräber geschändet und den Anwalt getötet hat. Ich weiß auch, warum, aber eigentlich möchte ich Tassani nicht auf die Sprünge helfen. Manchen Mördern würde ich eine Strafe gern ersparen.

Obwohl sein Text ruppig klingt und er mir einen knallharten Korb gibt, meine Bitten betreffend, tut die Nachricht mir gut. Sie gibt mir genug Energie, um wieder einmal *MyBazar* zu öffnen, und dort stoße ich prompt auf eine neue PN, die ich klar den Karpins zuordne.

Kein Text, nur ein Foto: ein blonder, breitschultriger Mann von hinten. Er trägt ein hellgrünes Shirt und hat beide Arme locker gehoben. Der Mittelfinger der rechten Hand ist hochgereckt, daran steckt mein Totenkopfring. In der linken hält er gut sichtbar ein Messer mit Knochengriff. Teufelsfratzen mit gebleckten Zähnen. Semions Messer.

Der Mann ist Boris, sein Anblick ist mir vertraut genug, um ihn auch von hinten zu erkennen, zudem habe ich den Ring schon live an ihm gesehen. Er schickt mir dieses Bild in der Annahme, dass es bei den Malakyans landet. Es ist gewissermaßen ein Bekennerschreiben, falls sie Zweifel daran haben sollten, auf wessen Konto Semions Tod geht.

Ich lade das Foto auf meine Festplatte und jage es durch drei Bildbearbeitungsprogramme, danach sind auch die verschwommenen Details im Hintergrund gut erkennbar. Boris steht vor einer transparenten Schiebetür, rechts von ihm ist ein Spielautomat zu erahnen. Draußen ist es stockdunkel, aber auf der gegenüberliegenden Straßenseite befindet sich eine Art Lokal mit gewellter Markise. Dank Photoshop und Co kann ich nun auch den darauf gedruckten Namen lesen: *Pizzadienst Verona.* Eine Google-Suche später habe ich eine Adresse in der Mainkurstraße, und bingo – gegenüber befindet sich eine Spielhalle.

Boris' Begeisterung für Glücksspiel war immer ein Streitpunkt zwischen ihm und Andrei. Die Leute aus dem Clan sollten andere ködern, nicht selbst abhängig werden, das galt für Drogen ebenso wie fürs Spielen. Doch es kam nicht selten vor, dass Boris in einer Nacht mehrere Tausend Euro in Automaten wie *Cash Machine* oder *Fort Knox* ließ. Immer wieder machte er Schulden bei Stepjan. Wie es aussieht, hat er sein Hobby nach wie vor nicht abgelegt, und das könnte ihn nun mehr kosten als nur Geld.

Wie alle Abhängigen tut auch Boris alles, um seine Sucht zu verbergen. Das heißt, er spielt heimlich, ohne es Leuten aus dem Clan zu erzählen oder sie gar mitzunehmen. Er tut es alleine.

Ich schließe Google Maps und hole mir das Foto wieder bildschirmfüllend auf den Monitor. Tippe mit der Spitze meines Zeigefingers gegen Boris' Lendenwirbelsäule, das linke Schulterblatt, den Nacken. Dorthin würde ich zielen, dorthin, dorthin. Drei Schüsse. Peng. Die Vorstellung lässt mich unwillkürlich lächeln.

Aber so wird es nicht laufen. Es ist viel klüger, mein Versprechen an die Malakyans einzulösen.

NOTIZ 4

Vielleicht hat der ertrunkene Mann doch gelogen. Denn andernfalls hätte ich längst Nachricht erhalten müssen. Es hätte Zeichen gegeben, Botschaften, irgendetwas. Nicht diese grauenvolle Stille.

Was er erzählt hat, so kurz vor seinem Tod, hat außer mir niemandem eingeleuchtet. Nur ich war voller Bewunderung für diesen klugen Schachzug, auch wenn er nicht mit mir abgesprochen war. Aber dafür kam wohl alles zu überraschend. Nun überlege ich mir, ob er die Geschichte nicht erfunden hat. Damit wir ihn leben lassen, was wir aber ohnehin nicht getan hätten.

Für niemanden außer mich selbst ist die Sache noch der Rede wert, und auch ich tue so, als hätte ich vergessen, was passiert ist. Als wären da nicht diese Momente, in denen ich starr bin vor Angst. Als wäre ich zur Tagesordnung übergegangen, dabei muss ich mich immer wieder beherrschen, um nicht alles kurz und klein zu schlagen.

Ich will dieses Spiel gewinnen, aber auf eine Art, die mir am Ende etwas bedeuten wird. Uns retten, unsere Feinde zerstören. Wahr machen, was wir uns vorgenommen haben. Dafür gehe ich gern über Leichen, und über eine gewisse Leiche ganz besonders.

12.

Das zweite Mineralwasser beim *Pizzadienst Verona*. Ich habe die Ellbogen auf eines der Stehtischchen vor dem Imbiss gestützt und tue so, als würde ich auf meinem Handy tippen. Dabei behalte ich die Straße im Blick, in der Hoffnung, dass Boris auftaucht.

Bisher gibt es noch keine Spur von ihm, und mir ist klar, dass das durchaus so bleiben kann. Wer weiß schon, ob er jeden Tag spielt, und wenn ja, ob er nicht mehrere Spielhallen frequentiert. Ich werde Geduld brauchen.

Mein Outfit ist das mit Jogginghose und fettigen Haaren, damit passe ich ganz gut zu den anderen Kunden des Pizzadienstes. Am Nebentischchen steht ein dünner Mann mit blauer Schirmkappe; er trägt trotz der sommerlichen Temperaturen eine löchrige Strickjacke und riecht nach Zigarettenqualm und Urin. Als unsere Blicke sich treffen, lächelt er, und ich zähle vier Zähne. Drei unten, einer oben.

Es ist sechs Uhr abends; das halte ich für eine ganz gute Zeit, um Boris abzupassen. Auf dem Foto, das er bei *MyBazar* eingestellt hat, war es zwar schon dunkel, aber trotzdem müssten meine Chancen bei Tag besser sein. Normalerweise ist nachts das meiste für den Clan zu tun. Früher waren die Spielhallen Boris' Zeitvertreib für den späten Nachmittag, die Einstimmung für eine arbeitsreiche Nacht. Aber Tatsache bleibt, er ist heute nicht hier. Ich warte bis acht, dann gehe ich.

Meine Geduld wird hart strapaziert. Erst nach drei Tagen entdecke ich beim Ankommen einen metallicschwarzen BMW

Z4; er parkt in einer Nebenstraße und würde genau zu Boris passen: Privat fährt er gerne offen.

Mittlerweile kennt man mich beim *Pizzadienst Verona* bereits gut. Ich habe auf Nachfrage erklärt, dass ich vor Kurzem in die Gegend gezogen bin und der Imbiss mich an den erinnert, den ich früher selbst betrieben habe.

Eine Lüge, die ich mir besser hätte überlegen sollen, denn prompt bietet Karim, der Besitzer, mir einen Job an und ist angemessen beleidigt, als ich ablehne.

Heute ist er aber gar nicht vor Ort, ich bestelle mein Wasser bei einem gelangweilten Mädchen und beziehe wieder den Platz am Stehtisch.

Durch die gläsernen Schiebetüren sieht man nur einen Teil der Spielhalle, und auch den nicht allzu gut, aber wie sich zeigt, ist das für eine erste Beobachtung gar nicht nötig. Ich lungere gerade mal zwanzig Minuten herum, als die Türen sich öffnen und Boris herauskommt, stehen bleibt und sich eine Zigarette anzündet.

Instinktiv drehe ich mich weg, in einer Bewegung, die hoffentlich weder auffällig noch verdächtig war. Nur wenige Schritte von Boris entfernt ruhig zu stehen, ohne Deckung, ohne Waffe, weckt die altbekannte Angst in mir. Ich bete, dass meine Tarnung ausreichend ist – zum Glück habe ich die Zähne drin und die Hüftpolster umgeschnallt. Ich umklammere meine Wasserflasche, als könnte ich daran Halt finden, aber ein schneller Seitenblick verrät mir, dass Boris mich überhaupt nicht beachtet. Er blickt zu Boden, zieht an seiner Zigarette, wirft sie dann halb geraucht weg und tritt sie aus, bevor er in die Spielhalle zurückgeht. Scheint nicht gut zu laufen heute.

Zwanzig Minuten später kommt er wieder, besser gelaunt diesmal und an der Seite eines kleinen, übergewichtigen Mannes mit schulterlangem Haar. Worüber die beiden reden, kann ich nicht hören, aber sie gestikulieren lebhaft, es sieht nach

Fachsimpelei darüber aus, wie man die Maschinen am besten austrickst. Diesmal raucht Boris seine Zigarette fertig.

Eine Stunde später hat sich etwas wie ein Rhythmus herauskristallisiert. Alle fünfzehn bis zwanzig Minuten legt Boris eine Rauchpause vor der Spielhalle ein. Um etwa halb neun macht er Schluss; er geht in die Richtung, in der das Auto parkt. Als ich zehn Minuten später an der Stelle vorbeikomme, ist der Wagen nicht mehr da.

Am nächsten Tag warte ich umsonst – Karim schenkt mir eine Ecke Champignonpizza, weil ich so eine treue Stammkundin geworden bin –, aber den Tag darauf ist Boris schon da, als ich eintreffe.

Ich habe mir für diesen Fall einen Plan zurechtgelegt, von dem ich hoffe, dass er nicht völlig irre ist. Ich werde in die Spielhalle hineingehen und versuchen, Boris zu beobachten. Das Risiko, dort von ihm erkannt zu werden, ist leider viel größer als im *Duplex*. In der Spielhalle sind bei Weitem nicht so viele Menschen, sie ist deutlich kleiner und heller, es herrscht nicht so viel Ablenkung rundum.

Aber ich sehe keinen anderen Weg; es gibt eine Sache, die ich herausfinden muss, bevor ich mich mit den Malakyans in Verbindung setze.

Die Maschine, die ich für mein Vorhaben wähle, heißt *Cash Flow*. Sie gehört nicht zu den buntesten und attraktivsten Geräten hier, aber sie akzeptiert auch kleine Münzen, und sie steht günstig. Ich habe Boris' Rücken im Blickfeld, während er sich umdrehen müsste, um mich zu entdecken.

Beim Betreten des Lokals bin ich innerlich tausend Tode gestorben. Musste Herzklopfen, Atemnot und Schwindel niederkämpfen und konnte mit meinem Beutel voller Kleingeld gar nicht schnell genug hinter einen der Automaten kommen.

Dafür spiele ich nun umso langsamer, ich muss mir mein Kapital einteilen. Boris dagegen wirft eine Münze nach der anderen ein, drückt den Startknopf, beobachtet die rotierenden Symbole. Wirft wieder ein. Ein sich ständig wiederholender Ablauf.

Neben dem Automaten steht ein kleines Tischchen, auf dem er sein Portemonnaie, einen Schlüsselbund, sein Handy und die Zigaretten abgelegt hat. All das steckt er ein, wenn er nach draußen rauchen geht.

Ich beobachte ihn eineinhalb Stunden lang, in denen er lediglich zweimal gewinnt – nur ein paar Münzen, viel weniger als sein Einsatz. Dafür trifft mich fast der Schlag, als während einem der Spiele, die ich nebenbei starte, die Maschine einen Jubelton ausstößt und ein Haufen Kleingeld ins Ausgabefach rasselt.

Alle fahren herum, auch Boris. Ich muss zu Tode erschrocken aussehen, doch als unsere Blicke sich begegnen, liegt in seinem nicht die kleinste Spur von Erkennen. Er nickt, seine Mundwinkel zucken kurz zu einer Art Lächeln nach oben, desinteressiert höflich. Dann wendet er sich wieder seinem eigenen Spiel zu.

Mir ist schlecht, meine Hände zittern, während ich das Geld einsammle. Ich bin noch nicht damit fertig, als Boris nach draußen geht; ich sehe durch die Glastür seine Silhouette und die Rauchwolke, die über seinem Kopf aufsteigt.

Steht er da und überlegt, ob ich ihm bekannt vorkomme? Und wenn ja, woher? Ruft er gar den Clan zusammen? Oder bändigt er bloß seinen Frust darüber, dass jemand anderes gewonnen hat?

Wahrscheinlich Letzteres, denn als er wieder hereinkommt, beachtet er mich überhaupt nicht. Er legt seine Sachen auf das Tischchen und spielt weiter. Ich sehe ihm noch fünf Minuten lang zu, dann mache ich mich davon. Blicke alle paar Meter über die Schulter zurück, aber er folgt mir nicht.

Zweihundertdreiunddreißig Euro zwanzig, zähle ich zu Hause. Ich habe die Münzen einfach in meine Handtasche geworfen, jetzt sortiere ich sie zu kleinen Häufchen auf dem Schreibtisch. Ich lasse mir Zeit dabei, denn ich muss mir gut überlegen, was ich den Malakyans erzählen soll.

Anush ist gewohnt ungehalten, als ich anrufe. »Ja? Ach, du bist es. Mit dir hat keiner mehr gerechnet. Ich dachte, du wärst schon hinüber.«

Ich bemühe mich um den gleichen verzweifelt-kleinlauten Ton, den ich beim letzten Mal angeschlagen habe. »Es hat gedauert länger. Du keine Ahnung, wie schlimm ... habe mich ganze Zeit versteckt. Sie suchen mich, gestern knapp entwischt. Aber jetzt ich weiß, wie. Ihr müsst mir Ort nennen, ich locke dahin.«

Genervtes Schnauben. »Warte einen Moment.« Es raschelt, und einige Zeit später ist Tigran am Apparat. »Hör zu, wir brauchen dich nicht. Wir gewinnen auch so gegen die Karpins. Was du vorschlägst, klingt nach einer Falle. Wir sollen einen Ort wählen? Klar, und ihr taucht mit voller Besetzung dort auf. Nein danke.«

»Bestimmt nicht!«, rufe ich, diesmal mit echter Verzweiflung. Wenn Tigran jetzt aussteigt, war meine ganze Mühe umsonst; außerdem habe ich keinen Plan B. »Ihr sagt Ort, ihr sucht so aus, dass ihr Vorteile habt. Ihr mir nennt, sobald ich wieder anrufe, und dann es muss schnell gehen, denn ich schon unterwegs. Wann genau, ich weiß nicht, vielleicht morgen, vielleicht in drei Tage. Wahrscheinlich Nachmittag oder früher Abend. Ich mich melde diese Nummer oder andere, wenn du mir sagst.« Ich habe so schnell gesprochen, dass ich kaum geatmet habe; angestrengt darauf konzentriert, meinen russischen Akzent nicht zu vergessen. Nun hole ich Luft wie eine Ertrinkende. »Wird nur sein ein Mann am Treffpunkt, und ihr könnt warten mit zwanzig oder mit fünfzig. Ist mein Geschenk an euch.

Dafür, dass ihr beschützt mich. Ich schwöre bei Jungfrau Maria.«

Religiöse Schwüre sind nicht unüblich bei den Clans, manchmal geben sie den Ausschlag für das Gelingen eines Deals. Ich weiß allerdings nicht, wie die Malakyans es damit halten. Tigran lacht jedenfalls auf. »Wir brauchen dich nicht.«

Ich kann spüren, dass er auflegen will. »Bitte!«, flehe ich. »Ihr werdet nicht bereuen! Kannst du mir geben Mailadresse? Dann ich schicke dir etwas, das dich überzeugt.«

»Was soll das sein?«

»Du siehst, wenn du mir gibst Adresse.«

Nach einer Pause und mehrmaligem verächtlichen Schnauben diktiert Tigran mir eine Mailadresse, die keinerlei Rückschluss auf seine oder eine andere Person zulässt. Danach legt er kommentarlos auf.

Ich hoffe, dass er nicht bloß etwas erfunden hat, um mich loszuwerden, aber das hätte er auch billiger haben können. Mir läuft Schweiß über den Rücken, als ich mich an den Computer setze und das Mailprogramm öffne. *Mein geschenck*, schreibe ich in die Betreffzeile und hänge das Foto von Boris an.

Nachdem ich die Mail losgeschickt habe, rechne ich sekündlich mit dem Eintreffen einer Fehlermeldung. *Recipient not found*. Aber die Nachricht scheint tatsächlich angekommen zu sein. Boris in Rückenansicht, mit ausgestrecktem Mittelfinger und vor allem mit Semions Messer in der Hand.

Zehn Minuten später eine Antwort – kein Text, nur eine Handynummer, die ich sofort in meinem Telefon abspeichere. Unter *Geschenk*.

An diesem Abend kaufe ich mir am Kiosk für drei meiner Zweieuromünzen eine Flasche Rotwein und leere sie langsam auf dem Balkon, den Blick auf die Lichter hinter den Fenstern des monströsen Nachbarwohnblocks gerichtet. Jedes Mal, wenn ein Flugzeug über mich hinwegdonnert, proste ich ihm zu.

Am nächsten Tag: nichts. Boris taucht nicht in der Spielhalle auf, ebenso wenig wie am übernächsten Tag. Ich stehe mir an Karims Pizzadienst die Beine in den Bauch; mir ist viel zu warm mit meiner Jacke, aber sollte der Ernstfall eintreten, brauche ich sie.

Am dritten Tag erwache ich mit so dramatischen Kopfschmerzen, dass ich es kaum bis ins Badezimmer schaffe; jeder Pulsschlag fühlt sich an wie ein Stromstoß. In diesem Zustand muss ich gar nicht erst versuchen, meinen Plan in die Tat umzusetzen. Ich schlucke Aspirin und, als das nichts hilft, Paracetamol, aber es wird nicht besser. Erst um acht Uhr abends lässt der Schmerz allmählich nach. Zu spät.

Dafür fahre ich am nächsten Tag schon um vier Uhr nachmittags in die Mainkurstraße. Karim lässt heute Musik laufen, Paolo Conte singt *Via con me*, außer meinem ist nur ein zweiter Stehtisch besetzt, von einem sich anschweigenden Paar.

Gestern habe ich keinen Bissen hinunterbekommen, umso dankbarer kaue ich heute an meinen Pizzabrot-Stangen. Es ist fast fünf Uhr, ich bin bei der vorletzten angekommen, da fährt der schwarze BMW in die Straße ein.

Jetzt bestätigt sich, dass es wirklich Boris' Wagen ist, ich erkenne ihn schon im Vorbeifahren. Er hat das Verdeck geöffnet, die Musik laut aufgedreht. Zu meiner Überraschung hört er keinen Hip-Hop, sondern die Stones. *You can't always get what you want* mischt sich mit Karims Italo-Urlaubsklängen, und ich bemühe mich, den Titel nicht als schlechtes Omen für mein Vorhaben zu deuten.

Er findet einen Parkplatz in Sichtweite; höchstens fünfzig Meter von der Spielhalle entfernt. Mein Auto steht noch ein Stück näher, aber in entgegengesetzter Richtung. Unversperrt.

Zehn Minuten, nachdem Boris nach drinnen verschwunden ist, setze auch ich mich in Bewegung. Noch nervöser als beim letzten Mal und mit einer größeren Tasche um die Schulter.

Diesmal steht er an einem anderen Automaten, nicht weit vom Eingang. Ich wähle mein Gerät mit Bedacht, es blinkt zwar unfassbar nervig, aber es bietet mir gute Sicht und gute Deckung gleichzeitig. Heute sind ein paar Leute mehr hier, der Lärmpegel ist höher – alles grundsätzlich günstige Bedingungen. Boris' Wertsachen liegen wieder auf dem Beistelltischchen – Portemonnaie, Handy, Autoschlüssel.

Ich werde extrem schnell sein müssen. Die Gelegenheit sofort nutzen, sobald sie sich bietet, denn mehr als eine werde ich wohl nicht bekommen.

Mit den Münzen, die ich beim letzten Mal gewonnen habe, beginne ich zu spielen. Auch Boris spielt – wirft ein, drückt den Startknopf, wartet, wirft wieder ein. Geht rauchen.

Als er zurückkommt, mache ich mich bereit. Wenn die Symbole sich zu drehen beginnen, wirkt Boris wie hypnotisiert, da sollte ich zuschlagen und mich darauf vorbereiten, notfalls sofort losrennen zu können.

Er startet das nächste Spiel. Das nächste. Jedes Mal sage ich mir, dass ich die Gelegenheit diesmal ergreifen werde, aber jedes Mal ist mein innerer Widerstand stärker. Denn vielleicht täusche ich mich, und er ist wachsam wie immer, reaktionsschnell wie immer, hat das Spiel und seine Umgebung gleichermaßen in Fokus …

Dann, plötzlich, braust künstlicher Applaus in der Spielhalle auf, eine Fanfare ertönt, und im nächsten Moment beginnen Münzen in das Ausgabefach von Boris' Automat zu rasseln. Er stößt einen triumphierenden Laut aus, deutet auf das Display, lacht. Zwei Männer an benachbarten Geräten treten zu ihm, klopfen ihm auf die Schulter, und da ist sie jetzt, meine Chance. Sie ist besser, als ich zu hoffen gewagt hätte, ich darf sie bloß nicht aus Angst vermasseln.

Wie die anderen komme ich näher, Boris bückt sich bereits nach seinem Gewinn, ich stelle mich direkt hinter ihn. Lehne mich mit dem linken Ellbogen auf das Beistelltischchen, sage bewundernd »Wow« und lasse sein Handy in meiner Jackentasche verschwinden.

»Danke«, murmelt er, sieht nur flüchtig hoch und schaufelt weiter Münzen in einen großen Plastikbecher.

Äußerlich ruhig, innerlich vibrierend gleichermaßen vor Euphorie und Panik, kehre ich zu meinem Platz zurück. Nicht, um weiterzuspielen, sondern, um mich fluchtbereit zu machen. Es wird nicht lange dauern, bis Boris das Fehlen seines Handys bemerkt, und dann wird er den Laden auf den Kopf stellen. Ich weiß noch, welche Strafen Andrei seinen Leuten angedroht hat für den Fall, dass sie nicht gut auf ihre Smartphones achten – allein die Kontakte und die gespeicherten Nachrichten wären in den falschen Händen fatal. Von den Fotos, die sich auf manchen der Geräte finden lassen, ganz zu schweigen.

Immer noch kratzt Boris Münzen zusammen, sein Lachen wäre herzerwärmend sympathisch, wenn ich ihn so nicht schon aus ganz anderen Anlässen hätte lachen hören. Der Becher wird bald überquellen.

Als er so voll ist, dass jede weitere Münze herunterrutschen würde, stellt Boris ihn auf das Beistelltischchen. Jetzt, denke ich, aber ihm fällt das Fehlen seines Telefons immer noch nicht auf. Aber das muss es, und er muss es mit mir in Verbindung bringen.

Innerlich bebend sehe ich ihm dabei zu, wie er sich an den Automaten rechts von dem stellt, den er gerade leer geräumt hat, und dort beginnt, das Geld einzuwerfen, das er noch in der Hand hält. Erst, als die letzte Münze im Schlitz verschwunden ist, wendet er sich um und greift nach seinen Zigaretten, den Schlüsseln. Hält inne. Tastet seine Hosentaschen ab, bückt sich, um unter den Automaten zu schauen, und richtet sich langsam wieder auf. Keine Spur Fröhlichkeit mehr in seinem Gesicht.

Es noch länger hinauszuzögern wäre dumm, ich umklammere mit einer Hand meine Tasche, mit der anderen die Autoschlüssel und tue, als würde ich versuchen, mich unauffällig hinauszuschleichen. Als ich beim Ausgang angekommen bin, höre ich Boris »He!« rufen. Ich reiße die Tür auf und beginne zu rennen.

Er ist hinter mir, ich spüre es, ich höre das harte Aufklatschen seiner Schuhe auf dem Asphalt. Mein Auto ist keine dreißig Meter mehr entfernt, aber ich darf nicht nachlassen, nicht langsamer werden. Wenn er mich erwischt, ist alles verloren.

»Stehen bleiben!«, brüllt er mir hinterher, und ich bin versucht, mich umzudrehen, zu schauen, wie weit er schon aufgeholt hat, doch das wäre ein Fehler, ich bin gleich da, noch zehn Meter, noch fünf.

Mit schweißnassen Fingern reiße ich die Autotür auf, lasse mich auf den Fahrersitz fallen, schlage die Tür hinter mir zu und aktiviere die Zentralverriegelung. Sekunden später tritt Boris gegen den Kotflügel. »Aufmachen! Gib sofort das Handy zurück!«

Ich lasse den Motor an, ich muss mich beeilen, muss fort, bevor er auf die gute Idee kommt, mir die Reifen aufzustechen. Die Parklücke ist groß, zum Glück, ich muss nur ein Stück zurücksetzen, einschlagen, und schon bin ich draußen.

Boris rennt mir hinterher. Das war nicht der Plan; ich fahre langsamer, drossle mein Tempo so, dass er nicht mithalten kann, mich aber auch nicht aus den Augen verliert. Schließlich bleibt er stehen und macht kehrt. Gut. Ich klemme mein eigenes Handy in die Cockpithalterung und fahre weiter die Straße entlang, gemächlich, bis ich den Motor des BMW aufheulen höre.

Darauf habe ich gehofft. Jetzt ist es vorbei mit langsam fahren, ich muss zusehen, dass es Boris nicht gelingt, mir den Weg abzuschneiden. Oder mich zu rammen, auch das traue ich ihm zu, vor allem, wenn das Auto nicht sein eigenes ist, sondern zur Karpin-Flotte gehört.

Ich gebe Gas, gleichzeitig öffne ich in meinem Smartphone die Kontakte. Tippe auf *Geschenk*. Das Freizeichen ertönt, ich lenke den Wagen nach links, beschleunige, biege bei der nächsten Gelegenheit rechts ab. Boris wird mich jetzt nicht mehr aus den Augen verlieren, dafür hat er zu viel Erfahrung mit Situationen wie dieser.

Immer noch Freizeichen, ich fühle, wie ein Schweißtropfen mir über den Hals läuft. Wenn die Malakyans sich nicht melden, muss ich versuchen, Boris abzuhängen, und das wird mir kaum gelingen. Er hat das um Längen bessere Auto und fährt wie der Teufel, wenn es darauf ankommt. Ich werde ...

»Hallo?« Eine Frauenstimme, die ich nicht kenne.

»Ja? Hallo! Hier Nadja, Tigran mir hat diese Nummer gegeben, ich soll anrufen, wenn es ist so weit und – ja. Ist es jetzt. Wohin soll ich ihn bringen?«

Kurzes Rascheln, im Rückspiegel sehe ich, wie der BMW sich nähert, das Verdeck geschlossen, den einzigen Puffer zwischen ihm und meinem Wagen bildet ein weißer Opel, dessen Fahrerin es offensichtlich nicht eilig hat.

»Also«, meldet sich die Stimme zurück, »fahr an die Nidda. Über die Homburger Landstraße, bevor du zum Alten Flugplatz kommst, fährst du durch die Felder. An einem der Feldwege steht eine Strohpuppe, sieht aus wie ein Bauer mit Hut. Dort fährst du rechts rein. In einer halben Stunde wird da jemand warten.«

»In einer halben Stunde?« Ich bremse vor einer Ampel ab, hinter mir ist zum Glück immer noch der Opel, aber in der Hektik habe ich meinen russischen Akzent beinahe vergessen. Der Frau scheint es nicht aufgefallen zu sein. »Halbe Stunde«, sagt sie. »Dreißig Minuten. Homburger Landstraße, Feldweg mit Strohpuppe, noch vor der Brücke zum Alten Flugplatz.« Sie legt auf.

Mit fliegenden Fingern öffne ich die Navi-App auf dem Handy, doch da wird die Ampel schon grün. Beschleunigen. Ich habe eine ungefähre Ahnung, wo der Alte Flugplatz sich befindet, werde aber ohne Hilfe nicht hinfinden. Boris wechselt jetzt die Spur, er wird versuchen, sich vor mir einzuordnen, also biege ich spontan rechts ab, in eine enge Straße, die kein Überholen erlaubt.

Hat er den Richtungswechsel mitgemacht? Sieht auf den ersten Blick nicht so aus. Ich wage es, das Tempo ein wenig zu reduzieren, und gebe *Hom-* in die App ein, aber da sehe ich den BMW schon um die Ecke kommen.

Gas geben, weiter, Atmen nicht vergessen, die nächste Möglichkeit links, hier geht der Verkehr nur stockend voran. Ich quetsche mich vor einen Golf, der empört hupt, Boris zwängt sich erst drei Autos dahinter in die Kolonne.

Jetzt kann ich die Homburger Straße eingeben, relativ risikolos, denn dass Boris aus dem Auto springt, um meines zu demolieren, ist unwahrscheinlich. Er hält mich für eine gewöhnliche Diebin, und die Regeln des Clans sind klar definiert: kein Aufsehen erregen, das gefährdet die ganze Organisation. Wegen eines gestohlenen Handys wird Boris diese Regel nicht brechen, nicht, wenn er überzeugt davon ist, es sich ohnehin früher oder später zurückholen zu können.

Zweiunddreißig Minuten Fahrzeit zeigt die App mir an, vorausgesetzt, ich halte mich an den angezeichneten Weg, auf dem ich die größten Staus umfahren kann. Boris hat aufgeholt, klebt mir jetzt an der Stoßstange, und ich fahre bei der nächsten Gelegenheit links, ohne zu blinken. Halte mich an den Zickzackkurs, den die Navigation mir vorgibt, überfahre dabei zwei gelbe Ampeln, die bereits auf Rot gesprungen sein müssen, als Boris die Kreuzung überquert.

Sobald ich die Dortelweiler Straße erreiche, wird der Verkehr flüssiger, was bedeutet, dass ich mich nicht mehr an Geschwindigkeitsbegrenzungen halten darf. Boris wird jede Gelegenheit ergreifen, mich zu überholen, also fahre ich, wenn die linke Spur frei ist, möglichst in der Mitte der Straße und schwenke nur zurück nach rechts, wenn mir jemand entgegenkommt.

An einer ungeregelten Kreuzung schafft es ein Wagen, sich zwischen mich und Boris zu quetschen, was mir Gelegenheit gibt, durchzuatmen, aber kaum bin ich auf der Gießener Straße, habe ich ihn wieder direkt hinter mir.

Zweimal denke ich, er will mich rammen, aber er schafft es jedes Mal, sich zurückzuhalten. Ich kenne Boris gut genug, um zu wissen, dass er längst vor Wut kochen muss. Er ist sein Handy los, er kann niemanden von den anderen verständigen; ebenso wenig kann er die Überlegenheit seines BMW so ausnutzen, wie er gerne möchte. Er muss hinter der Diebin mit dem alten Ford herschleichen, um kein Aufsehen zu erregen – aber gnade Gott dieser Diebin, wenn er sie erst mal in den Fingern hat.

Ich fahre unter der Autobahn durch und bin jetzt auf der Homburger Landstraße, keine Ahnung, wie lang die ist; noch sind nirgendwo Felder zu sehen. Aber nach zwei oder drei Minuten passiere ich ein Hinweisschild auf den Alten Flugplatz. Noch neun Kilometer bis dorthin, und irgendwo auf dieser Strecke muss eine Strohfigur stehen, die ich keinesfalls übersehen darf.

Immer noch bewohntes Gebiet, zwischen meine und Boris' Stoßstange passt kein Laib Brot mehr; wenn ich die Bremse auch nur antippe, rammt er mich. Aber jetzt, endlich, taucht zu meiner Rechten das erste Feld auf, hoch stehender Mais, auf der linken Seite ebenfalls ein Feld, bereits abgeerntet. Und da vorne erahne ich eine Strohfigur. Ja. Hier muss es sein.

Ich beschleunige noch einmal, bringe ein wenig mehr Abstand zwischen mich und den BMW, bremse vor dem Feldweg kurz ab und reiße das Steuer nach rechts. Der Ford holpert hart über den unebenen Weg, ich gerate rechts ins Feld, habe Mühe, den Wagen auf Kurs zu halten.

Ein Blick in den Rückspiegel; Boris hat mein Abbiegemanöver nicht kommen sehen, er ist geradeaus weitergerauscht. Nun macht er kehrt. Er muss innerlich jubeln über meine Dummheit – ich bin in eine Sackgasse gefahren. Vor mir liegt nur der Feldweg, und der führt zum Fluss. Es kann keine drei Minuten mehr dauern, bis er sein Handy zurück und der Diebin den Unterkiefer gebrochen hat.

Ich fahre langsam weiter, blicke mich um, auf der Suche nach den Malakyans, doch da ist niemand. Es ist mehr als eine halbe Stunde verstrichen, haben sie es sich anders überlegt? Dann bin ich geliefert. Der Weg verschwimmt vor meinen Augen. Vielleicht freut Boris sich zu Recht.

Ich fahre weiter, mit angehaltenem Atem, kämpfe die aufsteigende Panik in meiner Brust nieder. Und plötzlich, kaum zehn Meter vor mir, sehe ich das Dach eines Lieferwagens aus dem Mais ragen. Im nächsten Moment tritt jemand aus dem Feld heraus.

Ein Mann, aber keiner, den ich kenne. Er winkt mich vorbei, ich rolle weiter, Boris immer noch hinter mir, doch er scheint misstrauisch geworden zu sein, denn der Abstand ist größer als zuvor. Erst als ich kurz Gas gebe, beschleunigt auch er, und kaum ist er an dem Mann vorbei, schnappt die Falle zu.

Der Transporter fährt ein Stück vor, zwingt Boris zum Bremsen. Fünf Gestalten springen hinter ihm aus den Feldern, und vor ihm tauchen vier weitere auf, die beim Transporter gewartet haben. Jemand hat ein Brecheisen dabei, für den Fall, dass die Fahrertür des BMW verriegelt sein sollte, doch die lässt sich widerstandslos öffnen. Boris versucht noch, zurückzusetzen, der Wagen ruckt zwei Meter nach hinten, doch da haben sie ihn schon herausgezogen. Ein schneller Schlag mit dem Brecheisen, und er liegt bewusstlos am Boden.

Drei Männer heben ihn auf und tragen ihn zum Lieferwagen, ein Vierter packt mich am Arm und zieht mich in die gleiche Richtung, während ein Fünfter in den BMW steigt. Ich wehre mich zaghaft. »Bitte«, sage ich und besinne mich im letzten Moment auf meinen falschen russischen Akzent, »ich habe mein Versprechen gehalten.«

»Richtig.« Tigran tritt hinter dem Transporter hervor. »Und jetzt fahren wir gemeinsam ein Stück. Dir wird nichts passieren, das verspreche ich.« Er deutet auf den Laderaum des Wagens, in dem bereits Boris liegt, Hand- und Fußgelenke mit Kabelbinder gefesselt.

»Aber … das nicht war ausgemacht«, winsle ich. »Ich möchte nach Hause, bitte.«

Tigran ist ein Stück näher an mich herangetreten, mit zusammengekniffenen Augen. Er pikst mit dem Finger gegen meinen ausgestopften Bauch. »Was ist das?«

»Tarnung.« Ich hebe das Shirt, löse das Klebeband, das das Kissen hält. Ziehe die falschen Zähne ab.

Die herumstehenden Männer lachen. Einer sagt etwas auf Armenisch, danach lachen sie noch mehr. Ich versuche, die gute Stimmung zu nutzen. »Er mich fast hat erwischt, es war schlimm«, hauche ich. »Ich will gehen, bitte.«

Immer noch sichtlich amüsiert schüttelt Tigran den Kopf. »Bald. Aber ein oder zwei Stunden gibst du uns noch, ja? Ich will ein paar Dinge von dem Arschloch erfahren, und ich brauche jemanden, der übersetzt.«

13.

Der Transporter rumpelt über den unebenen Feldweg. Ich sitze zwischen zwei Männern, die ich noch nie gesehen habe; vor mir liegt Boris, bewusstlos.

Ich habe versucht, Tigran zu erklären, dass Boris gut genug Deutsch spricht, um seine Fragen zu beantworten. Dass ich vor lauter Angst meine Sinne nicht beisammenhaben werde, wenn ich ihm gegenüberstehe, dass ich nutzlos bin. Tigran hat bloß gelächelt. »Von uns spricht keiner Russisch, und wir beschützen dich«, hat er gesagt. »Das ist es doch, was du wolltest?«

Ich schlinge mir die Arme um den Oberkörper und schließe die Augen. Ich war bei unzähligen Verhören dabei, die Andrei und seine Leute auf Russisch geführt haben. Die wichtigsten Schlüsselsätze kenne ich und kann sie aus dem Gedächtnis nachplappern. Aber das wird mir nicht viel helfen, denn erstens werde ich Boris' Antworten nicht verstehen, zweitens ist er durchaus in der Lage, den Malakyans zu erklären, dass ich gar keine Russin bin. Dass ich sie ebenso reingelegt habe wie ihn.

Und dann?

Ich kann Tigran und seine Leute nicht einschätzen. Vielleicht finden sie die Situation witzig. Wahrscheinlicher ist aber, dass sie mir meine Lüge übel nehmen. Wer weiß, eventuell lassen sie sich sogar auf einen Handel mit den Karpins ein. Tauschen mich gegen ein paar Kilo Heroin oder ein Ersatzlokal für das *Shelley* ein. Ich könnte mir vorstellen, dass Andrei für ein solches Geschäft zu haben wäre.

Wir haben den holprigen Weg verlassen und fahren nun wieder über Asphalt. Der Mann neben mir spielt auf seinem Handy *Mario Kart*, Boris stöhnt. Ich senke den Kopf und lasse meine Haare seitlich übers Gesicht fallen. Bis auf einige erleuchtete Handydisplays ist es dunkel hier, aber ich möchte kein Risiko eingehen. Ohne die falschen Zähne und den ausgepolsterten Bauch wird er mich früher oder später erkennen. Später wäre besser.

Nun beschleunigt der Lieferwagen. Müsste ich raten, würde ich sagen, wir sind auf die Autobahn aufgefahren. Boris regt sich jetzt, zieht die Knie zur Brust. Ich beginne, meine russischen Sätze zurechtzulegen. Sie werden ungeschickt und voller Fehler sein; manches werde ich überhaupt nicht übersetzen können, dann muss ich einfach irgendetwas sagen. Wenn wirklich keiner der Anwesenden Russisch versteht, geht das möglicherweise eine Weile gut. Armenisch ist zum Glück keine slawische Sprache, sondern mehr mit dem Griechischen verwandt. Sie werden also nur schwer erraten können, was ich sage.

Wir werden wieder langsamer, wie lange wir schon fahren, kann ich kaum sagen, ich habe jedes Zeitgefühl verloren. Zwanzig Minuten? Vierzig? Jetzt jedenfalls merke ich, wie die Männer rund um mich unruhig werden. Sie kennen die Strecke bestimmt, also vermute ich, wir werden bald da sein. Die Stelle, an der mein Magen sich befindet, fühlt sich heiß und hart an, wie glühendes Gestein. Der Wagen legt sich in eine Linkskurve, und plötzlich habe ich das Gefühl, mich übergeben zu müssen. Ich presse beide Hände gegen den Mund, atme durch die Nase, rieche Schmieröl und Schweiß. Es würgt mich, ich kämpfe dagegen an und schaffe es knapp, den Brechreiz niederzukämpfen, aber die Panik bleibt.

Wir fahren ein Stück bergauf, meine Schulter drückt gegen die des Mannes rechts von mir, der schiebt mich unwillig weg. Klar, ich gefährde seinen Spielerfolg. Kurz darauf werden wir langsamer und halten schließlich an. Ich höre, wie sich die Türen des Fahrerhauses öffnen, und wenige Sekunden später wird es hell um uns. Tigran hat die Hecktür geöffnet.

Das Licht ist golden, denn die Sonne ist gerade dabei, hinter Weinbergen unterzugehen. Ich bin die Erste, die aussteigt; wieder auf eine Art Feldweg, nur dass er diesmal zwischen Weinreben hindurchführt. Neben dem Lieferwagen parkt mein Ford, einer der Malakyans steigt gerade aus.

Sie tragen Boris nun zu dritt, denn er wehrt sich. Zwar nicht stark, dazu fehlt ihm wohl noch die Kraft, aber beharrlich. Mich beachtet er nicht, wahrscheinlich ist er vorhin zu dem Schluss gekommen, dass ich zu den Armeniern gehöre und von ihnen beauftragt wurde, ihn in die Falle zu locken.

Tigran hat mich im Nacken gepackt und führt mich vor sich her zwischen den Weinstöcken hindurch; nun sehe ich auch, was unser Ziel sein wird. Ein Weinkeller, in den Hang hineingegraben wie ein Stollen, die Metalltür steht offen.

Sie tragen Boris in die Dunkelheit, ich zögere vor der Tür, will mich zu Tigran umdrehen und ihn noch einmal bitten, mich gehen zu lassen, doch er versetzt mir einen so heftigen Stoß, dass ich in den Keller hineintaumle, stolpere, liegen bleibe. Nur zwei Schritte von dem Platz entfernt, an dem sie Boris abgelegt haben.

Jemand schaltet das Licht an – trübe, von toten Insekten verklebte Wandleuchten –, während zwei Männer Boris aufrichten und ihn sitzend an einen der dicken Holzbalken binden, die die Decke stützen. Genauer gesagt kleben sie ihn fest, mit Gafferband, das sie um seine Brust und seinen Bauch winden.

Der Weinkeller ist ein neues Detail, aber alles andere fühlt sich an wie ein furchtbares Déjà-vu. Ein einzelner, hilfloser Mensch und eine Gruppe von Schergen. Ich kann jetzt schon die Schreie hören, das Flehen; kann das Blut riechen, das verbrannte Fleisch, den Urin.

Dass meine Knie nachgeben, merke ich erst, als das linke schmerzhaft meinen Sturz auffängt. Tigran gibt einem seiner Leute einen Wink, der zieht mich hoch. Auch das ist mir vertraut, ebenso wie das geringschätzige Lachen der Umstehenden.

Bisher hat Boris sich kaum geregt, er wirkt immer noch benommen, doch das vielstimmige Gelächter scheint etwas in ihm angestoßen zu haben. Er hebt den Kopf, sein Blick irrlichtert durch das Gewölbe. Bleibt nirgendwo hängen, auch nicht an mir.

»Los.« Tigran schiebt mich vor. »Wir klären jetzt ein paar Dinge. Als Erstes: Wer hat Semion getötet?«

Ich stehe nur noch zwei Meter von Boris entfernt. Er hat begonnen, sich gegen seine Fesseln zu stemmen; erst als einer der Männer ihn gegen den Oberschenkel tritt, hört er damit auf.

»Boris«, sage ich. Lasse es so authentisch wie möglich klingen, so, wie Andrei den Namen immer ausgesprochen hat. Ein O, das halb wie ein A klingt, das R vorne mit der Zunge gerollt.

Er hat den Kopf zur Seite gedreht, tut so, als hätte er mich nicht gehört. Dabei müsste er wissen, dass diese Taktik nichts nützt, er hat so oft auf der anderen Seite gestanden. Befrager, nicht Befragter. Täter, hundertmal Täter. Vielleicht kann er noch nicht glauben, dass er diesmal das Opfer sein wird.

Ich denke daran, wie zufrieden er gelächelt hat, als sie dich damals in die Halle geführt haben. Das hilft. »Boris«, sage ich. »Kto ubil Semiona?«

So weit reicht mein Russisch gerade noch. Wer hat Semion getötet? Grammatikalisch müsste das richtig gewesen sein, aber die drei Worte haben genügt, um Boris klarzumachen, dass ihm keine Russin gegenübersteht. Er dreht den Kopf, sieht mich zum ersten Mal genauer an. »Schto?«

Das bedeutet nichts weiter als »was?«. Ich wiederhole meine

Frage, es klingt nicht besser als vorher, eher im Gegenteil. Auf Boris' Stirn bilden sich nachdenkliche Querfalten. »Ja snaju tebja, nje?«, sagt er. *Ich kenne dich, oder?*

Er ist gefesselt und benommen, trotzdem kriecht die alte Angst in mir hoch. Ich schüttle heftig den Kopf. »Kto ubil Semiona?«, frage ich zum dritten Mal, lauter jetzt. Boris ignoriert mich. Wendet sich Tigran zu. »Wer ist Semion?« Sein Deutsch ist nach wie vor unbeholfen; für jemanden wie Tigran, der es nicht als Muttersprache gelernt hat, ist es möglicherweise schwer zu verstehen. Aber Tigran hat verstanden. Er zieht ein Blatt Papier aus seiner Hosentasche. Es ist ein Computerausdruck von dem Foto, das ich an die Malakyans weitergeleitet habe. Der breite Rücken, der ausgestreckte Mittelfinger, das Messer mit dem Knochengriff.

Boris zuckt mit keiner Wimper. »Das ist Semion?«, fragt er ungerührt. »Kenne nicht. Ist tot?«

»Eto ty!«, stoße ich hervor. *Du bist das.*

Ein unergründlicher Blick, irgendwo zwischen forschend und hasserfüllt. »Njet.« Dann, wieder zu Tigran: »Sie ist nicht Russin.«

Damit habe ich gerechnet, davor habe ich mich gefürchtet, aber die Information scheint nicht angekommen zu sein – oder meine Nationalität ist Tigran ebenso egal wie mein Mangel an Wahrheitsliebe. »Ich bin nicht blind. Das auf dem Bild bist du«, sagt er ruhig. »Du hast Semions Messer in der Hand, Semion ist tot. Hast du ihn umgebracht?«

Boris reagiert nicht, Tigran sieht mich von der Seite her an. »Übersetze.«

Verloren, denke ich, jetzt bin ich verloren. Mein Russisch reicht dafür bei Weitem nicht aus, und ich habe keine Ahnung, wie ich das verbergen soll. Ich hole tief Luft. Foto heißt Foto, Messer heißt Nosch. Der Rest meiner Tirade wird aus den wirr zusammengesetzten russischen Worten bestehen, die mir eben einfallen. »Twoje foto«, sage ich. »Raszwetali jabloni i gruschi, poplyli tumany nad rekoi, nosch Semiona.«

Die ersten und die letzten beiden Worte ausgenommen, sind das zwei Zeilen aus einem russischen Schlager, die ich da zitiere, und ich habe keine Ahnung, was sie bedeuten. Aber das Lied war eines, das Andrei oft laufen ließ, ähnlich wie Dorogoi Dlinnoju. Das werde ich als Nächstes auspacken.

Boris sieht mich fassungslos an, dann beginnt er zu lachen. »Koschetschka«, sagt er, und danach etwas, das ich nicht verstehe. Was ich aber verstehe, ist, dass er mich jetzt erkannt hat. Ich drehe mich zu Tigran um, dem die Wut über Boris' Lachen bereits ins Gesicht geschrieben steht. Und der nicht weiß, dass Koschetschka bloß »Kätzchen« heißt.

»Ja«, sage ich. »Er war es selbst. Er hat zugegeben.«

Boris' Heiterkeit findet ein abruptes Ende. »Lüge!«, ruft er. »Habe ich nicht gegeben, war ich ni...«

Der Rest geht in einem Schmerzensschrei unter, denn auf einen Wink von Tigran hin hat einer seiner Männer einen Elektroschocker hervorgezogen und gegen Boris' Hals gedrückt. Sein ganzer Körper zuckt unkontrolliert, in seinem Schritt breitet sich ein dunkler Fleck aus.

Ich wende mich ab. In meinen Rachefantasien habe ich mir eine Situation wie diese oft vorgestellt, genüsslich, aber die Wahrheit ist, dass es mir immer noch Übelkeit bereitet, wenn ich zusehen muss, wie Menschen gequält werden. Sogar, wenn sie zu den Karpins gehören. Sogar, wenn es sich um Boris handelt.

Der Mann mit dem Schocker hat die Dosis gut gewählt. Sie ist hoch genug, um Boris einzuschüchtern und zu demütigen, reicht aber nicht, um ihn auszuknocken. Nach ein paar Minuten hört das Zucken auf. Tigran hockt sich neben ihn. »Du hast gelacht, Arschloch. Über Semion, der mein Freund war und den du getötet hast.« Er packt Boris' Haar und reißt ihm den Kopf so nach hinten, dass er gegen den Balken schlägt. »Sieht schlecht für dich aus.«

So unglaublich es ist, ich habe das Gefühl, dass Boris erst jetzt dämmert, in welcher Situation er sich befindet. Dass das Blatt sich wirklich gewendet haben könnte. Er murmelt etwas, von dem ich nur die Worte »ukral« und »Kokain« verstehe. »Er sagt, Semion hat Kokain gestohlen«, übersetze ich ungefragt.

Tigran nickt, dann schlägt er Boris fest ins Gesicht, zweimal. »Na und? Sie haben meinen Vater getötet, sie haben den Krieg begonnen. Sie haben ein armenisches Mädchen misshandelt und das *Shelley* niedergebrannt.« Noch ein Schlag, Boris gibt keinen Laut von sich.

»Er soll uns sagen, wo wir Ruzanna finden.« Tigran richtet sich auf. »Dann kommt er vielleicht davon.«

Eine Forderung, die Boris nicht erfüllen kann, und ein Versprechen, das Tigran nicht halten würde. Ihm geht es auch nicht um ein Mädchen, das er gar nicht kennt; ihm geht es um seinen Ruf. Ich räuspere mich. »Gdje Ruzanna?«, frage ich.

Boris' Blick auf mich ist jetzt voller Hass. »Kenne ich nicht. Keine Ruzanna. Aber du …«

Ganz klar, er lässt mich nicht mehr übersetzen, er weiß, dass ich ihm aus jedem seiner russischen Worte einen Strick drehen werde. »Du Falscher. Pasport.«

»Niemand hat dich nach Nadja gefragt«, herrscht Tigran ihn an. »Aber stimmt, sie hat dich in die Falle gelockt. Ganz schön lächerlich, oder? Lässt dich von einer Nutte reinlegen.«

Die Männer im Weinkeller lachen los wie auf ein unsichtbares Zeichen hin. Keiner von ihnen hat verstanden, was Boris eigentlich sagen wollte. Dass ich Fälscherin bin, dass er nicht als Einziger reingelegt wird. Er stemmt sich erneut gegen das Gaffertape, versucht, sich vom Balken zu lösen. »Lügt!«, zischt er. »Nicht Nadja.«

Blitzschnell hockt Tigran wieder bei ihm, packt sein Kinn,

zwingt ihn, ihm in die Augen zu sehen. »Wir suchen Ruzanna«, schreit er ihm ins Gesicht. »Das Mädchen aus Stepanawan, dem ihr ein Ohr abgeschnitten habt. Sie hat Fieber bekommen, sagt Nadja, wir waren in der Straße, bei dem Haus, in dem ihr sie versteckt habt, aber dort haben wir nur eine einzige Frau geschnappt. Eine von euch. Sie hat gesagt, ihr habt die Mädchen alle weggebracht.« Er drückt Boris' Kiefer zusammen, so wie er es im *Shelley* bei mir gemacht hat. »Wohin? Wo steckt Ruzanna? Oder ist sie schon tot?«

Boris ächzt, und ich muss die neue Information erst mal verdauen. Als sie vor dem Haus auf Vera gestoßen sind, hat die Ruzannas Existenz nicht abgestritten, sondern einfach gelogen. Sich dumm und unschuldig gestellt. Hat ihr aber am Ende auch nichts genutzt.

»Keine Ruzanna«, presst Boris hervor, und Tigran gibt einem seiner Männer einen Wink. Dann dreht er sich zu mir herum. »Womit haben sie Ruzannas Ohr abgeschnitten?«

Ich schlucke. »Küchenmesser.«

»Ach, schade. So eines haben wir gerade nicht hier. Aber wir finden sicher Ersatz.«

Der Mann, dem er das Zeichen gegeben hat, öffnet eine Art Werkzeugtasche, und Tigran holt nacheinander eine Säge, eine Heckenschere und eine große Kneifzange heraus. Hält jeden der Gegenstände Boris kurz entgegen. »Was sollen wir für dein Ohr nehmen, hm? Such es dir aus.«

Boris flucht, spuckt aus, wehrt sich heftiger gegen seine Fesseln. »Ty poschalejesch ob etom«, knurrt er. *Das wird dir noch leidtun.* Ob er mich damit meint oder Tigran, weiß ich nicht, aber der Satz legt in mir einen Schalter um, denn er ist schon in anderen Zusammenhängen gefallen, als Boris derjenige mit der Zange war. Oder dem Schneidbrenner. Oder dem Drillbohrer.

»Er hat gesagt, er will Gartenschere«, erkläre ich Tigran.

Wieder lacht der ganze Keller, ausgenommen Boris, der einen Wutschrei ausstößt.

»Das hast du jetzt erfunden, oder? Aber ich mag deinen Sinn für Humor.« Tigran lässt die Schere zwei-, dreimal zuschnappen. »Möchtest du gern selbst? Wenn du eine Rechnung mit ihm offen hast, wäre jetzt ein guter Zeitpunkt, sie zu begleichen.«

Und ob ich eine Rechnung habe. Sie ist lang, und sie ist hoch. Aber ich schüttle den Kopf. »Nein. Da wird mir schlecht.«

Tigran lächelt verständnisvoll. »Alles klar. Ashot?«

Ein kräftiger Mann mit tätowierter Glatze tritt hervor und greift nach der Schere. Stellt sich breitbeinig vor Boris auf. »Rechts? Oder links?«

Tigran stupst mich an. »Welches Ohr war es bei Ruzanna?«

»Links«, wispere ich und ducke mich unwillkürlich, als Boris mir neue Flüche entgegenbrüllt. »Lügt!«, stößt er dazwischen immer wieder hervor, während er gleichzeitig versucht, den Kopf so zu drehen, dass Ashot nicht an sein linkes Ohr kommen kann.

Gelächter im Weinkeller, und ich merke, dass mir übel wird, noch bevor es losgeht. Ashot hat Boris' Kopf bei den Haaren gepackt, er versucht zweimal, die Gartenschere anzusetzen, aber sein Opfer kämpft wie wild. Seelenruhig winkt er einen seiner Kumpane dazu, der den Kopf mit beiden Händen festhält.

Ich wende mich ab, starre zur Wand, denke an einen Wasserfall, der in der Sonne funkelt, während Boris hinter mir schreit. Erst aus Wut und Angst, dann aus Schmerz. Er brüllt wie ein Tier, die Männer lachen.

»So«, höre ich Tigran kurz darauf sagen, »erinnerst du dich jetzt an Ruzanna?«

Keine Antwort. Vorsichtig drehe ich den Kopf, sehe Boris' blutüberströmtes Shirt, sehe, wie immer noch Blut in diesen

Bart läuft, den Andrei so missbilligen würde. Wie die Dinge stehen, wird er ihn nicht zu Gesicht bekommen.

Tigran legt mir eine Hand auf die Schulter. »Sag ihm, er soll vernünftig sein, sonst fallen uns noch eine Menge anderer Dinge ein, die wir abschneiden könnten.«

Ich schüttle stumm den Kopf, ich kann mir jetzt kein Pseudorussisch aus dem Ärmel schütteln, ich fühle mich wie in die Vergangenheit zurückkatapultiert. Anders als Andrei, der mich jetzt hätte verprügeln lassen, zuckt Tigran nur mit den Schultern. Er geht hinüber zu Boris, pickt mit spitzen Fingern das abgeschnittene Ohr aus der Blutlache und hält es Boris vors Gesicht. »Ruzanna«, sagt er langsam und überdeutlich. »Wo ist sie?«

»Gibt nicht Ruzanna«, würgt Boris hervor. »Ist Lüge.«

Tigrans Seufzen könnte Missmut ebenso wie Mitleid bedeuten. »Warum tust du dir das an, Idiot? Nadja hat Ruzanna gekannt. Die Frau in der Schwanheimer Straße auch. Sie haben gesagt, du hast auf sie aufgepasst. Also. Was ist mit ihr?«

Boris tut, als hätte er nichts davon gehört. Er lässt das Kinn auf die Brust sinken, aber sofort reißt Ashot seinen Kopf an den Haaren wieder hoch.

»Ist sie tot?«, fragt Tigran wie beiläufig. »Sagst du deshalb nichts?«

»Lüge«, gurgelt Boris hervor. »Mädchen von Ukraine. Nicht Armenia. Gesund. Alle.«

Er spricht von den Mädchen im Hotel, vermute ich. Ashot versetzt ihm einen Schlag mit der flachen Hand, direkt dorthin, wo bis vor Kurzem noch das Ohr war, und wieder schreit Boris auf. Tigran nickt, und Ashot lässt die Gartenschere dreimal auf- und zuschnappen.

»Ich muss raus«, wispere ich. »Tut mir leid.«

Halb und halb rechne ich damit, dass Tigran mich aufhalten wird. Aber er winkt nur einen der anderen Männer herbei, der mich hinausbegleiten soll. Und natürlich aufpassen, dass ich nicht abhaue.

Mein Wächter ist jung, trägt einen dunklen Kinnbart und macht kein Hehl aus seiner Enttäuschung darüber, dass er die Show nicht weiterverfolgen kann. Missmutig zündet er sich eine Zigarette an, während ich mich auf einen Stein setze und die kühle Nachtluft einatme. Die Tür zum Weinkeller ist beinahe schalldicht, trotzdem höre ich immer wieder Schreie aus dem Inneren. Gedämpft, aber um nichts weniger entsetzlich.

Es dauert. Ich denke an dich und dass es fair ist, was passiert. Dass ich bloß gerne nicht dabei gewesen wäre. Dass Boris ein sadistischer Unmensch ist, der nun seine eigene Medizin verabreicht bekommt. Zum ersten und ziemlich sicher zum letzten Mal.

Irgendwann wird mein Bewacher von einem anderen abgelöst, der offenbar auch gerne rauchen möchte. Er ist bullig, um die vierzig, und als er sich neben mich stellt und wortlos seinen Hosenschlitz öffnet, überkommt mich kurz Panik. Doch er pisst nur knapp an mir vorbei in die Weinstöcke.

Etwa eineinhalb Stunden später springt die Tür zum Keller erneut auf, und Tigran tritt heraus. Er fährt sich durchs Haar, atmet tief durch und mustert mich mit überaus nachdenklichem Blick. »Willst du auf Wiedersehen sagen?«

Wollen ist das falsche Wort. Ich will absolut nicht sehen, was sie aus Boris gemacht haben, und mir vorstellen müssen, wie sie es gemacht haben. Aber ich würde mich gerne vergewissern, dass er tot ist. Also nicke ich.

Der Geruch im Keller ist schlimmer geworden. Gegrilltes Fleisch, Blut, entleerter Darm. Boris ist bewusstlos oder tot, das Kinn liegt auf der Brust, er sitzt in einem kleinen See von Blut, mit nacktem Unterkörper. Ich sehe nicht genau hin, will keine Details, will nur wissen, ob es vorbei ist.

Tigran nimmt von einem seiner Untergebenen eine Pistole entgegen. Prüft, ob sie geladen ist, und hält sie mir hin, in einer beinahe galanten Geste. »Möchtest du?«

Es wäre ein passender Abschluss. Wenn ich persönlich Boris die Kugel in den Kopf jage, werde ich sicher sein können, dass er wirklich tot ist. Dass er mir nie wieder begegnen kann. Ich würde den Schlusspunkt selbst setzen.

»Nein«, presse ich hervor.

»Dachte ich mir.« Tigran gibt seinem Mann die Waffe zurück, der tritt ohne große Zeremonie an Boris heran, setzt die Pistole im Nacken an und drückt zweimal ab.

»Du kannst jetzt nach Hause fahren.« Tigran schiebt mich zur Tür hinaus. »Danke für deine ... Lieferung. Ich habe dir Schutz versprochen, den sollst du haben. Wenn du einen Unterschlupf brauchst, rufe die gleiche Nummer an wie vorhin. Dann schicke ich dir jemanden.« Ich nicke matt und will gehen, da hält er mich am Arm zurück. »Du hast diesen Ort nie gesehen, egal, wer danach fragen sollte.« Ein bedeutungsvoller Blick zum Weinkeller hin, aber ich hätte auch so verstanden. Sollte ich versuchen, ihnen Schwierigkeiten zu machen, hätten die Malakyans keine Hemmungen, mir eine ähnliche Behandlung wie Boris angedeihen zu lassen.

Ich setze mich hinters Steuer, meine Hände fühlen sich taub an, ich muss den Zündschlüssel zweimal am Schloss ansetzen, bis ich treffe. Dann fahre ich los, völlig ziellos – Hauptsache fort –, bis ich ein Dorf erreiche und auf einem Supermarktparkplatz anhalte. Dort gebe ich meine Adresse ins Navi ein. Eine Stunde fünf Minuten bis in die Mailänder Straße.

Ich kann mir nicht vorstellen, heute Nacht noch zu schlafen, also ist die lange Fahrt mir willkommen. Boris ist tot, sage ich mir immer wieder vor, während ich in Richtung Autobahn fahre. Er ist wirklich tot. Am Nachmittag hat er noch in der Spielhalle gewonnen, jetzt ist er tot. So schnell kann es gehen, auch wenn schnell in seinem Fall sicher das falsche Wort ist.

Ob es in dem Keller nur Weinfässer gibt? Oder auch solche mit Natronlauge? Egal, wahrscheinlich endet Boris in der Schrottpresse der Autoverwertung und anschließend in einem abgelegenen Abschnitt des Mains. Wenn er niemandem anvertraut hat, dass er den Nachmittag in der Spielhalle verbringt, werden die Karpins seine Spur nur schwer verfolgen können. Aber sie müssen sich längst fragen, wo er steckt ...

Und natürlich werden sie ihn nicht erreicht haben. Meine Hand fährt in die rechte Jackentasche und umschließt Boris' Handy, das ich vollkommen vergessen habe. Ich ziehe es heraus. Der Flugmodus ist aktiviert. Klar, Boris wollte nicht beim Spielen gestört werden. Der Akku ist noch etwa zur Hälfte geladen.

Ich starre auf das Display, das sich nach einigen Sekunden wieder verdunkelt. Stelle mir die Menge von unbezahlbaren Informationen vor, die ich darauf finden würde – wenn ich es entsperren könnte. Die Telefonnummern, die Nachrichten, die Fotos.

Behutsam stecke ich das Gerät zurück in die Jackentasche. Es ist, als hätte ich eine Schatztruhe gehoben, zu der ich nun bloß noch den Schlüssel finden muss.

Die Stunde Fahrtzeit bis nach Hause verbringe ich voller Ungeduld, ich will an meinen Computer, um nach Möglichkeiten zu googeln, wie man am besten ein fremdes Handy entsperrt. Ich werde nicht schlafen, nicht von Boris' blutüberströmtem Körper träumen, sondern meinen nächsten Schachzug planen.

Die Erschöpfung lässt mich auf dem Weg vom Parkplatz zum Haus zweimal stolpern, aber das ist nichts, was ein doppelter Espresso nicht in Ordnung bringen könnte.

Boris ist tot, denke ich, als ich in den Fahrstuhl steige. Boris ist tot, und ich habe sein Handy.

Das Schloss der Wohnungstür treffe ich trotz Müdigkeit auf Anhieb. Gähnend schließe ich die Tür hinter mir, drehe mich um, und mit einem Schlag ist alles, was ich eben noch vorhatte, vergessen. Es ist, als wäre mein Kopf leer gefegt, als wäre ich in einem Paralleluniversum gelandet, in dem nichts mehr Sinn ergibt.

Auf dem Stuhl vor meinem Arbeitstisch, das Gesicht schwach beleuchtet vom Monitor des Computers, sitzt Vera.

14.

Ich lehne an der Tür, habe mit zitternden Fingern den Lichtschalter gefunden und blinzle jetzt in die plötzliche Helligkeit. In meiner Miene muss sich meine ganze innere Fassungslosigkeit spiegeln, denn Vera lacht. »Scheißgefühl, wenn die Leichen aus dem Keller plötzlich wiederauftauchen, nicht wahr?« In ihrem Gesicht finden sich noch ein paar verblassende Spuren der Misshandlungen durch die Malakyans. Eine eingerissene Lippe, eine bläuliche Schwellung am linken Jochbein, ein langer, seitlicher Kratzer von der Schläfe bis zum Kinn.

»Klapp den Mund wieder zu.« Sie lehnt sich zurück, völlig entspannt. »Hast mich ziemlich lang warten lassen, ich dachte schon, du kommst heute gar nicht mehr.«

Ich bringe immer noch kein Wort heraus. Denke an den zusammengequetschten senfgelben Blechquader hinter den beiden Fabrikgebäuden am Main. An den leichten Verwesungsgeruch, den er verströmt hat. An Veras blutverschmiertes Gesicht, wie es mich aus dem abgeschleppten Wagen ansieht. An das Erkennen in ihrem Blick.

»Wieso?«, stammle ich. »Ich dachte, du wärst …«

»Tot. Ja klar, du hast ja auch dein Bestes gegeben, um mich ins Jenseits befördern zu lassen. Hast mir diesen armenischen Schlägertrupp nach Hause geschickt, auf der Suche nach misshandelten Mädchen, die es nicht gibt.« Sie zieht einen imaginären Hut und schwenkt ihn. »Kompliment. Ich hätte nicht vermutet, dass du dahintersteckst, wenn ich dich nicht beim *Shelley* gesehen hätte. Wolltest du sichergehen, dass sie mich auch wirklich killen?«

»Nein. Ich wollte bloß meine Schlüssel holen. Und meine Jeans.«

Wieder lacht sie auf. »Tja, das war ein Fehler, jetzt hast du mich am Hals. Aber keine Sorge, ich werde dich nicht an die Karpins verkaufen. Willst du etwas wirklich Witziges hören? In Wahrheit hast du mir einen Gefallen getan.«

Während sie spricht, suche ich an ihrer Kleidung Ausbuchtungen, die darauf hinweisen, dass sie eine Waffe bei sich trägt. Sieht nicht danach aus, es sei denn, es ist etwas Flaches wie ein Messer. »Die Malakyans haben dich laufen lassen?«, frage ich. »Wie hast du das angestellt?«

Sie schlägt die Beine übereinander. »Ich habe ihnen erzählt, wo Jaroslaw die letzte Kokainlieferung zwischengelagert hat und wann der beste Zeitpunkt ist, sie sich zu schnappen. Daraufhin haben sie sich das Zeug geholt und an meiner Stelle eine Schweinehälfte im Auto zerquetscht, unter dem Vorbehalt, dass sich auch für mich noch eine Schrottkarre finden ließe, wenn ich nicht von der Bildfläche verschwinde.«

Eine Schweinehälfte, wie clever. »Wie viel Kokain?«

»Rund vierzig Kilo. Das tut schon richtig weh, finanziell, aber angeblich war nur ein Mann als Wache vor Ort, sie haben ihn eliminiert und am nächsten Tag das zusammengepresste Auto an die Adresse geschickt. Mit Grüßen von Grigor. Danach haben sie mich laufen gelassen.« Vera streckt sich behaglich. »Und dann hat kurz darauf das *Shelley* gebrannt. Nicht schade drum.«

Ich würde mich gerne auf mein schäbiges Sofa sinken lassen, ich bin so müde. Aber nicht verrückt genug, einzuschlafen, solange Vera noch hier ist. »Woher weißt du, wo ich wohne?«

»Ich habe das *Duplex* im Auge behalten, und dort bist du ja ständig aufgetaucht. Ich musste dir nur bis hierher folgen. Deine Verkleidungen habe ich schon immer durchschaut.« Sie seufzt behaglich, sichtlich zufrieden mit sich selbst. »Hast du meine Blumengrüße bekommen?« Sie lächelt mich an, und als ich nicht antworte, fährt sie fort: »Wicken, Lavendel und Beifuß. Der Polizist hat uns von der Blumensache erzählt, ich finde das sehr kreativ. Netter als das Herz, das du mir geschickt hast. Das war doch von dir?«

Erzählt, von wegen. Aus ihm herausgepresst haben sie es. Ich schlucke mehrmals, damit meine Stimme fest klingt, wenn ich ihr meine nächste Frage stelle. »Und? Was hast du jetzt vor? Machst du mit den Malakyans gemeinsame Sache?«

»Ich denke nicht daran. Nach der Pest die Cholera? Sicher nicht.« Erst jetzt fällt mir auf, dass sie sich an meinem Kühlschrank bedient haben muss; neben ihr steht ein Glas Weißwein, halb voll. »Eine solche Gelegenheit, mich aus dem Clan zu verabschieden, kommt nie wieder. Ich bin tot, so wie du es warst.« Vera greift nach dem Glas und prostet mir zu. »Nur dass ich es im Unterschied zu dir nicht vermasseln werde.«

In der nächsten halben Stunde stellt sich einiges heraus. Dass auch das Post-it auf dem Monitor von ihr stammte – eine freundliche, ernst gemeinte Ermahnung, angeblich. Die ersten Nächte hat sie im Freien verbracht und überlegt, das Land gleich zu verlassen, aber jetzt steht ihr Entschluss fest: Sie will bei mir wohnen. Auf meinen läppischen achtundzwanzig Quadratmetern, wobei sie natürlich das Bett bekommt, ich die Couch. Sie lässt keinen Moment Zweifel daran, dass sie Wege finden würde, den Karpins einen anonymen Tipp zu meinem Verbleib zu geben, wenn ich nicht tue, was sie verlangt.

»Das bist du mir schuldig, findest du nicht?«, sagt sie und deutet auf ihre gespaltene Lippe. »Und appelliere bitte nicht an mein schlechtes Gewissen. Du bist um nichts besser, du hast zugesehen, wie sie mich in diesem Wrack weggeschleppt haben, du hast gewusst, wohin es geht, und du hast keinen Finger gerührt.«

Ich kralle die Hände in die Polsterung der Couch, auf die ich irgendwann doch gesunken bin. »Und du hast dabei zugesehen, wie sie Daniel lebend verbrennen wollten, wie sie mich niedergeschossen haben. Du hast gesehen, wozu sie mich gezwungen haben.«

»Ich hatte keine Wahl, und das weißt du genau. Aber du hättest dich einfach absetzen können, nachdem du offiziell tot warst. Warum bist du nicht irgendwohin in den Süden gezogen? Oder gleich auf einen anderen Kontinent?«

Hass, denke ich. Das Bedürfnis, Andrei nicht davonkommen zu lassen. Die Karpins ebenfalls brennen und bluten zu sehen, im wörtlichen und übertragenen Sinn. »Ich hatte einen Deal mit der Polizei«, sage ich. »Mich bereit zu halten für den Moment, in dem Andrei greifbar ist. Im Gegenzug gab es eine neue Identität, einen neuen Wohnort, einen harmlosen Job und Schutzmaßnahmen.«

»Verstehe.« Sie hebt die Augenbrauen. »Nur hat die Polizei sich nicht an den Deal gehalten, oder was hattest du in München zu suchen? Köder spielen?«

Ich suche vergeblich nach einer Antwort, die sich passend anfühlt. Ja, für Robert Köder spielen, das auch. Und jemanden ausspionieren. »Sie haben mich gebeten, ihnen bei etwas zu helfen, das nichts mit irgendeinem Clan zu tun hatte.« Oder doch, wenn auch mit einer anderen Art Clan. Aber das geht Vera nichts an.

Sie muss wissen, was mit Robert passiert ist, oder? Muss dabei gewesen sein, sonst wüsste sie nichts von dem Blumencode. Ich würde gern nachfragen, fürchte mich aber vor der Antwort. Für heute habe ich genügend grausame Bilder im Kopf. Später vielleicht.

»Wo warst du eigentlich vorhin?« Sie steht auf, der Stuhl knarzt. Immerhin trägt sie das Weinglas zur Spüle und wäscht es ab.

Boris ist tot, hämmert mein Hirn. Tot. »Ich habe versucht, ein paar Sachen herauszufinden.«

»Hm. Erfolg gehabt?«

Ich schlucke. »Ja. Mehr als erwartet.«

»Na, wie schön. Auch wenn ich finde, dass es irre ist, sich mit den Malakyans einzulassen, nur um den Karpins an den Karren zu fahren. Denk an die Schrottpresse.«

Ja, an die denke ich, ebenso wie an den Weinkeller und an Boris' abgeschnittenes Ohr, die Blutlache, die zwei Nackenschüsse. Vera zieht sich ihr Shirt über den Kopf. »Kannst du mir irgendwas leihen, in dem ich schlafen kann?«

Wortlos hole ich eines meiner T-Shirts aus dem Schrank. Frage mich, wo sie das Zeug herhat, das sie derzeit trägt. Es sieht sauber und unbeschädigt aus – keine Risse, keine Blutflecken. Wahrscheinlich ein Abschiedsgeschenk der Armenier.

Es gibt nur ein Set Bettwäsche, und auch das beansprucht Vera natürlich für sich. Ich rolle mich auf der Couch zusammen, eines der schäbigen Zierkissen unter dem Kopf und eine Wolldecke über mich gebreitet. Ich habe Vera noch nicht gefragt, aber ich schätze, dass sie es war, die letztens versucht hat, meine Tür aufzubrechen. Trotzdem habe ich den Door-Jammer wieder daruntergeklemmt, denn sie hat recht: Theoretisch haben mich jetzt zwei Clans im Blick. Kann ich sicher sein, dass nicht einer der Malakyans mir gefolgt ist? Ich glaube es zwar nicht, aber ich habe kaum darauf geachtet, was sich hinter mir auf der Straße getan hat. Und es wäre keine schlechte Idee von ihnen, herausfinden zu wollen, wo sie mich im Bedarfsfall finden können.

Da ich Vera nicht über den Weg traue, habe ich unauffällig die Küchenschere unter mein Kissen geschoben und schließe die Hand fest darum. Damit werde ich mich im Schlaf nicht verletzen können, anders als mit einem Messer.

»Gute Nacht«, ruft sie mir fröhlich vom Bett her zu, und in diesem Moment fällt mir siedend heiß ein, was darunterliegt. Der zusammengeklappte Kinderwagen nämlich, und obenauf die Walther, an die ich in meinem Schreck bisher gar nicht gedacht habe. Dagegen habe ich mit meiner Schere im Ernstfall keine Chance. Vera hat die halbe Nacht auf mich gewartet und war dabei sicher nicht untätig. Sie hatte ausreichend Zeit, die Wohnung zu durchsuchen. Falls sie die Pistole gefunden hat, warum hat sie sie mir dann bisher noch nicht buchstäblich auf die Brust gesetzt?

Ich beschließe, wach zu bleiben, was meine Müdigkeit sofort ins Unermessliche wachsen lässt. Und prompt muss ich für ein paar Minuten eingenickt sein, denn lautes Wasserrauschen lässt mich hochschrecken.

Draußen ist es bereits hell, von wegen ein paar Minuten, es ist kurz nach halb acht. Das Bett ist leer, und offenbar steht Vera im Bad unter der Dusche. Ich gleite von der Couch, vergewissere mich, dass die Badezimmertür geschlossen ist, und lege mich vor das Bett. Ein schneller Blick, und ich bin beruhigt: Da ist der Kinderwagen, und da, in ein Handtuch eingeschlagen, die Pistole.

Das Wasserplätschern im Bad verstummt, ich springe auf, doch da rauscht es schon wieder.

Ich brauche ein besseres Versteck, aber die verdammte Wohnung ist so klein. Der Kühlschrank, im Tiefkühlfach? Nicht schlecht, aber ich habe keine Ahnung, ob das nicht der Mechanik schadet. Als die Geräusche aus dem Badezimmer wieder verstummen, reiße ich die Waffe unter dem Bett hervor und stopfe sie unter die Sitzkissen des Sofas. Das ist bei Weitem kein perfektes Versteck, aber wenigstens habe ich die Walther nachts nahe bei mir.

Vera kommt aus dem Badezimmer, in meinem Bademantel aus dem Billig-Shop, eines meiner drei Handtücher um den

Kopf geschlungen. »Ich brauche ein frisches Shirt. Und kannst du mir einen BH leihen?«

Ich werfe ihr das hässlichste T-Shirt zu, das ich besitze; rosa, mit zwei grünen Kätzchen drauf. Ich habe es nur gekauft, weil es in der Wühlkiste für einen Euro fünfzig zu haben war. Sie verzieht das Gesicht. »Igitt.«

»Och, gefällt's dir nicht? Sorry. Was den BH angeht – meine werden dir nicht passen, die sind dir garantiert zu klein.«

Schweigend schiebt Vera mich vom Kleiderschrank weg, greift sich alle darin befindliche Unterwäsche und inspiziert sie auf Brauchbarkeit. Der BH, den sie sich am Ende schnappt, ist sportlich geschnitten und maximal dehnbar; einen Slip aus dem Discounter-Zehnerpack nimmt sie sich auch. »Ich werde einkaufen müssen. Hast du Geld?«

»Nein!« Ich muss aufpassen, dass ich nicht laut oder gar unhöflich werde. Vera ist viel weniger auf mein Wohlwollen angewiesen als ich auf ihres. Ich habe ihre Drohung nicht vergessen, den Karpins eventuell einen Tipp zukommen zu lassen, falls ich nicht wie gewünscht pariere. »Nein, tut mir leid. Ich kann auf mein österreichisches Konto nicht zugreifen, ohne dass mein Aufenthaltsort auffliegt.«

Sie lässt den Slip um den Zeigefinger kreisen. »Kein Konto? Wie mietest du dann diese Wohnung? Nein, sag nichts – deine üblichen falschen Papiere und hier ein neues eröffnet.«

»Genau. Da ist nur leider fast nichts drauf. Ich weiß noch nicht, wie ich die nächste Miete zahlen soll, also rechne besser nicht damit, dass ich dich finanziere.«

Sie lässt den Bademantel zu Boden rutschen und steigt in den Slip. »Schon okay. Wir lassen uns etwas einfallen.« Wie meiner ist auch ihr Körper von Narben übersät. Anders als bei mir sind keine Schusswunden dabei, aber vernarbte Striemen von Andreis Prügelstrafen, da, wo die Haut aufgeplatzt ist. Außerdem etwas wie ein kreuzförmiges Brandzeichen am Oberschenkel.

Den BH kann sie mit ein wenig Mühe schließen, doch die Körbchen sind definitiv zu klein. Sie zupft sie zurecht, so gut es geht. »In ein paar Tagen haben wir genug Geld«, erklärt sie, »aber bis dahin musst du mir wenigstens fünfzig Euro vorstrecken. Und für mich einkaufen gehen, am besten da, wo du deinen billigen Krempel herbekommen hast.«

»Ich?«

»Ja, klar du.« Sie grinst. »Ich bin tot. Verschrottet, du erinnerst dich?«

Und im Unterschied zu dir werde ich es nicht vermasseln. Ja, ich erinnere mich. »In Ordnung. Wenn ich zurückkomme, hätte ich dann gerne, dass du mich auf den neuesten Stand bringst, was die Karpins angeht. Wer ist in Frankfurt, wie laufen die aktuellen Geschäfte, was hört man von Andrei. Und so weiter.«

Sie zieht sich das grottenhässliche Katzenshirt über. »Werde ich. Und ich werde dir erklären, wie wir an Geld kommen.«

Ich investiere sechzig Euro in die billigsten Kleidungsstücke, die ich finden kann. Das eine Paar Jeans, in dem ich Vera angetroffen habe, muss reichen, aber ich kaufe T-Shirts, Unterwäsche und ein Doppelpack Shorts, denn die Temperaturen der letzten Tage lagen immer wieder über dreißig Grad. In einem Ein-Euro-Shop finde ich Handtücher und Socken. Ich habe es eilig, denn der Gedanke, dass Vera die Pistole doch noch findet und an sich nimmt, lässt mich nicht los. Vielleicht versucht sie auch, sich Zugang zu meinem Computer zu verschaffen, aber das wird ihr kaum gelingen. An den Rechner lasse ich sie unter keinen Umständen, was gleichzeitig bedeutet, dass ich ihn ebenfalls nicht nutzen kann. Wenigstens nicht, solange Vera wach ist.

Ich habe trotz des sommerlichen Wetters meine Jacke an, in deren Tasche immer noch Boris' Handy steckt, nach wie vor im Flugmodus. Niemand kann ihn erreichen, das muss die Karpins unruhig machen. Wäre Vera nicht aufgetaucht, ich hätte das Gerät längst schon aufgeladen und versucht, es zu entsperren, aber ich weiß nicht, wie ich das hinbekommen soll, ohne dass Vera es bemerkt. Wahrscheinlich würde sie das Telefon sogar erkennen, obwohl ich die auffällige Schutzhülle vorhin entsorgt habe. Sie würde jede Menge Fragen stellen, von denen ich ihr keine einzige beantworten möchte. Boris' Ende bleibt vorerst eine Sache zwischen mir und den Malakyans.

Als ich nach Hause komme, sitzt sie vor dem Fernseher. Auf der Couch, gleich neben der Stelle, unter der die Walther versteckt liegt. »Hey, du warst ja schnell. Kannst du mir dein Notebook entsperren? Ich müsste ein paar Dinge googeln.«

Ich packe meine Einkäufe aus und drücke ihr den ganzen Stapel in die Hand. »Nein, tut mir leid. Der Computer ist privat, da stöberst du nicht drin rum.«

Sie verdreht genervt die Augen. »Deine Mails und deine Browserhistory interessieren mich null. Ich möchte meine eigenen Nachrichten lesen. Mein Handy ist weg, sonst würde ich es damit machen.«

Ich ziehe Vera hoch, führe sie zum Bett und setze mein freundlichstes Lächeln auf. »Sei so nett und sitze künftig hier, wenn ich dir schon meinen Schlafplatz überlasse. Die Couch ist mein Bereich. Der Computer auch. Wenn du etwas googeln möchtest, sag mir, was es ist, und ich tue es für dich.«

Ihre Augen werden schmal. »Du bist ganz schön misstrauisch.«

»Ja.«

»Ich will dir nichts antun. Wir sitzen im gleichen Boot.«

Fast hätte ich aufgelacht. »Ja, von wegen. Sobald du dir auch nur den kleinsten Vorteil davon versprichst, wirst du mich ans Messer liefern. Das wissen wir beide, nicht wahr?«

Sie überlegt, lächelt, zuckt die Schultern. »Dann solltest du dafür sorgen, dass ich von unserer Zusammenarbeit größere

Vorteile habe.« Ihre Ehrlichkeit hat etwas Entwaffnendes. »Danke übrigens für die Klamotten. Sind gar nicht mal so scheußlich. Und ich gebe dir das Geld dafür sofort zurück, aber ich brauche ein paar Infos aus dem Netz, sonst wird das nichts.«

Ich lasse mich auf die Couch sinken. Die Wohnung ist so klein, dass wir kaum zwei Meter voneinander entfernt sitzen. »Erst erzählst du mir, was ich wissen will. Dann reden wir noch mal. Wo steckt Andrei zurzeit?«

Sie seufzt. »Genau weiß ich es nicht. Boris hat letztens mit ihm gesprochen, da soll er in Sankt Petersburg gewesen sein. Angeblich hat er sich über die Nachricht, dass die Malakyans eine Fehde begonnen haben, beinahe gefreut. Er hätte sie gern raus aus dem Revier und hat Anweisung gegeben, wir sollten hart zurückschlagen. Keine Rücksicht nehmen, keine Deals eingehen. Slawa hat das dann bestätigt. Du kennst Slawa? Nennt sich auch Jaro, ab und zu.«

Ich vergegenwärtige mir den groß gewachsenen, gut gekleideten Mann mit dem gepflegten Bart. »Nein. Ist er neu?«

»Er ist Andreis Bruder«, bestätigt Vera meine Vermutung. »Würde man aber nie denken, er ist ein völlig anderer Typ. Seit einem Jahr führt er die Geschäfte in Frankfurt und macht das ziemlich gut. Hat zwei Lokale eröffnet und ein paar neue Schwerpunkte gelegt. Er spricht richtig gut Deutsch und macht sich nie selbst die Hände schmutzig.« Sie verzieht den Mund zu einer Seite. »Weißt du noch, wie Andrei nie eine Hinrichtung verpassen wollte? Wie geil er aufs Zusehen war? Jaro ist nie dabei, wenn es ernst wird. Er gibt ein paar Befehle, und dann lässt er die Jungs machen. Als würde er befürchten, sein Hemd könnte Blutspritzer abbekommen.«

Ich nicke. Möglicherweise hat er aber auch aus den Fehlern seines Bruders gelernt, überlege ich, und meidet jedes Risiko, ertappt zu werden. »Hältst du ihn für klüger als Andrei?«

Sie überlegt kurz. »Er ist nicht unbedingt klüger, aber er

denkt kühler und sachlicher. Ihm geht es ums Geld, nicht um Macht oder einen besonders Angst einflößenden Ruf. Andrei will das alles auch, aber er will der König der Szene sein. Jaro ist das egal.«

Ein analytischer Denker also. Ein Geschäftsmann. »Könnte er an deinem Tod zweifeln?«

Sie schüttelt entschieden den Kopf. »Nein, das tun sie alle nicht. Ich habe den Armeniern gesagt, sie sollen das zerdrückte Auto anliefern und einen der Ringe drauflegen. Die Karpins können eins und eins zusammenzählen, es gab ja kurz zuvor eine Drohbotschaft.«

Das Küken, mein Küken. Wenn ich Veras schiefes Lächeln richtig interpretiere, ahnt sie längst, dass ich diesen Köder gelegt habe. Ich verschränke die Finger ineinander. Bei der nächsten Frage hoffe ich insgeheim auf ein Nein. »Stimmt es, dass Pascha wieder in Frankfurt ist?«

Leider enttäuscht Vera mich. »Woher weißt du das?«

»Er wurde gesehen. Stimmt also wirklich?«

Sie nickt. »Andrei hat einen seiner besten Anwälte ins Rennen geschickt, und der hat ihn rausgeholt. Keine Ahnung, wie. Ich bin ihm nur einmal kurz begegnet, seit er zurück ist. Jaro will ihn nicht um sich haben; er sagt, Pascha ist ein Irrer.«

Das kann ich unterschreiben. »Er soll sich also ruhig verhalten und im Hintergrund bleiben?«

»Genau. Boris sagt, Paschas Laune ist beschissen, er fühlt sich ungerecht behandelt und hasst seinen neuen Boss. Angeblich hat er aber von Andrei den Auftrag gekriegt, auf Jaro ein Auge zu haben. Andrei will nicht entthront werden, er will irgendwann nach Frankfurt zurück, aber dafür muss ihm erst jemand deinen Kopf bringen.« Sie grinst. »Und das werde nicht ich sein. Nett von mir, oder? Dafür könntest du mich ruhig mal an deinen Rechner lassen.«

So beunruhigend es ist, die Bestätigung für Paschas Rückkehr zu bekommen, so wertvoll ist eine andere Information: Da gibt es also Rivalität zwischen den Karpin-Brüdern. Andrei will sich das Ruder nicht aus der Hand nehmen lassen, er wartet nur darauf, dass ich ein zweites Mal sterbe.

»Wie ist es mit Boris?« Meine Stimme schwankt nur leicht bei der Frage. »Ist er jetzt Jaros Stellvertreter?«

»Nein.« Vera lehnt sich zurück. »So etwas wie einen Stellvertreter hat er nicht. Aber Boris macht sich seit Monaten wichtig damit, dass er Andreis einziger wahrer Vertrauter ist. Dass der Boss ihm allein sozusagen die Schlüssel zu den Geheimnissen des Clans in die Hände gelegt hat.«

Boris als Geheimnisträger, das sieht Andrei ähnlich. Ob er vor seinem Tod alles an die Malakyans verraten hat? Wenn sie ihn danach gefragt haben, ganz sicher.

»Kann ich jetzt bitte deinen Rechner benutzen?«, unterbricht Vera meine Überlegungen.

Ich lächle sie freundlich an. »Wozu genau brauchst du ihn?«

Sie beugt sich vor. »Ich löse unsere Geldsorgen«, sagt sie in verschwörerischem Ton. »Jaro hat mir ein paar Bereiche übertragen, für die ich ihm geeignet erschienen bin. Hat sie Boris weggenommen, aus gutem Grund.«

Ich erinnere mich daran, wie sie sich im Hotelpark verhalten hat. Mindestens so, als wäre sie Boris gleichgestellt, wenn nicht gar überlegen.

»Ich brauche den Computer, um ein Treffen zu bestätigen. Zu dem ich natürlich nicht hingehen werde, das wirst du tun.«

Ich muss mich verhört haben. »Bist du übergeschnappt?«

Sie winkt hektisch mit beiden Händen durch die Luft, als wolle sie Nagellack schneller zum Trocknen bringen. »Ist völlig ungefährlich! Keine Sorge!«

Und dann erklärt sie es mir. Jaro hat ein paar Geschäftszweige weiter ausgebaut. Unter Andrei wurde Schutzgelderpressung nur nebenbei betrieben, eher schlampig und ohne jedes

System. Das hat sich jetzt geändert. Jaro hat eine Reihe von gut gehenden Lokalen unter seinen sogenannten Schutz gestellt. Sie zahlen, dafür passiert bei ihnen nichts Unangenehmes. »Ich wette, sie haben das Niederbrennen des *Shelley* bei ihren Schützlingen als Strafe für mangelnde Einsicht verkauft. Nicht als Racheakt an einem Konkurrenzclan. Haben also doppelt davon profitiert, und jetzt profitieren wir auch.« Sie deutet mit dem Kopf in Richtung Notebook. »Komm schon. Ich will in meine Mails rein. Du kannst die ganze Zeit mitlesen, ich verspreche, ich stöbere nicht in deinen Dateien rum.«

Schutzgeld. Und sie haben Vera zur Eintreiberin gemacht. Ich wäge kurz das Für und Wider gegeneinander ab, dann setze ich mich vor den Computer. »Dreh dich um. Gesicht zur Wand.«

Sie seufzt theatralisch, aber sie tut, was ich verlange. Während ich das Passwort eingebe, behalte ich sie so gut wie möglich im Auge, doch sie rührt sich nicht.

Mein Mailclient zeigt mir vier neue Nachrichten an, die ich mir in Veras Gegenwart nicht ansehen will, dafür öffne ich den Browser. »Welche Seite?«

»Yahoo.«

Ich tippe die Adresse ein und rücke dann mit meinem Stuhl ein Stück zur Seite. Vera hat sich den Küchenhocker geholt und setzt sich neben mich. »Beim Login könntest jetzt du höflicherweise wegsehen, ja?«

Ich drehe den Kopf weg, höre das Klappern der Tasten und unmittelbar darauf Veras erleichtertes Seufzen. »Sehr gut. Da haben wir es schon.«

Sie hat eine E-Mail geöffnet, der Text ist kurz, und man merkt ihm den Widerwillen an, mit dem er geschrieben wurde. *Ich habe den Kuchen für dich gebacken. Sag mir, wann und wo du ihn holen willst.*

»Uh, ich habe die schon zwei Tage auf die Antwort warten

lassen.« Veras Hände schweben über dem Keyboard. »Also? Wann und wo möchtest du den Kuchen holen?« Als ich nicht antworte, legt sie den Kopf schief wie eine bekümmerte Lehrerin. »Na komm schon. Du bist doch sonst auch rumgelaufen und hast Ärger gemacht. Mir zum Beispiel. Was ist plötzlich das Problem?«

Paschas Wiederauftauchen, in erster Linie. Boris' blutiges Ende in zweiter. Und nicht zuletzt Vera selbst, der Schock darüber, sie so unerwartet in meiner Wohnung vorzufinden. Ich will sie möglichst wenig hier alleine lassen, möchte sie loswerden, aber gleichzeitig im Blick behalten. Ich traue ihr keine fünf Millimeter weit über den Weg.

»Morgen früh«, schlage ich vor. »Um acht Uhr. Südfriedhof. Am Grab von Max Pruss.«

Vera verdreht die Augen. »Umständlicher geht's nicht mehr, oder? Wer ist das überhaupt?«

»Ein Flieger«, sage ich, kurz angebunden. Was der Wahrheit entspricht, er war der Kommandant der *Hindenburg*, mit der er auch abgestürzt ist. Anders als die meisten anderen ist er aber nicht verbrannt. Ein Überlebender, mehr weiß ich nicht über ihn, doch für den Moment genügt mir das als gutes Omen.

15.

Der nächste Morgen bringt seit Langem wieder einmal Regen. Ich stehe unter einem Baum nahe dem Grab, das wir als Treffpunkt vereinbart haben, und zähle die Minuten bis acht Uhr.

Ein Paar geht mit seinem Hund spazieren, sonst ist der Friedhof noch menschenleer. Ich habe die falschen Zähne im Mund und die Kapuze meiner waldgrünen Regenjacke möglichst weit ins Gesicht gezogen. Max Pruss' dunkler Marmorgrabstein glänzt nass.

Es ist Punkt acht, als eine kleine, schmale Gestalt auf den Weg einbiegt. Sie zögert kurz, als sie mich sieht, strafft sich dann aber und geht weiter. Erst als die Entfernung zwischen uns kaum noch fünf Schritte beträgt, sehe ich, dass es ein Mann ist, der auf mich zukommt. Er ist höchstens einen Meter sechzig groß und so schlank wie ein Jockey. »Kuchen«, sagt er anstelle einer Begrüßung. »Richtig?«

»Richtig. Sie haben ihn hier?«

»Jaja.« Er zieht ein Gesicht, als müsse er sich erbrechen, greift in seine Jacke und holt ein großes, gepolstertes Kuvert heraus. »Die nächsten drei Monate will ich keinen von euch sehen oder hören. Besonders nicht den Blonden, der denkt, er kann dann auch noch gratis bei uns spielen.«

Spielen. Ich horche auf. »Der mit dem hellen Bart? Und dem slawischen Akzent?«

Der Mann macht eine Bewegung, als wolle er den Umschlag wieder zurück unter seine Jacke schieben. »Ja sicher, welcher sonst. Weiß bei euch eine Hand nicht, was die andere tut?«

»Doch, natürlich«, sage ich rasch. »Ich wusste nur nicht, dass er mehr verlangt als vereinbart. Du wirst ihn nicht mehr sehen, versprochen.« Ich nehme das Kuvert an mich, werfe einen schnellen Blick hinein. Hunderter, Fünfziger, Zwanziger. Eine Menge davon.

»Willst du nachzählen?«

»Nein. Es wird schon stimmen.«

Der kleine Mann mustert mich mit wachsendem Misstrauen. »Es ist genau die besprochene Summe. Dafür lasst ihr uns in Ruhe und macht die Glücksgrube fertig.«

»Wir ... ja klar«, bestätige ich, ohne zu kapieren, was er meint. »Genau wie besprochen.«

Er richtet den Zeigefinger auf mich, als wolle er mich damit aufspießen. »Geschäft ist Geschäft«, zischt er. »Ihr werdet euch nicht rauswinden. Wir haben immer noch drei von euren Nichten bei uns wohnen, die sollen wir doch gut behandeln, nicht wahr?«

»Ni... ach, diese Nichten!« Ich lächle verkrampft. »Verstehe, aber mit denen habe ich nichts zu tun. Ich bin nur Briefträgerin.« So wie zuvor er stopfe jetzt ich den Umschlag unter meine Jacke. Der Regen wird stärker, der Mann fährt sich durchs nasse Haar. »Keine Tricks«, sagt er noch und geht.

Es sind dreizehntausend Euro, wir zählen sie auf dem Bett, machen kleine Häufchen aus grünen, braunen und blauen Scheinen. Vera kriegt ihr Grinsen überhaupt nicht mehr aus dem Gesicht. »Und heute Abend noch mal«, sagt sie.

»Wie bitte?«

»Na, noch ein Spielsalon. Bei zwei von Jaros Neukunden stehen Zahlungen aus, die holen wir uns genauso!«

Spielsalons, darauf hätte ich früher kommen können. Deshalb hat Vera Boris beim Geldeintreiben abgelöst. »Sagt dir der Begriff Glücksgrube etwas?«

Sie blickt auf, ein Bündel Fünfziger in der Hand. »Ja. Fest in der Hand der Italiener. Vorne Spielhölle, hinten Puff.«

»Offenbar hast du versprochen, denen die Suppe zu versalzen.«

Sie zuckt die Schultern. »Nicht ich, Jaro. Nicht mein Problem, seines.«

Ich bin dabei, als sie per Mail den Termin für heute Abend vereinbart. Zehn Uhr, aber der Betreiber weigert sich, einen Vorschlag für den Übergabeort anzunehmen. Er besteht auf seinen eigenen vier Wänden, einer gehobeneren Spielhalle mit Bar nahe der Messe.

So wie bisher immer, schreibt er. *Es gibt keinen Grund, die Vorgehensweise zu ändern. Wenn ihr den Kuchen wollt, müsst ihr ihn abholen.*

»Na, auch gut«, konstatiert Vera. »Dein Friedhof wäre um die Uhrzeit sowieso schon geschlossen. Aber das Lokal ist leicht zu erreichen, wirst sehen, und die Straße ist nachts ungefährlich. Ich war zweimal dort, einmal war Boris dabei, und ich sollte ihm auf die Finger schauen. Er war früher regelmäßig der beste Kunde an den Automaten, aber Jaro hat ihm Prügel angedroht, falls er wieder zu spielen beginnen sollte. Ich denke nicht, dass du ihm begegnen wirst.«

Nein, das denke ich auch nicht. Ich schiebe die Erinnerung an die Schreie und das blassrosa Stück Fleisch in der Blutlache von mir und betrachte die gestapelten Geldscheine.

Ich werde mir für heute Abend ein paar zusätzliche Requisiten zulegen, zwecks Tarnung. Eine neue Perücke zum Beispiel. »Gute Idee«, sagt Vera auf meine Ankündigung hin. »Und mir bring ein Notebook mit. Ich will ein eigenes, muss nicht viel können, aber nachdem du so pingelig mit deinem Rechner bist ... Ich möchte ins Netz können, wann immer ich will.«

Ist mir nur recht. Ich greife beherzt in den Hunderter-Stapel, ergänze ihn durch ein paar Zwanziger und mache mich auf den

Weg. Drei Stunden später bin ich wieder zurück, um eine rotblonde Kurzhaarperücke, ein neues Set leicht vorstehender Zähne, ein kurzes Jeanskleid und ein mittelpreisiges Notebook reicher.

Vera nimmt alles zufrieden zur Kenntnis. Als ich mich mit den frisch erworbenen Sachen verkleidet habe – Marke Boho-Studentin, mit Sneakers zum Kleid und voluminösem Halstuch –, hebt sie anerkennend die Augenbrauen. »Ziemlich gut. Schmink dir noch den Mund kleiner und das Gesicht blasser.« Sie legt den Kopf erst in die eine, dann in die andere Richtung schief. »Ich würde dich trotzdem wiedererkennen, aber ich bin die Ausnahme. Die meisten Leute haben keine Augen im Kopf.«

Ich bin zehn Minuten zu früh dran, mit Absicht, ich will erst noch die Umgebung checken. Mögliche Fluchtwege finden – im Notfall würde ich in das schräg gegenüberliegende Lokal rennen. Ein Steakhaus, das ich in weniger als zwanzig Sekunden erreichen kann, wenn man mir in dem Spielsalon Schwierigkeiten machen sollte.

Soweit ich es durch die dunklen Scheiben sehen kann, ist niemand anwesend, den ich kenne. Keiner von den Karpins, der den verschwundenen Boris sucht. Keiner der mir bekannten Malakyans.

Trotzdem rechne ich nicht damit, dass es wieder so reibungslos laufen wird wie heute Morgen. Ich wirke zu harmlos, um als Schutzgelderpresserin ernst genommen zu werden, und noch dazu tauche ich alleine auf. Bei meiner Ankunft soll ich mich bei Rudi melden, das hat Vera mit ihm verabredet. Rudi steht angeblich hinter der Bar, doch als ich eintrete, befinden sich dort nur drei hübsche, langhaarige Mädchen in hellgrünen Glitzertops. Ich nähere mich ihnen langsam und vorsichtig, erhasche dabei einen kurzen Blick auf mich selbst in einer der verspiegelten Säulen und erkenne mich nur an meinem Kleid.

Ich sehe aus wie eine Junglehrerin, die Angst hat, zum ersten Mal ihre Klasse zu betreten.

»Rudi«, murmle ich, als ich vor der Bar stehe. »Ist Rudi da?«

Eine der drei Frauen, deren blauschwarz glänzendes Haar ihr fast bis zum Hintern fällt, senkt die metallisch goldenen Lider. »Der ist im Keller. Kommt gleich.«

Ich drücke mich in eine Ecke und warte. Niemand beachtet mich, die Gäste sind entweder mit ihrem Spielautomaten oder ihren Getränken beschäftigt. Es klingelt, rasselt, piepst durcheinander; aus den Boxen an der Wand schallt Lana Del Reys rauchige Stimme. Sie singt *Born to die*, was dem Lokal unpassend viel Klasse verleiht und mir das Gefühl vermittelt, man hätte es nur für mich auf die Playlist gesetzt, als wohlklingende Drohung.

Der Mann, der ein paar Minuten später hinter der Bar auftaucht, ist groß und voluminös; das Auffälligste an ihm ist sein Schnurrbart – dicht und dunkelrot, die Farbe ähnelt der meiner Lehrerinnen-Perücke. Sein Hemd glitzert ebenso grün wie das der Bardamen, von denen eine ihm etwas ins Ohr raunt und in meine Richtung deutet.

Voll sichtbaren Widerwillens kommt der Mann auf mich zu. Ich lächle so selbstbewusst wie möglich. »Rudi?«

Er nickt. »Du bist wegen des Kuchens hier?«

»Genau.«

Er blickt sich um. »Wo sind die anderen?«

»Warten draußen.« Die neue Zahnattrappe lässt mich lispeln. »Niemand von uns will Aufsehen erregen, oder?«

Er mustert mich düster. »Ich hätte aber ein paar Fragen. Ihr wollt Geld, nur mit der Gegenleistung sieht es mager aus. Vor drei Tagen hat jemand eine Kiste Whiskey aus unserem Lager geklaut, und es gibt regelmäßig Einbruchsversuche am Haupteingang. Da rettet nicht ihr uns, sondern die Alarmanlage. Wofür sollen wir zahlen?«

»Dafür, dass es nicht viel schlimmer kommt«, sage ich schnell. Senke die Stimme. »Du weißt, wie es im *Shelley* gelaufen ist? Geklauter Whiskey, mach dich nicht lächerlich.« Unnachgiebigkeit und Arroganz sind meine einzige Chance, Rudi kauft mir sonst nicht ab, dass draußen die Verstärkung wartet. Er beißt die Zähne zusammen, ich kann die Kiefermuskeln arbeiten sehen. »Drecksbande.«

»Ich verstehe, dass du sauer bist, und ich bin auch gleich wieder weg. Sobald ich den Kuchen habe.« Lässig verschränke ich die Arme vor der Brust, nach außen hin, um Gelassenheit zu demonstrieren, in Wahrheit, damit man mein heftiges Herzklopfen nicht sieht.

Mit einem unverständlichen Fluch dreht Rudi sich um und marschiert nach hinten, wo sich vermutlich Lager und Büro befinden. Wenig später kehrt er mit einer kleinen Papiertüte zurück. »Da.« Er drückt sie mir in die Hand. »Ich habe dreitausend abgezogen. Für den Whiskey und für die Kratzer am Schloss.«

Ich luge in die Tüte hinein, will sichergehen, dass er mir nicht nur leeres Papier mitgibt. Aber es sind Geldscheine, die sich richtig anfühlen und den typischen Banknotenduft verströmen. »Ich werde das meinem Chef bestellen. Glaube aber nicht, dass er einverstanden sein wird, wenn du dir selbst Rabatt gibst.«

Der dunkelrote Schnurrbart hebt sich, als Rudi die Zähne fletscht. »Dann soll er persönlich vorbeikommen, ich überzeuge ihn gerne.«

Ich lächle. »Wie du meinst.«

Rudi sieht aus, als würde er mir gerne vor die Füße spucken, oder ins Gesicht, doch nach ein paar Sekunden dreht er sich brüsk um und verschwindet wieder in den hinteren Räumlichkeiten. Ich sauge Luft in meine Lungen, es fühlt sich an, als hätte ich die letzten zehn Minuten kein einziges Mal geatmet. Als würden die Wände immer näher rücken oder mein Brustkorb sich mehr und mehr verengen. Raus hier, zurück auf die Straße, bevor mir wirklich schlecht wird.

Fast habe ich den Ausgang erreicht, als ich sie kommen sehe. Eine junge Frau im kleinen Schwarzen und einer kurzen, hellen Lederjacke darüber, das blonde Haar zu einem Zopf geflochten, der ihr über die linke Schulter fällt. Sie würde mir nur vage bekannt vorkommen, zumindest könnte ich mir nicht sicher sein, dass ich sie tatsächlich erkannt habe, wäre da nicht ihr Begleiter. Sein Gesicht hat sich mir unauslöschlich eingeprägt.

Alex. Bartlos, in schicken Jeans, Hemd und einem sportlichen Sakko. Er öffnet die Tür zur Spielhalle und lässt Janina eintreten.

Ich stehe hinter der Spiegelsäule, die dem Eingang am nächsten ist, habe mein Handy herausgeholt und tue so, als wäre ich gerade mit Tippen beschäftigt. Mit gesenktem Kopf warte ich, dass die beiden weitergehen, damit ich schnellstmöglich nach draußen verschwinden kann. An ihnen vorbei wage ich mich nicht, trotz Verkleidung. Für Alex war ich über Wochen hinweg der einzige menschliche Kontakt – meine Züge müssen so fest in seiner Erinnerung verankert sein, dass er seine Kerkermeisterin trotz aller Tarnung erkennen könnte.

Sie sind stehen geblieben, unangenehm nahe bei mir, und im ersten Moment denke ich, es ist tatsächlich meinetwegen, aber sie führen nur ein kurzes Gespräch. »Ganz locker«, höre ich Janina sagen. »Du erklärst ihm, dass du der neue Controller bist, richtest Grüße aus und nimmst den Umschlag. Wenn die Stimmung gut ist, trinken wir noch einen Prosecco, bevor wir gehen, sonst sind wir gleich wieder fort.«

»Ich fühle mich nicht wohl dabei.« Alex' Stimme. »Wieso überhaupt Controller? Wofür soll das Geld sein?«

Janina seufzt. »Habe ich dir doch gesagt. Jaro hat ihm eine

ziemliche Summe geborgt. Er zahlt es bloß zurück. Was du immer hast.«

Mir ist heiß geworden, ich presse mich enger gegen die Säule. Was gerade passiert, ist echtes Pech, und gleichzeitig hatte ich mehr Glück, als ich verdiene: Janina und Alex sind gekommen, um das Schutzgeld zu holen, das ich bereits in der Tasche habe. Klar, die Aufgaben müssen neu verteilt worden sein: Vera, die bisher den Kontakt gehalten hat, ist offiziell tot. Boris, der davor zuständig war, ist tatsächlich tot, bloß weiß das noch niemand. Also übernehmen Janina und Alex. Letzterer nur unfreiwillig, wie es scheint.

Wären sie fünf Minuten früher aufgetaucht, hätten sie mich im Gespräch mit Rudi vorgefunden. Eine Minute später, und sie wären am Eingang in mich hineingelaufen. Mir ist übel.

Alex hat sich jetzt offenbar breitschlagen lassen; er tappt auf die Bar zu und spricht eine der Frauen im Glitzershirt an. Janina bleibt leider nahe dem Eingang stehen. Sie lässt Alex nicht aus den Augen, will wahrscheinlich beobachten, wie er sich anstellt. Sie versperrt mir den Weg zur Tür.

In meiner Verkleidung würde sie mich kaum erkennen, wir haben uns nie gegenübergestanden, trotzdem wage ich es nicht, mich an ihr vorbeizudrücken, denn Alex blickt sich immer wieder zu ihr um, und er darf mich auf keinen Fall zu Gesicht bekommen.

Schweiß rinnt mir unter der Perücke hervor, bahnt sich einen Weg in den Nacken und läuft in den Kragen meines Jeanskleids. Ich versuche, eine Position zu finden, in der ich alle im Auge behalten kann, ohne selbst gesehen zu werden. Chancenlos. Hier hinter der Säule werde ich aber auch bald auffallen, also mache ich drei schnelle Schritte zum nächsten freien Spielautomaten. Werfe mit klammen Fingern zwei Euro ein und drücke auf Start – als einzige Person im Raum mit dem brennenden Wunsch, bitte, bitte nicht zu gewinnen.

Jetzt eben ist Rudi zurückgekommen. Er hört sich an, was Alex zu sagen hat, und bricht dann in Gelächter aus, das allerdings nur kurz währt. Erst denke ich, er will Alex am Kragen packen, doch er hält ihm nur den Zeigefinger bis knapp vor die Nase, während er auf ihn einredet. Sie stehen zu weit weg, als dass ich hören könnte, was er sagt, aber ich kann den Inhalt erahnen. Ob sie ihn für blöd halten. Ob sie ihn verarschen wollen. Eben erst war doch jemand hier, um das Geld einzutreiben. Wer? Eine kurzhaarige, rotblonde Frau in einem blauen Kleid. Blass, mit vorstehenden Zähnen. Sie müsste ihnen eigentlich begegnet sein. Dass er zweimal zahlt, können sie sich abschminken.

Ich sehe Alex mehrmals den Kopf schütteln und sich wieder hilfesuchend zu Janina umblicken, während Rudi sich immer mehr in Rage redet. Die meiste Zeit bleibe ich hinter meinem Automaten in Deckung und beschwöre das Schicksal, die beiden einfach wieder abhauen zu lassen.

Es dauert gut fünf Minuten, bis es Janina zu bunt wird. Sichtlich unwillig stöckelt sie zur Bar, schiebt Alex ein Stück zur Seite und übernimmt die Verhandlungen.

Jetzt oder nie. Es sind höchstens zehn Schritte bis zur Tür, und ich versuche, so unsichtbar wie möglich zu sein. Weder zu schnell zu gehen noch zu langsam. Vier Schritte noch. Drei.

»Hey!« Der Schrei übertönt Musik und Automatengeräusche gleichermaßen. »Das ist sie!«

Ich drehe mich nicht um, sondern reiße die Tür auf und renne. Ohne Plan, einfach nur irgendwohin, so schnell mich meine Füße tragen. Noch bevor ich um die nächste Ecke gebogen bin, höre ich hinter mir ebenfalls Laufschritte, und kurz darauf eine Stimme. »Stehen bleiben! Bleib stehen, verdammt!«

Ich denke nicht daran, und ich werde mich auch nicht umdrehen, denn ich kenne die Stimme; es ist Alex, der mich verfolgt. Sehr wahrscheinlich alleine, denn Janina hätte keine Chance in ihren Pumps.

Die nächste Straße rechts rein. Ich bin zu schnell losgestartet, ich merke schon jetzt, wie Seitenstechen sich anbahnt; es lässt sich absehen, dass mir in wenigen Minuten die Luft ausgehen wird.

Alex kommt näher, dessen bin ich mir sicher. Ich höre ihn keuchen, zwischendurch ruft er mir immer wieder hinterher, ich soll stehen bleiben, und so, wie es sich anfühlt, wird mir sehr bald nichts anderes mehr übrig bleiben.

Ein schneller Schwenk nach links, über die Straße, knapp vor einem Golf, der in letzter Sekunde bremst; der Fahrer hupt wütend. Alex flucht, aber es hört sich nun an, als wäre er weiter entfernt als zuletzt. Der Verkehr muss ihn ausgebremst haben.

Ich laufe die nächste Gasse rechts, hier geht es ein wenig bergab, das macht es einfacher. Und da vorne ist eine U-Bahn-Station.

Mein Atem geht rasselnd, mein Kreislauf wird die Überforderung nicht mehr lange mitmachen. Die Laufschritte sind jetzt wieder knapp hinter mir, sehr knapp, und plötzlich fühle ich eine Hand auf der Schulter. Ich reiße mich los, aber ich habe kaum fünf Meter zurückgelegt, als die Hand wieder zupackt. Fester diesmal.

Ich denke nicht lange nach, lege einen Arm vor Mund und Nase, um mein Gesicht zu verbergen, dann schnelle ich herum und reiße ein Knie nach oben. Der Tritt sitzt beim ersten Mal. Alex jault auf, krümmt sich, beide Hände in den Schritt gepresst, und ich renne weiter. Er kann mich nicht erkannt haben, sage ich mir, während ich auf die Station zusteuere. Kann. Er. Nicht.

Eine lachende Dreiergruppe kommt mir entgegen, alles Männer Mitte zwanzig. »Bisschen spät fürs Joggen«, grölt einer. »Und total falsches Outfit!«, der Zweite. Er will mir übers Haar streichen, als ich an ihnen vorbeikomme, und vor lauter Angst, er könnte meine Perücke herunterreißen, schlage ich seine Hand beiseite.

»Eyyyy«, murrt er. »Zicke!«

Die Idee ist plötzlich da, und ich überprüfe sie nicht lange. »Lasst mich! Da hinten ist ein Typ, der wollte mir an die Wäsche«, keuche ich. »Ich hab ihn getreten und bin weg, aber er ist noch immer hinter mir her …«

Die drei blicken sich um, und ich mache mich davon. So wie ich es einschätze, sind sie auf irgendeine Form von Erlebnis aus, das ihren Abend unterhaltsamer macht. Entweder selbst Frauen belästigen – oder andere Frauenbelästiger aufmischen. Ob sie ihn verprügeln oder bloß ein bisschen rumschubsen, sie werden ihn aufhalten. Ich verlangsame mein Tempo, drücke mit der Hand gegen die schmerzende Seite und versuche, ruhiger zu atmen. Da, endlich, ist der Abgang zur U-Bahn. Unten angekommen wage ich erstmals einen Blick zurück. Kein Alex. Auch sonst niemand, der mich verfolgt hätte. Trotzdem stellt die Erleichterung sich erst ein, als ich im Waggon sitze und die Türen sich schließen. Keine Ahnung, wohin der Zug fährt, aber er fährt. Orientieren kann ich mich später immer noch.

Es ist nach Mitternacht, als ich den Schlüssel in die Wohnungstüre stecke. Vera sitzt auf dem Bett, das Gesicht bläulich erleuchtet vom Display ihres neuen Notebooks. Sie schiebt es sofort zur Seite und springt auf. »Das hat lange gedauert! Hast du die Kohle?«

»Ja.« Ich fühle mich so erschöpft, dass ich mich eigentlich nur auf die Couch werfen möchte, aber Veras unbeschwerte Fröhlichkeit weckt nicht nur Wut in mir, sondern gibt mir neue Energie. Sie hat leicht lachen, sie musste nur hier sitzen und darauf warten, dass ich ihr alles frei Haus liefere, kaum dass sie mit den Fingern schnippt. Geld, Computer – und Essen, der Kühlschrank ist schon wieder so gut wie leer.

Sie streckt die Hand aus. »Hast du nachgezählt?«

»Nein. Dazu bin ich leider nicht gekommen, ich war nämlich nicht die Einzige, die Geld eintreiben wollte. Ich bin beinahe in Janina und Alex hineingelaufen.«

»Oh!« Ihr Lächeln flackert einmal unschlüssig auf, bevor es in sich zusammenfällt. »Haben sie dich gesehen?«

»Gesehen ja. Erkannt nicht, hoffe ich, aber Alex ist mir nachgerannt, bis ich ihm in die Eier getreten habe. Wenn du denkst, dass ich nur die Drecksarbeit mache und dir anschließend das ganze Geld vor die Füße lege, hast du dich geschnitten.«

Sie tut, als hätte sie den letzten Satz nicht gehört. »Haben sie nervös gewirkt? Janina und Alex? Wie war dein Eindruck?«

»Nervös? Nur Alex, der wusste überhaupt nicht, was sie von ihm will. Janina war eher ... genervt. Ungeduldig.«

»Verstehe. Wie gut, dass wir heute schon mit dem Kassieren begonnen haben.« Vera faltet die Beine im Schneidersitz und schaukelt sachte vor und zurück. »Alex hat die wüstesten Geschichten über dich erzählt. Wie gefährlich du bist und dass du ihn beinahe erschossen hättest. Dass er für Janina sein Leben riskiert hat und fast verhungert wäre. Er hat uns gezeigt, wo die Handschellen ihm die Haut aufgeritzt haben. Hätte beinahe Narben gegeben.« Sie lacht. »Du Monster!«

Ich bin zu erledigt und zu sauer, um mich von ihrer guten Stimmung anstecken zu lassen. Wortlos sinke ich auf die Couch, ziehe mir die falschen Zähne von den eigenen und hole das Kuvert aus der Innentasche meiner Jacke.

Zwölftausend. Und das, obwohl Rudi angeblich dreitausend abgezogen hat, wegen enttäuschender Arbeit der Karpins. Fürs Erste sind meine Geldsorgen also Geschichte.

»Wir teilen«, höre ich Vera vom Bett her sagen. »Du willst mich doch irgendwann wieder loswerden, nicht wahr?«

Als Nächstes lege ich die Perücke ab, reibe mir über den verschwitzten Kopf. Sie werden nach der rotblonden Geldeintreiberin mit dem Pferdegebiss suchen. Der Spielhallenbetreiber, den ich auf dem Südfriedhof getroffen habe, wird mein Äußeres ein wenig anders schildern – die Zähne waren nicht so auffällig.

»Nicht wahr?«, beharrt Vera, schärfer jetzt.

»Ja, sicher«, gebe ich mit matter Stimme zurück. Am liebsten würde ich einfach zur Seite sinken und einschlafen, aber ich muss noch den Door-Jammer unter dem Türspalt anbringen. Und nachdem ich mich schon mal aufgerafft habe, schnappe ich mir mein Notebook und nehme es mit auf die Couch.

Ich will endlich googeln, wie man als Laie ein fremdes Handy entsperren kann, doch dann fallen mir die neuen E-Mails wieder ein.

Geht es Ihnen gut?, schreibt Tassani. Ohne Anrede, ohne floskelhafte Grüße. Die Mail besteht nur aus diesem einen Satz und lässt mich in Tränen ausbrechen. Nein, es geht mir nicht gut. Es geht mir beschissen, nicht nur, weil ich hier einen Drahtseilakt ohne Netz aufführe. Auch, weil ich schon wieder Zeuge sein musste, wie jemand in seinem eigenen Blut gelegen hat, wie er verstümmelt und getötet wurde.

Geht es Ihnen gut. Ich hätte nie gedacht, dass es mir in geringster Weise zusetzen würde, Boris sterben zu sehen. Im Gegenteil, oft habe ich mir ausgemalt, was ich mit ihm oder Pascha anstellen würde, wenn ich die Möglichkeit dazu hätte. Als ich vollgepumpt mit Schmerzmitteln im Krankenhaus gelegen habe, waren das die Fantasien, die meinen Lebenswillen angefacht haben.

Ich versuche, leise zu weinen, aber Vera hört es natürlich. »Ist was passiert?«, fragt sie. »Schlechte Nachrichten?«

»Nein.« Ich bemühe mich, meine Stimme fest klingen zu lassen. »Nur … der Druck. Es war so knapp vorhin.«

»Ach so.« Damit ist die Sache für sie erledigt. Schwäche ist nichts, womit sie sich auskennt oder wofür sie Verständnis hätte. »Ist doch kein Grund zu heulen«, fügt sie an, und ich weiß, dass sie es tröstlich meint. »Wenn sie dich erwischt hätten und dir jetzt die Finger einzeln brechen würden, dann hättest du Grund.«

Ich zwinge mir etwas wie ein Lachen ab, damit sie mich in Ruhe lässt. Denke wieder an Boris und dass ein Teil von mir nicht glauben kann, dass er wirklich tot ist. Obwohl ich dabei war, als man ihm zwei Kugeln in den Nacken geschossen hat. Ich wäre nur mäßig erstaunt, wenn ich ihn demnächst vor dem *Hotel zu den Linden* entdecken würde. Oder im Spielsalon in der Mainkurstraße.

Er hatte Spaß dabei, anderen die Finger zu brechen, genauer gesagt, sie mit einem Hammer zu zertrümmern. Noch eine Erinnerung, die sich ungebeten einstellt.

Es geht mir miserabel, danke der Nachfrage, schreibe ich an Tassani zurück. Warum lügen? *Vielen Dank für das Foto, das Sie mir beim letzten Mal mitgeschickt haben. Ich finde den Anblick jedes Mal beruhigend. Aber Sie verstehen, dass ich meine nächste Bestattung erst in ein paar Jahrzehnten stattfinden lassen möchte? Das heißt, ich werde bis auf Weiteres nicht nach Wien zurückkehren. Hoffentlich kommen Sie im Fall der Friedhofsmorde auch ohne meine Hinweise weiter. Oder nein, das war jetzt unaufrichtig. Hoffentlich tun Sie das nicht.*
Passen Sie gut auf sich auf, Commissario.
Herzlichst, Carolin

Ich schicke die Nachricht ab, wieder über die bei TOR geöffnete Protonmail-Seite. Dann öffne ich endlich Google und suche nach Tricks, mit denen man ein Handy entsperren kann, dessen PIN-Code man nicht kennt.

Ein erster, schneller Blick zeigt: Einen einfachen Weg scheint es nicht zu geben. Wenn es sich um das eigene Gerät handelt, kann man sich noch irgendwie behelfen, bei einem fremden ist man als Normalsterblicher ziemlich aufgeschmissen.

Aber bevor ich überhaupt einen Versuch starte – wahrscheinlich mit einem der Programme, die man von dubiosen Seiten herunterladen kann –, muss ich Boris' Handy ohnehin erst mal laden. Ich habe es letztens auf der Toilette versteckt, habe es in die Großpackung Klopapier geschoben, die dort im Regal liegt.

Es ist immer noch da, die Akkuladung nun längst aufgebraucht. Vera beachtet mich nicht, als ich auf dem Klo verschwinde und kurz darauf wiederauftauche. Direkt neben meiner Couch befindet sich eine Steckdose, dort hänge ich das Smartphone jetzt an. Der Sperrbildschirm erscheint, ich wische von oben nach unten und bekomme die Schnelleinstellungen angezeigt, die ich auch ohne PIN nutzen kann. Klingelton an und aus. Notruf. Flugmodus.

Nach kurzem Überlegen tippe ich auf das stilisierte Flugzeug. Schalte das Handy online. Es dauert nicht einmal zwei Sekunden, bevor es sich ins Netz einbucht.

Ich habe letztens schon alle Klingeltöne leise geschaltet, bloß den Vibrationsalarm konnte ich nicht deaktivieren. Und so beginnt das Gerät zu vibrieren, kaum dass es Empfang hat. Ein kurzes Brummen folgt auf das nächste, der Sperrbildschirm leuchtet auf, reiht Banner um Banner übereinander. Mein Blick ist auf das Display geheftet, und wieder fällt mir das Atmen schwer.

Siebzehn entgangene Anrufe. Zweiundzwanzig Textnachrichten. Fünf davon stammen vom gleichen Absender. Андрéй

Ich kann kyrillische Schrift nur mit Mühe entziffern, aber diese Zeichenkombination ist mir vertraut. Andrei. Boris hat fünf Nachrichten von Andrei persönlich erhalten.

NOTIZ 5

Die Dinge laufen gut. Besser, als ich zu hoffen gewagt hätte. Meine größte Sorge hat sich in Luft aufgelöst, meine Konzentration ist wiederhergestellt.

Niemand hält mich für besonders zielstrebig, und ich lasse sie in dem Glauben. Sie müssen nicht alles wissen, vor allem will ich nicht, dass sie von meinem neuen Ass im Ärmel erfahren.

Als Kind fand ich Marionetten gruselig. Dieses Schlackern mit Armen und Kopf, die hölzernen Gesichtszüge, die Fäden, die immer zu sehen waren, die sich jederzeit verheddern konnten.

Hält man sie allerdings selbst in der Hand, sieht die Sache anders aus. Ich muss meine Marionette kaum lenken, sie tut auch so, was sie soll. Falls sie beginnt, die Fäden zu verwirren, werde ich sie mit einem kurzen Ruck wieder auf Linie bringen.

Aber vielleicht hinkt der Vergleich zu sehr, und der mit einer Matroschkapuppe passt besser. Es kommen immer und immer wieder neue Schichten ans Licht.

Meine Liebste, von der ich manchmal denke, dass sie klüger ist als ich, meinte, ich solle mir über solche Albernheiten nicht den Kopf zerbrechen. Es handle sich weder um eine Marionette noch um eine Matroschka, sondern um eine menschliche Zielscheibe. Eine Ablenkung. Einen Dummy, wenn man so will. Der unsere Arbeit tut, ohne es zu ahnen. Der vielleicht auch die Kugeln abbekommen wird, die ansonsten für uns bestimmt wären.

16.

Ich schlafe kaum in dieser Nacht. Nach allem, was ich dem Sperrbildschirm entnehmen kann, haben außer Andrei auch Jaro, Pascha und eine Frau namens Dunja versucht, Boris zu erreichen. Aber mehr als das finde ich nicht heraus, solange ich das Gerät nicht entsperren kann. Ich halte es die ganze Nacht über in der Hand und schrecke auf, als es plötzlich wieder vibriert. Einmal kurz. Eine SMS von Jaro – WhatsApp verwenden die Karpins nicht, das ist ihnen zu unsicher. Ich wische über das Display und schalte den Flugmodus wieder ein, das hätte ich sofort tun sollen.

Mein Herz schlägt hart gegen die Rippen. **Ярослав** – Boris hat Jaro unter seinem vollen Namen im Adressbuch eingespeichert. Ich werde nicht nur herausfinden müssen, wie ich an die Inhalte des Smartphones rankomme, ich werde auch jemanden brauchen, der sie übersetzen kann.

Bis zum Morgen nicke ich sicher fünfmal ein und schrecke grundlos wieder auf, doch schließlich muss ich fester eingeschlafen sein, als es mir recht sein kann, denn ich erwache davon, dass Vera mich anstupst. Immer wieder tippt sie mir mit dem Finger gegen die Schulter.

Benommen richte ich mich auf, im gleichen Moment fällt mir das Handy ein, das ich nicht mehr festhalte, das ich nirgendwo sehe – oder jetzt doch. Das Ladekabel verschwindet unter meiner Bettdecke. Wenn ich das Bein bewege, kann ich die Kanten des Geräts spüren.

»Was bist du denn so nervös?« Vera hat zum Schlafen wieder mein Shirt mit den hässlichen Katzen angezogen, wahrscheinlich will sie ihre eigenen Sachen schonen. »Es ist schon halb neun, und ich dachte, du könntest etwas fürs Frühstück einkaufen gehen.« Sie tänzelt einmal im Kreis und fächelt sich mit zwei Zwanzigern Luft zu. »Und diesmal keine alten Brötchen. Wir haben Geld, Koschetschka!«

Allein für den verhassten Kosenamen würde ich ihr gern an die Kehle gehen. »Warum kaufst du nicht selbst ein?« Meine Stimme ist noch belegt, klingt mehr nach Knurren als beabsichtigt. »Der nächste Aldi ist zehn Minuten entfernt, da wird dir niemand ...«

»Keine Chance«, unterbricht sie mich. »Wer weiß, ob dir nicht gestern jemand gefolgt ist nach deiner Begegnung mit Alex? Dann könnten draußen ein oder zwei Autos parken, einfach nur zwecks Beobachtung. Aber du gehst hier sowieso dauernd ein und aus. Ich habe kein Tarnzeug, mich würden sie sofort erkennen.« Als ich nicht antworte, verschränkt sie die Arme vor der Brust. »Außerdem: Wenn dir jemand gefolgt ist, dann wegen deiner eigenen Ungeschicklichkeit. Mich hast du schließlich auch nicht bemerkt, als ich hinter dir herspaziert bin, nicht wahr? Aber es wäre echt unfair, wenn ich für deine Unaufmerksamkeit büßen müsste.«

Ich schlucke alle Bemerkungen, die mir auf der Zunge liegen, hinunter. Nicke. Warte, bis sie zufrieden in ihr Bett zurückkehrt und ihr Notebook aufklappt, dann verschwinde ich im Badezimmer.

Ich werde Vera Frühstück bringen. Aber sie wird länger darauf warten müssen, als sie denkt.

»Legal ist das nicht.« Ich bin mittlerweile im dritten Handyshop angelangt, und der Typ hinter dem Verkaufstresen dreht Boris' Telefon hin und her. »Aber bei dem Modell würde ich es wahrscheinlich hinbekommen.«

»Das wäre super«, sage ich und strahle ihn an. »Ich konnte

meine Großmutter nicht selbst schicken. Sie ist gehbehindert und spricht nur Russisch. Aber ihre PIN hat sie bisher noch nie vergessen. Na ja.« Ich zucke mit den Schultern. »Wenn man einmal neunundachtzig ist.«

Er macht große Augen. »Und da kommt sie mit diesem Modell zurecht?«

»Oh ja. Sie war früher Schneiderin«, improvisiere ich. »Ihre Augen sind immer noch schärfer als meine und ihre Finger extrem geschickt.«

Er nickt, auf eine Art, die mir klarmachen soll, dass er mir die Story nicht abkauft. »Okay. Versuchen wir unser Glück. Aber ich berechne dir hundertfünfzig Euro, auch wenn es nicht klappt.«

»Hundert, wenn es nicht klappt. Dafür zweihundert, wenn doch.«

Er deutet auf einen Stuhl in der Ecke des kleinen Ladens. Auf dem Tischchen daneben liegen zu gleichen Teilen Computer- und Motorradzeitschriften. »Stört es dich, wenn ich Musik laufen lasse?«

Ich verneine und bereue es unmittelbar, denn anscheinend steht er auf Heavy Metal, und das macht mir Kopfschmerzen. *That's what you do best*, brüllen Slipknot durch den Raum, und ich wünschte, ich hätte Kopfhörer für mein eigenes Smartphone mitgebracht, um etwas Erbaulicheres zu suchen. Abba vielleicht. Oder Mozart.

Nach einer halben Stunde hebt der Handymann den Kopf. »Bis jetzt noch nichts. Willst du nicht eine Runde ums Haus drehen? Es kann echt dauern.«

Kommt nicht infrage, ich lasse Boris' Telefon nicht einfach hier. »Das ist okay, ich warte gern. Aber wenn du eine andere Playlist in petto hättest, wäre das super.«

Die nächste Stunde vergeht untermalt von Hip-Hop-Beats, die keine echte Verbesserung darstellen. Ich vergrabe mich in die Computerzeitschriften, bis ein lautstarkes »Ha« mich hochfahren lässt. Der Handymann grinst und hat zwei Finger zum Victory-Zeichen erhoben. »Wir sind drin. Zweihundert Euro, richtig?«

»Richtig.« Ich bin aufgesprungen. »Und jetzt bitte die PIN ändern. Auf ... 1203.« Der zwölfte März, der Tag, an dem ich dich getötet habe – und mich leider nicht.

»Wird gemacht.« Er tippt, nickt, hält das Telefon hoch. »Zweihundert Euro.«

Ich hole die beiden Scheine aus meinem Portemonnaie und lege den ersten auf den Tresen. »Ich möchte es selbst versuchen.«

1203. Es klappt. Der Sperrbildschirm verschwindet, darunter erscheint das Hintergrundbild, gespickt mit bunten Apps. Zum Glück keine gepiercten Brüste oder Ähnliches, sondern eine Schneelandschaft. Den zweiten Hunderter drücke ich dem Mann in die Hand. »Danke. Meine Großmutter wird sehr glücklich sein.«

Er steckt den Schein in die Hosentasche. Bietet mir keine Rechnung an, und ich verlange auch keine. »Grüße an die Oma«, sagt er. Als ich hinausgehe, setzen erneut Heavy-Metal-Klänge ein.

»Wo zur Hölle hast du gesteckt?« Von Veras guter Laune ist nichts geblieben. »Ich dachte schon, sie hätten dich wirklich erwischt!«

»Und das hätte dir das Herz gebrochen.« Ich lege zwei Croissants in den kleinen Brotkorb und stelle ein Glas Erdbeermarmelade daneben. »Guten Appetit. Die Butter ist im Kühlschrank, dorthin schaffst du es ja hoffentlich selbst. Keine Verfolger auf dem Weg, ich hab's überprüft.« Mein genervter Ton ist nur noch zur Hälfte echt. Ich wäre Vera unglaublich gerne los, um mich mit Boris' Handy zu beschäftigen, gleichzeitig kann ich meine diabolische Freude kaum verbergen. Ich habe Zugriff auf die Kommunikation der Karpins.

»Wozu brauchst du eigentlich einen Kinderwagen?«, erkundigt sich Vera, als sie mit Butter und einer Tasse Milchkaffee zum Tisch zurückkehrt. Ich blicke sie durchdringend an. Sie hat rumgestöbert; wie gut, dass ich die Walther anderswo versteckt habe. »Für alle Fälle«, entgegne ich knapp. Ich setze mich aufs Sofa, und während Vera ihr Croissant in zwei Hälften schneidet, taste ich unter den Sitzpolstern nach der Waffe. Da ist sie. Gott sei Dank.

»Was hast du denn wirklich so lange gemacht?«, will Vera wissen. Sie kaut lächelnd, kann aber ihr Misstrauen nicht verbergen.

»Och. Ich habe mit Jaroslaw gebruncht und war dann mit Alex und Janina shoppen. Die beiden haben echt Geschmack, weißt du?«

Vera blinzelt, wirkt plötzlich verwundbar.

Ich schüttle lachend den Kopf. »Was denkst du denn? Ich wollte Ersatz für die Rothaarperücke finden, aber der Laden hatte zu. Dann war ich in einem zweiten, doch dort war das Angebot eine Katastrophe, also bin ich wieder gegangen. Sonst noch Fragen?«

Sie überlegt kurz. »Nein.«

Ich werde vorsichtig sein müssen. Darf das Smartphone auf keinen Fall auspacken, wenn sie in der Nähe ist.

»Wie sieht eigentlich dein Plan aus?«, erkundige ich mich wenig später. »In diesem engen Loch hier kannst du doch auf Dauer nicht bleiben wollen.«

Sie sitzt wieder auf ihrem Bett, das Notebook auf dem Schoß. »Sag nur, du genießt meine Gesellschaft nicht.« Die Warnung in ihrer Stimme ist unüberhörbar. »Für die nächste Zeit sind wir aufeinander angewiesen. Das heißt übrigens auch, dass du gefälligst vorsichtig sein musst. Wenn sie dich erwischen, erzählst du ihnen innerhalb der ersten zehn Minuten alles über mich, bloß damit sie aufhören. Das weißt du genau.«

Erstmals sehe ich in Veras Augen einen Abglanz des Horrors, der meine Erinnerungen beherrscht. Sie war bei noch mehr Exekutionen anwesend als ich, und sie hat es meistens geschafft, beim Zusehen keine Miene zu verziehen. Wenn es ihr zu viel wurde, hat sie unkontrolliert zu lachen begonnen, das fand Andrei sympathisch. Aber natürlich sind diese Erlebnisse ebenso wenig spurlos an ihr vorübergegangen wie an mir. Sie muss nicht ihre Fantasie bemühen, um zu wissen, was uns bevorsteht, wenn sie uns schnappen.

»Wie war es denn in letzter Zeit?«, erkundige ich mich. »Seit Andrei abgehauen ist?«

»Die ersten paar Wochen sehr ruhig.« Sie betrachtet ihre Fingernägel. Gelnägel, spitz gefeilt, die bald eine Maniküre brauchen werden. »Andrei ist ja direkt über die Grenze verschwunden, nachdem die Polizei die Halle gestürmt hat. Sie haben zwei Leute geschnappt, die haben beide dichtgehalten. Wir dachten erst, es wird weitere Verhaftungen geben, aber – nichts. Andrei wollte trotzdem abwarten. Hat sich um Geschäfte in Russland und der Ukraine gekümmert und uns von dort aus Anweisungen gegeben. Aus dem Exil sozusagen. Zwei Monate nachdem du begraben wurdest – ha ha –, ist Slawa aufgetaucht und hat die Frankfurter Geschäfte übernommen, hab ich dir ja schon erzählt. Nur übergangsweise, hat er versichert, und Andrei hat das zweimal täglich bekräftigt. Aber dann habe ich dich auf einem dieser Münchner Fotos erkannt, und damit war Andrei der Weg zurück versperrt. Er hat sofort kapiert, was die Polizei plant. Dass alle bloß abwarten, bis er zurückkommt und der ganze Clan ausgehoben wird. Dann geht es für sämtliche Karpins und ihre Verbündeten lebenslänglich hinter Gitter, weil die Kronzeugin dummerweise doch nicht tot ist. Also sitzt Slawa nach wie vor am Ruder.« Vera nennt Jaroslaw auch Slawa, auf die russische Art. »Er hat lange Zeit die Geschäfte in der Ukraine geführt, hat vorher aber Wirtschaft in Hamburg studiert. Er spricht perfekt Deutsch, sieht bombig aus und klatscht Andrei an die Wand, wenn es um Stil und Bildung geht. Der findet es einerseits gut, dass die Geschäfte laufen, ist aber gleichzeitig beleidigt, dass ohne ihn nicht alles zusammenbricht. Kennst ihn ja.«

Das tue ich. »Ist Slawa beliebt bei den anderen? Boris, Pascha, Toljan?«

Sie überlegt kurz, dann nickt sie. »Es wird zwar weniger gesoffen und gevögelt, aber dafür verdienen sie mehr Geld.« Sie beißt in ihr Croissant und schließt genießerisch die Augen. »Hast du eigentlich Netflix?«

»Was? Nein!«

»Könnten wir aber nehmen, oder? Ich kann ja nicht raus hier, und ich will nicht vor Langeweile eingehen. Bücher hast du auch keine hier, soweit ich sehe.«

Die scharfe Entgegnung, die mir auf der Zunge liegt, schlucke ich hinunter, denn eigentlich kommt Veras Wunsch mir entgegen. Wenn sie Serien streamt, kann sie mich nicht gleichzeitig beobachten. Also lächle ich gezwungen. »Keine dumme Idee. Ich erledige das gleich.«

Dazu muss ich allerdings zuerst PayPal einrichten, denn Kreditkarte habe ich keine. Aber es lohnt sich; kaum erscheint das große rote N auf dem Fernsehbildschirm, ist Vera gewissermaßen abgemeldet. Wir haben das Gerät so gedreht, dass sie vom Bett aus den perfekten Blick darauf hat, und sie stürzt sich unmittelbar in die erste Staffel von *The Crown*.

Diffus dankbar dafür, dass sie sich nicht für *Narcos* oder Ähnliches entschieden hat, kauere ich mich auf mein Sofa. So, dass mein Rücken ihr die Sicht auf das versperrt, was ich in Händen halte: Boris' Smartphone.

1203. Ich habe es mir auf dem Heimweg verkniffen, einen

Blick in die Nachrichten, Telefonlisten und Fotos zu werfen; schon weil ich mich auf meine Umgebung konzentrieren wollte. Nach wie vor ist der Flugmodus aktiviert. Doch jetzt sind die Bedingungen endlich günstig, und plötzlich fühle ich mich unsicher. Habe Angst vor dem, was ich vielleicht zu sehen bekomme.

Denn die Fotos sind das Einzige, womit ich sofort etwas werde anfangen können. Die Sprache, in der Boris das Handy eingestellt hat, ist Russisch. Natürlich. Ich werde Andreis Textnachrichten also mühsam übersetzen müssen, ebenso wie die von Jaro, Pascha und Toljan. Es gibt noch eine Menge anderer Kontakte, aber ich werde mich erst mal auf die wichtigsten konzentrieren.

Entgangene Anrufe: vierundzwanzig. Von allen mir bekannten Mitgliedern des Clans und Leuten, von denen ich noch nie gehört habe. Ich öffne den Kalender. Gestern hat Boris zwei Termine verpasst, heute hätte er auch einen, um einundzwanzig Uhr. Seine ganze nächste Woche sieht verplant aus, aber bei den Einträgen stehen nie Details dabei. Immer nur Kürzel, mit denen ich vermutlich auch dann nichts anfangen könnte, wären sie im mir vertrauten Alphabet geschrieben.

Zuletzt öffne ich den Fotoordner. Das letzte Bild, das Boris geschossen hat, ist ein Selfie. Er, den Arm um eine Blondine mit wulstigen Lippen gelegt; seine Zunge seitlich rausgestreckt, als wollte er ihr das Make-up von der Wange lecken.

Das Foto ist einen Tag vor seinem Tod entstanden. Ich scrolle weiter. Ein schwarzer Jaguar, Zweisitzer, den Boris durch die Scheibe eines Autohändlers fotografiert hat. Noch ein paar Selfies, diesmal kann ich auch den Ort des Geschehens identifizieren, es ist ganz klar das *Duplex*. Die Bilder sind nicht besonders scharf, aber der Mann neben Boris ist Toljan, die zwei dazugehörigen Frauen sind mir unbekannt.

Nun schon viel entspannter wische ich die Fotos beiseite, nach rechts, und muss prompt einen Schreckenslaut unterdrücken. Ich hätte es wissen müssen, ich kenne Boris schließlich. Er hat immer gerne Trophäen fotografiert. Seien es Mädchen, Autos – oder, wie in diesem Fall, Augen.

Dieses Bild ist kein Selfie, denn Boris hat keine Hand frei. Mit blutverschmierten Fingern hält er sich je einen Augapfel vor die eigenen Augen. Lachend.

Unwillkürlich presse ich die Lider aufeinander, bis ich dahinter weiße Blitze zucken sehe. »Alles okay?«, erkundigt Vera sich von ihrem Bett aus.

»Was? Jaja.« Ich muss besser aufpassen, wahrscheinlich habe ich bloß lauter geatmet, aber ihr entgeht so etwas nicht.

Ich schiebe das Foto weg. Denke an das abgeschnittene Ohr in der Blutlache und versuche, so etwas wie Genugtuung zu empfinden, aber nicht mal das gelingt mir. Alles, was ich an Gefühlen in mir orten kann, sind Ekel und Angst.

Nach zehn Minuten, die ich damit verbracht habe, gleichmäßig zu atmen, beschließe ich, mich auf die Entschlüsselung der Andrei-Nachrichten zu konzentrieren.

Am praktischsten wäre es, die Übersetzung über eine App auf dem Handy zu erledigen, aber dazu müsste ich es online schalten. Zu riskant. Ich stelle also Kyrillisch als Schriftart auf meinem Notebook ein und bemerke schnell, dass die Tastenbelegung eine völlig andere ist. Es dauert eine Viertelstunde, bis ich Andreis aktuellste SMS an Boris eingetippt habe und Google Translate mir eine Übersetzung ausspuckt.

Wo zur Hölle bist du? Sie suchen dich verrückt. Wenn du wegläufst, werde ich deine Eier abreißen!

Die Übersetzungsfunktion ist sicher nicht perfekt, aber die Grundaussage ist klar. Die Nachricht vor dieser ist nur fünf

Stunden älter. *Melde dich! Du hast Lieferung verpasst. Slawa fragt sich, ob Überlauf. Ich vertraue dir, Borja.*

Mehr als alles andere überzeugt mich dieses *Borja* davon, dass wirklich Andrei die Nachrichten tippt. Keiner sonst hat Boris je mit der Verniedlichungsform des Namens angesprochen.

Ob er in der Zwischenzeit noch einmal versucht hat, Kontakt aufzunehmen? Ich muss das Handy nur für ein paar Sekunden online schalten, um die aktuellsten Textnachrichten hereinzubekommen.

Ich deaktiviere den Flugmodus, und unmittelbar beginnt das Telefon zu vibrieren. **Ярослав** zeigt das Display an. Jaro versucht also zum wiederholten Mal, Boris zu erreichen, und diesmal kommt sein Anruf durch, wie konnte ich nur so dumm sein.

Hektisch schalte ich das Smartphone wieder offline, bevor auch Vera das rhythmische Summen hört, aber sie hat sich bereits umgewandt. »Was ist denn das?«

»Mein Handy.«

»Und das erschreckt dich so, dass du quiekst?«

Mir war nicht bewusst, dass ich das getan hätte, ich sollte mich besser im Griff haben. »Puh. Ich bin eben schreckhaft geworden, es ist aber schon viel besser. Du hättest mich vor einem halben Jahr erleben sollen.«

Sie geht nicht darauf ein. »Wer ist denn dran?«

»Die Bank. Sie wollen seit zwei Wochen einen Beratertermin vereinbaren.«

»Zeig her.«

»Wie bitte?«

»Zeig mir das Handy! Ich will wissen, ob du die Wahrheit sagst.«

Das Gute ist, ich würde Vera mein Telefon auch dann nicht unter die Nase halten, wenn ich damit meine Behauptung bestätigen könnte. »Bist du irre? Ich denke nicht daran, und du kannst mich langsam mal mit deinem Überwachungswahn. Du hast dich bei mir eingenistet, okay. Ich versorge dich mit Essen, einer Schlafgelegenheit und Netflix, okay. Aber das ist alles. Mein Handy ist meine Privatangelegenheit; wenn ich dich verpfeifen wollte, würde ich das nicht telefonisch abwickeln. Also lass mich in Ruhe!«

Ihr Gesicht ist völlig unbewegt. »Du hast was zu verbergen, stimmt's? Du willst mich reinlegen.«

»Falsch.«

Sie lacht. »Ich sage nur: Schrottpresse. Wenn du keine Geheimnisse vor mir hast, dann zeig mir das Handy.«

»Ich sagte nicht, dass ich keine Geheimnisse vor dir habe. Aber die gehen nur mich etwas an, und keines davon hat mit dir zu tun.« Ich wende mich von ihr ab, die Diskussion ist beendet. Wenn ich das nächste Mal das Haus verlasse, wird Vera das Unterste zuoberst kehren, davon kann ich ausgehen. Ich sollte also besser sämtliche Handys und die Walther mitnehmen – genauso wie mein Bargeld, denn ich traue ihr zu, dass sie sich alles schnappt und damit eine neue Unterkunft sucht.

Sie hat *The Crown* jetzt angehalten und lässt mich nicht mehr aus den Augen.

»Krieg dich wieder ein«, sage ich müde. »Okay, zugegeben, es war nicht die Bank, sondern jemand, von dem ich hoffe, mehr über Robert zu erfahren. Robert Lesch, den Polizisten, du weißt schon. Aber du hast mir ja eigentlich schon alles gesagt, was ich wissen muss.«

Die Schärfe verschwindet aus ihrem Blick. Diese Lüge glaubt sie mir, wie es scheint. »Lesch hieß der? War ein ungepflegter Typ, mit dieser Glatze und den Schnittlauchhaaren hinten. Mit diesen gelben Raucherfingern.«

Ja, denke ich. Aber die Haare haben sie ihm jetzt gestutzt. Sie pflegen ihn auch, und er wird nie mehr rauchen. »Stimmt.«

»Er hat dich bereitwillig verpfiffen. Hat uns bestätigt, dass du in Wien bist. Das war ja schon fast sicher, aber er hat uns dann mit den restlichen Infos versorgt. Voller Name, Adresse und so.« Sie sagt es, als wäre es eine ungezwungene Plauderei gewesen, in deren Rahmen Robert diese Details hat fallen lassen. Aber wir wissen beide, wie es wirklich gewesen ist. Ich habe das Ergebnis gesehen, diese Überbleibsel eines Menschen im Rollstuhl. Veras überlegene Miene widert mich an. »Warst du dabei?«

»Ja. War nicht schön. Boris hat sich mit seinem Schneidbrenner ausgetobt und den Bullen ein paarmal knapp ersäuft. Am Ende waren es dann Elektroschocks, die dürften sein Hirn ziemlich gegrillt haben. Slawas Anweisung. Er wollte, dass der Typ überlebt, aber niemandem erzählen kann, wer ihn bearbeitet hat. Keine Polizistenmorde, hat er gesagt.« Ihr Blick bohrt sich in meinen. »Scheint geklappt zu haben. Es gab keine gehäuften Razzien in den Karpin-Lokalen, keine vorübergehenden Festnahmen, keine Befragungen außer der Reihe. Jedenfalls nicht mehr als bei den anderen Clans.«

Boris. Oder Borja, wie Andrei ihn zärtlich nennt. Ich wünschte, ich hätte das abgeschnittene Ohr behalten.

»Mochtest du ihn?« Sie fragt es weich, fast mitfühlend, und ich würde sie gerne dafür ohrfeigen oder ihr ein paar Zähne ausschlagen. »Wenn ja – er war es nicht wert. Hat nicht sehr freundlich über dich gesprochen. Hat dich Schlampe genannt und dumme Sau. Du solltest ihm keine Träne nachweinen.«

Alle Zähne. Und dann ihre Augen rausholen, so wie Boris es offenbar konnte, dem Foto zufolge. Wie hat er das eigentlich gemacht, mit einem Löffel?

»Vielleicht«, sage ich und räuspere mich, beginne noch mal von vorn. »Vielleicht lag das an den Schmerzen? An den Brandverletzungen, der Todesangst? Hm? Was denkst du?«

Es sieht aus, als müsse sie erst ein verstörendes Bild aus dem

Kopf bekommen, bevor sie antworten kann. »Klar. Ich wollte es nur leichter für dich machen.«

Jaro will also keine Polizisten töten. Er macht sie lieber zu leblosen Hüllen und schafft es irgendwie, sich intensivere Ermittlungen vom Leib zu halten. Bisher war er mir relativ gleichgültig, das hat sich gerade geändert. Andrei hat wenigstens Nägel mit Köpfen gemacht. Seine Opfer hatten es irgendwann hinter sich.

Ich drehe mich von Vera fort und lege mich flach auf die Couch. Nach ein paar Minuten höre ich ein Seufzen, dann läuft *The Crown* weiter. Ich rühre mich nicht, aber innerlich erstelle ich eine Liste von allen Dingen, die ich sofort zusammensammeln werde, sobald Vera aufs Klo muss. Die Walther. Beide Handys. Meinen Teil des Bargelds.

Eine halbe Stunde später ist es so weit. Sie denkt wahrscheinlich, ich schlafe, denn sie bleibt kurz neben dem Sofa stehen, als wolle sie sich vergewissern. Die Toilettentür schließt und versperrt sie hinter sich.

Geräuschlos gleite ich von der Couch, hole die Pistole unter den Kissen hervor und stecke sie in den Stoffbeutel, den ich für Einkäufe verwende. Das Geld stopfe ich dazu, zuletzt folgt Boris' Handy samt Ladekabel. Mein eigenes packe ich in meinen Rucksack, dazu die falschen Zähne und eine Baseballkappe. Ich bin schnell – als ich Vera spülen höre, schlüpfe ich gerade in meine Schuhe.

»Muss nur kurz was erledigen«, rufe ich durch die geschlossene Tür, entferne den Door-Jammer, greife mir die Schlüssel und bin draußen.

Vera ruft mir etwas hinterher, das ich nicht verstehe, wahrscheinlich eine Drohung, doch das ist mir egal. Ich pfeife auf den Lift, hetze die Treppen hinunter und aus dem Haus, renne weiter in Richtung Friedhof. Erst dort drossle ich mein Tempo. Ich würde auffallen. Auf dem Wiener Zentralfriedhof wird gejoggt, auf dem Frankfurter Südfriedhof nicht.

Fünf Minuten zwischen den Gräbern, und ich fühle mich gelassen und als Herrin der Lage. Setze mich auf eine Grabeinfassung und ziehe, interessiert beäugt von einer Amsel, Boris' Smartphone aus dem Beutel.

In den paar Sekunden, die ich damit online war, hat das Gerät Meldungen über insgesamt sechs entgangene Anrufe von Jaro empfangen. Ich tippe 1203 ein und sehe erst jetzt, dass auch zwei neue SMS eingegangen sind: eine ebenfalls von Jaro, vor vier Minuten, die andere von Janina, wenn ich die kyrillischen Buchstaben richtig entziffere.

Ich vermute, dass Jaro sie gebeten hat, an Boris zu schreiben, in der Hoffnung, dass er sie nicht in der gleichen Weise ignoriert wie ihn. Keine der Nachrichten kann ich lesen. Es hilft nichts, ich muss das Problem an der Wurzel packen. Zu dumm, dass ich mein Notebook nicht mitnehmen konnte, es wird notfalls auch mit dem Handy gehen müssen.

Ich stecke mein Haar unter die Baseballkappe, setze die falschen Vorderzähne ein und fahre zum nächsten Schreibwarenladen. Gleich um die Ecke gibt es einen schäbigen Imbiss, wo ich Papier, Stift und Handy auspacke und zu übersetzen beginne.

17.

D*ein Telefon ist wieder im Netz, warum gehst du nicht ran? Bist du in Schwierigkeiten? Melde dich!*

Das ist die Nachricht, die Jaro geschickt hat. Es hat mich über vierzig Minuten gekostet, sie zu entziffern; erst musste ich die Schrift meines Smartphones ändern, um jedes Zeichen einzeln in die Gratis-Übersetzungsapp eingeben zu können. Die wirre Übersetzung des Programms in vernünftiges Deutsch zu bringen war danach die leichteste der Übungen. Ich notiere die drei kurzen Sätze in das Heft, das ich gekauft habe.

Von nun an wird es einfacher. *Wir machen uns Sorgen! Geht es dir gut? Was ist passiert?*, hat Janina geschrieben. Auch das notiere ich, dann mache ich mit Andrei weiter.

Seine allererste Nachricht: *Sie sagen, du bist seit zwölf Stunden von der Bildfläche verschwunden. Ich habe versucht, dich anzurufen, aber du gehst nicht ran. Ruf mich zurück.*

Der Ton wird schnell schärfer: *Bist du besoffen oder hast du wieder begonnen, dein Geld zu verspielen? Ich warne dich, Borja, du hast mir geschworen, du hörst auf.*

Damit spaßt Andrei nicht. Er lässt sein Gegenüber niederknien, wenn er schwört, und erklärt ihm vorher genau, was passiert, sollte der Schwur gebrochen werden. Häufig hat es mit Stockschlägen oder dem Verlust von Fingern zu tun; wenn es um Loyalität dem Clan gegenüber geht, auch mit dem Verlust des Lebens. Ich bin sicher, Boris hätte nicht wieder mit dem Spielen begonnen, wenn Andrei noch im Lande wäre.

Die nächsten beiden Nachrichten unterscheiden sich nicht

allzu sehr von dieser, bloß der Ton wird bedrohlicher. Erstmals scheint Andrei in Betracht zu ziehen, dass Boris desertiert sein könnte. Weswegen er in seiner letzten Botschaft androht, ihm die Eier abzureißen.

Ich habe alles ordentlich in mein Heft geschrieben, inklusive Datum und Uhrzeit der Nachrichten, und mache jetzt mit denen von Jaro weiter.

Mein Bruder ist informiert, schreibt Jaro, *dass du wieder einmal deinen Pflichten nicht nachkommst und schon drei Termine nicht eingehalten hast. Melde dich, in deinem eigenen Interesse.*

Keine Nachricht von Toljan; ich frage mich, ob das mit meiner blutigen Serviette zu tun haben könnte. Ob mein Plan, ihn mundtot zu machen, wirklich aufgegangen ist.

Noch wichtiger: Keine einzige Mitteilung, in der es um mich geht. Niemand fragt sich, ob Boris sich vielleicht auf die Jagd nach dieser Fälscherin gemacht hat, die wieder in Frankfurt aufgetaucht ist.

Fürs Erste habe ich genug. Erstaunlicherweise vermutet niemand außer Janina, dass Boris etwas zugestoßen sein könnte. Sie müssen ihn für unverwundbar halten. Allerdings steht es, Jaros Text nach zu schließen, um Boris' Zuverlässigkeit auch sonst nicht mehr zum Besten.

Als ich nach drei Stunden den Imbiss verlasse, habe ich Kopfschmerzen und stinke so sehr nach Frittierfett, dass ich am liebsten nach Hause gehen und duschen würde, aber das muss warten. Der wichtigste Punkt auf meiner To-do-Liste fehlt noch, und dafür muss ich einen Abstecher zum Ostbahnhof machen, denn dort gibt es eine ganz besondere Buchhandlung.

Ich habe mir bei einer Billigkette noch schnell ein schwarzes Zehn-Euro-Shirt gekauft und das übel riechende tief in meinem Rucksack versenkt. Es soll niemandem in der S-Bahn die

Frau mit den vorstehenden Zähnen auffallen, die nach ranzigem Öl riecht.

Auf der letzten Seite meines Hefts habe ich mir schon im Imbiss drei kurze Absätze notiert, während der Fahrt füge ich zwei weitere dazu. Es ist bald fünf Uhr nachmittags, um sechs Uhr schließt die Buchhandlung, und ich hoffe, dass ich mir mit einem größeren Einkauf dort eine kleine Gefälligkeit einhandeln kann.

Dass ich mich in den einzigen russischen Buchladen Frankfurts wage, liegt daran, dass ich noch nie einen der Karpins mit einem Buch gesehen habe. Ich könnte mir zwar vorstellen, dass Jaro gelegentlich liest, aber eine Begegnung mit ihm wäre das geringste Risiko. Wir kennen uns nicht persönlich, ich würde ihm nicht auffallen.

Ich bin nicht die einzige Kundin im Laden. Eine junge Frau sitzt mit ihrer kleinen Tochter in der Kinderbuchecke; sie lachen und haben schon drei schmale Bände ausgesucht. Ich nicke der Verkäuferin hinter dem Tresen freundlich zu. »Ich spreche kein Russisch, aber ich würde gerne *Krieg und Frieden* kaufen, für einen Freund.« Dem ich es dann wieder in die Rehaklinik bringen kann, als Paketbotin verkleidet, fügt etwas in mir stumm hinzu. Ich dränge die unwillkommene Erinnerung beiseite, lächle. »Außerdem *Schuld und Sühne.*« Es ist eine spontane Wahl – das Buch ist sicher vorrätig, und der Titel passt zu meinem Leben, zu meinen Plänen, zu meinen Ängsten. »Ich liebe russische Literatur, wissen Sie? Ich beherrsche nur leider die Sprache nicht.«

Die Buchhändlerin hat zu jedem meiner Sätze genickt und holt, ohne suchen zu müssen, die beiden Bücher aus dem Regal. »Die verkaufe ich weniger oft, als man denken könnte.« Ihr Deutsch ist perfekt, der Akzent kaum hörbar. »Hätten Sie zur Ergänzung gern noch etwas Moderneres? Wladimir Sorokin kann ich sehr empfehlen. Oder Ljudmila Ulitzkaja.«

»Gerne!« Ich strahle sie an. »Nehme ich beide. Wissen Sie, ich schreibe selbst auch. Nicht ernsthaft, aber Kurzgeschichten und so. Zwei Novellen habe ich in der Schublade, vielleicht schicke ich die irgendwann einmal an einen Verlag.«

Die Buchhändlerin hebt in vorgetäuschtem Interesse die Augenbrauen. »Wirklich? Dann wünsche ich Ihnen viel Glück.« Sie deutet auf den kleinen Stapel vor sich. »Soll ich Ihnen die als Geschenk einpacken?«

»Danke, das ist nicht nötig. Sie sind zwar ein Geschenk, aber nicht zum Geburtstag oder so. Ein Freund von mir kommt neu nach Deutschland, er will hier studieren, doch sein Deutsch ist noch zu holprig, um ganze Bücher lesen zu können. Ich möchte ihm einfach eine Freude machen.«

Ich kann ihr ansehen, dass sie es gar nicht so genau wissen wollte, aber sie packt mir noch die Broschüre eines russischen Kulturinstituts mit ein, das seinen Sitz in Frankfurt hat. »Hier. Bitte sehr.«

Ich hole meine Geldbörse aus der Tasche, und während ich die passenden Scheine herausziehe, halte ich inne, als wäre mir eben eine Idee gekommen. »Sagen Sie – dürfte ich Sie um einen Gefallen bitten? Es geht um eine meiner Geschichten, da ist eine der Hauptfiguren aus Russland. Vier oder fünf Passagen würde ich sie gerne in der passenden Sprache sagen lassen. Könnten Sie … also, ich meine, würden Sie sie für mich übersetzen?«

Die Buchhändlerin zögert kurz, wirft einen Blick zu der Mutter und ihrer Tochter, die immer noch das Bilderbuchregal durchforsten, und zuckt schließlich mit den Schultern. »Äh. Ja. Warum nicht.«

»Das wäre so toll!« Zappelig vor Begeisterung hole ich das Heft aus meiner Tasche. »Wissen Sie, mein russischer Freund kommt erst in einer Woche an, sonst hätte ich ihn gefragt. Aber Ihr Deutsch ist ja auch so viel besser als seines.«

Die Person, die ich vorspiele, geht mir selbst auf die Nerven, und das kann durchaus hilfreich sein. Wenn die Buchhändlerin meine Gefühle teilt, wird sie mich möglichst schnell loswerden wollen.

Ich öffne die letzte Heftseite. »Bitte einfach daneben schreiben«, sage ich. »In kyrillischer Schrift. Und bitte in Druckbuchstaben. Ach, das ist so nett von Ihnen!«

Sie liest und legt die Stirn in Falten. »Das sind merkwürdige Sätze.«

»Ja, ich weiß, es ist auch eine merkwürdige Geschichte. Vielen, vielen Dank!«

Die Frau verzieht fast unmerklich den Mund, dann beginnt sie zu schreiben. Kleine, aber deutliche Buchstaben. Nach ein paar Minuten legt sie den Stift beiseite. »Das müsste so stimmen.«

Ich nehme das Heft und die Bücher an mich und strahle sie noch einmal mit meinen Hasenzähnen an. »Sie haben mir einen riesigen Gefallen getan. Ich komme ganz bestimmt wieder, und beim nächsten Mal bringe ich meinen Freund mit.«

Als ich wieder zu Hause eintreffe, ist es fast sieben, und Vera kocht vor Wut. »Was glaubst du eigentlich, was du da tust? Haust ab, während ich auf dem Klo bin, und lässt mich den ganzen Tag alleine hier rumsitzen?« Sie baut sich direkt vor mir auf. »Muss nur kurz etwas erledigen«, äfft sie mich nach. »Dir ist klar, dass ich dich immer noch verpfeifen kann?«

»Aber sicher.« Ich schiebe sie zur Seite. Klar ist auch, dass sie die Wohnung schon wieder durchwühlt hat. Der Kleiderschrank ist nicht ganz geschlossen, die Couchpolster liegen anders da als bei meinem Abgang. Soll sie, ich werde die Waffe sicher nicht mehr hierlassen, wenn ich nach draußen muss.

Ich lege die neu erworbenen Bücher auf den Tisch, und sie stürzt sich sofort darauf. Dreht den Dostojewski ratlos zwischen den Händen. »Was willst du damit?«

»Mittel zum Zweck«, sage ich knapp. »Aber du kannst sie gerne lesen. Wenn du kannst.«

Sie lässt das Buch flach auf die Tischplatte fallen. Es knallt. »Hast du auch etwas zu essen gekauft?«

Mir liegt immer noch der fettige Burger aus der Imbissbude im Magen. »Nein. Es muss aber noch Brot da sein. Und Butter. Eventuell Streichkäse. Damit wirst du für heute über die Runden kommen.«

Ich habe ihr den Rücken zugedreht, aber ich kann ihre Feindseligkeit trotzdem spüren. Es muss ein frustrierender Tag für sie gewesen sein. Ich bin sicher, sie bringt den Anruf, über dessen Urheber ich ihr nichts verraten habe, mit meinem überstürzten Aufbruch in Verbindung, kann sich daraus aber nicht zusammenreimen, wo ich den Tag verbracht habe. Hinzu kommt das vergebliche Durchforsten der Wohnung – kein Wunder, dass sie schlecht gelaunt ist.

Ich hole mir Wasser aus dem Kühlschrank, trinke die halbe Flasche leer. Vera lässt mich nicht aus den Augen. »Du hast ein neues Shirt an. Bevor du gegangen bist, hast du ein blaues getragen.«

»Stimmt.« Ein dunkelblaues, sehr ähnliches. Ich glaube nicht, dass viele Menschen den Unterschied bemerkt hätten. Auf ihr weiteres Bohren gehe ich nicht mehr ein. Soll sie sich doch ihre eigene Geschichte zusammenfantasieren. Aber wieder einmal hat sie ihre Beobachtungsgabe unter Beweis gestellt. Ich sollte nicht vergessen, wie überlegen sie mir in dieser Hinsicht ist.

In dieser Nacht wird meine Geduld auf eine harte Probe gestellt. Ich will nicht, dass Vera etwas von dem mitbekommt, was ich tue, also warte ich, bis sie eingeschlafen ist. Doch das dauert. Irgendwann beschleicht mich der Verdacht, dass sie auf mein Einschlafen ebenso lauert wie ich auf ihres, um dann meinen Rucksack zu durchwühlen. Der steht am Fußende der

Couch, bei jeder meiner Bewegungen stoße ich mit den Zehen dagegen.

Erst gegen halb zwei fällt ihr Atem in den ruhigen, tiefen Rhythmus des Schlafs. Ich warte trotzdem noch, bevor ich das Heft mit den Übersetzungen hervorhole, ebenso wie Boris' Handy.

Sicherheitshalber lasse ich einen der von der Buchhändlerin übersetzten Texte durch den Translator auf meinem eigenen Smartphone laufen, selbst verblüfft über mein Misstrauen. Aber ich will mich vergewissern, dass die Übersetzung nichts verfälscht hat. Wie immer sind die Sätze, die das Programm ausspuckt, ungelenk, aber der Inhalt stimmt

Zeichen für Zeichen, pedantisch darauf bedacht, keinen Fehler zu machen, tippe ich in Boris' Handy, was die Buchhändlerin so säuberlich neben meine eigenen Notizen geschrieben hat. Überprüfe jeden Buchstaben doppelt, dann deaktiviere ich den Flugmodus und schicke die Nachricht ab.

Wieder dieser Drang, zu lachen oder zu schreien. Eben habe ich die Kommunikation mit Andrei eröffnet und würde es am liebsten sofort rückgängig machen.

Ich kann gar nicht so schnell wieder offline gehen, wie neue Benachrichtigungen eintreffen. Von Jaro, von Janina – und von Andrei. Seine ist die einzige, die im Augenblick zählt, also gebe ich sie bei mir in den Translator ein.

Sie sagen, dein Telefon war wieder erreichbar. Verdammt, Borja, melde dich, oder ich werde dich für einen Verräter halten.

Die Drohung würde sitzen, wenn Boris noch am Leben wäre. Allein der Verdacht könnte ihn ein Ohr kosten oder ein Auge. Könnte ihn mit einem benzingetränkten, brennenden Reifen um den Hals enden lassen. Oder mit heruntergelassenen Hosen in einer Blutlache.

Ich beiße die Zähne zusammen, weil etwas in mir aufsteigt, von dem ich nicht weiß, ob es Gelächter oder Tränen sind, aber würde ich es herauslassen, wäre es auf jeden Fall laut genug, um Vera zu wecken. Der Impuls verebbt, und ich lese noch einmal Andreis Nachricht. Mit einer Drohung für Boris kommst du zwei Genickschüsse zu spät, denke ich.

Vera ächzt im Schlaf, und ich schiebe Boris' Handy unter mein Kissen. Ich werde es erst am Morgen wieder online schalten, es darf sich kein spontaner Dialog entwickeln, denn den könnte ich auf Russisch nicht bestreiten. Aber sollte Andrei jetzt noch wach sein, wird er wohl umgehend zurückschreiben. An seiner Stelle würde ich das tun, denn was ich ihm mitgeteilt habe, muss ihn zutiefst beunruhigen.

Ich konnte dir nicht früher schreiben. Sie sind hinter mir her, vor allem Slawa. Er will den Clan endgültig übernehmen, glaube ihm nicht, was er dir erzählt. Er lügt. Ich weiß, dass ich auf seiner Todesliste stehe, deshalb muss ich verschwinden.

Ob Andrei mir – oder, besser gesagt, Boris – diese Geschichte abkauft? Er wird nachhaken, sowohl bei seinem Bruder als auch bei mir, aber wenn Veras Darstellung der Dinge stimmt, herrscht zwischen ihm und Jaroslaw ohnehin nicht das beste Verhältnis.

Jetzt dürfte ich schlafen, aber ich bin innerlich viel zu aufgekratzt. In meinem Kopf laufen fünf mögliche Szenarien gleichzeitig ab: dass Andrei in diesem Moment dabei ist, Jaro zur Rede zu stellen, dass er wie besessen Boris' Nummer anruft, um Genaueres zu erfahren, vergebens. Dass er die Nachricht überhaupt noch nicht gelesen hat, weil er schläft. Dass er sie doch schon gelesen hat, aber bloß lachend den Kopf schüttelt.

Mir ist heiß unter meiner Decke. Jedes Mal, wenn ich mich

umdrehe, gibt das Sofa ein leises Knarzen von sich, und ich fürchte, Vera zu wecken. Doch die rührt sich nicht. Atmet gleichmäßig und ruhig.

Dann muss ich doch eingeschlafen sein, denn ich erwache davon, dass jemand sich am Fußende der Couch zu schaffen macht. Vera. Bereits dabei, den Reißverschluss des Rucksacks zu öffnen.

Ich reagiere, ohne nachzudenken, schnelle hoch, reiße ihr die Tasche aus der Hand und schlage sie ihr um die Ohren, erst rechts, dann links. Vera geht zu Boden, was ich im ersten Moment für theatralisch übertrieben halte, doch dann fällt mir die Walther im Inneren des Rucksacks ein.

»Rühr nie wieder meine Sachen an!«, zische ich.

Vera liegt immer noch auf dem Teppich, hält sich die Wange und wimmert. Erst jetzt werde ich richtig wach. Schalte das Licht an und knie mich neben sie, innerlich gewappnet dafür, dass sie mir gleich die Fingernägel ins Gesicht graben oder mir mit der Faust die Nase einschlagen wird. Doch das tut sie nicht, sie wischt sich nur übers Ohr und hält sich danach die Hand vor die Augen. Wirkt beruhigt, als sie kein Blut sieht. Tastet ihr Jochbein ab und verzieht das Gesicht.

»Tut mir leid«, murmle ich, und es ist ehrlich gemeint. Wobei ich weniger bedaure, sie verletzt zu haben, als dass ich unser ohnehin schwieriges Zusammenleben in der kleinen Wohnung jetzt praktisch unmöglich gemacht habe.

Bloß gibt es keinen Ausweg. Ich kann Vera nicht rauswerfen, ohne Gefahr zu laufen, dass sie den Karpins meinen Aufenthaltsort verrät. Es genügt ein anonymer Hinweis, damit sie Leute vor dem Haus postieren, die die Augen offen halten und Fotos schießen.

Andererseits – ich kann nicht ganz ohne Schlaf leben. Irgendwann werde ich so erschöpft sein, dass ich gar nicht bemerke, wenn sie sich an meinen Sachen zu schaffen macht.

Ans Bett ketten kann ich sie ebenso wenig; auch wenn ich schon Erfahrungen als Gefangenenwärterin gemacht habe – die Situation ist jetzt eine völlig andere. Wir müssen die Zelle teilen.

Nach ein paar Minuten richtet Vera sich auf. Bewegt den Kiefer hin und her, tastet diesmal mit beiden Händen ihr Gesicht ab. »Ich glaube, einer meiner Zähne ist locker«, stellt sie fest. Völlig ruhig.

»Es tut mir leid, ehrlich. Ich habe ...«

»Du hast dich erschrocken, ist mir schon klar. War meine Schuld, ich hätte mir ausrechnen können, dass du eine Panikreaktion hinlegst. Ist in der Tasche eine Waffe?«

Lügen hätte keinen Sinn. »Ja. Aber das ist meine. Wenn du eine brauchst, kauf dir selbst eine, Geld ist ja jetzt vorhanden.«

»Schon klar.« Sie rappelt sich hoch, geht zum Kühlschrank und holt sich ein Päckchen Butter heraus, das sie gegen die linke Wange drückt.

Ich ertappe mich dabei, wie ich meinen Rucksack umklammere, als wäre er ein Welpe, den ich eben vor dem Ertrinken gerettet habe. Veras Gelassenheit ist mir unheimlich, ich kann nicht anders, als einen Trick dahinter zu vermuten.

Sie setzt sich wieder auf ihr Bett, die Knie zur Brust hochgezogen. Lange Zeit sitzen wir uns schweigend gegenüber, die Ratlosigkeit zwischen uns ist beinahe greifbar. Irgendwann hebt Vera den Kopf. »Du hast mich letztens nach meinem Plan gefragt. Was ist eigentlich deiner? Du hast die Malakyans auf den Clan gehetzt, so viel habe ich kapiert, aber wenn es hart auf hart geht, verlieren die. Sie haben weniger Leute, weniger feste Geschäftspartner und mehr Skrupel.«

Ich denke an den Weinkeller. »Was den letzten Punkt angeht, irrst du dich.«

»Hm. Also, von mir haben sie sich bequatschen lassen. Ich war schon in der Schrottpresse, samt Auto. Sie haben mich wieder rausgeholt, weil ich ihnen die vierzig Kilo Koks in Aussicht gestellt habe, aber nachdem sie wussten, wo sie die finden, hätten sie mich wieder reinsetzen können.« Sie verschiebt das Butterpaket ein Stück in Richtung Kinn. »Andrei hätte das getan, egal, wie richtig oder falsch der Hinweis war. Der Armenier-Boss nicht, der hat mich laufen lassen. Ich meine: laufen lassen! Gerade, dass sie sich vorher noch den Stoff geholt haben. Aber niemand hat mich weiter wegen dieser Roxanna oder Rusanna befragt. Keine Ahnung, wie die sich in Frankfurt halten können.«

Ich muss ihr recht geben, ich verstehe Tigrans Taktik auch nicht. Wieso hat er den Karpins lieber ein zerquetschtes Auto mit Schweinehälfte geliefert als eines mit Vera? Gut, zu dem Zeitpunkt war Semion noch am Leben. Das *Shelley* noch nicht Asche. Hat es ihm genügt, als Sieger nach Punkten dazustehen? Kokain für Millionen und eine Pseudoleiche. »Er muss Gründe gehabt haben. Ich habe gesehen, wie sie mit Gegnern umspringen, und glaube mir, sie haben Leute, die Pascha durchaus das Wasser reichen können.«

Veras Blick ist nachdenklich, und mir wird klar, dass ich ihr gerade mehr erzählt habe, als ich eigentlich wollte. »Du warst dabei«, fragt sie langsam, »als sie jemanden exekutiert haben?«

Ich schüttle nur den Kopf. So vernünftig und vertraulich Vera sich auch gibt, sie ist eine Zeitbombe, deren Zündschnur ich eben um ein Stück verkürzt habe. Sie hat die Situation sofort zu ihren Gunsten gewendet; mein schlechtes Gewissen gewittert und mir ein paar Informationen zu viel entlockt.

Ich stehe auf, den Rucksack immer noch gegen die Brust gepresst. Draußen färbt sich der Himmel zartrosa. »Möchtest du eine Schmerztablette?«

18.

D*ein Telefon war wieder offline*, schreibt Andrei. *Habe mit Slawa gesprochen. Er sagt, du lügst. Du stehst nicht auf seiner Todesliste, sondern bist einfach von einem Tag auf den anderen abgehauen. Er glaubt, du spielst ein falsches Spiel. Sag mir, wo du steckst, Boris. Ich brauche eine Quelle. Ruf mich an.*

Ich habe das Handy wieder aus dem Flugmodus genommen, kaum dass Vera gegen neun unter der Dusche verschwunden ist. Drei riskante Minuten lang. Habe die Nachricht an mein Handy weitergeleitet, auf dem eine Übersetzungsapp installiert ist. Das beschleunigt den Vorgang enorm. Copy and Paste statt mühsamer Tipperei.

Mein Kopf pocht schmerzhaft, als hätte ich zu viel getrunken, dabei habe ich nur zu wenig geschlafen. Ich muss Andreis Nachricht dreimal lesen, um mir eine Meinung dazu zu bilden. Es war klar, dass er nicht sofort auf meine Story einsteigen würde, allerdings habe ich nicht damit gerechnet, dass er sich zur Klärung direkt an Jaroslaw wendet. Und ich verstehe beim besten Willen nicht, was der vorletzte Satz bedeuten soll. Er braucht eine Quelle? Welche Quelle?

Dafür ist der letzte umso klarer. Andrei will Boris' Stimme hören, das war zu befürchten, aber da habe ich vorgesorgt.

Wenig überraschend finde ich unter seiner SMS eine von Jaro:

Boris, ich bin froh, dass du noch lebst, ich habe schon das Schlimmste befürchtet. Aber was soll der Unsinn mit der To-

desliste? Wer hat dir das erzählt? Du bist einer unserer besten Männer, wir brauchen dich. Dass ich Andrei sein Geschäft wegnehmen will, ist ebenso Quatsch. Ich möchte gerne wissen, von wem du diese Lügen hast.

Und schließlich hat auch Pascha noch geschrieben. Sein Vokabular überfordert die Übersetzungs-App ein wenig; was sie ausspuckt, ist ziemlich surreal, aber der Sinn ist klar: *Ey, Mann, was soll der Scheiß. Komm zurück und lass uns gemeinsam ins Puff gehen.*

Vera hat eben das Wasser abgedreht, ich höre sie durch die geschlossene Tür singen. *Genie in a bottle*, ziemlich falsch. Auf bloßen Füßen husche ich zum Schrank und hole ein frisches Handtuch heraus. Wickle Handy und das Heft mit den Übersetzungen der Buchhändlerin darin ein und warte, bis Vera in einer seifenduftenden Dampfwolke aus dem Bad kommt. »Kann ich jetzt?«

Sie nickt. Grinst, als ich den Rucksack mit hineinnehme, wirkt aber nicht überrascht. Wir wissen beide, dass sie auf die Idee kommen könnte, mich nach dem Duschen mit gezückter Waffe zu empfangen.

Ich verriegle die Tür hinter mir, lasse das Wasser laufen und suche in meinem Heft nach einem Text, mit dem ich Andrei antworten könnte. Keiner drückt genau das aus, was ich gerne sagen würde, aber einer kommt ungefähr hin.

Slawa will dich reinlegen. Er ist froh, dass du weit weg bist. Du weißt, er ist schlau. Er lügt. Ich werde in meinem Versteck bleiben, bis du zurückkommst. Ich habe dir Treue geschworen, nicht ihm.

Darunter füge ich die vorbereitete Ausrede an, das Telefonieren betreffend: *Ich kann dich nicht anrufen. Wenn jemand mich hier Russisch sprechen hört, bin ich tot.*

Das sollte Andrei Stoff zum Grübeln geben. Eine Frage nach der Quelle lasse ich notgedrungen aus – ist vielleicht auch besser, mich nicht als ahnungslos zu outen. Ich checke alles doppelt nach, bevor ich auf *Senden* drücke und das Telefon sofort wieder aus dem Netz nehme.

Danach dusche auch ich, kalt, in der Hoffnung, auf diese Weise die Müdigkeit aus meinen Gliedern zu spülen. Dabei geht mir Jaros Textnachricht nicht aus dem Kopf. Er schreibt so vernünftig, so unaufgeregt. Nirgendwo ein Vorwurf, keine Andeutung darauf, dass Boris ein Verräter sein könnte.

Das frische Handtuch ist rau, ich war zu sparsam für Weichspüler, dafür bringt das Abtrocknen meinen Blutkreislauf in Gang. »Sag mal«, beginne ich, als ich im Bademantel zurück ins Zimmer komme, »wie sehr wird Slawa eigentlich vom Clan respektiert? Haben sie Angst vor ihm?«

Vera hat sich Kaffee gemacht und sucht im Schrank nach etwas Frühstücktauglichem. »Weniger als vor Andrei. Zu Unrecht, wenn du mich fragst. Ich habe ihm nie getraut, er ist ein kalter Fisch. Das sagt auch Pascha, er mag ihn nicht besonders. Dafür hat Boris ein gutes Verhältnis zu ihm, soweit ich das einschätzen kann.« Sie sieht mich neugierig an. »Warum?«

»Nur so.« Was Vera erzählt, deckt sich mit meinen Beobachtungen – Boris und Jaro im *Duplex*; Jaro, der sich von Boris chauffieren lässt. Ein eingespieltes Team. Kein Wunder, dass sein Chef erst mal an ein Missverständnis glaubt, wenn Boris ihm den Rücken zukehrt.

»Holst du Frühstück?« Sie hat sich an den Tisch gesetzt und untersucht ein paar ihrer Strähnen auf gespaltene Haarspitzen. »Es ist fast nichts zu Hause, du könntest mal ein bisschen größer einkaufen, ich esse nur noch Brot und Käse, seit ich hier bin. Wie wär's mit Obst? Und irgendetwas, das man warm machen kann?«

Zu Hause. Sie hat wirklich vor, sich auf Dauer bei mir einzuquartieren. »Okay«, sage ich widerwillig. Ich werde das Auto nehmen müssen – jedes Mal ein Risiko, mit den falschen Kennzeichen. Außerdem hatte ich vor, mir übers Netz jemanden zu suchen, der mir zukünftig meine Textnachrichten übersetzt – ich kann nicht immer zum Ostbahnhof fahren, wenn ich Andrei antworten will.

Viel Aufwand betreibe ich bei meiner Tarnung heute nicht. Ich lasse die falschen Zähne weg, dafür nehme ich die schwarze Pagenkopf-Perücke, die ich bisher kaum getragen habe, schultere meinen Rucksack und mache mich auf den Weg.

Der erste Wagen fällt mir bereits beim Verlassen des Hauses auf. Ein Mercedes Vito, anthrazitfarben, mit verdunkelten Scheiben und Offenbacher Kennzeichen. Ein typisches Karpin-Auto. Es steht nicht auf dem Parkplatz, sondern halb auf einem Grünstreifen, mit laufendem Motor. Ich bin fast sicher, denselben Wagen schon vor meiner Wohnung in Wien gesehen zu haben, an dem Tag, an dem Norbert ermordet wurde.

Mein erster Impuls ist es, kehrtzumachen, mich im Haus zu verbarrikadieren, aber dann säße ich wie eine Maus in der Falle. Nein, ich muss es zu meinem schäbigen kleinen Ford schaffen und versuchen, hier wegzukommen.

Mir ist schwindelig, als ich hinters Steuer gleite. Vera, denke ich. Sie hat mich doch reingelegt, hat die Karpins hergelockt. Jetzt schickt sie mich zum Einkaufen, weil sie weiß, dass ich unten schon empfangen werde. Sie liefert mich ihnen auf dem Silbertablett.

Ich lasse den Motor an, parke aus, das Lenkrad rutscht mir fast durch die schweißnassen Hände. Zum Glück muss ich nicht an dem Vito vorbei, der immer noch an der gleichen Stelle steht und wenden müsste, um mir zu folgen. Ich werde einen winzigen Vorsprung haben, vielleicht genügt der, um ihnen noch einmal zu entkommen.

Losfahren, nicht panisch werden, nicht zu hektisch aufs

Gas treten. Ich werfe einen Blick in den Rückspiegel – das Auto rührt sich nicht vom Fleck. Haben sie mich nicht gesehen? Nicht erkannt? Habe ich tatsächlich so unverschämtes Glück?

Fünf Straßen weiter werde ich immer noch nicht verfolgt, weder von dem Mercedes noch von einem anderen Wagen, der typisch wäre für die Karpin-Flotte. Ich fahre weiter, weiter, weiter, nicht zum Supermarkt wie ursprünglich geplant, sondern an den Stadtrand. Schräg gegenüber einer Polizeiwache bleibe ich stehen und warte, die Hand im Rucksack fest um den Griff der Walther geschlossen. Erst nach zwanzig ereignislosen Minuten kann ich wirklich glauben, dass mir niemand gefolgt ist, aber ich verstehe es nicht. Vera muss ihnen beschrieben haben, in welcher Verkleidung ich aus welcher Tür kommen werde. Sie hat zwar kein Handy, aber ich war dumm genug, ihr ein Notebook zu beschaffen, mit dem sie fröhlich über mein WLAN Mails versenden kann. Was ist schiefgelaufen?

Oder irre ich mich? Gehört der Mercedes überhaupt nicht den Karpins, und es hat bloß mein Verfolgungswahn wieder zugeschlagen?

Oder …

Da gibt es noch eine dritte Möglichkeit, an die ich bisher überhaupt nicht gedacht habe, die mir aber plötzlich logischer erscheint als die beiden anderen. Das Gute daran ist, ich kann sie überprüfen.

Ich starte meinen Wagen und fahre nach Eckenheim, einen der Stadtteile Frankfurts, die in den Medien gern mit dem Schlagwort »sozialer Brennpunkt« beschrieben werden. Was nur noch teilweise stimmt, auf den Straßenzug, den ich ansteuere, aber nach wie vor zutrifft. Es gibt dort ein Fitnessstudio, in dem einige der Männer aus dem Clan gern trainiert haben – und schräg gegenüber einen Supermarkt. Ich parke zwei Straßen weiter, vergewissere mich noch einmal, dass die Luft wirklich rein ist, dann stelle ich mich vor das Studio und schalte den Flugmodus an Boris' Handy aus.

Sofort treffen neue Benachrichtigungen ein – entgangene Anrufe, SMS, das ganze Programm. Während ich sie auf mein eigenes Handy weiterleite, zähle ich die Minuten auf der Uhr. Vier lasse ich vergehen, fünf, dann nehme ich das Handy wieder aus dem Netz und steuere den Supermarkt an. Kaufe Nudeln, Fertigsoße, Haltbarmilch, ein Kilo Äpfel, Brot, Müsli und Bananen. Drei Tafeln Schokolade. Vom Süßigkeitenregal aus kann ich an den Kassen vorbei durch die Fensterfront auf die Straße sehen, und dort fährt vierzehn Minuten, nachdem ich Boris' Telefon offline geschaltet habe, der Vito vorbei, im Schritttempo. Nur kurz danach ein schwarzer BMW.

Ich glaube nicht, dass man mich durch die Scheibe deutlich sehen, geschweige denn erkennen kann, trotzdem halte ich mir eine große Schachtel Kekse vors Gesicht, als würde ich die Inhaltsstoffe studieren. Kaum eine Minute später läuft draußen ein groß gewachsener Mann vorbei. Das wie aus Stein gemeißelte Gesicht kenne ich, ich habe es im *Duplex* gesehen. Jaros Bodyguard. Er hält auf das Fitnessstudio zu, verschwindet aus meinem Blickfeld. Ein paar Minuten, dann kommt er zurück, schüttelt den Kopf und gestikuliert verneinend. Die Handbewegung muss jemandem gelten, der sich außerhalb meines Gesichtsfelds befindet. Eine Schrecksekunde lang sieht es so aus, als würde der Mann als Nächstes den Supermarkt ansteuern, aber er geht an der Tür vorbei. Verschwindet.

Ich halte immer noch die Keksschachtel in der Hand wie einen Talisman. Lege sie erst in den Korb, als ich draußen die beiden Autos davonfahren sehe, diesmal knapp hintereinander.

Sie suchen also tatsächlich nicht mich. Sie haben Boris' Handy geortet, kaum dass es im Netz eingebucht war, und sind gestartet, um ihn zu finden, dabei sind sie unmittelbar an meiner Adresse gelandet. Er muss tatsächlich eine Tracking-App installiert haben, so etwas wie »Wo ist?«. Und die paar Augenblicke, in denen ich online war, haben genügt, um das Gerät zu orten. Ich darf nie wieder den Fehler machen, es in der Mailänder Straße ins Netz gehen zu lassen.

Sie waren vor meiner Tür, haben mich wahrscheinlich sogar gesehen, aber es war ihnen egal, denn sie haben Ausschau nach einem Ein-Meter-neunzig-Mann gehalten. Ich warte noch ein wenig, bis ich zur Kasse gehe und meine Einkäufe bezahle. Dass die Autos abgefahren sind, heißt nicht, dass nicht trotzdem jemand zurückgeblieben ist, um das Fitnessstudio im Blick zu behalten. Also verlasse ich den Laden mit schnellen Schritten und gesenktem Kopf. Atme erst durch, als ich mein Auto erreicht habe.

»Das gibt's doch nicht, wo hast du dich diesmal so lange rumgetrieben?« Veras Laune ist schlechter denn je, wahrscheinlich hat sie Hunger. Mit düsterer Miene stelle ich die Einkäufe auf den Tisch. »Ich hatte den Eindruck, jemand verfolgt mich. Dachte schon, du hättest einen anonymen Tipp in Richtung Jaroslaw Karpin geschickt.«

»Was? Ich bin doch nicht irre!« Sie schiebt mich zur Seite und holt den Brotlaib und die Schokolade aus der Einkaufstasche. »Ich will nichts mehr mit den Karpins zu tun haben, ich dachte, du hättest das kapiert.«

Ich zucke mit den Schultern. »Könnte ja sein, dass du noch sauer bist, weil ich dir die Tasche um die Ohren gehauen habe. Jedenfalls hat vor dem Haus ein Vito mit laufendem Motor gewartet. Fand ich beunruhigend.«

Sie hat sich jetzt einen Apfel gegriffen und beißt hinein. »Okay. Das verstehe ich. Aber es waren gar nicht sie? Sondern jemand anders?«

»Ja«, lüge ich. »Irgendeine Frau. Aber ich bin einfach nervös bei diesen Dingen.«

Sie antwortet nicht, doch kurz darauf sehe ich sie am Fenster hinter der Gardine stehen und nach unten auf den Parkplatz schauen, während die Bissstelle des Apfels in ihrer Hand sich langsam braun verfärbt.

Klar ist, dass ich mir künftig gut überlegen muss, wo ich Boris' Smartphone online schalten darf. Besser nicht an einem Ort, an dem ich länger als fünf Minuten bleiben will. Ich habe die Anwendungen auf dem Gerät durchgesehen, die Tracking-App aber nicht identifizieren können. Hätte ich sie gefunden, hätte ich sie vermutlich deinstalliert, aber das wäre vielleicht gar nicht so klug gewesen. Solange ich vorsichtig bin, wird sie mir eher nutzen als schaden.

Immerhin habe ich während der kurzen Online-Phase vor dem Fitnesscenter einen ganzen Haufen Nachrichten empfangen, die ich jetzt in meine Translator-App einfüttern werde. Und dann brauche ich jemanden, der mir kurzfristig mit russischen Übersetzungen aushelfen kann.

MyBazar erweist sich auch hier als perfekte Fundgrube. Meine Suche spuckt mir achtunddreißig Treffer aus, unter anderem Anastasia, eine junge Frau in Berlin, vor einem Jahr Mutter geworden und in Moskau geboren. Sie bietet Russisch-Nachhilfe und Übersetzungen an, beides viel zu günstig, meiner Meinung nach.

Schon zehn Minuten, nachdem ich sie angeschrieben habe, bekomme ich Antwort. Natürlich würde sie mir gerne bei den russischen Passagen in meinem Roman helfen. Ob ich denn schon etwas veröffentlicht hätte? Ob man es kaufen könne?

Leider nicht, schreibe ich zurück, aber ich hätte große Hoffnungen für das Buch, an dem ich derzeit arbeite. Und würde ihr schon einmal hundertfünfzig Euro überweisen, als Pauschale für die ersten zehn Textstellen. Die alle nicht lang sein werden, keine Sorge.

Anastasia ist begeistert und verspricht mir schnellste Bearbeitung meiner Anfragen – sie sei ohnehin die meiste Zeit zu Hause oder mit ihrer Tochter spazieren.

Ich überweise und bleibe unschlüssig auf der Couch sitzen. Vera lümmelt auf ihrem Bett und setzt ihren *Crown*-Marathon fort; sie ist schon mitten in der zweiten Staffel. Sie beachtet mich überhaupt nicht.

Drei Textnachrichten schicke ich durch die App; eine von Andrei, eine von Jaro und eine von Janina.

Ich weiß nicht, ob ich dir glauben kann, schreibt Andrei. *Slawa schwört, er hintergeht mich nicht. Du sollst dich dringend bei ihm melden, er will die Sache klären. Du hast nichts zu befürchten. Das verspreche ich dir persönlich.*

Ich kann mir ein Schmunzeln nicht verkneifen. Würde Boris auf diese Masche reinfallen? Er müsste wissen, wie viel solche Beteuerungen wert sind, er hat selbst genug Leute eliminiert, die sich bis zum Schluss auf Andreis Versprechen berufen haben, ihnen würde nichts zustoßen.

Slawa selbst gibt sich in seiner neuen Nachricht enttäuscht: *Wieso antwortest du nicht? Du bist einer meiner besten Männer, aber Andrei sagt, du vertraust mir nicht mehr. Warum, Boris? Melde dich bei mir, und wir finden gemeinsam heraus, wer uns gegeneinander aufhetzen will.*

Zu guter Letzt lasse ich Janinas Nachricht übersetzen, in der Überzeugung, dass der Inhalt ähnlich sein wird, aber damit täusche ich mich gewaltig. Ich muss nach Luft geschnappt haben, denn Vera dreht den Kopf in meine Richtung. »Ist was?«

»Hm? Nein. Bin nur gerade im Internet über ein scheußliches Foto gestolpert. Tote Hundebabys.«

»Aha.« Sie verzieht irritiert den Mund, als bezweifle sie, dass der Anblick von ein paar Tierkadavern eine solche Reaktion bei mir auslösen könnte. Angesichts dessen, was ich sonst schon gesehen habe.

Nachdem sie sich wieder ihrer Serie zugewendet hat, lade ich den Text noch einmal ins Feld. Klicke wieder auf Übersetzen. Das Ergebnis bleibt das gleiche.

Es ist so weit, ich muss Alex loswerden. Er ist zu nichts nütze, und er stellt die falschen Fragen. Ich weiß nicht, wo du dich versteckst und warum, aber das ist auch egal. Wir machen es so wie besprochen.

Loswerden gibt es für die Karpins nur auf eine einzige Art, nämlich endgültig. Heißt also, Janina will ihn töten lassen. *Er stellt die falschen Fragen.*

Ich atme tief durch. Alex hat mir das Leben extrem schwer gemacht und hätte mich fast erwürgt, trotzdem bin ich jetzt stellvertretend für ihn empört. Ich weiß, was er alles für Janina auf sich genommen hat, und sie ist so schnell bereit, kurzen Prozess mit ihm zu machen?

Vorsichtig ziehe ich Boris' Handy wieder heraus und suche nach Janinas älteren Nachrichten – vielleicht kann ich herausfinden, was »besprochen« war. Doch es sind nur zwei gespeichert, und die kenne ich beide schon. Boris muss alles Frühere gelöscht haben.

Ich öffne *MyBazar* und schreibe meine drei Antworten auf Deutsch ins Fenster für die persönlichen Nachrichten, plus einer erklärenden Notiz für Anastasia. *Wundere dich nicht zu sehr, im Zusammenhang mit dem Plot des Romans ergibt das alles Sinn.* Dahinter drei zwinkernde Smileys.

Während ich auf eine Antwort warte, esse ich fast den halben Inhalt der Keksdose als spätes Frühstück und überlege, von wo aus ich an die Karpins zurückschreiben soll. Vielleicht wäre es gut, Boris mehrfach in der gleichen Gegend auftauchen zu lassen. Es würde den Eindruck erwecken, dass er dort Unterschlupf gefunden hat, und keiner würde mehr hier vor dem Haus herumlungern.

Wo würde es Boris hinziehen? Ich scrolle auf Google Maps den Frankfurter Stadtplan rauf und runter. Wenn ich die Karpins in Bedrängnis bringen will, wähle ich Bockenheim. Dort gibt es eine fantastische Trattoria, die als Zentrale eines kalabresischen Clans gilt – sie gehören zur *'Ndrangheta*, dem angeblich gefährlichsten Zweig der italienischen Mafia. Ich hatte nie Kontakt zu ihnen, denn es gab klare Vereinbarungen zwischen der Familie und den Karpins: Keiner betritt das Gebiet des anderen. Man kommt sich nicht in die Quere, egal, was passiert. Hat, soweit ich weiß, früher immer großartig geklappt.

Hier sind die drei Übersetzungen, schreibt Anastasia schon nach zwanzig Minuten zurück. *Wirklich eigenartig, da hast du recht, aber auch spannend! Viel Spaß beim Schreiben!*

Ich tippe die drei Texte in Boris' Handy und speichere sie ab. »Sorry, Vera«, sage ich. »Ich muss noch mal für eine Stunde weg.«

Es ist Nachmittag, die Trattoria ist noch geschlossen, aber ich kann durch die Fenster sehen, wie die Tische gedeckt werden. Es ist ein elegantes und gleichzeitig gemütliches Lokal, hinter dem man nie eine kriminelle Organisation vermuten würde.

Zur Abwechslung bin ich wieder mal mit Hijab und Abaya unterwegs und schiebe den Kinderwagen vor mir her. Der Vito vor dem Haus heute Morgen hat mir wohl doch einen größeren Schrecken versetzt, als ich mir eingestehen wollte. Vera war von meinem Aufzug begeistert; ich habe ihr nicht erzählt, dass ich sie selbst in genau dieser Verkleidung ausspioniert habe, an der Adresse, an der sie später die Malakyans einkassiert haben.

Ich gehe ein paar Schritte weiter und stelle mich in einen Hauseingang, Boris' Smartphone in der Hand. Flugmodus aus.

Wieder vier entgangene Anrufe, doch denen schenke ich jetzt keine Beachtung. Als Erstes schicke ich meinen vorbereiteten Text an Jaro.

Von der Todesliste hat Pascha mir erzählt. Warum sollte er lügen? Ich bin untergetaucht, nachdem zwei Vermummte mir aufgelauert und mich angegriffen haben. Jemand muss ihnen gesagt haben, wo sie mich an diesem Abend finden. Wer, wenn nicht du?

Ich schicke die Nachricht ab. Als Nächste ist Janina dran, mit ihrem düsteren Plan für Alex.

Welche Fragen stellt er denn?, erkundige ich mich in Boris' Namen. *Überlege dir, ob er nicht doch noch von Nutzen sein könnte. Ich erinnere mich nicht mehr genau, was wir besprochen haben, die letzten Tage waren beschissen. Hilf mir auf die Sprünge.*

Ich hoffe, Boris würde sich ungefähr so ausdrücken. Ich habe keine Ahnung, wie eloquent er ist, wenn er russisch spricht oder schreibt. Anastasias Übersetzungen sind vermutlich fehlerfrei – was, wenn Boris' Geschreibsel bekannt ist für schreckliche Rechtschreibung? Die Textnachrichten würden alle stutzig machen, aber das muss ich riskieren.

Zu guter Letzt kommt Andrei dran. Ich bin jetzt schon über fünf Minuten online, trotzdem zögere ich. Schaukle nachdenklich den Kinderwagen und wiege das Smartphone in der Hand. Wenn ich einmal auf Senden gedrückt habe, kann ich nichts mehr zurücknehmen. Vielleicht bin ich im Begriff, einen riesigen Fehler zu machen.

Ich senke den Blick aufs Display, auf die kyrillischen Zeichen, die alles bedeuten könnten, aber wenn Anastasia gut gearbeitet hat, übermitteln sie Andrei folgende Botschaft:

Slawa sagt also, er hintergeht dich nicht. Was er dir nicht sagt, ist, dass du längst zurückkehren könntest. Deine kleine Fälscherin, die du immer Koschetschka genannt hast, räume ich aus dem Weg, ich weiß, wo sie steckt, ich muss nur noch eine günstige Gelegenheit abwarten und zuschlagen. Aber

Slawa wollte nicht, dass du das erfährst, er hat uns allen verboten, es dir zu sagen. Angeblich, weil er dich schützen will. In Wahrheit will er dir nur dein Geschäft wegnehmen.

Acht Minuten bin ich nun online. Bisher ist kein verdächtiges Auto aufgetaucht.

Ich richte meinen Schleier, schaukle den Kinderwagen. Dann drücke ich auf *Senden.*

NOTIZ 6

Bis zum Schluss hatte er beteuert, nichts damit zu tun zu haben. Es wäre nicht seine Schrift. Er wäre reingelegt worden, nicht nur er, wir alle. Und da gäbe es diese Frau, die er in den letzten Wochen immer wieder gesehen hätte.

»Wir können kein Risiko eingehen«, sagte ich. »Was, wenn er lügt? Was, wenn doch er es war, der uns verraten hat?«

Auf dem Tisch lag die ganze Zeit über dieser bekritzelte Fetzen, auf dem das dunkelbraun eingetrocknete Blut die Schrift fast unlesbar hatte werden lassen. Dieses Stück Zelltuch, das wie aus dem Nichts aufgetaucht war. Unerklärlich. Für den Beschuldigten. Auch für alle anderen, außer mir.

Ich habe mich für eine schnelle Erledigung ausgesprochen. Für ein gnädiges Ende ohne Schmerzen, die Hintergründe waren schließlich klar. Verliebte tun oft die verrücktesten Dinge.

Niemand weiß das besser als ich.

19.

Ich sitze auf der Couch, Boris' Handy steckt in meinem Rucksack und wird geladen, das Kabel hängt wie eine Zündschnur heraus. Nicht zu wissen, was die drei Empfänger meiner Botschaften geantwortet haben, ist kaum zu ertragen; die Versuchung, das Telefon für ein paar Sekunden ins Netz einzubuchen, fast unerträglich groß.

Vera habe ich erzählt, ich wäre in Verkleidung durch die nähere Umgebung patrouilliert, um sicherzugehen, dass wirklich niemand das Haus beobachtet. Keine Ahnung, ob sie mir geglaubt hat. Ich schätze, sie schmiedet im Stillen ihre eigenen Pläne, bereitet einen Absprung ins Ausland vor. Ich weiß nicht viel darüber, was sie getan hat, bevor eine Affäre mit einem von Andreis Leuten sie in den Clan gespült hat, aber irgendwann hat sie erzählt, dass sie ein Jahr lang in Spanien gelebt hat. Dass sie dorthin gern wieder zurückkehren würde. Dafür reicht das Geld erst mal, das ich von den Spielhallenbesitzern eingetrieben habe. Wir haben es fair geteilt, nun hat jeder von uns rund dreizehntausend Euro in der Tasche.

Den Abend stehe ich irgendwie durch, aber die Nacht erdrückt mich fast mit ihrer Dunkelheit. Ich drehe mich von einer Seite zur anderen, höre Vera im Schlaf murmeln; ab und zu schnarcht sie ein wenig. Leise und mit schnellen Atemzügen, wie ein kleines Tier.

Wenn ich könnte, würde ich meine Nachricht an Andrei zurückrufen. Ich habe mich selbst wieder ins Spiel gebracht und dafür gesorgt, dass sich der Clan intensiver als zuvor den Kopf über mich zerbrechen wird. Jaro weiß natürlich, dass die Behauptungen, die ich unter Boris' Namen verbreite, gelogen sind. Er wird alles abstreiten, die Frage ist, ob Andrei ihm glaubt. Ob ich es geschafft habe, Zweifel in ihm zu säen, oder nicht.

Um drei Uhr nachts halte ich es nicht mehr aus. So leise ich kann, schlüpfe ich in meine Jeans, greife mir den Rucksack und ziehe den Door-Jammer unter dem Türspalt hervor. Veras Atemrhythmus verändert sich nicht, auch nicht, als ich die Tür öffne. Ich schließe sie so behutsam, dass ich selbst das Schloss kaum einschnappen höre.

Draußen ist alles still. Kein Fluglärm in dieser nächtlichen Stunde, nur vereinzelte Motorgeräusche von weit entfernten Autos. Frankfurt schläft nie ganz, und ich bin sicher, die meisten der Karpins sind noch wach.

Ich setze mich in den alten Ford und fahre los, fahre bis Hochheim und halte am Fuß eines Weinbergs an. Es ist kurz vor vier, als ich das Handy wieder zum Leben erwecke. Zwei Signaltöne. Andrei hat zurückgeschrieben, Jaro auch. Janina nicht.

Das Risiko, dass mich in der nächsten halben Stunde jemand hier aufspürt, ist minimal. Ich kann lange genug online bleiben, um die Texte an mein eigenes Handy zu schicken.

Ich will Beweise, schreibt Andrei. *Slawa sagt, es ist nichts dran an dieser Nachricht. Keiner weiß, wo die Frau steckt. Möglicherweise noch in Wien. Entweder er lügt oder du. Wenn du sie beseitigst, mache ich dich reich, und du wirst meine rechte Hand, aber vorher will ich Beweise sehen. Und ich will, dass du die Quelle versteckst, bevor jemand sie in die Finger bekommt. Suche ein gutes Versteck dafür.*

Ich habe, ohne es zu merken, meine Unterlippe zwischen die Zähne gezogen und zugebissen, es tut weh. Andrei fängt schon wieder mit dieser Quelle an. Wie soll ich herausfinden, was er meint? Aber immerhin sieht es aus, als hätte ich es geschafft, ihn zu verunsichern, auch wenn ich keine endgültigen Schlüsse aus dem ziehen darf, was eine Übersetzungssoftware ausspuckt. Ich muss schon froh sein, wenn sinngemäß alles stimmt. Seine Stimmung, versteckte Nuancen oder Drohungen herauslesen zu wollen, ist illusorisch.

Bei Jaroslaws Nachricht sind Interpretationsversuche ganz überflüssig. Sie ist kurz, unmissverständlich und beunruhigend:

Wer bist du wirklich?

Ich starre die vier Worte auf dem Display an, lasse das Handy auf den Beifahrersitz fallen und starte den Motor. Weg hier.

Etwas in meiner letzten Mitteilung muss mich verraten haben. Warum denkt Jaro nicht das Naheliegende? Dass Boris ihm in den Rücken fällt? Wieso glaubt er, jemand anderer legt ihn rein?

Während ich über die Autobahn zurückfahre, arbeite ich im Geist bereits an meinen Antworten. Zu Hause werde ich sie ausformulieren und am Morgen an Anastasia schicken.

Wer bist du wirklich? Jaro kann die Wahrheit nicht ahnen, oder? Er hat Andrei mitgeteilt, dass er mich nach wie vor in Wien vermutet. Wenn ich Glück habe, verdächtigt er jemanden aus seinem Team, das Misstrauen breitet sich aus, und am Ende zerfleischen sie sich gegenseitig. Ich wärme mich an dieser Vorstellung, bis ich im Morgengrauen auf den Parkplatz einfahre.

Im Haus rührt sich noch niemand. Ich schließe die Augen vor dem flackernden Neonlicht im Aufzug, in dem es nach Müdigkeit und Schweiß riecht. Wieder gelingt es mir, die Tür fast geräuschlos aufzusperren – mit ein bisschen Glück hat Vera meine Abwesenheit nicht bemerkt.

Trotzdem wappne ich mich innerlich für einen ihrer Wutanfälle. Nehme mir vor, ihn schweigend über mich ergehen zu lassen und mir währenddessen eine plausible Erklärung für meinen Ausflug zu überlegen.

Doch es bleibt ruhig in der Wohnung. Ich ziehe mir die Schuhe von den Füßen und tappe im Dunkeln zu meiner Couch. Immer noch regt sich nichts, und ich lasse mich gleichermaßen erleichtert und vorsichtig auf die Kante sinken.

Und jetzt erst fällt es mir auf. Veras Decke hängt halb auf den Boden herunter, ihr Kissen ist zerdrückt, dazwischen liegt das grüne T-Shirt, das ich bis eben noch für ihren Oberkörper gehalten habe.

Doch davon abgesehen, ist das Bett leer. Vera ist fort.

Als Erstes haste ich ins Badezimmer, danach auf den Balkon, von dem aus ich den besten Blick auf die Straße habe. Vera ist nirgendwo zu sehen. Ich stürze in die Wohnung zurück, ramme den Door-Jammer in den Türspalt und schalte das Licht an.

Wenn es eine Entführung war, ist sie ohne großen Kampf abgelaufen. Nirgendwo Blut, keine umgeworfenen Möbel, nur das Bett ist zerwühlt. Soweit ich es erkennen kann, sind Veras Sachen alle noch da, abgesehen von ihrer Handtasche, dem Geld und dem Notebook. Daraus lassen sich keinerlei Schlüsse ziehen: Hat man sie verschleppt, sind das die Gegenstände, die für die Entführer ebenfalls interessant wären. Ist sie abgehauen, hätte sie genau diese Dinge mitgenommen.

Dann ist das Haus doch beobachtet worden? Und sie haben einfach die Tür aufgebrochen – kein großes Problem mehr, nachdem ich die Blockade entfernt hatte.

Aber warum sind sie nicht mir gefolgt? Warum wollten sie in die Wohnung, wenn keiner wusste, dass Vera sich hier eingenistet hatte, höchst lebendig? Beim Verlassen des Hauses hätten sie mich erkannt, ich war ungetarnt unterwegs. Es wäre so einfach gewesen, mich zu schnappen.

Das alles ergibt keinen Sinn. Außer, die Karpins haben nichts damit zu tun, und Vera ist tatsächlich aus freien Stücken verschwunden. Was ich mir nur schwer vorstellen kann, sie wollte ja nicht einmal einkaufen gehen. Sich nirgendwo sehen lassen. Das mit dem Totsein besser hinbekommen als ich.

Während ich die Wohnung weiter auf Hinweise durchforste, spult mein Hirn ein Angstszenario nach dem anderen ab: Dass ich beim nächsten Verlassen des Hauses in ein Auto gezerrt werde. Dass Vera die ganze Zeit über mit den Karpins gemeinsame Sache gemacht hat und sie jetzt zum letzten Schlag ausholen. Dass sie Kameras in der Wohnung installiert haben, um alle meine Schritte nachzuvollziehen – nein, das ist Quatsch, viel zu viel Aufwand; eher haben sie das Essen im Kühlschrank vergiftet. Nervengift durch den Korken der Weinflasche injiziert.

Draußen ist es hell geworden, und meine Suche hat nicht das Geringste erbracht. Ich setze mich mit einer Tasse Kaffee und der geladenen Pistole auf den Boden vor die Tür und lausche auf jedes Geräusch im Haus. Auf das Surren des Aufzugs, das Zuschlagen von Wohnungstüren, die Stimmen sich begegnender Nachbarn. Vor allem horche ich auf Schritte, die sich meiner Tür nähern, halb hoffend, dass sich Veras darunter befinden. Dass sie nur kurzfristig abgehauen ist und nun, wieder vernünftig geworden, zurückkommt. Eine Kurzschlussreaktion, nachdem sie mein nächtliches Verschwinden bemerkt hat.

Aber um neun Uhr sind die Dinge immer noch unverändert, und ich merke, wie es zunehmend schwieriger wird, gegen die Müdigkeit anzukämpfen. Eine halbe Stunde, denke ich, und obwohl das Bett theoretisch wieder frei wäre, schleppe ich mich zur Couch. Rolle mich darauf ein, die Walther in der Hand.

Als ich wieder aufwache, ist es zwei Uhr nachmittags. Mein Kopf fühlt sich an, als wäre ein Lkw darübergerollt, aber davon abgesehen scheint alles in Ordnung zu sein. Der Door-Jammer ist an Ort und Stelle, und als ich mich auf den Balkon schleiche und nach unten spähe, ist auch da nichts Ungewöhnliches zu entdecken. Mein Wagen steht, wo ich ihn abgestellt habe, und es sind keine teuren dunklen Autos in Sichtweite.

Zwei Schmerztabletten später setze ich mich ans Notebook und schreibe meine nächsten Nachrichtenentwürfe an Anastasia.

Wer ich bin? Boris natürlich, wer sonst? Was denkst du denn?

Das ist für Jaro bestimmt und trifft zumindest im Deutschen genau Boris' Ausdrucksweise. Ich kann in den Worten fast seine Stimme hören, seinen Akzent, die darunter liegende Aggression.

Die richtige Antwort für Andrei zu finden ist schwieriger. Er will Beweise für den Tod seiner *Koschetschka*, aber ich werde mir dafür kein Körperteil abhacken und ihm per Post schicken.

Ich beginne dreimal und lösche alles wieder. Kann mich kaum konzentrieren, denn erstens wirken die Pillen noch nicht, zweitens versetzt jedes Geräusch von außen mich in Alarmbereitschaft.

Welche Beweise möchtest du?, schreibe ich schließlich. *Die Leiche werde ich entsorgen, so haben wir es immer gemacht, alles andere wäre verrückt. Aber ich verspreche dir, sie zu töten. Ich muss nur noch ein paar Vorkehrungen treffen, dein Bruder macht es mir absichtlich schwer.*

Überleg dir mal, wer davon profitieren würde, dich anzulügen. Ich oder Slawa? Du hast immer gesagt: Boris ist ein ehrlicher Mann. Weißt du noch? Und das stimmt auch.

Langer Text. Ich lese ihn mehrmals durch, unschlüssig, ob ich ihn so an Anastasia schicken kann. Nicht ohne ein paar begleitende Worte, fürchte ich. Aber ich bin ungeduldig, ich will heute noch antworten, ich will möglichst schnell wieder Kontakt. Wenn Vera zurück bei den Karpins wäre, würden sie das in einer Nachricht an Boris erwähnen, denke ich.

Anastasia ist weniger beeindruckt, als ich befürchtet habe. *Bin so gespannt auf das fertige Buch!*, schreibt sie nach einer knappen Stunde, und darunter finden sich die beiden Übersetzungen.

Halb fünf ist es jetzt. Vera ist nicht zurückgekommen, niemand hat versucht, die Wohnung zu stürmen. Soll ich mich rauswagen? Oder lauern sie vor der Tür?

Die letzte Nacht sitzt mir in den Knochen, Veras Verschwinden macht es nicht besser, aber insgeheim weiß ich längst, dass ich das Risiko eingehen werde. Einfach, weil ich es nicht ertrage, untätig hier zu sitzen. Also warum nicht gleich?

Ich verstecke mein Haar unter der Baseballkappe, setze mir die Sonnenbrille auf und zerre die Jacke mit dem Logo des Paketdienstes aus dem Schrank, die habe ich viel zu lange nicht mehr in Gebrauch gehabt. In meinen Rucksack stopfe ich alles, was keiner hier finden darf – Waffe, Geld, Notebook, Handy.

Bevor ich gehe, klebe ich eines meiner Haare zwischen Tür und Türstock. Eine praktisch unsichtbare Sicherheitsvorkehrung: Wenn es bei meiner Rückkehr noch unversehrt ist, hat niemand die Wohnung betreten.

Diesmal fahre ich in Richtung Flughafen, bleibe in Kelsterbach stehen und zücke den Zettel mit den Texten, die ich gleich schicken will. Schalte Boris' Handy ein. Was dann kommt, trifft mich vollkommen überraschend.

Ein Signalton überlappt den anderen, die Flut an Nachrichten überrumpelt mich völlig. Vierundzwanzig entgangene Anrufe, achtzehn SMS. Es muss etwas passiert sein, etwas Dramatisches. Vielleicht hat es Jaro erwischt oder – das wäre der Himmel – Andrei.

Ich öffne die Nachrichtenapp. Pech gehabt, Jaroslaws Tod scheint nicht der Anlass für die Aufregung zu sein, denn allein von ihm kommen vier Mitteilungen. Zwei ältere auch von Andrei, der Rest verteilt sich auf Pascha und ein paar Leute, deren Namen ich erst entziffern müsste.

Ein Gefühl, als würde eine Welle des Unheils heranrollen. Ich merke, wie ich die Luft anhalte, als ich Jaros erste Nachricht öffne.

Und da ist es, das Unheil. Ein Foto. Ich brauche nicht lange, um zu erkennen, was ich sehe, und mir ist klar, dass sich die Spielregeln eben geändert haben.

Das Bild zeigt Boris' abgeschnittenes Ohr. Es ist schwarzbraun von verkrustetem Blut, im Ohrläppchen steckt noch der rotgoldene Ring. Jaros nächste Nachricht besteht ebenfalls aus einem Foto des Ohrs, diesmal aus leicht veränderter Perspektive. Die Schnittwunde ist deutlich sichtbar. Die Stelle, an der Ashot mit der Heckenschere gearbeitet hat. Das Ohr liegt auf braunem Karton, wahrscheinlich ein Teil des Pakets, in dem es geliefert worden ist. Vielleicht von dem gleichen Paketdienst, dessen Jacke ich heute trage.

Das nächste Bild, das Jaro schickt, zeigt einen Totenkopfring, ähnlich dem, in den ich das Küken gesteckt habe. Alles klar. Die Malakyans haben ihre Grüße geschickt und deutlich gemacht, dass sie nicht willens sind, Semions Tod und das Niederbrennen des *Shelley* ungesühnt zu lassen.

Jaros vierte und letzte Nachricht enthält kein Foto, dafür Text – diesmal nicht in kyrillischer, sondern der vertrauten europäischen Schrift. Geschrieben auf Deutsch.

Das ist eine Nachricht an Tigran Malakyan persönlich: Ihr wollt Krieg. Den könnt ihr haben. Ihr wisst sicher, dass ihr ihn verlieren werdet. Ihr werdet für den Tod meines Freundes zehnfach zahlen, seine Schmerzen zehnfach fühlen, wenn nicht gar hundertfach. Das gilt besonders für dich selbst, Tigran. Wenn du klug bist, schießt du dir eine Kugel in den Kopf.

In dem Moment, in dem ich zu Ende gelesen habe, beginnt das Telefon in meiner Hand zu vibrieren; ich erschrecke so sehr, dass ich es fallen lasse. Es rutscht in den Fußraum des Autos, das Display leuchtet zu mir herauf. Jaroslaw.

Ich greife nach dem Gerät, als wäre es ein giftiges Tier. Eine Sekunde lang überkommt mich das irrwitzige Bedürfnis, den Anruf entgegenzunehmen, ins Telefon zu brüllen oder das Radio in ohrenbetäubender Lautstärke aufzudrehen und das Handy gegen den Lautsprecher zu pressen.

Stattdessen drücke ich Jaro weg. Es ist klar, ich muss noch mal neu planen, alles neu überlegen, es war von Beginn an ein Fehler zu denken, die Malakyans würden in aller Stille Rache üben und Boris einfach verschwinden lassen. Natürlich wollen sie, dass die Karpins von ihrer Tat erfahren.

Ich brauche Zeit, um nachzudenken, aber das Handy läutet schon wieder. Jaroslaw gibt nicht auf. Also Flugmodus an, Handy auf den Beifahrersitz und losfahren, auf die Autobahn, einfach irgendwohin.

Es ist mir egal, ob Jaro, Janina und die anderen Boris für tot halten. Wichtig ist nur, dass Andrei es nicht tut. Denn so, wie ich es im Moment sehe, ist Boris der Einzige, der ihn zurück nach Deutschland locken kann.

Deshalb darf ich nicht zu lange mit einer Reaktion warten. Bei nächster Gelegenheit fahre ich von der Autobahn ab und stelle mich auf einen Supermarktparkplatz. Ich habe vorhin Andreis Nachrichten nicht durch den Translator gejagt, das tue ich jetzt. Beide haben in etwa den gleichen Inhalt: *Sie sagen, du bist tot. Aber ich habe doch gerade noch von dir gehört!*

Ich lasse den Satz: *Ich bin nicht tot, was für ein Blödsinn!*, von der Software ins Russische übertragen und hoffe inständig, dass sie dabei keinen Mist baut. Danach füge ich Anastasias Übersetzung an – dass es nicht mehr lange dauern wird, bis ich ihm den Weg zurück nach Deutschland geebnet haben werde. Dass ich ein ehrlicher Mann bin.

Ich schicke den Text ab, mit mulmigem Gefühl im Bauch.

Danach durchsuche ich in Windeseile Boris' Fotoordner, scrolle an schauderhaft brutalen Bildern vorbei und finde schließlich ein Selfie, knapp zwei Wochen alt, auf dem er Zeige- und Mittelfinger als Victory-Zeichen hochhält. Einmal schnell bearbeiten, neu abspeichern, und schon bekommt Andrei in den Bildinformationen das aktuelle Datum angezeigt, falls er das überprüfen will. Das Foto schicke ich kommentarlos der ersten Nachricht hinterher, als Lebenszeichen sozusagen, dann schalte ich das Telefon aus.

Und jetzt? Der Gedanke, zurück in die Wohnung zu fahren, erfüllt mich mit körperlich spürbarem Widerwillen. Was mir außerdem im Genick sitzt, ist ein ungewohnter Hauch von schlechtem Gewissen: Ich habe die Malakyans in meine Privatfehde hineingezogen, habe sie meine Schmutzarbeit erledigen lassen. Sie haben Boris für mich beseitigt und, in gewisser Weise, auch Vera.

Ich sollte Tigran wissen lassen, dass Jaro ihm eine persönliche Drohung geschickt hat. Es wird ihn nicht sehr überraschen. *Wenn du klug bist, schießt du dir eine Kugel in den Kopf.*

Ich starte den Motor und fahre zurück auf die Autobahn, nehme die Ausfahrt Rebstock und halte in der Mainzer Landstraße an, nicht weit entfernt von der Brandruine des *Shelley*. Dort greife ich nach meinem eigenen Smartphone und wähle die Nummer, die Tigran mir gegeben hat. *Geschenk.*

Wieder meldet sich die Frauenstimme. »Ja?«

»Hallo.« Ich schalte meinen russischen Akzent an. »Hier Nadja. Tigran Malakyan mir hat gesagt, ich soll mich melden, wenn ich möchte Schutz. Den ich brauche jetzt, bitte. Und er braucht auch.«

20.

Laut dem Zettel an der Tür ist das Lokal seit zwei Monaten geschlossen, trotzdem hängt immer noch der Geruch von Zwiebeln und Bratfett in der Luft. Ich trete ein, blicke mich um. Niemand hier.

Zehn Minuten nach meiner Kontaktaufnahme kam der Rückruf der Frau: Ich solle ins Bahnhofsviertel fahren, zu einer Adresse in der Niddastraße, einem ehemaligen Asia-Restaurant. Die Tür stehe offen, ich solle dort warten.

Die Niddastraße hätte ich gern gemieden – wegen der Junkies einerseits, aber auch, weil die Karpins oft Geschäfte in einem Lokal abwickeln, das um die Ecke liegt. Es ist jetzt eigentlich schon zu spät, um als Paketbotin unterwegs zu sein, ich müsste längst Feierabend haben.

Aber sobald ich das Restaurant betreten habe, fühle ich mich sicherer, vor allem in der Küche. Ich habe mir ein langes Fleischermesser aus dem Block gezogen, als Abschreckungswaffe für den Fall, dass einer der Junkies mich hier hat reingehen sehen und es für eine gute Idee hält, mir zu folgen. Auf diese Weise bewaffnet, sitze ich jetzt auf der Nirosta-Arbeitsplatte und warte. Den Rucksack mit der Walther habe ich ebenso im Auto gelassen wie Boris' Handy; ich will möglichst verhindern, dass die Malakyans mir das wegnehmen.

Es dauert nicht lange, bis ich höre, wie von der Straße aus die Tür geöffnet wird. Sekunden später fällt sie ins Schloss, schwere Schritte nähern sich, und Ashot steht vor mir. Der Mann mit der Gartenschere. »Ah«, sagt er. »Du siehst anders aus.«

Ohne auf das Messer in meiner Hand zu achten, geht er an

mir vorbei, zieht ein paar Schubladen auf und findet in einem der hohen Schränke eine Schachtel Glückskekse. »Ich soll auf dich aufpassen«, stellt er fest und schüttet die Kekse auf die Arbeitsplatte. Nimmt sich drei davon und schiebt mir einen zu. »Hunger?«

Weil ich ihn nicht verstimmen will, greife ich danach. Reiße die goldene Verpackung ab und breche den Keks in der Mitte durch. *Die sicherste Tür ist die, die man offen lassen kann*, steht auf dem Zettel, und ich lache unwillkürlich auf.

»Was ist?«, fragt Ashot, erntet aber nur ein Kopfschütteln von mir. Ich will ihm nicht erklären, wie fest alle meine Türen verbarrikadiert sind; die zu meiner Wohnung und die zu meinen Gedanken.

Er wirft einen Blick auf die Uhr. »Die anderen werden gleich da sein.« Damit reißt er die nächste Folie auf, steckt den Keks in den Mund und zieht kurz darauf einen ziemlich zerkauten Papierstreifen zwischen den Lippen hervor.

Doch es dauert noch eine Viertelstunde, bis Tigran eintrifft, in Begleitung dreier Männer und einer Frau, die ich auf den ersten Blick aber auch für einen Mann halte. Ihr Haar ist millimeterkurz und wirkt zu grau für ihr junges Gesicht. Einen der Männer kenne ich aus dem Weinkeller; es ist der, der neben mir ins Gebüsch gepinkelt hat. Die zwei anderen habe ich noch nie gesehen.

Mit belustigtem Blick mustert Tigran meine Paketboten-Jacke. »Als Nutte hast du mehr verdient, oder?« Er verschränkt die Arme vor der Brust. »Du sagst, du brauchst Hilfe. Was ist das Problem?«

»Ihr habt Boris' Ohr zu Karpins geschickt.«

»Ja. Sie sollen wissen, dass wir Semion gerächt haben.«

»Das tun sie. Und sie haben angekündigt, sie dich vornehmen als Nächsten.«

Er hebt das Kinn, wie um sich noch größer zu machen. »Ist das so? Woher weißt du das?«

»Ich habe Boris' altes Handy. Dorthin haben sie geschickt SMS, weil sie denken, ihr habt Handy.«

Wortlos streckt er eine Hand aus. Winkt ungeduldig mit den Fingern, als ich nicht reagiere. »Gib es mir.«

»Ich habe nicht dabei.« Genau die Art von Szenario habe ich befürchtet, deshalb liegt das Smartphone in meinem Auto, unter der Fußmatte des Beifahrersitzes.

Tigran wendet sich ab, wechselt ein paar armenische Worte mit dem Mann neben ihm. Dem aus dem Weinkeller. Der verzieht amüsiert die Mundwinkel, zuckt mit den Schultern. Antwortet etwas, das ich ebenfalls nicht verstehe.

Der nächste Satz gilt der kurzhaarigen Frau, die nickt und zu mir tritt. Bevor ich noch reagieren kann, sind ihre Hände überall. Sie tastet grob meinen ganzen Körper ab, ober- und unterhalb der Jacke, auf der Vorder- und der Rückseite. Beinahe amüsiert mich das – sie nehmen so weit Rücksicht, dass sie mich nicht von Männern begrapschen lassen. Das wäre den Karpins denkbar egal gewesen, und wie es aussieht, ist es auch bei den Malakyans die Ausnahme, denn sowohl Ashot als auch Tigrans Begleiter wirken erstaunt.

In einer meiner Hosentaschen ertastet die Frau mein Handy und zieht es mit einem Laut des Triumphs heraus. Tigran greift danach, dreht es in alle Richtungen, bevor er es mir reicht. »Entsperren.«

»Ist meines, das nützt nichts.«

»Entsperren. Sofort.«

Nicht sehr riskant, seiner Anweisung zu folgen. In meinem Telefon ist nichts Verräterisches gespeichert. Nur die Nummern meiner Grafik-Kunden. Die der Armenier selbst. Und die der Ärztin, von der ich den Kinderwagen habe. Ich tippe den Code ein – die Gesichtserkennung habe ich deaktiviert – und halte Tigran das Smartphone hin.

Während er eine App nach der anderen antippt, breitet sich

Enttäuschung auf seinem Gesicht aus. Er wirft das Telefon auf die nächstgelegene Arbeitsplatte. »Was haben die Karpins an die andere Nummer geschrieben?«

»Dass es wird geben Krieg. Dass du schmerzhafte Tod bekommst, wenn du klug, du dich erschießt selbst.«

Vielstimmiges Gelächter. Diesmal wechselt Tigran ein paar Sätze mit Ashot, der ihm offenbar etwas bestätigt, in Richtung Tür deutet, mich dann aber mit sehr zweifelndem Blick mustert.

Ich hasse es, nicht zu verstehen, was gesprochen wird, das war schon in meiner Zeit bei den Karpins so. Wenn man dem Dialog nicht folgen kann und keine Ahnung hat, worum es geht, erschrickt man viel heftiger, wenn plötzlich einer ausflippt und die Waffe zieht. Mich haben solche Ereignisse mehr als einmal kalt erwischt, immer habe ich aufgeschrien, und wenn Andrei dabei war, hat er mich dafür verprügelt.

Deshalb bin ich jetzt auf alles gefasst. Das Messer liegt noch auf der Arbeitsfläche, nicht weit von meinem Handy entfernt. Ich könnte es in einer schnellen Bewegung an mich reißen. Falls es nötig werden sollte.

Aber im Moment sieht es nicht so aus, Tigran hat sich der Frau zugewandt. Sie verzieht keine Miene, wartet, bis er fertig gesprochen hat, dann geht sie nach draußen.

»Was passiert?«, frage ich leise.

»Klappe halten«, herrscht mich der Bullige an, der vom Weinberg. Er lacht, sagt etwas zu Tigran, und nun lachen sie alle.

Noch ein vertrautes Gefühl. Ich balle die Hände zu Fäusten, sie sind kalt und schweißnass. Sieht aus, als hätte ich mich verschätzt und mir zu wenig bewusst gemacht, dass die Malakyans nicht meine Verbündeten sind. Nur weil wir denselben Gegner haben, sind wir noch lange keine Freunde. Tigran hat mir Schutz zugesagt, aber was bedeutet das schon, wenn es gilt, einen Krieg zu gewinnen?

Nun legt er mir den Zeigefinger unters Kinn und hebt es an. »Einen Auftrag erledigst du noch für uns, ja? Dann beschützen wir dich.« Er deutet in Richtung Tür. »Sie suchen dich noch immer, die Russenschweine?«

»Äh. Ja.«

»Der Letzte war ja unglaublich scharf darauf, dich in die Finger zu bekommen. Ist das bei den anderen auch so?«

»Ich fürchte ja.«

Tigran lächelt. »Das ist gut.«

Damit ist klar, ich soll ihnen noch einmal den Köder machen, nur diesmal wohl nicht zu meinen Bedingungen. Keine Vorbereitungszeit, so wie bei Boris, kein Abwarten des passenden Moments. Sie werden mich einfach wie einen Wurm am Haken vor die Mäuler der Karpins halten und hoffen, dass einer anbeißt.

Meine Vermutung bestätigt sich fünf Minuten später. Die Frau kommt zurück, ein Bündel Stoff in den Händen. Das sich als Kleid entpuppt – kurz, schwarz und wahrscheinlich eine Nummer zu groß.

»Einer der Russen sitzt drüben im *Star Club*«, erklärt Tigran mir. »Mit einer Frau. Wir werden unseren Wagen hier im Hof parken, und wenn der Typ dir folgt, rennst du her. Sobald ihr hier seid, kümmern wir uns um den Rest.«

Genau so etwas hatte ich befürchtet. »Das klappt nicht.«

Tigrans Blick verhärtet sich. »Wieso nicht? Du sagst, sie wollen dich unbedingt in die Finger kriegen. Da wird der Kerl sich die Gelegenheit doch nicht entgehen lassen. Oder hast du uns angelogen?«

Ich schüttle den Kopf, fühle Panik in mir aufsteigen. Ich kann es nicht ändern, ich habe ständig Pascha vor Augen. Insgeheim bin ich überzeugt, dass er es ist, der im *Star Club* sitzt, dort war er früher auch oft. Wenn es sich wirklich um ihn handelt, weiß ich nicht, wie ich auf seinen Anblick reagieren werde. Ob ich dann abhauen kann wie geplant oder einfach starr dastehen werde, bewegungsunfähig wie in einem Albtraum.

Die Männer rund um Tigran haben drohende Haltung angenommen. Niemand hier wird ein Nein akzeptieren. »Ist sicher nur einer?«, wispere ich.

»Ja.«

»Welcher?«

Tigran wendet sich zu der Frau um, fragt sie etwas. Ihre Antwort fällt länger aus als erwartet, aber einen Namen höre ich nicht heraus.

»Sie weiß nicht, wie er heißt«, übersetzt Tigran für mich. »Aber sie ist sicher, er ist einer von ihnen. Sie hat ihn genau gesehen, am Main. Sie war dabei, als sie ... das Paket ausgeliefert haben, und sie mussten warten, bis alle weg waren. Sie sagt, sie hat ihn eine halbe Stunde durch ein Fernglas beobachtet. Sie ist sicher.«

Das Paket, aha. Das Vera-Paket. Das Schweinehälften-Paket.

Die Frau hält mir das Kleid hin, und ich nehme es, auch wenn ich nicht verstehe, warum ich mich umziehen muss. Oder doch, man soll mich ja erkennen können. Es soll genau das passieren, was ich schon so lange so angestrengt zu verhindern versuche.

In einem Nebenraum schlüpfe ich aus meinen Sachen und in das Kleid hinein. Langsam und zögernd. Wenn ich mir Zeit lasse, hat der Karpin-Mann vielleicht das Lokal schon verlassen. Doch das scheint auch Tigran klar zu sein. »Mach schnell«, herrscht er mich an. Ich bin gerade dabei, das Kleid über den Kopf zu ziehen, und kann sehen, wie sein Blick an meinen Narben hängen bleibt. Denen am Oberschenkel, denen im Rippenbereich. Kurz denke ich, er wird nach dem Ursprung der Verletzungen fragen, aber das tut er nicht, er kommt bloß näher und zieht mit einem Ruck das Kleid nach unten. Löst den Haargummi und drückt ihn mir in die Hand. »So. Los jetzt.«

Zusammen mit den Sportschuhen muss mein Aufzug seltsam aussehen, doch das ist mein geringstes Problem. Immerhin behindern die Schuhe mich nicht, ich werde rennen können. Tigran schiebt mich auf den Ausgang zu; im letzten Moment sträube ich mich. »Was, wenn ihr irrt? Wenn das niemand von Karpins ist?«

Ein schmerzhafter Stoß, ich stolpere auf die Tür zu. »Mariam irrt sich nicht. Los jetzt. Wir behalten dich im Auge. Komm nicht ohne ihn zurück.«

Der *Star Club* ist eines der besseren Lokale im Viertel. Ein bisschen plüschig, aber sauber. In den Hinterzimmern werden zwar dubiose Geschäfte abgewickelt, aber man achtet nach außen hin darauf, einen seriösen Eindruck zu erwecken.

Ich war zu meiner Zeit bei den Karpins einige Male dort; ihn zu finden ist kein Problem, er liegt quasi um die Ecke. Ich muss nur die erste Straße links abbiegen und dann geradeaus weitergehen, etwa dreihundert Meter. Es ist eine kurze Strecke, aber für einen schnellen Läufer reicht sie leicht, um mich einzuholen. Einen schnellen Läufer wie Pascha, zum Beispiel. Gegen ihn hätte ich keine Chance.

Du hast es vermasselt, hämmert mein Puls. Wärst du doch einfach in Wien geblieben. Du hast es vermasselt, und heute könnte dein letzter Tag sein.

Als ich die Tür zum *Star Club* öffne, zittern mir die Knie. Ich bleibe kurz stehen, versuche, mich zu konzentrieren. Wenn ich zulasse, dass die Angst mir alle Kraft aus dem Körper zieht, habe ich jetzt schon verloren.

Der Club ist gut besucht, aber noch nicht voll. Mein erster Blick gilt den Tischen nahe den Fenstern – dort sitzt niemand, den ich kenne. Langsam und mit gesenktem Kopf gehe ich tiefer in das Lokal hinein, bis zu den Billardtischen, aber dort ist ebenfalls niemand.

Er ist fort, denke ich, oder er war nie da. Doch bevor mich

noch federleichte Dankbarkeit durchströmt, entdecke ich ihn an der Bar. Nicht Pascha, sondern Jaro. In Begleitung einer blonden Frau, die ich nur von hinten sehe, doch als sie den Kopf ein Stück zur Seite dreht, wird klar, es ist Janina.

Instinktiv wende ich mich ab, tue so, als wäre ich mit jemandem verabredet, den ich nicht entdecken kann. Damit, dass ich Jaro anlocken soll, hatte ich nicht gerechnet. Er ist mir bei Weitem lieber als Pascha, aber ich kann ihn schwerer einschätzen. Wahrscheinlich läuft er nicht ganz so schnell. Sollte ich ihn wirklich in die Fänge der Malakyans locken können, wäre das ein gewaltiger Coup, dann stünden die Karpins ohne Anführer da. Dann müsste Andrei zurückkommen. Zu dumm, dass Janina dabei ist, ich kann nicht riskieren, dass beide mich sehen, denn selbst mit Glück kann ich nur einen in sein Verderben locken. Der – oder die – andere weiß dann, dass ich hier bin.

Ich werde wieder gehen. Den Malakyans sagen, dass nicht nur einer, sondern zwei Karpins ihren Abend hier verbringen und wir die nächste Gelegenheit abwarten müssen.

Aus den Augenwinkeln sehe ich, wie Janina ihre Hand auf Jaros legt, wie sie sich zu ihm neigt. Lacht. Ich beginne zu verstehen, warum sie Alex loswerden möchte. Und dann steht sie plötzlich auf. Stöckelt nach hinten, in den Bereich, wo sich die Toiletten befinden.

Ich setze mich in Bewegung, noch ohne eine Entscheidung getroffen zu haben. Alles wird davon abhängen, wie dringend Jaroslaw mich zu fassen bekommen möchte. Mit jedem Schritt wird mir bewusster, wie irre das ist, was ich tue, und jetzt könnte ich noch umkehren, zurückgehen, ein paar Prügel von den Malakyans beziehen – töten würden sie mich hoffentlich nicht.

Noch sieben Schritte. Noch vier. Mein Hals ist trocken, ich kämpfe gegen die Panik an, die mir beinahe die Luft nimmt.

Jetzt streift mich Jaros Blick. Mehr zufällig und vollkommen desinteressiert; einen Wimpernschlag später betrachtet er schon wieder die Eiswürfel in seinem Glas.

Er erkennt mich nicht. Woher auch. Niemand scheint ihm Fotos von mir gezeigt haben. In jedem anderen Zusammenhang wäre das großartig, nur kann ich so meinen Auftrag nicht erfüllen, denn wenn Jaro nicht weiß, wer ich bin, wird er mir auch nicht folgen.

Ich atme tief ein. »Entschuldigung«, krächze ich. Wiederhole es, als er nicht reagiert. Jetzt hebt er doch den Kopf, ein höflich fragendes Lächeln im Gesicht. »Ja?«

Er verstellt sich nicht, ich bin ihm wirklich vollkommen fremd. Am liebsten würde ich ihn nur nach der Uhrzeit fragen und kehrtmachen, aber jetzt habe ich mich schon so weit vorgewagt. Und gleich wird Janina zurückkommen.

Ich räuspere mich, halte Jaroslaws Blick mit meinem fest. Jetzt, aus der Nähe, wird eine Ähnlichkeit zwischen ihm und Andrei sichtbar. Die Augen, es sind diese blauen Augen, eine Farbe wie trübes Wasser.

Ich lächle verkrampft. »Entschuldigen Sie, könnten Sie kurz mitkommen?«

Er wirft einen schnellen Blick zurück über seine Schulter, sichtlich in der Annahme, ich hätte mit jemandem gesprochen, der sich hinter ihm befindet. Doch dort ist niemand.

»Ich?«

Ich nicke. »Ja, bitte. Es dauert auch nicht lange.« Meine Finger umklammern die Kante der Bar so fest, dass sie schmerzen.

»Warum?« Keine Spur von Misstrauen in seiner Stimme, nur Verwunderung. »Müsste ich Sie kennen?«

Ja. Nein. Eigentlich schon. Immerhin war er sicherlich über den Einsatz in Wien informiert, wenn er ihn nicht sogar befohlen hat. Dort haben seine Männer mir nachgestellt, sie haben in meiner Wohnung einen Mord begangen. Er muss auch wissen, dass ich in München aufgetaucht bin. Davon gab es Fotos, die mir zwar nur bedingt geähnelt haben, aber ausreichend waren, um eine Horde Karpins nach mir suchen zu lassen.

»Es ist gerade ungünstig, ich bin nicht alleine hier«, fügt er an und blickt in die Richtung, in die Janina gegangen ist.

»Bitte. Es ist wichtig. Geschäftlich.«

Nun betrachtet er mich genauer. »Geschäftlich? Ich glaube nicht, dass wir schon miteinander zu tun hatten. Darf ich nach Ihrem Namen fragen?«

Es geht schief, es geht völlig schief. Ich sollte sofort verschwinden, bevor Janina mich sieht.

»Ich heiße Amelie«, improvisiere ich. »Einer Ihrer Mitarbeiter hat mich gebeten, Sie zu holen. Es ist dringend, sagt er.«

»Aha.« Jaro zieht sein Handy aus der Tasche seines Sakkos und scrollt über den Sperrbildschirm, offenbar auf der Suche nach einer Nachricht, die zu meinem Auftauchen passt.

»Bitte«, dränge ich, und im gleichen Moment höre ich vom hinteren Ende des Lokals einen Aufschrei. Eine Männerstimme, die jetzt etwas ruft, das ich nicht verstehe. Ganz automatisch weiche ich zurück und sehe aus einem dunklen Winkel hinter den Billardtischen den Mann mit dem steinernen Gesicht auftauchen. Den Bodyguard, der mit ausgestrecktem Finger auf mich zeigt.

Verdammt. Ich drehe mich um und renne. Drücke die Tür auf, stürze hinaus. Höre Jaro hinter mir einige Male »Vadim« rufen, doch dann bin ich auf der Straße, remple eine Frau fast nieder, laufe weiter, egal, ob ich Luft bekomme oder nicht.

Einen einzigen Blick wage ich nach hinten und sehe, dass der Mann mir folgt. Vadim heißt er also, und auch er ist schnell, holt mit jedem Schritt auf. Ich lege an Tempo zu, schlittere um die Ecke, sehe vor mir schon das ehemalige Lokal. Die Tür ist nur angelehnt, ich werfe mich dagegen, höre bereits Vadims Keuchen hinter mir. In dem Moment, als ich den ersten Fuß in das leere Restaurant setze, spüre ich seine Hand auf meiner Schulter.

Ich reiße mich los, schlage nach ihm, stolpere in Richtung Küche. Die anderen, wo sind die anderen?

Hinter mir ein Klicken, wie von einer Pistole, die entsichert wird. Verdammt. Er ist so nah, er kann mich nicht verfehlen. Ich lasse mich zu Boden fallen, und im gleichen Moment sehe ich Tigran, Ashot und die Frau in den Raum treten, Mariam. Höre ein Aufstöhnen und einen dumpfen Schlag. Vadim ist zu Boden gegangen, der bullige Mann aus dem Weinkeller muss versteckt auf der Lauer gelegen und von hinten angegriffen haben.

Ich krieche auf Händen und Knien in Richtung Küche, richte mich erst an der Türschwelle auf. Vadim hat sich auf dem Boden zusammengerollt und die Arme schützend um den Kopf gelegt, seine Pistole liegt eine Schrittlänge von ihm entfernt.

Mariam sagt erst etwas zu Tigran, auf Armenisch, dann wendet sie sich an mich. »Das ist nicht der, den ich gemeint habe.«

»Ich weiß. Aber er gehört zu ihnen. Er macht Schmutzarbeit. Der andere mich nicht erkannt.« Jetzt, wieder einigermaßen in Sicherheit, brennt in mir die Wut darüber, den Falschen in die Falle gelockt zu haben. Jaro wäre ein solcher Treffer gewesen, ihn auszuschalten ein solcher Sieg. Vadim dagegen war zu meiner Zeit eher eine Nebenfigur. »Bringt ihn nach hinten«, dränge ich. »Wenn sie suchen, genügt Blick durch Fenster.«

Tigran, dem es egal zu sein scheint, welchen seiner Feinde er erwischt hat, versetzt Vadim einen Tritt in den Rücken und gibt Ashot und dem Bulligen ein Zeichen. Sie packen Vadim an den Beinen und schleifen ihn in die Küche.

Bisher hat er sich nicht groß gewehrt, wahrscheinlich hat der erste Schlag seinen Kopf oder Nacken getroffen, doch jetzt wird er lebendig. Beschimpft uns auf Russisch, versucht, seine Füße zu befreien; tritt nach seinen Gegnern.

Es hilft ihm nichts. Sie zerren ihn bis in die Küche, und dort fangen sie an, auf ihn einzuschlagen und ihn mit ihren Stiefeln zu bearbeiten, bis er sich nicht mehr rührt.

Ich habe mich abgewandt, mich in eine Ecke gedrückt, als könnte ich mich so vor seinen immer leiser werdenden Schmerzenslauten verstecken. Als er schließlich stumm bleibt, wage ich einen Blick über die Schulter.

Vadim liegt in seinem eigenen Blut, es läuft ihm aus der zertrümmerten Nase und aus dem Mund, sein linker Arm hängt unnatürlich verdreht nach hinten. Aber sein Brustkorb hebt und senkt sich. Er lebt.

»Wir schaffen ihn jetzt fort«, erklärt Tigran. »Wir sorgen dafür, dass seine Freunde wieder Post bekommen.«

Ich frage nicht, ob es auch diesmal ein Ohr sein wird, denn mir ist eben ein Gedanke gekommen, der mich in seiner Kaltblütigkeit schockiert, gleichzeitig könnte er brillant sein. »Warte einen Moment.« Mein Handy liegt immer noch auf der Arbeitsfläche neben dem Herd. Ich greife danach und schieße drei Fotos von Vadims geschundenem Körper, halb darauf gefasst, dass mir Tigran das Telefon aus den Händen reißen und mit dem Fleischklopfer zertrümmern wird. Aber er verzieht bloß den Mund. »Du sammelst Trophäen, ja? Wenn du willst, kriegst du statt der Bilder einen seiner Zähne.«

»Nein. Bitte nicht.« Ich umklammere das Smartphone mit beiden Händen. Mit den Fotos habe ich etwas ganz Bestimmtes vor, Tigran muss sie mir unbedingt lassen. »Niemand von euch auf Bildern.«

Er streckt die Hand aus. »Zeig.«

Ich überreiche ihm das Telefon. Er scrollt sich durch die dürftige Galerie, nickt. »Geht in Ordnung.« Auf einen Wink hin heben seine Leute Vadim hoch und tragen ihn hinaus in den Hof, wo ein Kleinbus parkt. Ich sehe, wie Mariam im hinteren Ladebereich Plastikfolie ausbreitet, dann wende ich mich noch einmal Tigran zu. »Schutz. Du hast versprochen Schutz.«

»Ja.« Er wirkt nicht begeistert darüber, dass ich mich daran noch erinnere. »Also. Wenn du einen Unterschlupf brauchst, fährst du zur *Glasklar Autowaschanlage* in Griesheim. Sag, ich hätte dich geschickt und du möchtest die Spezial-Diamantwäsche. Mit Unterboden. Dann kümmern sie sich dort um dich.«

Sich kümmern klingt eher bedrohlich als beruhigend. Trotzdem nicke ich. »*Glasklar Autowäsche.* Spezial-Diamantwäsche. In Ordnung.«

Tigran klopft mir zwischen die Schulterblätter und schiebt mir mit der Schuhspitze meine Jeans zu, die in einem Knäuel auf dem Boden liegen. »Dann Tschüss. Alles Gute. Und sollten die Fotos irgendwo auftauchen, bist du dran.«

21.

Erst in meinem alten Ford schlüpfe ich wieder in die Jeans; das Kleid hat Blutspritzer abbekommen, ich werfe es auf den Rücksitz, wo die Tasche mit meinem Notebook liegt.

Dann schalte ich für ein paar Minuten Boris' Handy ein. Voller Angst, denn Jaro und Janina werden wohl noch in der Nähe sein, vielleicht haben sie sogar noch zusätzliche Leute herkommandiert. Aber es wäre gut, wenn man denken könnte, Boris wäre gerade jetzt in der Gegend gewesen. Ein Ohr ist nur ein Ohr und kein sehr charakteristisches Körperteil. Ich hätte nichts dagegen, wenn auch bei Jaroslaw und Co Zweifel an seinem Tod aufkommen würden. Es würde meine Geschichte später überzeugender wirken lassen.

Obwohl ich unendlich erschöpft bin, fahre ich nicht auf direktem Weg nach Hause, sondern nehme mehrere Umwege, checke regelmäßig den Rückspiegel, um sicherzugehen, dass mich weder Karpins noch Malakyans verfolgen. Erst als ich dessen sicher bin, schlage ich die Route zum Südfriedhof ein.

In meiner Straße ist nichts mehr los; ich finde einen geräumigen Parkplatz und steige aus dem Wagen. Ich will nur noch schlafen, schlafen und morgen fit genug sein, um für Anastasia ein paar Texte zu formulieren, die Andrei seine Seelenruhe kosten sollen.

Im Aufzug riecht es nach Zwiebeln. Ich schlurfe zur Wohnungstür und habe den Schlüssel schon fast ins Schloss gesteckt, als mir meine eigenen Sicherheitsmaßnahmen einfallen. Lustlos gehe ich in die Hocke – und sehe das Haar zuerst gar nicht. Dann finde ich eine Hälfte, die noch am Türstock klebt.

Zerrissen. Das heißt, jemand hat die Tür aufgebrochen. Ich weiche Schritt für Schritt zurück, leise, umklammere den Schlüsselbund so, dass er nicht klimpert. Ist der Eindringling noch in der Wohnung? Und wenn ja, wer ist es? Im besten Fall Vera, aber darauf kann ich mich nicht verlassen.

Ich laufe die fünf Stockwerke nach unten; im Aufzug würde ich mich zu eingesperrt fühlen. Zurück zum Auto, Motor starten, losfahren.

Erst ein paar Kilometer weiter frage ich mich, ob meine Reaktion nicht übertrieben war. Haare reißen leicht. Nein, beschließe ich. Wenn ich meine eigenen Vorsichtsmaßnahmen nicht ernst nehme, kann ich sie mir gleich sparen.

Ich fahre, bis die Häuser ausgedehnten Feldern weichen. Finde einen unbefestigten Weg, der zwischen Waldrand und Wiese liegt – beides erinnert mich an meinen Unterschlupf in Wien. Das Abbruchhaus. Den einzigen Ort, an dem ich mich wenigstens für ein paar Stunden sicher gefühlt habe.

Zwischen Büschen und Bäumen parke ich den Ford, kippe den Beifahrersitz in Liegeposition und schließe die Augen. Sehe Janina vor mir, wie sie zärtlich nach Jaros Hand greift. Vadim, wie er mir nachhetzt. Wie er blutend auf dem Boden liegt. Ich werde nicht schlafen können, denke ich noch, dann denke ich nichts mehr.

Als ich die Augen wieder aufschlage, ist der Himmel rosa und die Windschutzscheibe nass vom Tau. Nach einem ersten verwirrten Augenblick erinnere ich mich, warum ich hier draußen bin, und etwas Zweites wird mir ebenfalls klar: Ich kann auch jetzt nicht zurück in meine Wohnung. Das einzig Gute ist, dass ich alles Wichtige mit mir führe: Telefon, Notebook, Geld.

Ich starte das Auto und hänge mein Handy ans Ladekabel. Öffne die Fotos. Im Licht des Morgens wirken die Bilder von Vadim doppelt grausam. Ich frage mich, ob er noch lebt. Ob ich ihm das überhaupt wünschen soll. Ob Jaroslaw nach ihm sucht.

Kurz darauf gerate ich in den täglichen Stau auf der Autobahn, der erstaunlich beruhigende Wirkung auf mich hat. Niemand kann an mich heran. Es ist ein guter Zeitpunkt, um Boris' Handy wieder online gehen zu lassen.

Zwei Signaltöne: eine Nachricht von Janina. Eine von Jaro. Von Andrei nur Schweigen.

Ich fahre bis nach Gießen und kaufe mir Frühstück in einem Café, das WLAN hat. Bei Cappuccino und Croissant verfasse ich ein paar Texte für Anastasia, mit der Bitte, sie wieder so schnell zu übersetzen wie bisher immer.

Vierundfünfzig Prozent Akkuladung hat mein Notebook noch. Sparsam sein, ermahne ich mich selbst, während ich Janinas und Slawas Nachrichten an Boris durch den Translator jage.

Vadim ist seit gestern Abend verschwunden, schreibt Janina. *Er hat »Verräterin« geschrien und ist einer Frau nachgerannt, die Slawa zu kennen schien, er sie aber nicht. Interessant, nicht wahr? Versuch doch mal, mehr darüber rauszufinden. Und vergiss Alexander nicht, es wird Zeit. Er ist nervös, er wird etwas Dummes tun.*

Interessant findet sie das also. Es klingt auch, als ginge sie ganz selbstverständlich davon aus, dass Boris noch lebt. Und er soll mehr rausfinden … über die Frau. Denkt Janina in die richtige Richtung? Vermutet sie mich tatsächlich in Frankfurt?

Das wäre fatal. Aber es ist nicht ausgeschlossen; ich habe das Gefühl, die Schlinge um meinen Hals zieht sich mit jedem Tag enger, irgendwann werde ich mein Glück überstrapazieren. Ich sollte die Sache zu Ende bringen, so schnell es geht.

Jaro werde ich fürs Erste links liegen lassen. Der Vollständigkeit halber schicke ich seine Nachricht noch durch die Software – auch er schreibt von Vadims Verschwinden und meldet noch einmal Zweifel an, ob ich wirklich Boris bin. Das ist im Augenblick egal.

Umso ungeduldiger warte ich aber darauf, dass Anastasia ihre Arbeit über *MyBazar* abliefert. Währenddessen scrolle ich durch meine Mails. Finde die letzte von Tassani.

Geht es Ihnen gut?

Ich habe ihm darauf geantwortet, von ihm aber nichts mehr gehört. Trotzdem, er war seit Wochen der Einzige, der sich für mein Befinden interessiert hat. Wieder würde ich am liebsten losheulen. Aber ich atme nur ein paarmal tief ein und aus. Lege dann die Finger auf die Tastatur.

Falls Sie es wissen möchten, es geht mir immer noch furchtbar. Ich glaube nicht, dass ich noch lange zu leben habe, aber sollte ich die nächsten Tage überstehen, werde ich Ihnen irgendwann eine Geschichte erzählen, die Sie um den Schlaf bringen könnte.
Sie haben mir auf meine letzte Mail nicht geantwortet. Geht es Ihnen denn gut? Ich wünschte, ich wäre in Wien und könnte sehen, wie die Blätter der Friedhofsbäume bunt werden.
Passen Sie auf sich auf!
C.

Mein Cappuccino ist ausgetrunken und die Akkuladung des Notebooks auf vierunddreißig Prozent gesunken, als Anastasias Übersetzung endlich eintrifft. *Harter Stoff, dein Buch*, steht als Kommentar dabei.

Stimmt, antworte ich und füge gleich noch einen weiteren Text an. *Den bitte auch noch, du bist ein Schatz, danke.*

Dann ist es so weit. Boris wird Andrei jetzt etwas schicken, das ihn in seinem Exil ein wenig aus der Ruhe bringen soll. Ich öffne die Nachrichten-App und füge alle drei Fotos von Vadims verdrehtem Körper und seinem zerschmetterten Gesicht ein. Der Text dazu lautet:

Dein Bruder hat mir seinen Bodyguard auf den Hals gehetzt, aber der hat mich unterschätzt. Vadim sollte mich töten, doch nun war es umgekehrt. So leicht lasse ich mich nicht beiseiteschaffen, ich werde mich niemals auf die Seite der Verräter stellen!
Bald habe ich bessere Neuigkeiten für dich. Nicht mehr lange, und wir sehen uns wieder. Boris

Das sollte diesmal für echten Aufruhr bei den Karpins sorgen. Ein Toter und dessen bekennender Mörder, beide aus den eigenen Reihen. Wenn Andrei mitbekommen hat, dass Vadim bei Jaro besonderes Vertrauen genießt, muss meine Version ihm plausibel vorkommen.

Im Nachhinein betrachtet war es schon richtig, dass Robert für mich immer Decknamen gefunden hat, bei denen Schachfiguren Pate gestanden haben. Bauer, Springer – jetzt König, obwohl ich mir den letzten selbst gegeben habe. Ich fühle mich, als würde ich eine gewaltige Schachpartie bestreiten, bei der ich ständig Figuren opfere, um selbst nicht mattgesetzt zu werden.

Doch nach dem unfreiwilligen Zug gestern muss der König ein wenig in Deckung gehen. Die Frage ist nur, wo, meine Wohnung ist bis auf Weiteres tabu. Notfalls könnte ich mir ein Hotel suchen. Oder ...

Diesmal nehme ich mein eigenes Handy heraus und durchsuche die sehr kurze Liste mit den Kontakten. Mia, Ärztin, ist schnell gefunden. Ich tippe die Nummer an, und schon nach dem zweiten Klingeln hebt Mia ab. Im Hintergrund höre ich das Baby schreien. Oskar, erinnere ich mich, es heißt Oskar.

»Hallo, hier spricht Carolin. Erinnerst du dich noch an mich? Ich habe dir den Kinderwagen abgekauft.«

»Ca... – ja, natürlich. Alles okay? Stimmt etwas mit dem Wagen nicht?«

»Doch doch, alles bestens. Mir ist nur eingefallen, dass du damals gesagt hast, du bräuchtest eine Babysitterin. Gilt das noch?«

»Ja! Hast du etwa doch Zeit?«

»Ja, und leider habe ich auch einen Wasserrohrbruch im Haus. Wenn ich die nächsten zwei Tage bei dir unterkommen könnte, würde ich gratis auf Oskar aufpassen. Ich weiß, das ist überfallartig, aber meine Schwester hat keinen Platz für Übernachtungsgäste, und ich dachte, es wäre vielleicht eine Win-win-Situation.«

Sie zögert nur kurz. »Ich finde, das klingt super, aber ich würde dir auch so helfen, ohne Babysitten. Ich weiß, wie es sich anfühlt, wenn man in einer Stadt neu ist. Und dann auch noch ohne Job. Wenn du magst, kannst du gerne gleich kommen.«

»O-okay.« Mit einer so schnellen Zusage habe ich nicht gerechnet, und kaum habe ich aufgelegt, melden sich Bedenken. Kann ich es wirklich riskieren? Ich bin gewissermaßen ein lebendiger Sprengsatz – darf ich mir von unbeteiligten, arglosen Menschen helfen lassen? Noch dazu, wenn ein Kind mit im Spiel ist? Habe ich vergessen, was mit Norbert passiert ist?

Ich bin bereits versucht, noch einmal anzurufen und alles abzublasen, doch stattdessen schalte ich das Handy aus. Das von Boris habe ich längst vom Netz genommen, und nun deaktiviere ich auch das WLAN des Notebooks. Die nächsten zwei Tage werde ich nichts davon benutzen, schwöre ich mir. Niemand wird mich in Rödelheim orten können, und wenn jemand in meiner Wohnung wartet, kann er dort versauern.

Aber ich gehe auf Nummer sicher. Ich fahre zwei Stunden lang kreuz und quer durch Hessen und stelle mein Auto schließlich einen halben Kilometer von Mias Adresse entfernt ab. Ich werde es diesmal richtig machen. Niemanden in Gefahr bringen, aber zwei Tage Kraft tanken und mich innerlich auf das vorbereiten, was danach kommt. Ich habe Andrei ein Versprechen gegeben, und ich gedenke, es zu halten.

Es gibt wieder Kuchen. Oskar krabbelt entweder auf dem Boden herum, oder er sitzt da und beißt in einen roten Plüschball. Weil er zahnt, wie Mia mir erklärt. Sie rührt Hafermilch in ihren Kaffee und strahlt mich an. »Wie geht es Vera?«

Ich zucke zusammen, ich kann es nicht verhindern. Vera, wieso denn Vera, wie kann Mia sie …

Dann fällt der Groschen. Bei meinem ersten Besuch habe ich meine fiktive Nichte Vera getauft und es völlig vergessen. Die nichtexistente Tochter meiner nichtexistenten Schwester. »Gut. Gut geht es ihr. Sie ist wirklich groß für ihr Alter.«

Mia lächelt zufrieden und erzählt mir davon, dass sie schon in zwei Wochen wieder im Krankenhaus arbeiten soll und sich das noch gar nicht vorstellen kann. So viel Zeit ohne Oskar zu verbringen. Aber ihr Mann wäre dann wieder mehr in Frankfurt, außerdem gäbe es direkt im Haus Kinderbetreuung, zum Glück. Sie würde ohnehin nur halbtags …

In der ersten Stunde werfe ich noch regelmäßige Blicke durch die breite Glasfront zum Garten und zur Straße hin. Danach lasse ich es gut sein. Wenn ich nicht plötzlich anfange, dumme Fehler zu machen, wird niemand mich hier aufstöbern.

Mich vernünftig zu verhalten fällt mir aber schon bald schwerer als gedacht, denn eigentlich brenne ich darauf, Andreis Reaktion auf die Fotos zu sehen. Doch das muss warten. Zwei Tage werde ich nichts von ihm und wird er nichts von mir hören. Hoffentlich macht ihn das genauso nervös wie mich.

Am Nachmittag kümmere ich mich um die Blumen in Mias Garten. Ihre Glockenblumen stehen für Beständigkeit, der Lavendel, um den die Bienen kreisen, für Schutz und Abwehr. Ich nehme das als gutes Omen und ignoriere das Beet mit den Tagetes, den Totenblumen, die mich unwillkürlich an Robert denken lassen. Nach der Sache in München hat er mir einen ganzen Strauß davon geschickt, aber ich lebe immer noch. Er nicht mehr wirklich.

Mia freut sich, dass sie in Ruhe einkaufen gehen kann, sie hat Oskar für sein Mittagsschläfchen hingelegt, und ich setze mich ins Wohnzimmer und räume seine verstreuten Spielsachen in eine Kiste. Ich muss mich beschäftigen, sonst halte ich meine guten Vorsätze nicht durch. Ich bin sicher, Andrei hat die Fotos schon gesehen. Wahrscheinlich hat er sich sofort mit seinem Bruder in Verbindung gesetzt, der ihm eine ganz andere Geschichte erzählen wird.

Glaubt Andrei ihm? Oder mir? Er hat einen Hang zum Verfolgungswahn – reicht der Köder, den ich ihm hinwerfe, damit er mir in die Falle geht?

Vielleicht nicht. Aber in zwei Tagen setze ich einen drauf, und dann muss er reagieren. Auf die eine oder andere Art.

Irgendwann fängt Oskar an zu weinen, ich hole ihn aus seinem Bett, mache das Fläschchen warm, das Mia vorbereitet hat, und füttere ihn. Er saugt und sieht mich aus großen, dunkelblauen Augen an, während ich ihn schaukle und *Dorogoi Dlinnoju* singe. Danach, zum Ausgleich, *Twinkle, twinkle litte star*, und kurz darauf kommt schon Mia zurück.

Wir verbringen einen fröhlichen Abend, an dem ich keinen Schluck Wein trinke, weil ich Angst habe, er könnte meine Vernunft lahmlegen. Dafür schlafe ich auch schlecht, fürchte bei jedem Knacken oder Rascheln, es könnte ungeachtet der modernen Alarmanlage jemand ins Haus eingebrochen sein, und fühle mich am nächsten Morgen, als wäre ich trotz allem verkatert.

An diesem Tag ist es noch schwieriger durchzuhalten, ohne schwach zu werden. Es kann sich so viel ereignet haben, seit ich gestern alle meine Geräte abgeschaltet habe. Was, wenn die Malakyans Vadims Überreste bereits abgeliefert haben? Ein paar Finger, ein Auge oder den ganzen Körper, eingequetscht in einem der Autowracks?

Wäre egal, sage ich mir. Was Jaro und die anderen denken, spielt keine Rolle. Wichtig ist, wem Andrei glaubt, und das werde ich sein. Muss ich sein.

»Alles okay bei dir?«, erkundigt sich Mia und legt mir eine Hand auf den Unterarm. »Hättest du lieber etwas anderes zum Frühstück?«

Ich zwinge blitzartig ein Lächeln in mein Gesicht. »Nein, alles gut. Nur ein bisschen Magendrücken, aber das hab ich öfter. Gastritis, nichts Schlimmes.«

Sie springt sofort auf, verschwindet im Badezimmer und kommt mit einer blau-weißen Pillenschachtel zurück. »Hier, das sind Kautabletten, rezeptfrei. Zwei am Tag, und du solltest Ruhe haben. Aber ich würde dir bei Gelegenheit zu einer Gastroskopie raten, ich kann dir eine sehr gute Kollegin empfehlen!«

Ich drücke eine Pille aus dem Blister und stecke sie in den Mund; nehme mir gleichzeitig vor, besser auf mein Pokerface zu achten.

»Würdest du heute Vormittag bei Oskar bleiben? Ein paar Freundinnen treffen sich zum Sektfrühstück, da war ich ewig nicht mehr dabei, mit Kind fühle ich mich dort total fehl am Platz. Um eins bin ich spätestens zurück.«

Ich nicke, und eine halbe Stunde später ist sie fort. Ihren Vorschlag, doch mit Oskar spazieren zu gehen, werde ich mir sparen, aber wir setzen uns hinter dem Haus in die Wiese und gehen beide konzentriert unseren Beschäftigungen nach. Oskar rupft mit seinen kleinen Fäusten Grashalme aus, ich schreibe eine Einkaufsliste.

Als Mia zurückkommt, will sie mir Geld aufdrängen, aber ich winke ab. »Beim nächsten Mal«, sage ich. »Ich habe vorhin mit meiner Hausverwaltung telefoniert, die Rohre sind geflickt, ab morgen werde ich versuchen, meine Wohnung wieder auf Vordermann zu bringen. Aber ... so in einer Woche habe ich sicher wieder Zeit.« Wenn ich dann noch lebe, füge ich in Gedanken hinzu. Lasse mich von ihr umarmen, mit schlechtem Gewissen.

»Oskar mag dich, weißt du?«, strahlt sie.

Ich mag Oskar auch. Deswegen haue ich am nächsten Morgen ab, so früh wie möglich.

Was ich vorhabe, würde ich am liebsten zu Hause durchziehen, aber ich wage mich immer noch nicht in meine Wohnung. In der letzten Nacht ist eine aberwitzige Idee in mir gereift, von der ich noch nicht weiß, ob sie machbar ist, aber einen Versuch ist sie wert.

Mein Auto steht da, wo ich es abgestellt habe. In einem unbeobachteten Moment lege ich mich flach daneben auf den Boden und spähe unter die Bodenplatte. Keine festgetapte Bombe, keine verdächtigen Kabel.

Ich setze mich hinters Steuer und fahre los. Die Einkaufsliste habe ich zusammengefaltet in der Hosentasche, der erste Posten darauf ist ein Spiegel, groß genug, dass ich zumindest Kopf und Oberkörper darin sehen kann. Ich bekomme ihn günstig bei einem Möbeldiscounter, danach geht es weiter zu einer Modekette, bei der ich zwei Jeans und fünf helle T-Shirts erstehe.

Für meinen letzten Einkauf muss ich googeln. Ich werde wieder eine Zoohandlung brauchen und finde eine in Bornheim, die das führt, was ich suche.

Ein Liter Rinderblut kostet sieben Euro und hält sich drei bis vier Tage. »Sie haben einen schwierigen Hund?«, fragt mich die Verkäuferin.

»Ja. Zwei sogar. Verwöhnte Setter. Lassen die vollen Näpfe

stehen, wenn der Inhalt nicht nach ihrem Gusto ist, aber seitdem ich den Trick mit dem Blut entdeckt habe …«

Die Verkäuferin nickt verständnisvoll. »Ja, das ist appetitanregend, nicht wahr?«

Appetitanregend. Ich lächle gezwungen, kaufe zur Sicherheit drei Liter und mache mich dann auf den Weg in den Drogeriemarkt. Flüssigseife, Reinigungstücher, Schminke in Rot- und Blautönen und eine Packung Wattepads.

Ich glaube nicht, dass ich etwas vergessen habe, checke meine Liste noch einmal und seufze. Drei Posten habe ich nicht notiert, weil ich mich um die gern drücken würde. Aber es hilft nichts. Ich packe Rasierklingen, Wunddesinfektion und Pflaster mit in den Korb. Damit stelle ich mich an die Kasse.

Die Requisiten zu besorgen war der einfachste Teil des Plans. Was jetzt kommt, ist viel schwieriger: Ich muss den Weinkeller wiederfinden, der den Malakyans als Hinrichtungsstätte dient. Den Weg dorthin habe ich voller Panik im Heck des Lieferwagens verbracht, aber den Rückweg bin ich selbst gefahren. Ich weiß, dass ich an Darmstadt vorbeimusste, und erinnere mich an den Supermarktparkplatz, an dem ich haltgemacht habe, um mich zu orientieren.

Mein Handy hat noch ein wenig Akku, ich gehe damit ins Netz und öffne Maps. Finde den Supermarkt und suche die Gegend ab. Irgendwo zwischen Zwingenberg und Bensheim muss der Keller sich befinden. Es wird mir nichts anderes übrig bleiben, als mein Glück zu versuchen.

22.

Es dauert drei Stunden, bis ich glaube, an der richtigen Stelle zu sein. Ich bin bereits vier Weinberge hoch- und unverrichteter Dinge wieder hinuntergefahren, beäugt von kopfschüttelnden Weinbauern. Auch das macht mir Sorgen, wir nähern uns dem Ende des Sommers, die Lese hat bereits begonnen. Andererseits scheinen die Malakyans kein Problem damit zu haben, den Keller ungestört für ihre Zwecke zu nutzen. Entweder er gehört ihnen, oder der dazugehörige Weinberg wird derzeit nicht bewirtschaftet.

Nun habe ich eine Stelle gefunden, die mich denken lässt, dass Letzteres der Fall ist, denn ich bin auf einen Hügel gestoßen, der vertraut, aber auch verwildert aussieht. Es gibt zwar Rebstöcke, doch sie tragen nur wenige Trauben, überall wuchert Unkraut.

Meine lange Suche hat immerhin den Vorteil, dass ich beide Handys im Auto laden konnte. Das von Boris habe ich immer noch nicht eingeschaltet – so ungeduldig ich vor zwei Tagen war, so zaghaft bin ich jetzt. Die Nachricht von Vadims Tod wird bereits alle Karpins erreicht haben. Vielleicht hat Jaro es geschafft, Andrei davon zu überzeugen, dass die Malakyans dafür verantwortlich sind. Und der angebliche Boris lügt.

Dann ist mein Plan Geschichte. Dann kann ich mir die Aktion im Weinkeller sparen. Vielleicht zögere ich deshalb noch, aber natürlich ist das Quatsch. Die Augen zu verschließen bringt mich nicht weiter.

Ich markiere den Hügel, den ich für einen Treffer halte, auf der Karte meines Smartphones, dann fahre ich dreißig Kilometer Richtung Süden. Auf dem Parkplatz einer Fast-Food-Kette schalte ich Boris' Handy ein.

Eine Flut von Nachrichten und entgangenen Anrufen. So gut wie der ganze Karpin-Clan hat versucht, Boris oder jedenfalls den Besitzer seines Telefons zu kontaktieren, aber mich interessiert im Moment nur, was Andrei schreibt. Seine Mitteilungen leite ich an meine eigene Adresse weiter, dann gehe ich sofort wieder offline.

Die Übersetzungs-App liefert wie immer merkwürdige Satzkonstruktionen, aber der Sinn lässt sich leicht entschlüsseln.

Du hattest keinen Befehl, Vadim zu eliminieren. Du hättest mich vorher informieren müssen! Slawa sagt, du musst verrückt geworden sein. Alle haben mir versichert, es gibt keine Verschwörung gegen mich, Vadim war mir ebenso treu wie meinem Bruder. Melde dich sofort!

Das hat Boris natürlich nicht getan, entsprechend scharf ist Andreis nächste Nachricht.

Du weißt, wem du Gehorsam schuldest? Wo ist Vadims Leiche? Slawa hat mir heute geschworen, dass er mich niemals verraten würde. Melde dich, sofort.

Es folgen fünf weitere Mitteilungen mit etwa demselben Inhalt, nur der Ton wird immer ratloser, soweit man das anhand der Übersetzung beurteilen kann.

Ich habe mit einer solchen Reaktion gerechnet und scrolle nun durch Anastasias Texte, um den richtigen herauszusuchen. Ich kopiere ihn ins Antwortfeld, dann gehe ich für ein paar Sekunden wieder online und schicke Andrei meine Entgegnung.

Natürlich streitet Slawa alles ab. Was hast du denn erwartet? Er kann dir doch erzählen, was ihm gefällt. Kann er beweisen, dass es stimmt? Glaube mir, er war es, der mir Vadim hinterhergeschickt hat. Sie wissen, dass sie mich loswerden müssen. Sie werden es weiterhin versuchen. Du musst mir nicht glauben, aber ich werde dir einen Beweis für meine Treue liefern. Ich halte meinen Schwur. Nicht mehr lange, und du wirst verstehen.

Hastig aktiviere ich den Flugmodus und verstaue das Handy in meiner Tasche. Dreißig Kilometer zurück, und dann warten, bis es Abend wird. Es ist beinahe geschafft.

Ich habe mich nicht getäuscht, der Weinberg ist der richtige. Die holprigen Serpentinen, eine Aneinanderreihung von Schlaglöchern, schließlich der in den Hang gebaute Keller.

In einer Eingebung habe ich kurz vor Ladenschluss in einem nahe gelegenen Baumarkt noch einen Satz Dietriche und einen Bolzenschneider erstanden – bei allem, was ich bedacht habe, hätte ich fast übersehen, dass ich ja die Tür irgendwie aufbekommen muss.

Ich stelle das Auto an der gleichen Stelle ab, an der ich es beim letzten Mal vorgefunden habe, erleichtert, dass kein anderer Wagen zu sehen ist. Die Malakyans scheinen den Keller heute nicht zu benutzen.

Trotzdem scheue ich mich, mir den Weg bis dorthin mithilfe einer Taschenlampe zu suchen, sondern taste mich im Dunkeln vorwärts. Finde die Tür und stelle fest, dass sie nur angelehnt ist.

Ich ziehe sie einen Spalt weit auf und lausche mit angehaltenem Atem. Ist der Keller wirklich leer? Der bellende Ruf eines Rehs in unmittelbarer Umgebung lässt mich zusammenschrecken, mein Herzschlag dröhnt mir in den Ohren. Doch sonst bleibt es ruhig. Keine Stimmen aus dem Gewölbe, und schon gar keine Schreie.

Ich husche zum Auto zurück und schleppe die Taschen mit meinen Utensilien zum Eingang, muss zweimal hin und her, bis alles am Platz ist. Dann öffne ich die Kellertür ganz, innerlich vorbereitet auf alle Arten von Schrecken. Zurückgelassene Leichen oder deren Einzelteile, Blut, Exkremente, die bekannten Säure- oder Laugenfässer.

Doch was mir entgegenschlägt, ist Krankenhausgeruch. Desinfektionsmittel, begreife ich und schalte die Taschenlampe an. Leuchte staunend im Raum umher.

Die Malakyans müssen stundenlang geputzt haben. Der Boden ist völlig sauber, auch dort, wo Boris gesessen und schließlich sein Leben ausgehaucht hat. Wahrscheinlich würde man nicht einmal Fingerabdrücke finden, nach DNA-Spuren müsste man gezielt suchen.

Ich trage meine Taschen in den Keller, schließe die Tür von innen und schalte erst dann die Deckenlampe an. Der Eindruck von Sauberkeit verstärkt sich. Das einzige Requisit, das unweigerlich die Erinnerung an Boris' letzte Nacht heraufbeschwört, ist die Heckenschere, die ich im Wandregal entdecke. Ebenfalls blitzsauber.

Wer hier geputzt hat, weiß ich nicht, aber ich werde jetzt sein oder ihr Werk zunichtemachen. Ich lehne den Spiegel an die Wand, ziehe eines der neuen T-Shirts und eine der billigen Jeans an und schraube die erste Flasche Rinderblut auf.

Ich bin damit so lange durch Hessen gefahren, dass es nun Zimmertemperatur hat. Der Eisengeruch sorgt dafür, dass mein Magen sich zusammenzieht, aber für Zimperlichkeit ist jetzt nicht die Zeit. Es wird gleich noch viel schlimmer werden.

Wenn die Karpins loslegen, gehen die ersten Schläge immer ins Gesicht. Ich weiß, wie Boris arbeitet und gieße vorsichtig ein wenig Blut in mein Haar, knapp über dem linken Ohr. Es bahnt sich seinen Weg über den Hals, das Schlüsselbein, sickert in den Stoff des Shirts.

Sieht gut aus. Ein wenig lasse ich auf die Jeans tropfen, dann gieße ich mir eine größere Menge über die Hände. Menschen, die verletzt werden, greifen unwillkürlich an die Stellen, an denen es schmerzt, langen dabei in Blut. Danach versuchen sie aber, andere Körperteile zu schützen, sie krümmen sich, sie verschmieren das Blut überall.

Genau das tue ich jetzt auch. Nachdem der Boden so bedauerlich rein ist, hole ich eine Handvoll Erde von draußen und verstreue sie, trete ein wenig darauf herum. Dann lege ich mich hin, wälze mich von rechts nach links, ziehe die Beine an, halte mir den Kopf, den Bauch, die Knie.

Das Ergebnis im Spiegel sieht erschreckend echt aus. Die charakteristische Mischung aus Dreck und Blut. Leider wird das nicht genügen, denn das geübte Auge sieht sofort, dass da keine Wunden sind. Keine Schwellungen.

Ich reiße die Packung mit den Wattepads auf und stopfe mir zwei davon zwischen Wange und Unterkiefer. Schon besser. Der nächste Schritt wird mehr Überwindung kosten, denn jetzt sind die Rasiermesser dran.

Erst säubere ich meine Hände mit den Desinfektionstüchern, dann beziehe ich Stellung vor dem Spiegel. Meine Finger zittern, zweimal lasse ich die Hand wieder sinken, dann setze ich einen kleinen Schnitt direkt an der rechten Augenbraue. Es quillt erstaunlich viel Blut heraus, läuft mir ins Auge, es brennt, ich wische mit dem Handrücken darüber – das war ungeschickt, es war zu früh, ich bin halb blind.

Zeit für eine kurze Pause. Das Blut soll gerinnen, bevor neues dazu kommt. Das ist der Hauptgrund, warum ich echtes und kein Theaterblut genommen habe – ich will nicht riskieren, dass man den Unterschied sieht. An der Art, wie sich das Licht darin spiegelt, wie es sich auf der Haut verteilt, wie es trocknet.

Die Zeit nutze ich, um zwei Risse in das T-Shirt zu machen. Einen am Kragen, einen an der Seitennaht.

Meine Augenbraue hört allmählich zu bluten auf. Ich hole tief Luft und setze einen zweiten Schnitt, am Kinn. Jetzt sehe ich aus, als bräuchte ich dringend einen Krankenwagen.

Ich tupfe mir Rinderblut in den Mundwinkel, gieße noch ein wenig in mein Haar und verteile den Rest der Flasche auf dem Boden. Dann bringe ich Boris' Handy in Position. Fixiere es mit einem Gummispanner an der Lehne des einzigen vorhandenen Stuhls, richte es auf die Blutlache, schalte die Kamera-App ein und prüfe den Bildausschnitt. Noch nicht perfekt, ich rücke den Stuhl ein Stück nach rechts ... jetzt.

Selbstauslöser auf zehn Sekunden einstellen, auf den Boden legen, die Hände wie in Abwehr erheben. Das Handy schießt drei Fotos hintereinander, dann muss ich den Auslöser neu aktivieren.

Gute zwanzig Minuten lang fotografiere ich mich in unterschiedlichen Positionen auf dem Boden – mal mit schmerzverzerrter Grimasse, mal schlaff und scheinbar bewusstlos, mal auf dem Rücken liegend, dann auf dem Bauch. Ich versuche, einen meiner Unterschenkel so vom Knie abzubiegen, als wäre er gebrochen, als hätte jemand das Gelenk zertrümmert. Es tut weh, aber ein paar Sekunden lang halte ich es aus.

Nach über vierzig Fotos mache ich eine Pause und sehe mir die Ausbeute an. Nicht schlecht, bei zwei oder drei Bildern wird mir beinahe übel, weil sie so sehr das einfangen, dem ich seit meinem vorgetäuschten Tod entgehen will: Angst, Schmerz, Hilflosigkeit. Dem tatsächlichen Tod, der unausweichlich bevorsteht.

Für die nächsten Aufnahmen mache ich es schlimmer. Mehr Blut, mein ganzes Haar ist jetzt verklebt. Das T-Shirt über eine Schulter heruntergerissen. Die Jeans am linken Oberschenkel blutgetränkt. Ich richte das Handy neu aus und setze mich an den Holzpfosten, an den die Malakyans Boris gefesselt haben.

Seine Position einzunehmen gibt meiner Scharade eine neue Note, bestehend zu gleichen Teilen aus Grauen und Befriedigung. Erstes Bild: Kopf nach hinten, den blutüberströmten Hals zeigen. Nächstes Bild: offener Mund, geschlossene Augen. Drittes Bild: Grimasse, als würde ich heulen und an den Fesseln zerren.

Für die letzte Serie tupfe ich Rinderblut in einer horizontalen Linie meine linke Halsseite entlang. Warte, bis es getrocknet ist, und wiederhole den Vorgang. So oft, bis die Spur wie ein unsauberer Schnitt aussieht. Als hätte mir jemand mit einem nicht allzu scharfen Gegenstand die Kehle aufgeschlitzt. Eine klaffende Wunde werde ich nicht vortäuschen können, also muss ich im Anschluss alles mit viel Blut kaschieren.

Bevor ich die entscheidenden Fotos schieße, ziehe ich mich aus, denn sonst würde Andrei misstrauisch werden. Er weiß, dass Boris die Gelegenheit in jeder denkbaren Weise nützen würde.

Ein bisschen Rinderblut zwischen die Schenkel. Noch einmal in dem Gemisch aus Dreck und Blut herumrollen, dann suche ich mir eine bisher unbesudelte Stelle des Kellers und gieße den Rest der zweiten Flasche aus. Mache das Handy schussbereit und lege mich bäuchlings hin, den Kopf mitten in der Lache, den Mund offen, die Augen blicklos.

Fünfmal wiederhole ich das Prozedere, bevor ich mir die Bilder ansehe. Sie wirken so echt, dass sie sich wie ein böses Omen anfühlen. Ich schließe die Galerie. Insgesamt werde ich drei Fotos auswählen, auf denen man mich gut erkennen kann. Drei Stadien eines langsamen Todes.

Eine Flasche Blut ist noch übrig, die packe ich zurück in die Tasche, gemeinsam mit den anderen Utensilien. Vor dem Spiegel säubere ich mich notdürftig mit den Reinigungstüchern, ziehe meine sauberen Jeans und ein frisches T-Shirt an, achte sorgfältig darauf, dass ich nicht versehentlich etwas liegen lasse. Das Haar kann ich mir leider nicht waschen, nicht hier. Ich habe bei meinem Einkauf dummerweise nicht an Handtücher gedacht, aber fürs Erste kann ich mir eines der überzähligen Shirts um den Kopf wickeln, turbanartig.

Mit der Tasche über der Schulter und dem Spiegel unter dem Arm sehe ich mich noch einmal um. Der Keller sieht aus, als hätte man hier etwas geschlachtet, aber damit müssen die Malakyans zurechtkommen. Sie sind ja gut im Putzen, wie sich gezeigt hat, und sie haben nichts zu befürchten: Sollte jemand die Polizei rufen und sollte man den Clan mit dem Keller in Verbindung bringen können – es ist nur Rinderblut. Das wird jede Laboruntersuchung bestätigen.

Mitternacht ist vorbei, als ich ins Auto steige, und ich weiß nicht, wo ich hinsoll. Nicht in die Wohnung, nicht nachts. Vielleicht morgen, wenn das Haus zum Leben erwacht ist.

Ich fahre aus den Weinbergen hinaus, langsam zurück in Richtung Frankfurt. Nehme nicht die Autobahn, sondern die Nebenstraßen und entdecke nach kurzer Zeit zu meiner Rechten einen kleinen See, mehr einen Tümpel.

Wieder eine holprige Straße und an ihrem Ende ein Parkplatz, leer. Ein verwittertes Schild weist darauf hin, dass das Schwimmen im Badeteich auf eigene Gefahr erfolgt.

Ich steige aus, krame die kleine Shampoo-Flasche aus meiner Tasche und suche mir im Dunkeln den Weg zum Wasser. Dort tauche ich einfach den Kopf ein, fahre mir mit beiden Händen durchs klebrige Haar, kann spüren, wie nasse Kälte an die Kopfhaut dringt, wie sich das Blut löst.

Dass ich die ganze Flasche Shampoo aufbrauche, verbuche ich unter einmalige Umweltsünde, den besonderen Umständen geschuldet. Aber ich will dem metallischen Gestank maximalen Kokosduft entgegensetzen.

Als ich fertig bin, wringe ich mein Haar aus, wickle es in eines der verbleibenden sauberen Shirts und setze mich wieder ins Auto. Es ist ruhig hier, ich höre nur von Ferne vereinzelt Motorengeräusche, aber niemand kommt näher. Jetzt ist die Zeit gekommen, um mir meine Fotoausbeute genauer anzusehen.

Im dunklen Auto wirken die Bilder doppelt furchtbar, das Blutbad zweifelsfrei überzeugend. Ich wähle drei Bilder aus, die ich noch einmal genau auf verräterische Details überprüfe, auf kleine Fehler, die sie als Fake entlarven würden. Aber da ist nichts, ich habe auf alles geachtet.

Der passende Text befindet sich bereits unter Anastasias Übersetzungen; ihn einzugeben fühlt sich an, wie die Zeitschaltuhr an einer Bombe zu aktivieren. Wenn Andrei ihn liest, wird er wissen, dass ich in Frankfurt war. Er wird hoffentlich glauben, dass ich diesmal wirklich tot bin. Was er dann tun wird, steht in den Sternen.

Mein Geschenk für dich!
Sie ist zurückgekommen, sie war dumm genug. Slawa hat Befehl gegeben, sie in Ruhe zu lassen, er weiß genau, dass du in Gefahr bist, solange sie lebt. Er hofft, dass sie gegen dich aussagt und du für immer im Gefängnis landest. Auch wenn du mir nicht glaubst, so ist es.
Aber das kann jetzt nicht mehr geschehen, ich hatte Erfolg auf der Jagd. Sie wird nie wieder ein Wort sagen, nicht gegen dich oder gegen irgendjemand anderen. Dafür habe ich gesorgt. Du hättest hören sollen, wie sie geschrien hat, aber sie hat es verdient, die Verräterin. Heute ist ein guter Abend. Ich habe mein Versprechen gehalten. Wenn wir uns sehen, trinken wir darauf. Boris

Ich hänge die drei Bilder im Attachment an, hole das Telefon aus dem Flugmodus und tippe auf *Senden*. Während die Mitteilung rausgeht, treffen fünf neue ein. Von Slawa und Janina. Es wäre an der Zeit, mich jetzt auch mit ihnen zu beschäftigen, aber heute schaffe ich das nicht mehr. Ich nehme das Handy vom Netz, mittlerweile ist das ein Ablauf, den ich so verinnerlicht habe wie ein- und ausatmen. Als ich vom Parkplatz fahre, bedaure ich, dass ich meine Nachricht an Andrei ausgerechnet von hier geschickt und mich damit auffindbar gemacht habe. Es wäre ein guter Ort zum Übernachten gewesen.

Ich fahre nach Griesheim. Obwohl ich damit nicht gerechnet hätte, brennt bei der *Glasklar Autowaschanlage* noch Licht; von außen kann ich in dem winzigen Kassenraum zwei rauchende Männer in blauen Latzhosen sitzen sehen.

Vorsichtig klopfe ich gegen die Scheibe, beide Köpfe schnellen herum, dann springen beide gleichzeitig auf. Der Größere von beiden kommt zur Tür. »Ja?«

»Ich möchte eine Spezial-Diamantwäsche. Mit Unterboden.«

Der Mann mustert mich von oben bis unten. Mein Haar ist noch feucht, mein Gesicht weist zwei Schnitte auf und ist fleckig vom Abschrubben des Bluts. Nach ein paar Sekunden dreht er sich um und ruft dem anderen auf Armenisch etwas zu. Der kommt ebenfalls zur Tür, die Zigarette hängt ihm schief im Mundwinkel. Sie unterhalten sich kurz. »Wie heißt du?«, fragt dann der Erste.

»Nadja.«

Der Zweite hat sein Handy ans Ohr gehoben und telefoniert. Nach einiger Zeit nickt er und gibt dem Ersten ein Zeichen. Sie zeigen mir einen Innenhof, in dem ich mein Auto parken kann, und eine winzige Kammer hinter einem Reifenlager, in der ein Klappbett steht.

»Willst du neue Nummernschilder?«, sagt der Erste und deutet auf mein Auto.

»Das wäre großartig.«

»Ist morgen erledigt.« Er kramt einen verbogenen Schokoriegel aus der Brusttasche seiner Latzhose und legt ihn aufs Fensterbrett. »Gute Nacht.«

Der Gummigeruch der Autoreifen droht die schlimmsten Erinnerungen in mir zu wecken, doch ich schaffe es, das Bild von dir, brennend auf dem Hallenboden, wegzuschieben. Denke stattdessen daran, wie ich Stepjan erschossen habe. Lege mich aufs Bett und drehe Boris' Handy zwischen den Fingern; auf dem Display klebt immer noch Rinderblut.

Morgen werde ich Andreis Antwort haben. Ich scrolle durch meine blutigen Selfies und wundere mich über die Ruhe, die sich über mein Inneres legt. Ich habe meinen entscheidenden Zug gemacht. Jetzt ist der schwarze König dran.

23.

Die Waschstraße macht erstaunlich viel Lärm, sie weckt mich kurz nach sieben aus einem Traum von dunklen Tümpeln und blutenden Kühen. Ich suche und finde eine Toilette, daneben befindet sich eine Dusche mit wackeligen Schiebewänden, in der offenbar zuletzt Ölkannen ausgewaschen worden sind. Trotzdem dusche ich und trockne mich mit Papierhandtüchern ab. Während ich in meine Sachen schlüpfe, sehe ich durch ein kleines, trübes Fenster, wie im Hof einer der Männer die Nummernschilder an meinem Auto tauscht.

»Hallo«, sagt er, als ich nach draußen trete. »Frühstück?«

Ich versuche, mich daran zu erinnern, wann ich das letzte Mal gegessen habe. »Gern. Danke.«

Er lotst mich in das kleine, verrauchte Büro und gießt Kaffee in eine Tasse. Legt ein Brötchen und eine Banane auf einen Teller und stellt alles vor mir ab. »Kollege schläft jetzt. Du bleibst noch?«

Ich schüttle den Kopf. »Aber vielleicht komme ich wieder.«

Sie haben mir mein Auto auch vollgetankt, wie ich feststelle, als ich den Motor starte und losfahre. Die erstbeste Autobahnauffahrt hinauf, ohne bestimmtes Ziel. Ich werde als Nächstes die Nachrichten von Jaro und Janina übersetzen, die gestern eingetroffen sind. Erst danach werde ich nachsehen, ob und was Andrei geantwortet hat.

An einer Raststätte bleibe ich stehen, kaufe mir eine Dose Cola und beginne mit Jaros Mitteilungen. *Wie kannst du meinem Bruder weismachen wollen, dass ich gegen ihn intrigiere,* lautet die erste. *Ich habe nie etwas Derartiges beabsichtigt. Du lügst mit Absicht, ich frage mich, warum. Außerdem glaube ich jeden Tag weniger, dass du wirklich Boris bist.*

Kluger Mann, dieser Jaroslaw Karpin. Der auch diesmal keine Antwort von mir erhalten wird. In seiner nächsten Botschaft ändert er den Ton völlig, äußert erstmals eine unmissverständliche Drohung: *Wenn du nicht Boris bist, bist du mein Feind. Solltest du aber wirklich Boris sein, bist du ab nun erst recht mein Feind. Wenn du denkst, ich bin gnädiger als mein Bruder, irrst du dich. Zähle deine Stunden.*

Zu dem Zeitpunkt, als Jaro diese Nachricht geschrieben hat, konnte er noch nichts von den Rinderblutbildern wissen, da war ich gerade erst dabei, sie zu schießen. Aber Andrei wird ihm die Fotos des verprügelten Vadim geschickt haben.

Janinas Nachrichten sind schwieriger einzuordnen. *Wenn der Jäger in die eigene Fuchsfalle gerät, kann es sein, dass die Bären ihn fressen*, schreibt sie. Jedenfalls ist es das, was ich aus dem Wortsalat herauslese, den die Übersetzungs-App ausspuckt. Vielleicht ist es ein russisches Sprichwort.

Alexander steht im Weg, lautet der nächste Text. *Er muss weg. Schaff ihn mir endlich vom Hals.*

Ich greife mir unwillkürlich an die Kehle, dahin, wo Alex mich mit der Kette gewürgt hat. Sieht nicht gut aus für ihn, aber ich werde es nicht sein, die ihn für Janina aus dem Weg räumt. Sie hat noch eine dritte Nachricht geschickt:

> *Pascha sagt, du musst tot sein. Wärst du noch am Leben, hättest du dich bei ihm gemeldet. Er sagt, du bist Boris' Mörder und ein doppelgesichtiger Dämon, den er lebendig häuten wird, bevor er ihn verbrennt.*

Das klingt sehr nach ihm, und allein die Erwähnung seines Namens ist wie ein böses Omen. Unwillkürlich blicke ich mich um, als könnte schon der Gedanke an ihn Pascha plötzlich aus dem Boden wachsen lassen.

Ich wünschte, ich könnte ihn ebenso in die Falle locken wie Boris, aber er hat kein heimliches Hobby. Keines, von dem ich wüsste.

Okay, die alten Nachrichten sind abgearbeitet. Jetzt wird es ernst. Ich schalte den Flugmodus aus und halte die Luft an. Drei Sekunden lang Stille, drei Sekunden, die genügen, um mich fürchten zu lassen, dass mein Plan fehlgeschlagen ist. Dann vier Signaltöne. Ich lasse hörbar die Luft aus den Lungen. Zwei Nachrichten sind von Andrei.

Ich bin so begierig darauf, sie in die Übersetzungs-App einzufüttern, dass ich vergesse, das Handy wieder in den Offline-Modus zu schalten. Erst als eine weitere Mitteilung klingelnd und vibrierend eintrifft, hole ich es hastig nach. Janina hat sich also auch noch gemeldet, aber sie ist im Moment zweitrangig. Wer zählt, ist Andrei.

Und zu meiner Erleichterung ist er hellauf begeistert. Wie es aussieht, hat der Bluff funktioniert. *Du bist mein Prinz,* schreibt er. *Ich wusste, auf dich kann ich zählen. Die Sache mit Vadim ist verziehen, du wirst getan haben, was nötig war. Mit der Frau hattest du hoffentlich deinen Spaß! Diese Fotos! Wie sie Angst hat, wie sie schreit! Hast du noch mehr davon? Ich wünschte, ich wäre dabei gewesen.*

Ich lehne mich zurück und schließe die Augen. Nun bin ich also zum zweiten Mal tot, es gibt Beweisfotos, die schauderhafter kaum sein könnten. Wie ich Andrei kenne, hat er sie sofort an den Rest des Clans weitergeleitet, in Begleitung einer Menge abfälliger Bemerkungen: *Da seht ihr es, ihr Nullen, ihr Kriecher! Boris hat geschafft, wozu ihr alle zu dumm oder faul oder unwillig wart. Wahrscheinlich hat er die Wahrheit gesagt: Dass ihr sie absichtlich geschont habt, weil ihr mich aus dem Weg haben wolltet, aber das könnt ihr jetzt vergessen.*

Oder so ähnlich. Vielleicht noch plus ein paar Drohungen an die, die er für Verräter hält. Ich sehe mir an, wann er diese Zeilen an Boris geschrieben hat – gerade einmal dreiundzwanzig Minuten, nachdem ich ihm die frohe Botschaft und die Bilder gesendet habe.

Jaro weiß ebenfalls Bescheid, doch er hat erst heute Morgen reagiert. Seine Mitteilung ist lang, und er hat eines der Fotos angehängt: das, auf dem ich scheinbar an den Pfosten gefesselt bin, die Kleidung zerrissen, das Gesicht zu einer Grimasse aus Angst und Schmerz verzerrt.

Sag mir, Boris, ist das die Frau, die Andrei schon so lange sucht? Ich bin ihr vor zwei Tagen im Star Club begegnet, von dort aus ist Vadim ihr gefolgt und in eine Falle getappt. In deine Falle. Erkläre mir den Zusammenhang. Hast du mit ihr unter einer Decke gesteckt?

Ein Gefühl, als würde etwas in mir zu Staub zerfallen. Jaroslaw hat mich auf den Bildern wiedererkannt, und nun zieht er beinahe die richtigen Schlüsse. Doch der Text ist noch nicht zu Ende.

Oder hast du sie erst als Köder benutzt und dann beseitigt? Bist du so plötzlich verschwunden, damit du dein eigenes Spiel spielen kannst? Das ist dreckig, Boris. Ein Scheißverhalten den eigenen Leuten gegenüber. Ich weiß, dass du mit Vadim Probleme hattest, aber ihn zu töten war dir nicht erlaubt.
Oder hattest du es auf mich abgesehen? Die Frau wollte, dass ich mit ihr nach draußen gehe. Hättest du dann statt Vadim mir aufgelauert und mich erschlagen? War das dein Plan? Klingt in meinen Ohren logisch. Wir werden dich finden, Boris – oder wer du auch bist –, und dann wirst du uns alles sagen, solange du noch eine Zunge hast.

Am Himmel sind Wolken aufgezogen, es beginnt zu tröpfeln. Niemand wird Boris noch einmal töten können, mich aber schon. Ein drittes und letztes Mal.

Beim zweiten Durchlesen der Nachricht wird mir noch etwas klar: Vera muss wirklich untergetaucht sein. Der Clan hat sie nicht erwischt, und sie ist auch nicht aus freien Stücken zurückgegangen, sonst wüsste man dort von mir. Sonst würde Jaro nicht die Frage nach der Identität der Frau auf den Fotos stellen.

Ich sollte den Standort wechseln, ich sitze schon viel zu lange auf diesem Parkplatz. Doch vorher will ich noch schnell Andreis abschließende Nachricht lesen; sie ist gerade einmal achtundvierzig Minuten alt.

Ich leite alles in die Wege. Halte dich bereit und warte auf meine Anweisungen.

Er glaubt mir, sage ich mir vor, während ich irgendeine Autobahn entlangfahre. Er glaubt mir, er hat sich überlisten lassen, er misstraut seinen eigenen Leuten, er wird sich sein Imperium sichern wollen.

Was bedeutet: Er wird zurückkommen.

Bis dahin muss ich durchhalten, ohne vom Rest des Clans aufgestöbert zu werden, meine Wohnung bleibt also weiterhin Sperrzone. Noch einmal bei Mia unterschlupfen kommt nicht infrage. Das Waschstraßenzimmer der Malakyans behalte ich für Notfälle in der Hinterhand, aber ich brauche einen Ort, an dem ich mich auch eine Woche lang verkriechen kann.

Ein Blick auf die nächste Autobahnausfahrt zeigt mir, dass ich mich schon fast siebzig Kilometer weit von Frankfurt entfernt habe. Ich setze den Blinker und fahre ab. Beim nächsten Supermarkt werde ich stehen bleiben und ein paar Lebensmittel kaufen, die man nicht kühlen muss, und ...

Mein Blick bleibt an einer Werbetafel hängen, einer, die auf ein nahes Gewerbegebiet aufmerksam macht. Dort gibt es Schuhdiscounter, ein Möbelhaus, eine Elektrowarenkette – und einen Fachhandel für Camping- und Outdoorbedarf.

Entschlossen lenke ich den Wagen nach links. Eines meiner Probleme hat sich eben erledigt.

Dank Veras und meiner Schutzgelderpressung muss ich nicht sparsam sein. Knapp siebenhundert Euro investiere ich in ein Kuppelzelt, das man mit wenigen Handgriffen aufstellen kann, eine sich selbst aufblasende Matratze, einen Schlafsack und ein kleines Kissen. Wie Google mir verrät, gibt es in nur zehn Kilometern Entfernung einen Campingplatz, dessen Sternebewertung zwar mäßig ist, der für meine Zwecke aber perfekt zu sein scheint.

An der Rezeption zeige ich einen der falschen Personalausweise vor, fülle einen blass kopierten Anmeldezettel aus und suche mir einen Zeltplatz am Rand der Anlage, fast schon im Wald. Der WLAN-Empfang ist gut hier, die Toiletten sind nicht weit entfernt.

Eine halbe Stunde später steht mein Zelt, die Matratze ist aufgeblasen, und ich rolle mich darauf zusammen. Kann fühlen, wie sich mein Puls verlangsamt. Seit den einsamen Nächten im Keller meines Abbruchhauses habe ich mich nicht mehr so sicher gefühlt.

Morgen werde ich nachsehen, ob Andrei sich noch einmal gemeldet hat. Heute werde ich in diesem Zelt liegen, dem Gitarrespiel der Leute zuhören, die drei Plätze weiter campen, und mir vorstellen, ich müsste nie mehr hier raus.

Ich schlafe so gut wie seit Wochen nicht, und als ich am nächsten Tag früh um sieben den Reißverschluss des Zelteingangs öffne, bin ich merkwürdig optimistisch. Der Campingplatz hat eine kleine Bar, dort gönne ich mir ein Frühstück mit

Schinken und Eiern – ungetarnt, wie mir erst nach ein paar Minuten so richtig bewusst wird. Sofort setze ich mich mit dem Gesicht zur Wand. Ich darf jetzt nicht unvorsichtig werden, bloß weil Andrei mich wieder für tot hält. Es ist noch nicht überstanden.

Wie recht ich damit habe, stellt sich zwei Stunden später heraus. Ich habe mein Notebook in den Rucksack gepackt und mich ins Auto gesetzt, bin an den Frankfurter Stadtrand gefahren und habe Boris' Handy aktiviert.

Andrei hat sich gemeldet. Zwei Nachrichten hat er geschrieben, und kaum, dass ich ihren Inhalt kenne, wird mir schlecht. Davor war meine einzige Befürchtung, dass er doch noch einen Fehler an den Fotos gefunden haben könnte. Aber das Problem ist ein anderes, und es ist mindestens so schlimm.

Ich habe noch ein paar Dinge zu erledigen, bevor ich mich auf den Weg mache, schreibt er. *Aber ich habe Pascha von meiner Rückkehr informiert. Ihm traue ich ebenso sehr wie dir, ihr wart immer ein gutes Team. Setz dich mit ihm in Verbindung, er will dich treffen. Wenn ich zurück bin, werden wir drei den Clan wieder zu dem machen, was er einmal war.*

Ich lasse das Handy sinken. Pascha, er will, dass ich mich mit Pascha treffe. Das ist der beste Schachzug, den er machen konnte. Wenn ich mich weigere, ahnt Andrei sofort, dass etwas im Busch ist, dass ich vielleicht wirklich nicht Boris bin. Wenn ich mich darauf einlasse, ist es Selbstmord. Meine besten Chancen bestehen darin, einen günstigen Treffpunkt zu wählen und Pascha hinterrücks zu erschießen. Aber ich weiß, dass ich wahrscheinlich nicht ruhig zielen könnte. Ich kann mir kaum sein Gesicht vorstellen, ohne dass meine Hände zu zittern beginnen.

Noch bevor ich zurück zum Campingplatz fahre, suche ich mir ein Café mit WLAN, versteckt in einem Innenhof gelegen. Dort schreibe ich gut dreißig Textentwürfe, die ich mir von Anastasia übersetzen lassen möchte. Dazu Textbausteine, die ich nach Bedarf kombinieren kann. Ich werde sie nicht alle verwenden, aber ich werde eine große Auswahl haben. Bevor ich alles an Anastasia sende mit dem Hinweis, dass es relativ eilig ist, weil Deadline und so, überweise ich ihr noch vierhundert Euro.

Und dann, auf dem Weg zurück zum Campingplatz, fällt mir ein, wie ich die Sache angehen könnte. Ein Risiko wird bleiben, denn Pascha ist nicht dumm, er hat die Instinkte einer Ratte. Er wird nicht auf den ersten meiner Vorschläge eingehen.

Aber vielleicht auf den zweiten.

Ich sitze im Zelt, eine angebrochene Tafel Nougatschokolade neben mir, die meine Nerven beruhigen soll, leider aber auch Ameisen anlockt. Anastasia hat mir die ersten Textentwürfe bereits zurückgeschickt und dafür von mir noch ein paar neue bekommen.

Ich weiß, dass Boris auf seinem Handy Paschas Nummer eingespeichert hat, natürlich, aber sie scheinen sich gegenseitig nie Nachrichten geschickt zu haben, bis auf die eine, die ich letztens empfangen habe. Den Vorschlag zu einem gemeinsamen Puffbesuch. Sonst nichts.

Was, wenn Boris und er sonst immer telefoniert haben? Wird es Pascha verdächtig vorkommen, wenn sein Kumpel plötzlich auf schriftlichen Austausch besteht?

Es ist warm heute, im Zelt wird es stickig, und meine Schokolade schmilzt. Besser, ich gehe nach draußen. In den Wald. Ich muss frische Luft schnappen. Und einen Anruf machen, von dem viel abhängt. Vielleicht kann ich mir Verstärkung beschaffen.

Hey, Pascha! Schön zu hören, dass es dir gut geht. Ich war nicht sicher, ob du noch auf meiner Seite stehst, aber wenn der Alte sagt, es ist so, dann will ich es mal glauben.

Was du wissen solltest: Slawa und die anderen haben zwei Anschläge auf mich versucht, deshalb bin ich untergetaucht. Egal, was sie dir erzählen, glaub es ihnen nicht. Wahrscheinlich haben sie auch die Sache mit dem Ohr selbst inszeniert, damit kein Verdacht auf sie fällt, wenn ich für immer verschwunden bin. Also sei vorsichtig, ja? Ich traue ihnen zu, dass sie dich genauso aus dem Weg schaffen wollen, sobald sie mitbekommen, dass du Andrei bei seiner Rückkehr hilfst. Mein Vorschlag: Wir treffen uns am 29. um 11 Uhr nachts an der alten Ziegelfabrik Wiesbaden. Ist eine Ruine, liegt an der Naudorfer Straße. Dort besprechen wir, wie wir weitermachen.

Die Nachricht ist seit fünf Stunden raus, ich habe sie im Morgengrauen weggeschickt; dafür bin ich noch bei Dunkelheit aufgebrochen. Dass die Karpins das Handy orten können, erschwert mir mein Leben beträchtlich, lässt mich massenhaft Kilometer machen, aber ich hoffe, mein Zickzackkurs verwirrt sie. Wenn Boris' Handy sich ins Netz einbucht, tut es das nie zweimal an derselben Stelle.

Nun sitze ich in einem Imbiss nahe Kassel und habe eben Paschas Antwort übersetzt. Natürlich lehnt er meinen Vorschlag ab, er würde viel lieber auf ein Bier gehen. Warum nicht in Frankfurt? Dort gäbe es so viele Lokale, in denen keiner uns vermuten würde. Verfolgungswahn sei nicht angebracht, niemand wage sich an uns beide heran.

Mit so etwas habe ich gerechnet, und ich habe die richtige Antwort bereits eingespeichert.

Keine Chance. Ich habe Vadim gekillt, ich bleibe in Deckung, bis Andrei zurück ist. Er wird mich brauchen, um seinen Bruder vom Thron zu stoßen. Wenn du nicht auf unserer Seite stehst, kann ich ihm das ja ausrichten.

Muss auch nicht die Ziegelei sein. Was hältst du von der ehemaligen Tankstelle in Bad Soden? Direkt an der Hanauer Landstraße. Findest du sicher.

Ich wette mit mir selbst, dass er auch diesen Treffpunkt nicht akzeptieren, sondern einen Stripclub vorschlagen wird, oder einen der Keller, in dem illegale Hundekämpfe stattfinden.

Aber ich habe noch drei gute Alternativen in petto, die ich zur Diskussion stellen kann. Danach wird es schwieriger.

Wie ich ihm wirklich gegenübertreten soll, weiß ich noch nicht. Es fällt mir schon schwer, nur an ihn zu denken, ohne dass sich sofort körperliche Reaktionen einstellen. Die o-beinige Gestalt und das freundliche Gesicht mit den schönen, dunklen Augen, die auch dann noch lächeln, wenn er jemanden mit einer Drahtschlinge erwürgt oder ihm Gliedmaßen abtrennt. Mein Magen verkrampft sich sofort, das Atmen fällt mir schwerer. Wie ich eine direkte Konfrontation durchstehen soll, übersteigt meine Vorstellungskraft.

Ich greife nach meinem Glas, schütte das eiskalte Mineralwasser in mich hinein. Es schmerzt, es holt mich in die Gegenwart zurück. Ich darf mir nicht ständig vor Augen halten, mit wem ich es zu tun haben werde. Boris war nicht viel besser als Pascha, und er ist Geschichte. Das sollte mir eigentlich Mut machen.

Aber es war Pascha, der dich angezündet hat. Pascha, mit seinem Sturmfeuerzeug und der Vorfreude in den Augen.

Umso mehr, sage ich mir. Ich werde die Walther dabeihaben und auf alles gefasst sein. Ich werde ihn nur als Ziel betrachten, das es zu treffen gilt, nicht als Schlächter, der zu allem fähig ist. Besonders werde ich mir nicht den Kopf darüber zerbrechen, ob es fair ist, jemandem in den Rücken zu schießen, sondern es einfach tun. Und falls ich ihm bloß die Lungen zerschieße und er langsam stirbt, werde ich kein schlechtes Gewissen haben.

Meine Prognose stellt sich als richtig heraus. Es dauert zweieinhalb Tage, bis ich mich mit Pascha auf einen Treffpunkt einigen kann. Der Vorschlag kommt von ihm: ein Steinbruch, der noch ein Stück westlich von Bad Soden liegt, mitten im Taunus. Ich habe mir die Lage online angesehen und zugestimmt, auch wenn der Ort noch einsamer liegt, als ich es mir gewünscht hätte. Auch wenn ein Schuss dort wohl mehrfach als Echo widerhallen wird. Ich werde eben den Schalldämpfer auf die Walther stecken.

Und natürlich werde ich mir den Ort vorher ansehen. Morgen wollen wir uns treffen, denn heute, schreibt Pascha, hätte er noch einen Auftrag zu erledigen. Dreiundzwanzig Uhr, an der Baracke bei der Einfahrt. Das sollte mir ja dann abgelegen genug sein, scherzt er. Und fügt an, wie froh er ist, dass ich noch lebe.

Womit er Boris meint, jedenfalls hoffe ich das.

Den Nachmittag nutze ich für einen Anruf, der weniger gut verläuft, als ich gehofft habe, am Ende aber auf etwas Ähnliches wie eine Zusage hinausläuft. Entsprechend nervös mache ich mich gegen fünf Uhr auf meine Erkundungsfahrt, ich werde ungefähr eine Stunde brauchen und vermute, dass der Steinbruch um sechs Uhr schon verlassen sein wird.

Dank Berufsverkehr bin ich erst um halb sieben vor Ort. Ich parke meinen Wagen im Wald, laut Navi einen halben Kilometer vor dem Ziel. Der Platz ist ideal, ein mehrere Meter langer Holzstapel verdeckt das Auto so, dass es von der Straße her kaum zu sehen ist. Bei Dunkelheit gar nicht mehr.

Von hier aus nehme ich einen Fußweg, den lange niemand mehr gegangen sein dürfte. Da und dort liegen noch vom letzten Sturm abgeknickte Jungbäume quer über dem Weg, zweimal bleibe ich an Dornenranken hängen.

Nach zehn Minuten kommt der Steinbruch in Sicht. Ich schleiche so nah heran, dass ich einen Blick in die Einfahrt werfen kann. Wie es aussieht, ist längst Feierabend; nichts bewegt sich mehr auf dem gesamten Areal; die Bagger parken mit gesenkten Schaufeln neben Steinhaufen und Schuttcontainern. Einer auch ein Stück erhöht, da, wo die staubige Serpentine sich den Hang hinaufzieht.

Keine Stimmen mehr, keine Maschinengeräusche. Ich richte mich auf und betrete das Gelände. Was ich brauche, ist ein Platz, an dem ich mich morgen auf die Lauer legen und möglichst große Teile des Steinbruchs überblicken kann. Ein paar der Container bei und hinter den Baracken sehen vielversprechend aus. Während ich mich umsehe, werde ich mir schmerzlich des Verlusts meiner Barrett bewusst – mit ihr hätte ich schon auf Pascha schießen können, sobald er irgendwo in der Nähe aufgetaucht wäre. Und mit dem Zielfernrohr hätte ich auch getroffen.

Langsam marschiere ich die Serpentine hoch, passiere die erste Kurve. Bleibe kurz an dem Bagger stehen, aber der ist als Versteck zu unsicher. Wer weiß, wo er morgen parken wird. Nachdem ich die zweite Kurve hinter mir gelassen habe, beschließe ich, umzukehren. Von hier aus habe ich zwar den perfekten Überblick, dafür aber nur wenig Chancen auf Deckung. Und ich bin viel zu weit entfernt für einen Schuss, der auch sein Ziel findet. Es besteht zwar die Hoffnung, dass ich Pascha nicht ganz alleine gegenüberstehen werde, aber sicher sein kann ich nicht ...

Ich habe den Gedanken kaum zu Ende gedacht, als sich vom Wald her Motorengeräusche nähern. Sekunden später taucht ein dunkler SUV in der Einfahrt auf. Ich ducke mich hinter einen Steinbrocken – jetzt vom Betreiber oder einem Techniker erwischt zu werden wäre verhängnisvoll. Was, wenn er die Polizei ruft? Und selbst, wenn er mich laufen lässt, würde er sich sofort an mich erinnern, wenn die Arbeiter in zwei Tagen ungewöhnliche Spuren hier entdecken. Blut zum Beispiel. Und wer weiß, vielleicht würde morgen jemand hier Wachdienst schieben.

Der Wagen bleibt neben dem größten Bagger stehen. Die Fahrertür öffnet sich. Der Mann, der Sekunden später aussteigt, ist Pascha.

24.

Mein Körper reagiert genauso, wie ich es befürchtet habe. Mit Zittern, Schluckstörungen, Herzrasen. Ich habe nicht damit gerechnet, dass Pascha ebenfalls seine Vorkehrungen trifft. Aber offenbar hält er es für möglich, dass Boris ihm eine Falle stellen will, obwohl es doch Pascha selbst war, der den Treffpunkt vorgeschlagen hat.

Er sieht sich um. Ich mache mich klein hinter meinem Felsbrocken, aber nun kann ich nicht mehr sehen, was er tut. Erst, als ich Schaufelgeräusche höre, wage ich es wieder, an dem Stein vorbeizulugen.

Pascha hat eine seiner Pumpguns dabei und vergräbt sie in einem mannshohen Haufen lockerer Erde. So, dass ein winziges Stück des Trageriemens hervorlugt, kaum sichtbar. Als er damit fertig ist, entfernt er sich ein paar Schritte, weicht dann zu dem Haufen zurück, erwischt blind den Riemen und reißt das Gewehr hervor. Innerhalb von fünf Sekunden ist er schussbereit.

Ein Probelauf. Ich beobachte ihn, wie er das Prozedere wiederholt, wie er die verstreute Erde wieder zusammenschaufelt, ohne das geringste Zeichen von Ungeduld.

Danach bringt er etwas unter dem Rand einer der Schuttmulden an, ich vermute, es ist ein Messer mit magnetischer Scheide. Auch hier probt er den schnellen Zugriff auf die Waffe und prüft, ob ahnungslose Steinbruchmitarbeiter sie zufällig entdecken könnten.

Das Bewusstsein, dass wir einander so nah sind, dass da kilometerweit kein anderer Mensch ist als der, den ich am meisten fürchte, lässt meine Panik anwachsen. Ich atme, aber die Luft erreicht meine Lungen nicht. Mein Herz schlägt viel zu schnell, immer wieder trübt sich sekundenlang mein Blick. Ruhig, sage ich mir. Dass er Vorbereitungen trifft, ist ein gutes Zeichen. Er wird tatsächlich alleine kommen. Und du hast morgen möglicherweise Hilfe. Wenn dein Anruf erfolgreicher war, als er sich angefühlt hat.

Möglicherweise. Wer weiß, ob es überhaupt zu einem Morgen kommt, denn Pascha ist nun offenbar zufrieden mit dem Messerversteck. Er dreht sich um und macht sich auf den Weg die Serpentine hinauf. Zu mir.

Ich brauche meine ganze Beherrschung, um nicht aufzuspringen und loszurennen. Warum nur habe ich meine eigene Waffe nicht auf meine Erkundungstour mitgenommen? Mit jedem Schritt, den Pascha näher kommt, würde meine Chance wachsen, ihn auch wirklich zu treffen. Das Magazin der Walther fasst fünfzehn Schuss, mit den ersten fünf würde ich es sicher schaffen, ihn niederzustrecken. Aber meine Pistole liegt im Auto, im Unterschied zu der, die Pascha in der Hand hält. Er spaziert den Weg hinauf, nähert sich der ersten Kurve. Durch das Rauschen in meinen Ohren kann ich ihn eine Melodie summen hören.

Er wird mich entdecken, und dann wird er schießen; dabei ist es wahrscheinlich sogar egal, ob er mich erkennt oder nicht. Ich habe bereits zu viel gesehen. Immerhin wird es schnell gehen – die Schneidbrenner bleiben mir erspart. Außer, er zerschießt mir bloß ein Knie und zerrt mich dann in seinen Wagen.

Pascha ist jetzt auf Höhe des Baggers angekommen, und meine Hand schließt sich um einen faustgroßen Stein. Es muss mir gelingen, ihn zu überraschen, ihm irgendwie den Schädel einzuschlagen, bevor er reagieren und die Waffe heben kann, dann komme ich mit dem Leben davon.

Dafür gibt es nur eine einzige Möglichkeit: zu warten, bis er auf die zweite Kurve zugeht, denn dann muss er direkt unterhalb von mir vorbei. Ich werde springen, genau auf ihn drauf, und sofort mit dem Stein zuschlagen, so lange, bis ich den Schädelknochen brechen höre.

So wie vorher ich inspiziert er nun den Bagger, wiegt die Pistole in der Hand, als würde er überlegen, ob sie sich hier gut verstecken lässt. Er geht weiter. Ich spanne die Muskeln an. Noch fünf Sekunden. Noch vier.

Zwei Schritte, bevor wir auf gleicher Höhe sind, bleibt Pascha wieder stehen. Blickt nach unten, auf die beiden Baracken – und kehrt um. Ich sacke in mich zusammen, beinahe hätte ich den Stein fallen lassen. Mein Atem kommt mir viel zu laut vor, aber Pascha dreht sich nicht um. Ich sehe ihn zurückgehen, gezielt auf das hintere der Gebäude zustreben und die Pistole unter etwas schieben, das wie eine rostige, alte Öltonne aussieht.

Er wirkt zufrieden, als er sich im Kreis dreht. Er hat eine Art Dreieck angelegt, an jeder Spitze eine Waffe, die er schnell erreichen kann. Falls es nicht Boris ist, der hier morgen auf ihn wartet, ist Pascha vorbereitet. Wenn doch, kann er überzeugend demonstrieren, dass er unbewaffnet gekommen ist.

Ich glaube trotzdem, dass er etwas potenziell Tödliches am Körper tragen wird, aber so ist er auf alle Eventualitäten vorbereitet. Noch einmal überprüft er die drei Verstecke. Tarnt den Gewehrriemen ein wenig besser, nickt zufrieden. Dann steigt er in sein Auto und fährt davon.

Ich liege auf Händen und Knien hinter meinem Felsbrocken, und als die Motorengeräusche verklingen, beginne ich unkontrolliert zu heulen. Meine Tränen tropfen auf den sandigen Boden. Es ist eine Mischung aus Erleichterung, Angst und Trauer, die mich zusammenbrechen lässt. Trauer um dich. Paschas Anblick und dein Tod sind in meinem Kopf so fest miteinander verknüpft, dass ich dich beinahe vor mir sehe. Mit dem Reifen um den Oberkörper und der Panik in den Augen. *Sie mag keine Pistolen*, höre ich Andrei lachen. *Vielleicht sind Messer ihr lieber?*

Langsam richte ich mich auf, wische mir übers Gesicht, spüre den körnigen Sand auf meinen Händen. Oh doch, mittlerweile mag sie Pistolen, und sie geht recht geschickt mit ihnen um. Besser als mit Messern, aber am liebsten hat sie beides. Und ein Gewehr noch dazu.

Ich warte noch fünf Minuten länger, allmählich wird es dunkel. Als Erstes hole ich mir das Messer, das Pascha gut getarnt unter den gebogenen Rand der Mulde geheftet hat. Der Magnet ist stark, ich brauche Kraft, um es abzulösen. Als Zweites ist die Pistole dran. Ein Griff unter die Öltonne, und sie gehört mir.

Das Gewehr aus dem Erdhaufen zu ziehen, ist ebenfalls kein Problem, nur bringe ich ihn damit halb zum Einsturz; Erde verteilt sich rundherum. Ich werde sie zurückschaufeln, genau so, wie Pascha es vorhin getan hat, aber zuerst tue ich noch etwas anderes.

Der Gewehrriemen ist mit Karabinern an stählernen Ösen befestigt. Ich löse sie, lege die Waffe auf den Boden, stecke den Riemen aber in die Erde zurück, bevor ich den Haufen in die ursprüngliche Form bringe. Ein paarmal noch zupfen und schieben, dann sieht es so aus wie zuvor. Ein dunkles Stück Kunststoffgewebe vor dunklem Hintergrund.

Schwer beladen suche ich mir bei schwindendem Licht den Weg zurück zu meinem Auto. Ich habe eben die Vorzeichen umgekehrt.

Eine weitere Nacht im Zelt, ein schwülwarmer Morgen. Vielleicht mein letzter, denke ich, als ich den Reißverschluss nach draußen öffne. Der Gedanke ist mir vertraut, mit ihm bin ich auch früher oft aufgewacht.

Paschas Messer habe ich, anders als die anderen Waffen, mit

ins Zelt genommen. Die Klinge ist auf einer Seite gezackt, auf der anderen rasiermesserscharf. Und sie ist lang, sicher dreißig Zentimeter von der Spitze bis zum Heft.

Es war Paschas Messer, jetzt ist es meines, und ich beschließe, es als Glücksbringer zu betrachten, auch wenn ich mir vorstellen kann, wofür es bisher eingesetzt wurde. »Messer sind ihr lieber«, murmle ich und beginne, den Rucksack für die Nacht zu packen.

Natürlich fahre ich viel zu früh in Richtung Steinbruch, früher noch als am Tag zuvor. Ich will das Auto so hinter dem Holzstoß parken, dass man es von der Straße aus wirklich nicht sehen kann. Notfalls werde ich es mit Ästen und Erde tarnen.

Doch das ist gar nicht nötig, wie sich zeigt. Der Platz ist perfekt, allerdings muss ich bis dreiundzwanzig Uhr noch sechs Stunden totschlagen. Derzeit wird im Steinbruch noch gearbeitet, ich kann Motoren und Maschinengeräusche hören. Gegen halb sechs verebben sie, dann hören sie ganz auf, ein Auto nach dem anderen verlässt das Gelände.

Ich mache mich auf den Weg, querfeldein, um auch sicher niemandem zu begegnen, denn ich trage eine Pumpgun in den Händen und einen Rucksack mit zwei Pistolen und einem Kampfmesser auf dem Rücken. Sobald ich den Einfahrtsbereich des Steinbruchs überblicken kann, lege ich mich flach auf den Bauch. Zwei Autos stehen noch auf dem Parkplatz; in das erste steigt gerade ein rundbäuchiger Mann ein und fährt los. Erst zwanzig Minuten später verlässt auch der letzte Wagen das Gelände, und ich richte mich auf.

Wo ich Paschas Ankunft abwarten will, weiß ich bereits. Einer der Container, in dem abgetragene Erde auf Abtransport wartet, ist lose mit einer Plane bedeckt, unter die ich mich legen kann. Maximaler Sichtschutz bei bestmöglichem Ausblick, denn der Behälter ist neben einer der beiden Baracken platziert.

Bequem ist es dort allerdings nicht. Ich schiebe Erde und Steine so zurecht, dass sich nichts davon in meinen Körper bohrt, lege die Pumpgun neben mir ab, umfasse den Griff der Walther und ziehe mir die Plane bis über den Kopf; nur ein Sichtschlitz bleibt frei.

Es ist immer noch schwül, vorhin habe ich es aus der Entfernung donnern gehört, doch das Gewitter ist in eine andere Richtung davongezogen. Ein Blick auf die Uhr: kurz nach halb acht. Ich muss mich auf eine lange Wartezeit einstellen, obwohl ich fast sicher bin, dass Pascha früher als verabredet hier auftauchen wird. Einfach, weil der Erste auf dem Spielfeld die besseren Voraussetzungen vorfindet.

Zu Beginn hält meine Nervosität mich wach und aufmerksam, ebenso wie die Feuchtigkeit der Erde, die nach und nach durch meine Hose dringt. Nach zwei Stunden wird es schwieriger. Meine Gedanken driften ab, vorzugsweise in die Vergangenheit, zu früheren Begegnungen mit Pascha. Eine qualvolle Hinrichtung reiht sich in meiner Erinnerung an die nächste, und ich kann fühlen, wie meine Angst den Charakter ändert, wie sie zu Panik wird. Die das Letzte ist, was ich derzeit brauchen kann. Besser, ich präge mir die Details der Umgebung ein, noch ist das Tageslicht nicht verschwunden, doch um elf Uhr wird es stockdunkel sein. Ich habe zwar eine Taschenlampe im Rucksack, will sie aber nicht verwenden, sie wäre wie eine Zielscheibe aus Licht.

Gegen neun wird es wirklich dunkel, aber kaum habe ich das für mich festgestellt, flammen bei der Einfahrt zum Steinbruch zwei Lampen auf, ebenso wie jeweils eine bei jeder Baracke. Nachtbeleuchtung. Ich bin noch nicht sicher, ob ich das gut oder schlecht finde. Tatsache ist aber, ich beginne zu frieren. Es kühlt jetzt sehr schnell ab, und ich möchte mich möglichst nicht bewegen. Die Kälte beginnt in den Fingern und den Zehen; von da aus arbeitet sie sich in Richtung Körpermitte vor. Selbst schuld. Ich habe mich viel zu früh hier eingefunden.

Da und dort ist jetzt Rascheln zu hören, und jedes Mal krampft sich mein Magen zusammen. Doch es sind nur Tiere – oder der Wind in den Baumwipfeln. Manchmal hört es sich an, als würde jemand Geröll lostreten, kleine Mengen an Sand und Steinen, die den Hang herunterkollern. Doch danach herrscht jedes Mal wieder Stille.

Bis kurz nach zehn vom Waldweg her Motorbrummen bis zu mir dringt. Näher kommt. Es hört sich nicht nach einem Auto an, und das bestätigt sich, sobald das Fahrzeug aus dem Dunkel des Waldes ins Licht der Einfahrtsbeleuchtung rollt.

Ein Motorrad. Der Fahrer trägt einen schwarzen Helm, eine schwarze Lederjacke und dunkelgraue Jeans. Er fährt eine kleine Runde, kommt ganz nah an mir vorbei und stellt dann die Maschine hinter einem Container am Tor ab.

Ich muss Paschas Gesicht nicht sehen, um ihn zu erkennen, mir sind seine Gestalt und seine Bewegungen vertraut. Wie er sich nach dem Absteigen streckt. Wie er sich umblickt. Wie er spielerisch einen Stein wegkickt und krummbeinig auf die erste Baracke zugeht, auf die Seite, die im Schatten liegt. Dort verschwindet er, und es ist wieder still.

Ich liege unter meiner Plane und atme flach, plötzlich beherrscht von der Angst, dass sich Nies- oder Hustenreiz anbahnen könnten. Dass Pascha nicht abwartend im Dunkeln sitzt, sondern um die Baracke schleicht, um ruckartig die Plane von meinem Container zu reißen.

Es ist so ruhig geworden, dass ich nach zwanzig Minuten denke, er ist vielleicht gar nicht mehr da. Was natürlich nicht stimmen kann, denn sein Motorrad steht immer noch an der Einfahrt, glänzend schwarz und schlank. Irgendwann höre ich ein Räuspern, knirschende Schritte. Pascha tritt wieder ins

Licht, den Helm hat er mittlerweile abgenommen. »Boris?«, ruft er in die Nacht. Weit entferntes Donnern ist die einzige Antwort. Pascha sieht auf die Uhr, zuckt mit den Schultern. Murmelt etwas vor sich hin, das ich nicht verstehe.

Ich umklammere den Griff meiner Pistole. Wenn ich ruhig hier liegen bleibe, wird einfach gar nichts passieren. Pascha wird irgendwann aufgeben, wieder auf seine Maschine steigen und zurück in die Stadt fahren. Er wird Andrei darüber informieren, dass Boris nicht aufgetaucht ist, und Andrei wird das als Zeichen dafür nehmen, dass etwas nicht stimmt. Er wird keiner meiner gefakten Nachrichten mehr Glauben schenken.

Ich hatte gehofft, dass zu diesem Zeitpunkt meine Verstärkung eingetroffen sein würde, auch wenn niemand mir etwas versprochen hat. Aber das war wohl zu optimistisch. Ich werde irgendwann aus diesem Container steigen und handeln müssen. Schon allein die Vorstellung lähmt mich.

Es ist nun fast elf, und Pascha wird sichtlich ungeduldig. Er taucht in die Schatten und kommt wieder heraus, zückt zu meinem Entsetzen sein Handy – aber er telefoniert nicht, sondern scheint nur zu checken, ob jemand ihm eine Nachricht geschrieben hat. Boris zum Beispiel, der das Treffen absagt.

Und dann schlendert er direkt auf meinen Container zu.

Mein Körper verkrampft sich. Hier wäre nun eine Chance, die vielleicht nie wiederkommt, gleichzeitig ist es ein Bild, das mir aus meinen Albträumen grauenhaft vertraut ist. Pascha, der in der Dunkelheit auf mich zukommt, immer näher, mit einem Feuerzeug in der Hand.

Ich packe die Walther fester. Schiebe den Lauf samt Schalldämpfer langsam unter der Plane hervor. Pascha ist nur noch zehn Schritte entfernt, doch das in seiner Hand ist kein Feuerzeug, sondern ein Smartphone. Das Display beleuchtet seine Gesichtszüge, die mir so verhasst sind.

Ich tue es jetzt. Ich muss.

Es ist, als würde ich mir von außen dabei zusehen, wie ich die Pistole entsichere und ziele. Es entsteht nur ein winziges Geräusch, ein Klicken, doch Pascha scheint es gehört zu haben. Er blickt hoch, und ohne nachzudenken, drücke ich ab, zweimal, sehe, wie er stürzt, sich aber sofort zur Seite rollt, wieder aufspringt und Deckung sucht.

Verfehlt. Ich Idiotin habe ihn verfehlt.

Hektisch reiße ich die Plane zur Seite und springe aus dem Container; die Pistole in der einen, das Gewehr in der anderen Hand. Es ist unhandlich, und ich lege es auf den Boden, ziehe hastig ein herumliegendes Stück Wellpappe darüber. Pascha muss hinter der zweiten Baracke in Deckung gegangen sein, ich kann ihn weder hören noch sehen.

Geduckt schleiche ich hinter einen Container, der ganz im Dunkeln liegt. Pattstellung. Mir läuft der Schweiß in die Augen, aber ich wage es nicht, ihn wegzuwischen, aus Angst, mich in meinem Versteck zu verraten.

Dafür höre ich nach kurzer Zeit einen russischen Fluch von jenseits der Baracke. Und dann wieder ein fragendes »Boris?«, dem eine Menge weiteres, wütendes Russisch folgt.

Ich bleibe bewegungslos, verstehe Paschas Taktik nicht. Will er mich zu sich locken? Wahrscheinlich, und das bedeutet, er ist bewaffnet. Ich hebe vorsichtig einen Stein auf und werfe ihn gegen einen der Container, die gegenüber stehen. Ein metallischer Knall, und im nächsten Moment springt Pascha aus seiner Deckung, feuert in Richtung des Geräuschs, feuert auch in meine Richtung, aber ich habe mich flach auf den Boden gelegt, das Gesicht in den Kies gedrückt.

Dann ist es wieder ruhig. Entweder Pascha wechselt das Magazin, oder ...

Ein Schatten huscht hinter einem Bagger vorbei. Auf den Erdhaufen zu, den er gestern präpariert hat – oder auf sein Motorrad. Pascha will sich entweder neu bewaffnen, oder er will abhauen. Wobei Zweiteres das Ende aller meiner Pläne bedeuten würde.

Im Bruchteil einer Sekunde kläre ich mit mir selbst die Frage, ob ich wirklich bereit bin, einen Menschen zu erschießen, und beantworte sie mit Ja. Diesen Menschen schon. Der Entschluss halbiert meine Angst, ich springe auf die Beine und trete hinaus ins Licht. »Hallo, Pawel.«

Er fährt herum, ich kann sein Gesicht nicht sehen, sehr wohl aber seine Hand mit der Pistole, die er hochreißt. Ich springe sofort zur Seite, aber aus seiner Waffe löst sich kein Schuss. Er muss wirklich das ganze Magazin leer geschossen haben.

»Erkennst du mich nicht mehr?« Meine Stimme schwankt, fast als wäre ich gerührt über das Wiedersehen.

Er dreht den Kopf zur Seite, als würde er allein mit dem linken Auge besser sehen können. Dann verzieht sein Mund sich zu diesem typischen Lächeln. So lächelt Pascha, bevor er jemandem die Finger bricht. »Du?«

Ich wünschte, die Walther in meiner Hand würde nicht zittern. »Ja.«

Er lacht. »Aber von dir habe ich doch erst Fotos gesehen.« Sein slawischer Akzent ist breit wie eh und je. »Viel Blut. Du warst nackt.« Er wirkt jetzt völlig entspannt. Streicht sich das Haar aus dem Gesicht und steckt die ungeladene Pistole in den Gürtel. »Alles Fake?«

Ich nicke, bemerke, wie er unmerklich immer weiter in Richtung Erdhaufen zurückweicht.

»Wo ist Boris?«

»Tot.« Ich spucke ihm das Wort gewissermaßen vor die Füße und rechne mit einer sichtbaren Reaktion – Pascha und Boris waren lange Zeit unzertrennlich. Man hat nur selten einen ohne den anderen gesehen. Doch Pascha hebt bloß eine Augenbraue. »Wirklich? Schade. War dann doch sein Ohr in dem Paket?«

Wieder nicke ich. Pascha steht jetzt nur noch zwei Schritte von dem Erdhaufen entfernt.

»Hast du ihn gekillt?«

Darauf gebe ich keine Antwort. Selbst wenn ich wollte, ich wüsste nicht, welche. In gewisser Weise habe ich es getan, wenn auch nicht mit eigenen Händen.

»Hm.« Pascha tritt noch einen kleinen Schritt zurück. »Und jetzt willst du mich töten?« Sein Lächeln wird breiter, er deutet auf die Walther. »Damit?«

»Ja.« Ich sage es voller Überzeugung, trotzdem wirkt Pascha nicht beunruhigt. Wahrscheinlich, weil er sieht, dass seine Gegenwart es mir nach wie vor unmöglich macht, die Pistole ruhig zu halten. Aber das spielt keine Rolle, von meinen fünfzehn Schuss sind noch dreizehn übrig. Ganz sicher werde ich nicht dreizehnmal danebenschießen.

Er weicht noch einen Schritt zurück, gleich hat er den halb vergrabenen Gewehrriemen in Reichweite. Ich kann die Vorfreude in seinem Gesicht sehen. »Du wirst mich also wirklich töten? So wie deinen Lover?«

Dass er dich erwähnt, macht es einfacher. »Ja, nur mit viel mehr Freude«, sage ich, und noch bevor ich das letzte Wort zu Ende gesprochen habe, packt er den Gewehrriemen und reißt ihn mit einem Ruck aus der Erde.

In all der Zeit, die ich ihn kenne, habe ich Pascha noch nie so überrascht gesehen. Mit halb geöffnetem Mund starrt er erst den Riemen, dann mich an. Diesmal bin ich es, die lächelt, doch mein Triumph ist von ebenso kurzer Dauer wie seine Verblüffung. Er packt den Riemen an beiden Enden und schnellt auf mich zu, und fast lasse ich mich überrumpeln. Aber nur fast.

Ich drücke ab. Einmal, zweimal, doch erst beim dritten Mal keucht Pascha auf und geht zu Boden. Hält sich das linke Bein, offenbar habe ich den Schenkel knapp oberhalb des Knies getroffen.

Die Waffe auf seinen Kopf gerichtet, gehe ich einen vorsichtigen Schritt näher. Pascha hat die Zähne gebleckt. Flucht auf Russisch. Blut sickert zwischen seinen Fingern hervor. Und mit einem Mal finde ich es schwierig, den finalen Schuss abzufeuern. Selbst als er versucht, sich wieder aufzurichten und mich mit bloßen Händen anzugreifen, weiche ich ihm nur aus. Ihn zu töten, während ich mich gegen ihn verteidige, wäre kein Problem gewesen. Sogar ihn hinterrücks zu erschießen, solange er noch unverletzt war, hätte ich geschafft.

Aber jetzt wäre es eine Hinrichtung. Eine unverdient gnädige – Pistole an den Kopf und peng, aus. Ich bringe es nicht über mich, abzudrücken, obwohl Pascha es nun tatsächlich schafft, wieder auf die Beine zu kommen. Seine Hose ist blutdurchtränkt, sein Gesicht schmerzverzerrt. »Leg die Waffe weg, dann tue ich dir nichts«, sagt er.

Ich versuche, überlegen aufzulachen, es misslingt. »Du träumst, Arschloch.«

»Und du stirbst gleich, Hure.«

Ist er dumm genug zu denken, die Pistole, die er versteckt hat, wäre noch an ihrem Platz, nachdem das Gewehr weg ist? Scheint so, denn er wendet sich in Richtung Öltonne. Ich sehe ihm dabei zu, wie er sich abmüht, halte meinen Sicherheitsabstand, ziele die ganze Zeit auf seinen Kopf. Früher oder später muss ich ihn erschießen, es gibt einfach keine Alternative, ich kann ihn nicht lebend hier stehen lassen. Seine Leiche stellt mich vor wesentlich weniger Probleme, denn niemand wird mich mit ihm in Verbindung bringen. Offiziell bin ich ja immer noch tot, und wenn man meine DNA hier irgendwo nachweisen kann, wird man sie einer Frau zuordnen, die vor fast zwei Jahren erschossen wurde.

Pascha hat den halben Weg zur Öltonne zurückgelegt, als das angeschossene Bein unter ihm nachgibt. Er stürzt, unterdrückt einen Schrei, seine Haut ist blasser als zuvor und glänzt vor Schweiß. Rund um uns rauscht der Wald im auffrischenden Wind, und nun donnert es wieder, näher als zuletzt. Es wird Zeit. Ich gehe näher heran, nehme die Pistole mit beiden Händen und ziele auf Paschas Schläfe.

»Andrei wird dich in Scheiben schneiden, wenn du mich tötest«, knurrt er und robbt von mir fort. »Er wird ein tagelanges Fest daraus machen. Du wirst sehen.«

»Andrei ist noch weit weg«, erwidere ich. »Er denkt außerdem, dass Boris mich erledigt hat, nicht? Also spar dir deine dummen Drohungen.«

Nun lächelt er wieder, überheblich, und das gibt den Ausschlag, dieses Lächeln, das so oft der Auftakt für die Schmerzen anderer war.

Ich mache einen Schritt auf ihn zu, nah genug, um mein Ziel nicht zu verfehlen, aber mit ausreichend Entfernung, damit er nicht plötzlich nach einem meiner Beine greifen und mich aus dem Gleichgewicht bringen kann. Ich werde ihm in die Stirn schießen, mittig. Und ich will, dass er weiß, was kommt. »Du musst dir nicht die Mühe machen, zu der Tonne zu robben«, sage ich. »Ich habe auch die Pistole gefunden, die du versteckt hast. Genauso wie das Messer.«

Er stößt einen Laut aus wie ein wütendes Tier in der Falle, greift nach einem Stein, wirft ihn nach mir und verfehlt mich um gut einen Meter.

»Ich schätze, das war es dann.« Ich atme tief ein und wieder aus. »Mach die Augen zu, Pascha.«

In diesem Moment tritt Tigran Malakyan aus dem Wald.

25.

Die Verstärkung. Jetzt, wo alles schon fast vorbei ist, wo ich keine Hilfe mehr brauche. Hinter Tigran erkenne ich Ashot, ihm folgen drei weitere Männer und Mariam, die man im Halbdunkel ebenfalls für einen Mann halten könnte.

Tigran schiebt mich zur Seite, ohne ein Wort, nimmt Schwung und tritt Pascha gegen die Schulter, den Rücken und schließlich den angeschossenen Oberschenkel. Pascha schreit auf, das höre ich zum ersten Mal, gleichzeitig flucht er und versucht, Tigran anzuspucken.

Der kniet sich neben ihn, packt sein Haar und zieht ihm den Kopf in den Nacken. »Darauf habe ich gewartet.« Er bringt sein Gesicht ganz nah an Paschas heran. »Du warst das, richtig? Du hast meinen Vater getötet? Grigor Malakyan? Dein Freund Boris hat gesagt, du warst es.« Pascha muss wissen, dass es vorbei ist. Dass sich jetzt nur noch die Frage stellt, wie furchtbar sein Tod werden wird. »Jaaaa«, sagt er und zieht eine Grimasse. »Ich habe das armenische Schwein geschlachtet.«

Wenn er gehofft hat, dass Tigrans Jähzorn die Oberhand gewinnt und er die Sache wütend und schnell beendet, hat er sich getäuscht. Tigran steht bloß auf, putzt sich den Dreck von Hose und Händen und gibt seinen Leuten ein Zeichen. »Mariam nimmt das Motorrad«, erklärt er, immer noch auf Deutsch. »Ihr anderen den Transporter, ihr seid verantwortlich für den Russen. Wir treffen uns bei Ragip.«

Mich packt er am Oberarm und zieht mich fort, auf den Wald zu. Dass ich immer noch die Pistole in der Hand habe, scheint ihn nicht zu irritieren. »Was soll das?«, protestiere ich.

»Du kommst mit.«

»Wohin? Lass mich, ich will nicht. Außerdem habe ich mein Auto hier stehen. Es liegen noch Waffen auf dem Gelände, die wird morgen sicher jemand finden.«

»Welche Waffen? Wo sind sie? Und wo steht dein Auto?«

Ich beschreibe ihm, wo er die Pumpgun findet, wo das Auto. Dass der Schlüssel in meinem Rucksack ist und der Rucksack in dem Container mit der blauen Plane.

Tigran bleibt stehen, dreht sich um, ohne mich loszulassen. »Ashot?«

Der bullige Mann kommt ein Stück zurück, erhält Anweisungen – diesmal auf Armenisch, und macht wieder kehrt.

»Wieso seid ihr erst so spät gekommen?«, will ich wissen. »Elf Uhr war vereinbart.«

Wieder donnert es, und nun fallen auch erste Regentropfen. Tigran zerrt mich weiter, ohne mir zu antworten. Erst als wir sein Auto erreichen, einen matschgrünen Geländewagen, und ich mich neben ihm anschnalle, dreht er mir den Kopf zu. »Wir haben in der Nähe gewartet. Wir wollten sichergehen, dass es keine Falle ist. Diesmal haben ja nicht wir den Ort gewählt. Und jetzt gib mir die Pistole, ich will keine bösen Überraschungen während der Fahrt.« Er streckt die Hand aus. »Nadja, hm? Was ist mit deinem russischen Akzent passiert?«

Wortlos übergebe ich ihm die Waffe, er lacht, startet den Motor und rollt einen Weg bergab, der viel zu schmal für das Auto wirkt. Ich klammere mich am Haltegriff oberhalb der Tür fest. »Lässt du mich dann gehen?«, murmle ich, als wir nach einigen Minuten eine asphaltierte Straße erreichen. »Ich brauche nur meinen Rucksack mit den Schlüsseln.«

Es regnet jetzt stärker, und Tigran schaltet die Scheibenwischer an. »Später«, sagt er und verriegelt mit einem Knopfdruck die Wagentüren. »Alles zu seiner Zeit.«

Die erste halbe Stunde unserer Fahrt befürchte ich, dass es wieder zu dem Keller im Weinberg geht, wo immer noch eine Menge Rinderblut kleben muss. Nicht ausgeschlossen, dass Pascha ihn als Kulisse für meine Blut- und Sterbefotos wiedererkennen würde.

Aber es stellt sich schnell heraus, dass wir einen anderen Weg einschlagen. Wir fahren zurück in Richtung Frankfurt und machen auf dem Weg noch bei einer Selbstbedienungs-Waschanlage halt. Offensichtlich will Tigran Walderde und Schlammspuren an seinem Geländewagen loswerden. Mit mir spricht er die ganze Zeit über kein Wort, aber er telefoniert dreimal mit seinen Leuten. Worum es geht, verstehe ich nicht.

Es ist halb zwei Uhr nachts, als wir unser Ziel erreichen, und ich fühle mich innerlich taub. Als wären mit der Angst vor Pascha auch alle anderen Gefühle in mir erstorben. Wo genau wir uns befinden, weiß ich nicht, ich entdecke kein einziges Wohnhaus in der Nähe, dafür aber jede Menge Betriebe. Wir passieren eine große Spedition, dann biegt Tigran rechts ab, und im Licht der Scheinwerfer erscheint ein Schild, das alle weiteren Fragen überflüssig macht.

Profi-Autoverwertung
Ankauf von Wracks aller Marken
Handel mit gebrauchten Ersatzteilen

Wir fahren auf den Hof, parken zwischen zwei gewaltigen Bergen aus übereinandergeworfenen Karosserien. Tigran löst die Zentralverriegelung. »Aussteigen.«

Seine Miene ist so düster, dass mir erstmals der Gedanke kommt, er könnte nicht nur Pascha, sondern auch mich beseitigen wollen, und das erweckt die vertraute Angst wieder zum Leben. Kaum bin ich seiner Anweisung gefolgt, taucht aus dem Dunkel ein untersetzter Mann in blauer Latzhose auf, ohne

Hemd. Sein Kopf ist kahl bis auf einen lockigen Haarkranz, der von einem Ohr zum anderen reicht. Behaart sind auch seine Arme, seine Schultern und das, was von seinem Rücken zu sehen ist.

»Tigran«, sagt er, sie umarmen sich kurz, dann folgt ein unverständlicher armenischer Wortwechsel. Ich blicke mich um, hauptsächlich, um nach einem Fluchtweg Ausschau zu halten, doch stattdessen entdecke ich Ashot, der vor einem dunkelroten Suzuki Swift ohne Reifen steht. Im Inneren des Wagens bewegt sich etwas.

Natürlich weiß ich, was hier gleich passieren wird, aber ich verstehe nicht, warum Tigran mich dabeihaben will. Er hat mich jetzt an der Schulter gepackt und schiebt mich auf das Autowrack zu. Ich wehre mich instinktiv, aus der plötzlichen Angst heraus, dass er mich gleich zwingen wird, mich neben die zappelnde Gestalt zu setzen, die sich bereits darin befindet. Pascha kämpft wie besessen gegen seine Fesseln an.

Vor dem Auto bleiben wir stehen. Tigran lässt meine Schulter los und packt mich stattdessen im Nacken. Er drückt meinen Kopf halb durch das offene Fenster. »Wer ist sie?«, fährt er Pascha an.

Der lacht, und ich kann sehen, dass einer der oberen Schneidezähne fehlt. Ashot und die anderen dürften nicht sanft mit ihm umgesprungen sein. »Eine Hure!«, zischt er, und im nächsten Moment trifft mich sein Speichel im Gesicht.

»Das hat sie uns auch erzählt.« Tigrans Griff lockert sich, aber nur, bis ich den Arm hebe, um die Spucke wegzuwischen. »Heißt sie Nadja?«

Pascha antwortet nicht, er beginnt wieder, sich im Auto hin und her zu werfen. Seine Hände sind straff hinter den Sitz gefesselt.

Tigran tritt gegen das Blech der Fahrertüre. »Heißt sie Nadja?«, fragt er, leiser diesmal.

Nach ein paar Sekunden gibt Pascha seinen Befreiungskampf auf. Als er mich ansieht, liegt in seinen Augen so viel Hass, dass ich unwillkürlich zurückweichen will, doch Tigran lässt mich nicht. »Nicht Nadja«, zischt Pascha. »Hure. Braucht keinen Namen.«

»Ist sie eine von euch?«

»Gewesen. Wir gedacht, sie tot. Zweimal gedacht, aber sie hat neun Leben wie verschissene Katze. Oder, Koschetschka?«

Tigran zieht mich zurück, lässt mich den Kopf aus dem Fenster nehmen. »Ist sie Russin?«

»Was? Russin? Nein. Spricht kein Wort Russisch, die Schlampe. Sie ist Fälscherin. Hat Geburtsurkunden für uns gemacht. Ausweise. Ist selbst Fälschung.« Er bleckt die blutverschmierten Zähne in meine Richtung. »Mach sie tot, Mäusefresser, bevor sie dich totmacht.«

Tigran lässt mich los und schlägt Pascha die Faust ins Gesicht, sicher nicht meinetwegen, sondern als Revanche für den Mäusefresser. Fast noch in der gleichen Bewegung schnellt er herum und packt mich wieder am Hals, diesmal von vorne. »Du bist keine Russin? Was sollte dann der Akzent?«

Wenn ich ihm alles erzähle, wenn ich ihm sage, dass ich es auf eine Eskalation der Fehde zwischen Karpins und Malakyans angelegt habe, dass es nie eine Ruzanna mit abgeschnittenem Ohr gegeben hat, dass ohne mein Zutun Semion noch leben würde, dann werde ich diese Nacht nicht überstehen. »Ich wollte mich tarnen. Ich hatte Angst.« Zu meiner Erleichterung ist es nicht schwierig, Tränen zu produzieren, sie kommen ganz von selbst. »Ich habe gedacht, ihr glaubt mir eher, wenn ich sage, dass ich Russin bin. Und wenn jemand mich den Karpins beschrieben hätte, wären sie nicht darauf gekommen, dass ich gemeint bin.«

In meinem Kopf pocht es, Tigrans Griff drückt mir die Schlagader ab. »Aber ich habe euch nicht betrogen«, keuche ich. »Ihr habt bekommen, was ich euch versprochen habe. Zweimal.«

Jetzt, endlich, lässt Tigran meinen Hals los. Winkt Ashot heran, der meine Bewachung übernimmt.

Ein kurzer Wortwechsel mit dem behaarten Mann, bei dem es sich wohl um Ragip handelt, und eine halbe Minute später ertönt ein surrendes Geräusch. Ein Greifarm, an dem eine sechszackige Klaue hängt, wird über das Autowrack geschwenkt. Senkt sich ab und gräbt seine Zähne in das Dach des Suzuki, aus dem Inneren kann man Pascha in Panik fluchen hören. Ein Ruck, und der Wagen hebt sich in die Luft, bleibt auf Tigrans Augenhöhe hängen. Es ist klar, er will sich nicht zu Pascha hinunterbeugen müssen.

»Wie hast du meinen Vater getötet?« Er fragt es sachlich, fast freundlich. Ich kann sehen, wie es in Paschas Kopf arbeitet. Er hat jetzt Angst, und er will nichts sagen, was sein Schicksal schlimmer machen würde.

»Es war ein schneller Tod. Sauber. Schuss in den Kopf.«

Tigrans Miene bleibt unbewegt. »Wie hast du meinen Vater getötet?«

»Ich sage doch. Erschossen.«

Wahrscheinlich sehe nur ich, wie Tigrans Hände zucken. Als müsse er sich mit Mühe davon abhalten, Pascha an die Kehle zu gehen. »Ihr habt uns seine rechte Hand geschickt. Drei der Finger waren bis auf den Knochen verbrannt. Ich frage dich zum letzten Mal: Wie hast du meinen Vater getötet?«

Paschas Brust hebt und senkt sich in schnellen Atemzügen. »Das Feuer war nicht ich. Ich habe ihn nur erschossen.«

Tigran gibt Ragip einen Wink, der Wagen hebt sich höher, der Greifarm schwenkt ihn über etwas, das wie eine große, metallene Schachtel mit aufgeklappten Seitendeckeln aussieht. Daneben führt eine Treppe auf ein Aluminiumgerüst. Tigran packt mich und zieht mich mit, schubst mich die Stufen hinauf.

»Du hast ihn uns beschafft, du hast es verdient, sein Ende mit anzusehen. Hat er dir auch jemanden genommen?«

Ich wehre mich halbherzig gegen Tigrans Griff. »Ich möchte das lieber nicht.«

»Beantworte meine Frage. Hat er?«

»Ja.«

»Wen?«

»Den Mann, den ich geliebt habe.« Den ich liebe. Immer noch. Immer.

»Dann bist du es diesem Mann schuldig, zuzusehen, wie wir die Kakerlake zerquetschen.«

»Nein, das wäre ihm egal. Und ich will ni…«

»Doch. Du willst sicher sein, dass er tot ist. Das wirst du.«

Wir sind auf der Plattform des Gerüsts angelangt. Unter uns liegt die Schrottpresse, direkt darüber schwebt das Wrack mit Pascha. Durch die Windschutzscheibe kann ich seine verzweifelten Befreiungsversuche mitverfolgen, er wirft sich in alle Richtungen, als hoffe er, den Sitz aus seiner Verankerung reißen zu können. Als er uns auf der Plattform stehen sieht, hält er inne. »Lasst mich raus, ich habe Geld, ich zahle euch«, schreit er.

Die Kralle mit dem Auto senkt sich ein Stück, Pascha streckt den Kopf aus dem immer noch offen stehenden Fenster. »Seid doch nicht dumm! Ich kann euch reich machen! Ich kann euch die Karpins alle tot vor die Füße legen!«

Ich weiß, es ist nicht anständig, seine Angst auszunutzen, aber ich kann die Chance nicht ungenutzt verstreichen lassen. »Auch Andrei? Der ist doch nicht im Land.«

»Aber er kommt!«, ruft Pascha, und ich kann die aufkeimende Hoffnung in seiner Stimme hören. »Übermorgen. Niemand weiß es, nur ich, er will nicht, dass Slawa und die anderen es rauskriegen! Ich kann ihn euch ausliefern!«

Übermorgen. So bald schon. Tigran nickt mir zufrieden zu,

die Information ist auch für ihn wertvoll. Auf sein nächstes Handzeichen hin senkt Ragip den Suzuki noch ein weiteres Stück ab, dann lösen sich die Zacken der Kralle, und der Wagen fällt den letzten halben Meter frei. Direkt in die Schrottpresse.

Pascha brüllt jetzt. »Lasst mich raus, ich will raus!« Beinahe erstaunt es mich, dass jemand, der so viele andere getötet hat, nicht vertrauter ist mit dem Tod.

Hydraulisches Sirren, als die Maschine angeworfen wird. Die rechte Seitenwand schiebt sich auf das Auto zu, meterdicker Stahl trifft auf Blech, drückt es ein kleines Stück ein. Pascha kreischt jetzt, und Tigran hebt einen Arm. Die Maschine hält an.

»Das ist für Grigor Artak Malakyan«, ruft er nach unten. »Für Semion Panossian, für Oskan Sossoyan, für Mirza Sivaslian …«

Die Aufzählung geht noch weiter, bis auf Semions Name sagt mir keiner etwas. Ich möchte weg von dieser Plattform, von diesem Schrottplatz. Zurück in mein Zelt. Oder sogar in meine Wohnung, das könnte ich wagen, jetzt, wo Pascha …

Tigran rempelt mich an. »Dein Mann. Wie hat der geheißen?«

»Wie? D… Daniel. Daniel Zelenski«, sage ich und denke mir, dass es vielleicht das letzte Mal ist, dass ich deinen Namen ausspreche.

»Für Daniel Zelenski«, ruft Tigran nach unten. »Wenn du beten willst, Arschloch, dann bete jetzt schnell.«

Pascha hat immer noch nicht aufgegeben. »Warum mich töten, wenn ihr sie alle haben könnt? Ich helfe euch, ich weiß, wo sie Bargeld bunkern. Und Drogen.«

Mit einem Lächeln hebt Tigran die Hand, und die Hydraulik erwacht wieder zum Leben. Die Wand rückt weiter, ein kleines Stück bloß. Es knirscht.

»Scheiße, nein, nein!«, brüllt Pascha und verfällt dann ins Russische. Es hört sich flehend und verzweifelt an. Vielleicht betet er wirklich.

Ich klammere mich an die Reling des Gerüsts und wünsche mich anderswohin. Dabei müsste das hier ein Moment des Triumphs sein. Pascha leiden zu sehen, ihn sterben zu sehen. Ich habe es mir so oft vorgestellt. Aber jetzt möchte ich einfach nur, dass es vorbei ist.

»Jetzt«, sagt Tigran. »Langsam.«

Wieder das Sirren, die Stahlwand drückt den Wagen schmäler und schmäler zusammen, das Dach platzt auf. Pascha brüllt unkontrolliert, nun wohl auch vor Schmerz.

Ich will es nicht sehen, nicht hören, aber sobald ich mich abwenden will, hält Tigran mich an den Schultern fest. Immerhin die Augen kann ich schließen, und das tue ich, als Paschas Schreie unnatürlich hoch werden und dann verstummen. Man hört nur noch das hydraulische Singen der Presse und darunter das Knirschen und Knacken des zerdrückten Blechs. Und der Knochen, denke ich, reiße mich nun mit Gewalt aus Tigrans Griff und kotze über die Hinterseite der Plattform hinunter.

Zehn Minuten später sitze ich zitternd neben einem Haufen Schrott, die Knie zum Kinn gezogen, die Arme um die Beine geschlungen. Ashot steht bei mir und raucht, er ist dafür verantwortlich, dass ich weder abhaue noch sonstigen Mist baue. Ragip spritzt mit einem Schlauch meine Kotze vom Asphalt, davor hat er den Quader abgespritzt, in dessen Inneren sich Paschas Überreste befinden.

»Die Flüssigkeiten, eh«, hat Ashot mir in seinem gebrochenen Deutsch erklärt. »Flüssigkeiten Problem. Darum immer Benzin und Wasser aus Auto holen, bevor Presse.«

Ich will mir die Flüssigkeiten nicht vorstellen, ich will endlich Erleichterung darüber empfinden, dass ich nie wieder Angst vor Pascha haben muss. Aber dafür müsste ich erst wissen, was die Malakyans jetzt mit mir vorhaben.

Es ist fast vier Uhr, als Tigran sich vor mir aufbaut. »Mariam bringt dich zur Autowaschanlage. Dort schläfst du. Wenn du uns irgendwann in den Rücken fällst, weißt du, was dir bevorsteht.« Er deutet auf die Schrottpresse. »Die anderen sagen, ich soll dich auch töten. Zur Sicherheit, du hast zu viel gesehen. Aber ohne dich hätte es immer noch keine Rache für meinen Vater gegeben. Deshalb …« Er lässt den Rest des Satzes in der Luft hängen, und ich nicke. Ich verstehe auch so. Wenn ich es vermassle, bin ich dran.

»Kannst du mir einen Gefallen tun?«, frage ich.

»Welchen?«

»Wahrscheinlich wollt ihr das zerdrückte Auto an die Karpins schicken. Könnt ihr damit warten? Drei oder vier Tage?«

Er runzelt die Stirn. »Steht noch nicht fest, was wir damit tun.« Er wendet sich ab, dreht sich dann aber noch einmal zu mir um. »Wirst du in Frankfurt bleiben?«

»Nein. Nur noch ein paar Tage. Hoffe ich.«

»Gut. Wir sind jetzt quitt, du wirst nicht mehr anrufen, klar? Geh weit weg, am besten in ein anderes Land. Du hast keine neun Leben, da hat der Russe sich geirrt. Niemand hat so viele. Wenn das dein drittes ist, ist es ganz sicher dein letztes.«

26.

Ich wache vom Geräusch der Waschanlage auf, erstaunt darüber, dass es mir gelungen sein muss, einzuschlafen. Meine Träume waren voll von berstenden Autos und nah heranrückenden Wänden, mein Kopf schmerzt.

Jetzt, bei Tageslicht, fällt es mir schwer, an die Geschehnisse der letzten Nacht zu glauben. Wenn Pascha gleich hereinstürmen würde, wäre ich kaum erstaunt.

Ich schleppe mich zum Waschbecken und stürze ein Glas kaltes Wasser hinunter. Auf dem Stuhl neben dem Bett steht mein Rucksack, den hat Mariam mir gestern zurückgegeben. Alles noch drin: mein Handy, das von Boris, die Schlüssel, das Kampfmesser. Sogar die Walther haben sie wieder hineingesteckt.

Ein Blick aus dem kleinen Fenster zeigt mir, dass der rote Ford im Hof steht, frisch gewaschen. Die Kennzeichen sind erneut ausgetauscht worden. Ich frage mich, ob die Malakyans mir eventuell sogar die Pumpgun in den Kofferraum gelegt haben, aber wie ein schneller Blick ins Innere mir verrät, haben sie die wohl behalten.

Übermorgen, hat Pascha gesagt. Übermorgen will Andrei in Frankfurt sein. Ob er alleine kommt oder mit einem ganzen Trupp aus dem in Russland beheimateten Zweig des Clans, weiß ich nicht. Zweiteres ist wahrscheinlicher.

Hätte ich eine Abschussliste, wäre Andrei der letzte Name, den es durchzustreichen gilt. Das Finale, die letzte Schlacht meines Feldzugs. Nur diesmal wird Tigran mir nicht zur Seite stehen, das hat er gestern deutlich gemacht.

Ich habe keine Ahnung, welche Falle ich für ihn aufstellen soll. Mich selbst als Köder zu verwenden, wird nicht mehr funktionieren, ich bin ja offiziell schon tot.

Und wenn ich zur Polizei gehe? BKA Wiesbaden? Wenn ich dort erkläre, wer ich bin, und ankündige, dass Andrei Karpin demnächst wieder deutsches Staatsgebiet betreten wird? Das wäre wunderbar einfach. Ich müsste ihn als Boris nur zu einem beliebigen Treffpunkt locken, und die Polizei würde den Rest erledigen.

Leider habe ich in den vergangenen Tagen jede Menge illegaler Dinge getan. Ich habe mit einer kriminellen Organisation zusammengearbeitet – nicht den Karpins, aber das wäre den Ermittlern egal. Doch was fast noch wichtiger ist: Ich habe Tigran gewissermaßen versprochen, mich von der Polizei fernzuhalten. Er war mir gegenüber äußerst fair, ich bin es ihm schuldig, ihn aus dem Rest meiner Pläne rauszuhalten.

Diesmal schlage ich das Frühstück aus, das die Jungs von der Waschstraße mir anbieten. Ich setze mich in mein Auto und fahre zurück nach Frankfurt; irgendwo auf dem Weg schalte ich Boris' Handy ein.

Zwei Nachrichten von Andrei, die ich schnell durch den Translator jage. Die Übersetzung ist wie immer unbeholfen, aber der Sinn klar, sobald ich alles im Kopf in grammatikalisch korrekte Sätze umformuliert habe.

Hast du Pascha getroffen? Hat er dir Bescheid gesagt? Dann weißt du ja, was kommt. Halte dich bereit.

Und dann, drei Stunden später:

Ich kann weder dich noch Pascha erreichen. Was ist los? Meldet euch, verdammt. Wenn ich nicht bald weiß, wie die Dinge stehen, fahre ich wieder zurück. Wenn du das liest, schreib mir endlich, wo du die Quelle versteckt hast, sonst bereue ich noch, dass ich sie dir anvertraut habe. Ohne Information werde ich nicht nach Deutschland kommen.

Flugmodus am Handy, Alarmmodus im Kopf. Die Botschaft klingt gleichermaßen wirr und besorgniserregend. Wenn Andrei kehrtmacht, war meine Mühe umsonst, dann werde ich nie zur Ruhe kommen. Aber was will er mit der verdammten Quelle? Ist es eine Nachrichtenquelle? Ein Mensch, den er Boris anvertraut hat? Ich begreife es nicht.

Ich scrolle durch Anastasias dreißig Übersetzungen, auf der Suche nach einem Text, den ich verwenden könnte, um ihn wenigstens kurzfristig zu besänftigen. Nichts passt perfekt, aber aus zwei Nachrichten kann ich eine brauchbare zusammenstoppeln:

Das Treffen hat geklappt, wir sind zu allem bereit. Doch es ist immer noch Vorsicht angebracht. Slawa ist so misstrauisch wie nie zuvor.

Ich gehe schnell noch einmal ins Netz, sende die Mitteilung und schalte das Smartphone aus. Mit einer Kontaktaufnahme zu Pascha wird Andrei weiterhin kein Glück haben, dafür muss ich eine glaubhafte Erklärung finden. Ich frage mich, ob sein Handy bei den Armeniern gelandet ist. Oder ob es mit ihm gemeinsam zerquetscht wurde.

Auf dem Campingplatz baue ich mein Zelt ab und packe alles ins Auto; ich habe beschlossen, mich zurück in die Wohnung zu wagen. Weder Boris noch Pascha können mir dort noch auflauern. Toljan allerdings schon, falls er noch lebt, ebenso wie alle anderen Karpin-Schläger. Trotzdem werde ich es riskieren, jetzt, bei Tageslicht. Eigentlich sollten sie alle denken, dass ich tot bin.

Keine verdächtigen Fahrzeuge rund ums Haus. Keine Geräusche aus dem Inneren der Wohnung, als ich das Ohr gegen die Tür lege. Ich stecke den Schlüssel ins Schloss, schließe auf und springe sofort zur Seite, für den Fall, dass jemand das Feuer eröffnen sollte.

Aber es bleibt ruhig. Ich öffne die Tür ganz und weiß sofort, dass niemand hier ist. Die Luft in der Wohnung ist warm und stickig, es liegt alles noch genauso da, wie ich es zurückgelassen habe. Ich werfe meinen Rucksack aufs Sofa und blockiere sofort die Tür von innen. Geschafft.

Die nächste Viertelstunde lang dusche ich erst heiß, dann kalt, schrubbe meinen Körper ab, als könnte ich damit die Erinnerung an Paschas Ende wegschrubben, aber die Bilder sind da, sobald ich die Augen schließe. Blech, das sich kreischend verbiegt. Das aufplatzende Autodach. Paschas entsetztes Gesicht hinter der Windschutzscheibe, sein Kampf gegen die Fesseln, seine Schreie. Ich wünschte, ich hätte ihn vom Container aus erschossen. Einer noch, sage ich mir vor, während ich mich in mein Handtuch wickle. Der schwarze König.

Ich habe einen Ausdruck der E-Mail, die er mir nach Wien geschickt hat; den krame ich jetzt heraus. Für diesen letzten Schachzug brauche ich meinen ganzen verbliebenen Mut, und vor allem brauche ich eine Idee. Bisher habe ich keine Ahnung, wie ich an Andrei herankommen, geschweige denn, wie ich ihn loswerden soll.

Koschetschka, steht da. Und dass er weiß, wo ich bin.

Genieße deinen Triumph, genieße auch alles andere. Dass du Arme und Beine hast, Augen und Zunge. Dass du atmest. Ein und aus und ein und aus. Genieße es, so lange es dauert.

Es hilft. Sofort habe ich wieder sein Gesicht vor Augen, das dazu neigt, sich zu röten. Seine massige Gestalt. Meine Augen gleiten zum letzten Absatz. *Ich hoffe, wir sehen uns noch einmal persönlich, bevor es vorbei ist. Ich möchte dir von Angesicht zu Angesicht sagen, dass ich dir nicht böse bin.*

Morgen wird er in Frankfurt sein. Ich trete ans Fenster und blicke auf den Wohnturm gegenüber, auf die Straße, in den Himmel. Schon jetzt habe ich das Gefühl, der Geruch, das Licht, die Schwingungen der Stadt haben sich verändert. Als warte sie auf Andrei.

Wahrscheinlich hat er mir längst auf meine nichtssagende Nachricht zurückgeschrieben, ist voller Misstrauen und lauert auf eine Entgegnung. Aber ich kann ihm ja schlecht sagen, aus welchem Grund er Pascha nicht erreicht, nie mehr erreichen wird. Und ich habe keine Ahnung, wo seine ominöse Quelle abgeblieben ist.

Ratlos setze ich mich vor das Notebook und öffne *MyBazar*. Ich muss etwas formulieren, das Andrei beruhigt, mir aber gleichzeitig Zeit verschafft, um mir meine nächsten Schritte zu überlegen.

Doch mein Kopf ist leer. Ich öffne noch einmal die Nachrichten auf Boris' Smartphone, diesen Wortwechsel in für mich unlesbaren Zeichen. Eine Quelle, wie soll Boris eine Quelle verstecken? Aus reiner Ratlosigkeit gebe ich Andreis letzte Mitteilung in das Textfeld bei *MyBazar* ein und schicke sie an Anastasia.

Mit einem Glas Wasser und ein paar trockenen Keksen lege ich mich aufs Sofa. Das Bett ist immer noch von Vera zerwühlt, aber ab heute Nacht werde wieder ich darin schlafen.

Ich frage mich, wohin sie verschwunden ist. Warum gerade in dieser Nacht. Und ob sie noch lebt.

Ein Klingelton aus Richtung des Notebooks signalisiert eine neu eingetroffene Nachricht. Wahrscheinlich will Anastasia mir bestätigen, dass sie meinen Auftrag erhalten hat, aber wie sich herausstellt, hat sie ihn bereits erfüllt.

Es ist viel leichter, vom Russischen ins Deutsche zu übersetzen, hat sie dazugeschrieben. *Liebe Grüße!*

Ohne große Erwartungen scrolle ich ein Stück tiefer und lese. Höre mich selbst laut auflachen. Wie dumm von mir, mich auf Gratis-Übersetzungssoftware zu verlassen. Plötzlich ergibt alles Sinn; hätte ich auch nur ein wenig mehr Ahnung von der russischen Sprache, wären mir die Dinge schon viel früher klar gewesen.

Nun, da ich weiß, worauf Andrei so scharf ist, fällt mir auch prompt ein gutes Versteck dafür ein. Ich suche mir frische Kleidung aus dem Schrank und binde mir das Haar zu einem Knoten. Ich werde ungetarnt hinausgehen, ohne Perücke, ohne Zahnprothese. Nur mit der Walther in meinem Rucksack.

Der Frankfurter Hauptfriedhof liegt mitten in der Stadt, und er ist alt. Kaum habe ich ihn durch ein Seitentor betreten, entspanne ich mich. Die Grabsteine, die welkenden Kränze, die Marmorengel atmen Ewigkeit und Vergänglichkeit zugleich. Die Erde unter meinen Füßen hat schon so viele aufgenommen, und es fühlt sich an, als wären sie alle auf meiner Seite.

Leider ist der Friedhof nicht nur alt, sondern auch groß; er beherbergt über achtzigtausend Grabstätten. Die zu finden, die ich suche, wird schwierig werden, ich weiß nur, dass sie in der Nähe des Platanenwegs liegen soll.

Was man auf dem Wiener Zentralfriedhof Gruppen nennt, heißt hier Gewanne; ansonsten ähneln sich die Systeme sehr. Die einzelnen Bereiche sind teils mit Buchstaben, teils mit Zahlen markiert, und es würde mir schon sehr weiterhelfen zu wissen, in welchem Gewann ich suchen soll, aber derartige Details habe ich nie erfahren. Es bleibt mir also nichts anderes übrig, als systematisch die Reihen nahe dem Platanenweg abzugehen. Jede einzelne Grabinschrift zu lesen.

Fotos des Grabes kenne ich, doch daraus lassen sich leider keine Schlüsse über die Lage ziehen. Nach einer Stunde bin ich auch nicht mehr sicher, ob ich nicht die gleichen Wege schon zum zweiten Mal gehe, alles beginnt ähnlich auszusehen.

Doch dann stehe ich mit einem Mal vor dem gesuchten Grab, so unerwartet, dass ich beinahe erschrecke.

Der Stein ist hell und mit grauen Adern durchzogen, die Inschrift golden. Kein Geburts- und kein Sterbedatum, nur ein Name.

Mein Name.

Unglaublich, wie fremd er sich anfühlt. Als hätte er nie zu mir gehört. Ich bin schon so sehr in Carolin hineingewachsen, egal ob Bauer, Springer oder König, dass mein eigentlicher Name mir wie eine abgestreifte Haut erscheint, die längst zu klein geworden ist.

Auf dem Grab wachsen Sternmoos, Efeu und Unkraut. Ich schieße ein Foto mit meinem Handy, präge mir die Lage – das richtige Gewann – ein und verlasse den Friedhof, allerdings nur für ein paar Minuten.

Auch hier gibt es eine Blumenhandlung direkt neben dem Eingang. Ein schneller Blick auf das Angebot, und ich weiß, was ich haben möchte. Petunien, gelbe Petunien, und eine Pflanzschaufel. Die Blumenhändlerin wickelt den Topf in Seidenpapier, mit ihren energischen Bewegungen erinnert sie mich ein klein wenig an Eileen, obwohl sie mindestens zwanzig Jahre älter ist.

»Die brauchen Sonne und viel Wasser«, erklärt sie mir, als sie das Geld entgegennimmt.

»Ja. Danke.« Ich lasse ihr das Wechselgeld und trete wieder hinaus in den sonnigen Spätnachmittag, kehre zurück zu meinem Grab. Um die Petunien einsetzen zu können, entferne ich ein wenig Sternmoos und grabe ein kleines Loch in die lockere Erde, unter der mein Sarg liegt. Gefüllt mit Sandsäcken.

Bevor ich den Wurzelballen einsetze, hole ich noch etwas aus meinem Rucksack. Roberts Patientenarmband. Ich lege es in die Erde und drücke die Petunien obenauf.

Sie symbolisieren Überraschung – und, da sie gelb sind, keine der guten Art. Aber diese Ironie würde nur Robert selbst zu würdigen wissen, und er wird nie davon erfahren.

Der Abend gehört der Formulierung und Übersetzung neuer Nachrichten. Ich verlasse mich nicht mehr auf die App, die hat mich schon einmal in die Irre geführt, sondern nur noch auf Anastasia. Ob sie mir die Geschichte vom angeblichen Roman immer noch abkauft, weiß ich nicht, aber sie stellt keine Fragen. Sie drückt ihre zunehmende Verblüffung nur durch die wachsende Anzahl der Smileys aus, die sie mitschickt.

Um zehn Uhr habe ich alles, was ich zu brauchen glaube. Eine Antwort, die ich Andrei zurückschicken kann, und darüber hinaus jede Menge weiterer Mitteilungen für alle Fälle. So gerüstet mache ich einen Spaziergang zum Main, schalte Boris' Handy an und lasse die Flut an entgangenen Meldungen hereinströmen. Anrufe von Jaro, Janina und Andrei. Textnachrichten, ebenfalls von allen dreien.

Um einen Überblick zu erhalten, lasse ich den Translator noch einmal zum Einsatz kommen. Andrei wirkt fuchsteufelswild, er fragt wieder nach Pascha und der Quelle. Was er natürlich nicht so meint, bloß hat die idiotische App von zwei Möglichkeiten die falsche gewählt.

Das russische Wort ключ heißt zwar Quelle, doch vor allem bedeutet es Schlüssel, und der ist es, den Andrei Boris offenbar anvertraut hat.

Ob es ein Schlüssel zu einem sicheren Haus, einem Waffenarsenal oder einem Geldschrank ist, weiß ich nicht – klar ist nur, dass Andrei geradezu versessen darauf scheint, ihn in die Finger zu bekommen.

Was zum Teufel ist mit Pascha? Es war nie ein Problem, ihn zu erreichen, und plötzlich ist er unauffindbar. Weißt du etwas von ihm? Seid ihr gemeinsam unterwegs? Sag mir, wo wir uns treffen, und dann gib mir den Schlüssel. Mir reicht es jetzt, jeder von euch Idioten erzählt mir etwas anderes. Ab sofort kommen alle Befehle wieder von mir, ist das klar?

Es ist schön zu sehen, dass Andrei seine Überheblichkeit nicht verloren hat. Darauf habe ich gehofft. Er war schon früher immer überzeugt davon, dass keiner ihm etwas anhaben kann, ausgenommen der Staat. Angst vor den Behörden scheint Menschen aus Russland im Blut zu liegen. Aber er hat sich nie vor Verrätern aus dem eigenen oder Feinden aus einem verfeindeten Clan gefürchtet, da war er sich seiner Überlegenheit sicher. Vor ihnen wäre er nie geflohen.

Pascha musste untertauchen, schreibe ich und bin mir der bösartigen Doppeldeutigkeit der Formulierung bewusst. Nicht ausgeschlossen, dass der Blechquader schon auf dem Grund des Flusses liegt, an dem ich gerade sitze. *Slawa ist hinter allen her, die dir die Treue halten. Ich habe den Schlüssel so versteckt, dass niemand ihn je finden wird. Bist du schon in Deutschland? Sobald du sicher über die Grenze gekommen bist, sage ich dir, wo er ist.*

Mit abgeschaltetem Handy spaziere ich ein Stück den Main hinunter und genieße die abendlichen Sonnenstrahlen. Boris ist tot, Pascha ist tot, Vadim wohl auch. Von Toljan weiß ich nichts, aber jedenfalls schreibt er keine Nachrichten an Boris.

Ich frage mich, wie Jaro mit dem Schwund seiner engsten Mitarbeiter zurechtkommt, aber mehr nebenbei, eigentlich ist mir sein Schicksal gleichgültig. Mit ihm habe ich keine Rechnung offen, er wird mir keine schlaflosen Nächte bereiten.

Auf einer grün gestrichenen Uferbank sitzend, hole ich das Handy wieder hervor und schalte es auf Empfang. Andrei hat schon zurückgeschrieben, und wenn ich die Übersetzung der unzuverlässigen App richtig interpretiere, ist er bereits im Land.

Ich kann in drei Stunden vor Ort sein. Sag mir also, wo der Schlüssel ist, Borja. Du hast es niemand anderem verraten, oder? Auch meinem Bruder nicht? Ich warte auf deine Nachricht.

Gut, aber die wird er vor morgen früh nicht bekommen. Sonst handelt er möglicherweise zu schnell.

Drei Stunden ist er nur entfernt. Allein die Vorstellung weckt in mir den Wunsch, mein Gesicht wieder zu verhüllen. Nein, sage ich mir. Boris ist tot, Pascha ist tot. Und ich lebe immer noch.

Heute ist nicht mein letzter Abend.

27.

Die App hat diesmal keinen Blödsinn übersetzt, Anastasia bestätigt mir den Inhalt: Andrei ist drei Stunden entfernt und will sicher sein, dass niemand vom Versteck des Schlüssels weiß.

Ich präpariere die Botschaft, die ich morgen früh schicken will. Ich überprüfe, ob ich alles Wichtige in den Rucksack gepackt habe. Ich lade das Magazin der Walther neu und teste, ob der Schalldämpfer gut sitzt. Ich studiere im Internet den Plan des Frankfurter Hauptfriedhofs.

Dann bleibt nichts mehr zu tun, außer mich auf den Balkon zu setzen und in die Nacht hinauszustarren. Über mir blinken die Positionslichter eines Flugzeugs im Sinkflug.

Was auch immer morgen passiert, das wird wohl meine letzte Nacht in dieser Wohnung sein. Die nächste verbringe ich vielleicht schon in Untersuchungshaft. Oder auf der Flucht. Oder im Jenseits.

In der Küche steht noch eine angebrochene Flasche Rotwein, der Inhalt reicht gerade für ein Glas. Ich blicke in den Himmel und proste dem nächsten Flieger zu, der zur Landung ansetzt. Proste dir zu. »Wünsch mir Glück.«

Andrei beherrscht meine Träume, damit hätte ich rechnen müssen. Ich habe ihn vor mir, wie er lacht, als Boris seiner Freundin die Brustimplantate rausschneidet. Als Pascha eines der Strichmädchen erwürgt, das zum dritten Mal versucht hat abzuhauen. Mit einer Drahtschlinge, die sich tief ins Fleisch gräbt.

Beim Aufwachen fühle ich mich, als hätte man mich verprügelt, mein Körper ist verkrampft, jede Bewegung schmerzt.

Schlechte Voraussetzungen, doch nach einer heißen Dusche und zwei Tassen Espresso fühlt sich mein Körper wieder einsatzfähig an. Für die letzte Nachricht, die ich von Boris' Handy aus schicke, suche ich mir keinen sicheren Ort mehr. Die Karpins können das Gerät ruhig in dieser Wohnung orten.

Ich habe niemandem verraten, wo der Schlüssel versteckt ist, und es hat ihn sicher niemand gefunden. Er ist vergraben, dort, wo man uns weismachen wollte, dass auch die Fälscherin liegt. Du findest ihn unter gelben Blumen. Ich freue mich darauf, dich wiederzusehen.

Andrei weiß besser als ich, wo das Grab sich befindet. Robert hat mir schon bald nach meiner Ankunft in Wien berichtet, dass immer wieder jemand von den Karpins auf dem Friedhof vorbeikommt. Nicht, um nach mir Ausschau zu halten, sondern, um zu sehen, ob Leute dort frische Blumen hinstellen. Leute, um die man sich vielleicht kümmern muss, weil sie zu viel wissen könnten.

Diesmal lasse ich das Handy im Netz. Den Versuch, Boris anzurufen, hat Andrei nach all den missglückten Anläufen wohl aufgegeben, aber innerhalb von fünf Minuten ist seine schriftliche Antwort da.

Gut. Sag niemandem, dass ich auf dem Weg bin. Ich melde mich wieder.

Ich setze mir die dunkelblonde Perücke auf, schultere meinen Rucksack und sehe mich noch einmal in der Wohnung um. Schade um den Kinderwagen, schade um alle meine Requisiten und Verkleidungen. Aber egal, wie das heute ausgeht, ich werde sie nicht mehr brauchen.

Die Tür fällt hinter mir zu. Ich mache mir nicht die Mühe, sie abzuschließen.

In meiner dunklen Kleidung, mit der Sonnenbrille im Gesicht, werde ich bei meiner Ankunft auf dem Friedhof für die Besucherin einer Beerdigung gehalten. Eine junge Frau im schwarzen Kostüm kommt auf mich zu und will mir eine lilafarbene Rose in die Hand drücken. »Ich bin Dora, Ivos Tochter. Kennen wir uns?«

Ich winke ab, entschuldige mich, spreche mein Beileid aus und verschwinde in Richtung Platanenweg. Mein Grab liegt im Sonnenschein, der Stein glänzt, und die Petunien scheinen sich an ihrem neuen Standort wohlzufühlen. Mir ist klar, dass ich viel zu früh hier bin. Andrei wird noch gar nicht in der Stadt sein, ich vermute, dass er sich entweder kurz vor dem Schließen der Friedhofstore blicken lassen oder sich erst danach Zugang verschaffen wird.

Wenn er überhaupt selbst kommt. Ich kenne ihn, es muss eine schwierige Entscheidung für ihn sein. Entweder, er riskiert es, persönlich aufzutauchen und vielleicht in eine Falle zu gehen, oder er muss jemandem ausreichend vertrauen, um ihn mit der Aufgabe zu betrauen. Andrei ist misstrauisch, er wird in Betracht ziehen, dass Boris seine Loyalität nur vortäuscht und Slawas Leute ihm hier auflauern. Oder gar die Polizei, sicher hält er es für möglich, dass er gar nicht mit Boris selbst kommuniziert hat, sondern mit einem Beamten, der Boris verhaftet hat.

So oder so, Andrei wird nicht einfach über den Friedhof spazieren. Er wird Vorsichtsmaßnahmen treffen, und da ich nicht weiß, welche, will ich so früh wie möglich vor Ort sein und mir ein Versteck suchen. Einen Platz, von dem aus ich das Grab beobachten kann, ohne selbst gesehen zu werden.

Ist der Wiener Zentralfriedhof schon sehr grün, so gleicht der Frankfurter Hauptfriedhof einem bewaldeten Park. An manchen Stellen wirkt es, als wären die Gräber auf Lichtungen angelegt worden, ich könnte mich also hinter einem der Bäume verbergen. Doch dann wäre ich gut fünfzig Meter von meiner letzten Ruhestätte entfernt. Günstiger wäre, ich würde einen Platz finden, der näher liegt. Um besser sehen zu können, was passiert. Um besser schießen zu können.

Nur zwei Reihen weiter wartet ein offenes Grab auf seinen nächsten Bewohner. Frisch ausgehoben, der Bagger steht direkt daneben, aber noch ist die Absenkanlage für den Sarg nicht aufgestellt. Vielleicht findet die Beerdigung erst morgen statt.

Ich blicke in die Grube hinunter. Schon in Wien habe ich mich einmal in einem Grab versteckt, deshalb habe ich die Nachteile noch gut in Erinnerung: Sobald man entdeckt wird, gibt es kein Entkommen. Zudem könnte ich von dort unten nicht sehen, was sich oben abspielt.

Doch dann fällt mein Blick auf einen der Behälter, in denen Bioabfall gesammelt wird. Gemähtes Gras, alte Kränze, überschüssige Erde. Es ist ein Betoncontainer, doch er hat einen breiten Sprung, der sich von oben bis auf halbe Höhe zieht. Ich schlendere hin. Halb voll. Von hier aus könnte ich die Grabreihe überblicken.

Ich drehe noch mehrere Runden, der Behälter scheint die beste Option zu sein. Nur nicht für den Moment, denn der Friedhof ist gut besucht, meine Aktion würde auffallen. Wie in Wien arbeiten an allen Ecken und Enden Gärtner, die Gräber wässern und Hecken beschneiden. Nicht weit entfernt höre ich den Motor eines Baggers und die zu Boden rutschende Erde.

Das heißt, solange der Friedhof geöffnet hat, muss ich mich zwischen Bäumen und Gebüsch verbergen. Ich finde einen relativ komfortablen Platz hinter einem hohen, von Ästen überwachsenen Steinkreuz und lege meinen Rucksack ab. Es ist hier fast wie in einer Laube, Äste und Blätter schirmen mich von allen Blicken ab. Allerdings weiß ich nicht, was ich tue, wenn Andrei noch während der Öffnungszeiten auftaucht.

Wenn er einfach heranmarschiert und die Petunien ausbuddelt.

Würde ich es dann trotzdem tun? Wenn er vor dem Grab hockt, ist mein Schussfeld nicht übel, auch wenn die Entfernung viel zu groß ist für meinen Geschmack. Der Schalldämpfer sorgt dafür, dass vom Knall gerade mal ein Ploppen übrig bleibt. Ich müsste allerdings auf Anhieb treffen und dann so schnell wie möglich das Weite suchen. Hoffen, dass sein Körper nicht sofort gefunden wird, dass er nicht schreit, dass er nicht mit Gefolge kommt.

Es wäre ein halsbrecherisches Unterfangen mit einer lächerlich geringen Chance auf Erfolg. Aber ich sollte darauf vorbereitet sein.

Die Walther habe ich in ein Handtuch eingewickelt, da hole ich sie nun heraus und lege sie zuoberst in den Rucksack. Danach beginne ich zu warten.

Wachsam zu bleiben, wenn nicht das Geringste passiert, zermürbt mich schon nach kürzester Zeit. Ich lehne an der Rückseite des Steinkreuzes und lasse mein Grab nicht aus den Augen, doch schon nach einer halben Stunde schweifen meine Gedanken ab. Nicht in angenehme Gefilde, sondern zu den gesammelten Schrecken der letzten Tage. Boris im Weinkeller, Pascha in der Schrottpresse. Dann weiter zurück. Zu meinem Überlebenskampf auf der Intensivstation, zu deinen letzten Minuten.

Ich schüttle den Kopf wie ein nasser Hund, als könnte ich die Bilder darin neu formen wie in einem Kaleidoskop. Als könnte ich dadurch meinen Fokus zurückgewinnen.

Der Nachmittag schleicht quälend langsam vorbei. Zwischendurch muss ich mich immer wieder setzen, weil mein Rücken vom regungslosen Stehen schmerzt. Doch mehr als zwei oder drei Minuten lange Pausen erlaube ich mir nicht, aus der abergläubischen Angst, dass Andrei genau dann auftauchen wird, wenn ich nicht aufpasse.

Als der Friedhof sich gegen neunzehn Uhr zu leeren beginnt, fühle ich mich zermürbt. Immer noch eine Stunde bis zum Schließen der Tore. Wenigstens kann ich hier ungestört ins Gebüsch pinkeln.

Um zwanzig Uhr passieren zwei Dinge gleichzeitig: Der Friedhof wird geschlossen, und die Sonne geht unter. Wie Gold legt sich das Restlicht über Engel, Kreuze und Grabsteine. Eine halbe Stunde später ist es dunkel, da helfen auch die Lichter der umliegenden Großstadt nur wenig. Da und dort flackern rote Grablampen in ihren Halterungen, doch in meinem Versteck ist es so finster, als wäre ich tatsächlich in einen Wald geraten. Ich trete zwischen den Bäumen hervor.

Stille. Alle Geräusche sind weit entfernt. Der Verkehrslärm gehört zu einer anderen Welt, es dringt nur ein zaghaftes Echo bis hierher ins Reich der Toten.

Meine Perücke brauche ich jetzt nicht mehr, ich stopfe sie in den Rucksack, dafür hole ich den Hoodie heraus, schlüpfe hinein und ziehe mir die Kapuze über den Kopf.

Der Biomüllbehälter ist nur ein wenig voller als mittags. Ich lausche ins Dunkel, doch außer leisem Rascheln im Gebüsch ist nichts zu hören.

Erst hebe ich den Rucksack über den Rand des Containers, dann schwinge ich mich selbst hinterher. Ich grabe mir eine Mulde zwischen den dürren Kränzen, dem trockenen Gras und den welken Blumen, dort lege ich mich hinein. Hole die Walther aus dem Rucksack und suche mir die geeignete Position: bäuchlings, das Gesicht nah am Spalt im Beton, den Lauf durch die Öffnung geschoben.

Jetzt ist das Problem die Finsternis. Ich weiß, dass ich das Grab in der Schusslinie habe, doch wirklich sehen kann ich es nicht. Aber die Welt ist für alle gleichermaßen dunkel, und wer hier nachts etwas suchen möchte, wird seine eigene Lichtquelle mitbringen.

Ich decke mich und den Rucksack mit drei alten Kränzen, Erde und haufenweise abgeschnittenem Gras zu. Jetzt kann ich nichts weiter tun als abwarten, so wie schon den ganzen Tag über, doch je länger es dauert, desto größer werden meine Zweifel.

Was, wenn Andrei nicht kommt? Bisher macht es ganz den Eindruck. In seinen Mitteilungen an Boris war er so versessen auf den Schlüssel, aber was, wenn etwas mit seiner Anreise nicht geklappt hat? Oder wenn er beschlossen hat, dass es auf einen Tag mehr oder weniger nicht ankommt, und er erst morgen auftaucht?

Ich kann nicht noch einen ganzen Tag hier lauern, oder gar zwei. Ich habe die letzten zehn Stunden nur deshalb durchgehalten, weil ich so verzweifelt einen Schlussstrich unter die vergangenen Jahre ziehen möchte. Das ist unmöglich, solange Andrei am Leben ist. Selbst wenn er dank der bluttriefenden Fotos derzeit an meinen Tod glaubt und mich nicht weiter sucht – das kann sich jederzeit ändern. Ich müsste mein Leben lang auf der Hut sein. So will ich nicht weitermachen.

Eine Stunde später bemerke ich, wie mir erstmals die Augen zufallen. Ich drücke mir die Fingernägel in die Handflächen, beiße mir in die Innenseiten der Wangen. Das hilft, allerdings nicht für lange. Ich könnte heulen vor Wut auf mich selbst. Wenn ich jetzt einschlafe, könnte das alle meine heutigen Anstrengungen zunichtemachen. Ich muss wach bleiben, durchhalten, ganz egal, wie.

In meiner Not beginne ich, mir Liedtexte vorzusagen, Gedichte zu memorieren, meinen Kopf zu beschäftigen. Schaffe es tatsächlich, das Tief zu überwinden. Und dann, irgendwann, höre ich, wie sich Schritte nähern.

Mit beiden Händen umklammere ich den Griff meiner Pistole. Es ist nicht eine einzelne Person, die den Weg entlangkommt, es sind mehrere. Wenn ich den Kopf ein kleines Stück nach links drehe, kann ich die Lichtkegel ihrer Taschenlampen sehen, und die Umrisse ihrer Gestalten. Vier. Nein, fünf.

Eine tiefe Stimme sagt etwas, das ich nicht verstehe. Aber ich kann hören, dass es Russisch ist. Keiner von ihnen ist Andrei, sie sind alle schlanker als er und bewegen sich geschmeidiger.

Ich könnte schreien. Er ist nicht selbst gekommen, er hat einen Trupp seiner Leute geschickt, wahrscheinlich hat er sie frisch aus Russland mitgebracht. Ich atme so flach ich kann, jetzt bloß kein verräterisches Geräusch machen. Meine Enttäuschung muss warten, erst gilt es, die nächsten Minuten zu überleben.

Auf das Zeichen eines der Männer schwärmen die anderen aus. In Richtung des Grabs, in Richtung der Mauer. Einer steuert genau auf das Steinkreuz zu, hinter dem ich mich den ganzen Tag lang versteckt habe.

Und einer richtet seine Taschenlampe exakt auf den Bioabfallbehälter; so präzise, dass er mich blendet.

Vorbei, denke ich. Sie finden mich, zerren mich heraus, schlagen mich nieder. Und dann erwache ich in einem der Keller, an einen Heizkörper gekettet. Wie so viele andere vor mir.

Der Mann kommt näher, brummt irgendetwas. Ich halte die Luft an, damit das trockene Laub über mir nicht raschelt. Alles an mir ist starr, meine Hand um den Pistolengriff eiskalt.

Wenn der Mann vor mir steht, soll ich schießen? Er wäre ein nicht zu verfehlendes Ziel. Doch dann blieben noch vier seiner Kumpane, die mich zweifellos einfangen würden, so schnell könnte ich gar nicht aus dem Behälter klettern und in der Nacht verschwinden.

Er leuchtet jetzt nach rechts, links, wieder rechts. Mehr als fünf Schritte trennen uns nicht mehr. Wenn er direkt vor dem Container steht, sage ich mir, wenn er beginnt, in den Abfällen zu wühlen, dann springe ich hoch und schieße. In seinen Kopf.

Noch ein Schritt, jetzt kann ich ihn atmen hören. Der Lichtkegel schwenkt nach allen Seiten. Zwei weitere Schritte, und der Mann lehnt sich gegen meinen Betoncontainer. Ich mache mich bereit zum Angriff. Wenn gleich eine Hand zwischen die Blätter fährt, werde ich hochschnellen, bevor sie mich packen kann. Werde zielen und abdrücken. Doch der Mann dreht sich um und geht auf eine Baumgruppe zu meiner Rechten zu.

Ich atme ein, zittrig. Die Männer bewegen sich jetzt in immer größer werdenden Kreisen, drücken Büsche zur Seite, leuchten hinter marmorne Grabmale. Aber keiner von ihnen gräbt die Petunien aus.

Und da begreife ich. Sie sind nicht hier, um den Schlüssel zu holen, sie sollen nur das Terrain sondieren. Er traut tatsächlich niemandem so weit, dass er ihn diese Aufgabe erledigen ließe.

Die Männer prüfen das Gelände noch gut zwanzig Minuten lang, dann sehe ich in der Hand ihres Anführers ein Smartphone aufleuchten. Er spricht leise, antwortet knapp, nickt einige Male und legt wieder auf. Mit einer Geste bedeutet er den anderen, ihm zu folgen. Sie sammeln sich und gehen den Weg zurück, auf dem sie gekommen sind.

Ich merke erst jetzt, dass mir Schweiß den Rücken hinunterläuft. Wohin hat Andrei seine Leute befohlen? Sollen sie ihn von draußen holen kommen? Sollen sie am Eingang Wache stehen?

Der Friedhof liegt jetzt wieder völlig ruhig da. Ich bewege die Beine, die verspannten Schultern, höre das Laub über mir rascheln. Wenn ich verschwinden wollte, wäre jetzt der richtige Zeitpunkt dafür. Ich könnte aus dem Container steigen und davonschleichen, mich nahe der Mauer verstecken. Ich könnte meinen Plan einfach ad acta legen, mich ins Auto setzen und abhauen. Vorhin bin ich nur ganz knapp davongekommen, wer weiß, ob das noch einmal so sein wird, wenn die Männer zurückkommen.

Ich ringe noch mit mir, als ich wieder Schritte vom Weg her

höre. Diesmal gehören sie einer einzigen Person, und ich sehe auch nur einen einzelnen Lichtkegel, der über Bäume, Wiesen, Gräber streicht.

Dann tritt Andrei in mein Blickfeld. Ich weiß, dass er es ist, auch wenn ich ihn nur schemenhaft sehen kann. Er ist immer noch groß, massig, und bewegt sich mit der behäbigen Kraft eines Ebers, der Hindernissen nicht ausweicht, sondern durch sie hindurchbricht.

Die fünf Männer folgen ihm nicht. Der schwarze König hat seine Bauern zurückgelassen, wie es ein guter Schachspieler nie tun würde. Er will den Schlüssel holen, ohne dass Zeugen ihn dabei beobachten, sein Misstrauen ist unverändert. Wenn ich alles richtig mache, wird es ihn gleich das Leben kosten.

Er kniet sich auf die Grabeinfassung, als wolle er beten. Das Licht der Taschenlampe fällt auf die gelben Petunien, aber der Widerschein erhellt sein Gesicht. Ich ziele. Atme aus. In dem Moment, als ich abdrücken will, beugt Andrei sich vor, ich kann in der letzten Sekunde noch einen Fehlschuss verhindern.

Verdammt. Ich presse die Lippen aufeinander, Andrei hat den Kopf in meine Richtung gedreht. Hat er etwas gehört? War ich zu laut?

Er verharrt einen Moment. Beugt sich dann wieder über die Petunien, packt sie und reißt sie aus der Erde. Mit einer Hand greift er in das Loch und holt Roberts Krankenhausarmband heraus. Betrachtet es ungläubig.

Das ist der Moment, diese wenigen Sekunden der fassungslosen Starre. Ich lasse alle Luft aus den Lungen, ziele und drücke ab.

Der Schuss ist fast unhörbar, Andreis erschrockenes Aufkeuchen nicht. Ich warte darauf, dass er umkippt, dass er sich an die Brust greift, doch er fasst nur nach seiner linken Schulter. An eine Stelle oberhalb des Schlüsselbeins.

Das heißt, ich habe ihn so gut wie verfehlt, kann nicht mehr als einen Streifschuss gelandet haben. Und nun ist Andrei gewarnt, er wirft sich zu Boden, rollt sich zwischen die Gräber, verschwindet in den Schatten.

Gleich wird er seine Truppe herbeitelefonieren, und dann ist mein Container kein Versteck mehr, sondern eine Falle. Ich schüttle Laub und Erde von mir ab, rapple mich hoch und klettere über den Rand. Ich muss vorsichtig sein, Andrei ist zwar nur ungern selbst bewaffnet – das überlässt er lieber seinen Helfershelfern –, aber nachdem er alleine losgezogen ist, könnte er diesmal eine Pistole dabeihaben.

Er muss mich gehört haben, mein Positionswechsel ist nicht leise vonstattengegangen. Ich höre lautes Schnaufen, wie von einem Tier, das aus dem Wasser steigt.

»Borja«, ruft Andrei. Er sagt noch mehr, ich verstehe nichts davon, aber seine Stimme macht es mir leicht, ihn zu orten. Er hat die Taschenlampe auf dem Grab liegen gelassen, ich schleiche in einem großen Bogen von der anderen Seite an ihn heran. Im Gras sind meine Schritte lautlos. Ich wünschte, mein Atem wäre es auch.

Jetzt kann ich seine Silhouette wieder erkennen, von hinten. Ich bin ungefähr zwanzig Meter weit weg, ein zweiter Schuss hätte nun mehr Chancen auf einen Treffer, außerdem könnte ich eine ganze Salve auf Andrei abgeben. Das Magazin leer schießen.

In diesem Moment sehe ich ein Display im Dunkeln aufleuchten und reagiere ebenso instinktiv wie falsch. Statt auf ihn zu feuern, wie ich es mir vorgenommen habe, sprinte ich auf Andrei zu, trete ihm von hinten in den Rücken, kicke ihm das Telefon aus der Hand.

Dumm, hämmert es in meinem Kopf. Ich könnte es schon hinter mir haben. Jetzt muss ich ihm ins Gesicht sehen, wenn ich ihn erschieße.

Andrei ist vornübergekippt, er stützt sich mit der rechten

Hand ab, die linke Seite schont er. Die Taschenlampe strahlt genug Licht ab, um mich sein Gesicht erkennen zu lassen. Seinen Blick, der an mir hochwandert, ratlos erst, dann verblüfft, am Ende amüsiert.

»Hallo, Anna«, sagt er.

28.

Ich behalte ihn im Blick, die Waffe auf ihn gerichtet, während ich die Taschenlampe aufhebe. Er blinzelt, als ich ihm ins Gesicht leuchte. »Fälscherin«, sagt er. »Hast auch Fotos gefälscht. Lebst noch.«

»So ist es.«

»Sie haben gesagt, die Luft ist rein.« Bekümmert, aber ohne Anzeichen von Beunruhigung schüttelt Andrei den Kopf. Als hätte bloß der Wetterbericht sich geirrt. »Ich werde Nikolai die Augen ausstechen, aber ist egal, oder? Sie sind zu nichts nutze.« Er setzt sich hin, an den Grabstein gelehnt, und greift sich wieder an die Schulter. Betrachtet seine blutverschmierte Hand und wischt sie am Gras ab. »Wo ist Boris?«

»Tot.«

Es huscht nur ein winziges Zucken über sein Gesicht. »Du hast ihn erschossen?«

»Nein. So viel Glück hatte er nicht.«

»Hm. Mich hast du nicht gut getroffen.« Es klingt beinahe wie ein Vorwurf. Als wäre es ihm anders lieber gewesen.

»Pascha ist auch tot«, zische ich. »Und Vadim. Vielleicht auch Vera.«

»Ah.« Andrei lächelt wie ein stolzer Vater. »Bist du jetzt Killerin, Anna?«

Dass er mich mit meinem richtigen Namen anspricht, verwirrt mich mehr, als es sollte. »Ich tue es dir nach«, sage ich. »Ich überlasse die Drecksarbeit anderen. Aber für dich werde ich eine Ausnahme machen.«

»Wirst du nicht.« Vollkommen ungerührt beginnt er, sich aufzurichten, kommt gemächlich auf die Beine. Etwas an der Situation berührt mich merkwürdig, und nach ein paar Sekunden weiß ich, was es ist. Zum ersten Mal, seit wir uns kennen, sind wir alleine miteinander. Andrei hat sonst immer seine Leute um sich, sein Gefolge. Sie sind wie ein Teil von ihm, der plötzlich fehlt.

Ich könnte jetzt schießen, sollte es, aber ich weiche zurück, schussbereit. Die linke Seite seines Hemdes hat sich mit Blut vollgesogen, es läuft ihm auch über die Hand. Trotzdem grinst er. »Siehst du? Du hättest mich längst erledigen können, aber du hast nur einmal abgedrückt. Und danebengeschossen. Wo ist der Schlüssel?«

Nun bin ich es, die grinst. »Der ist dir wichtig, oder? Leider habe ich keine Ahnung. Du hattest ihn Boris anvertraut? Dann ist er jetzt wahrscheinlich zerquetscht. Ein kleines Stückchen Schrott in einem großen Stück Schrott.«

In Andreis Miene treten erste Zeichen von Unmut, ich erkenne die Nuancen. Das Senken der Mundwinkel, das Heben einer Augenbraue. Sie haben mir immer Todesangst eingejagt, denn danach wurde meist jemand bestraft. Ein Echo dieser Angst befällt mich auch jetzt. Obwohl ich es bin, die die Waffe hält. Warum schieße ich nicht?

»Zerquetscht?«, fragt er tonlos.

»Ja.«

Er flucht. »Du erzählst mir jetzt, was du mit Boris gemacht hast. Wo ist die Leiche?« Wieder kommt er einen Schritt näher, wieder weiche ich zurück. Trete dabei auf sein Handy, es knirscht. »Vergiss es.«

Mit einem unwilligen Geräusch dreht er sich um. Dreht mir den Rücken zu und geht. Deutlicher könnte er mir nicht demonstrieren, dass er mich nicht ernst nimmt, und wie es aussieht, hat er recht damit. Etwas in mir ist blockiert, es fühlt sich an, als wären wir noch nicht fertig miteinander, als wäre es zu billig, ihn einfach abzuknallen.

Doch wenn er denkt, ich würde ihn laufen lassen, ist er verrückt.

»Andrei«, rufe ich ihm hinterher, bemüht, den Abstand zwischen uns nicht kleiner werden zu lassen. »Bleib stehen. Sonst schieße ich, das schwöre ich dir.«

Er macht noch drei Schritte, dann dreht er sich um. »Nein, Koschetschka. Ich erinnere mich noch genau.« Wieder dieses Lächeln. »Du magst keine Pistolen.«

Vielleicht sind Messer dir lieber. Etwas legt sich über mein Denken. Schaltet es ab. Andreis Lächeln hat sich nicht verändert, seit der Nacht in der Halle.

Das Messer. Andreis gute Laune. *Du kannst es dir natürlich selbst zwischen die Rippen stechen. Aber dann wird jemand anderer brennen.*

Mein Zeigefinger krümmt sich, er tut es fast ohne mein Zutun. Der Schuss klingt ebenso harmlos wie der erste, aber diesmal reißt er Andrei von den Füßen. Er presst sich die Hände auf Magenhöhe gegen den Leib, und ich sehe ihn, wie er auf dem Rücken liegt, und sehe gleichzeitig dich, wie du zu Boden stürzt, blutend und brennend, sehe das Jagdmesser in meiner Hand, höre das Feuer zischen, rieche schmelzenden Gummi und verkohlendes Fleisch.

Ich schieße ein zweites Mal, nicht in den Kopf, sondern in den Bauch. Nun schreit Andrei auf, windet sich, keucht. Ich habe mir Szenen wie diese so oft vorgestellt, dass mir das Geschehen fast irreal erscheint. Aber das Blut ist echt, die Blässe in seinem Gesicht auch, der aufgerissene Mund, aus dem nur noch Gurgeln dringt.

Ich suche nach Empfindungen in meinem Inneren. Finde keine. Weder Genugtuung noch Hass noch wilden Triumph. Alle meine Emotionen sind wie betäubt, ich fühle auch keinerlei Angst. Höchstens ein wenig Ungläubigkeit. Darüber, dass man Andrei wirklich töten kann. Dass *ich* ihn töten kann, einfach so, als würde ich ein tollwütiges Tier erlegen.

Doch langsam erwacht in mir leichte Sorge, dass sein Schrei bis zu den Toren gedrungen sein könnte. Dann sind seine Männer sicher schon auf dem Weg zu uns.

Noch sind keine Laufschritte zu hören. Trotzdem ducke ich mich hinter einen hohen, steinernen Engel. Bis auf Andreis Wimmern ist alles ruhig.

Ich könnte, ich sollte jetzt einfach abhauen, aber noch lebt Andrei, und er liegt mitten auf dem Weg. Wenn ich etwas von den Clans gelernt habe, dann, dass man seine Opfer fortschafft, sie beseitigt, als hätte es sie nie gegeben. Nur habe ich nicht die gleichen Möglichkeiten; ich kann Andrei nicht in ein Fass mit Lauge stecken oder in einem Autowrack verschrotten – aber eben hatte ich einen Einfall, der fast genauso gut ist.

Auf seinem Rückzug ist er bis in unmittelbare Nähe des ausgehobenen Grabs geraten. Er liegt nicht weit von der Grube entfernt, höchstens zehn Meter. Es könnten aber ebenso gut zehn Kilometer sein, weil ich Andrei dorthin weder tragen noch ziehen kann, er wiegt mindestens hundertdreißig Kilo.

Ob ich ihn rollen könnte?

Ich trete zu ihm, sein Atem kommt bereits unregelmäßig, in den halb geöffneten Augen ist nur noch das Weiße zu sehen. Schon der erste Versuch, ihn über den Boden zu schieben, stellt klar, dass ich keine Chance habe.

Allerdings steht der Bagger noch direkt neben dem Grab.

Ich weiß, dass die Totengräber auf dem Zentralfriedhof oft die Zündschlüssel im Schloss stecken gelassen haben. Weil ohnehin keiner die Bagger klauen würde, schon gar nicht nachts bei geschlossenen Toren. Weil außerdem die Maschinen oft am nächsten Tag von einem Kollegen benutzt wurden, der dann gleich alles bei der Hand hatte und nicht erst lang den richtigen Schlüssel suchen musste.

Ich gehe in einem großen Bogen um Andrei herum und auf den Bagger zu, steige aufs Trittbrett. Der Schlüssel steckt tatsächlich. In Wien habe ich oft dabei zugesehen, wenn Gräber ausgehoben wurden, und zweimal hat mich Mirko, einer der Totengräber, selbst an die Hebel gelassen. Ich weiß also noch ungefähr, wie man die Schaufel hebt und senkt, wie man gräbt. Allerdings sind die Friedhofsbagger klein und nicht vergleichbar mit Baustellenbaggern. Die Schaufel wird Andrei nicht einmal zur Hälfte aufnehmen können.

Nein, ich lasse es bleiben. Selbst wenn seine Gefolgsleute ihn nicht haben schreien hören, irgendwann werden sie nach ihm suchen, wenn er nicht zurückkommt. Dann sollte ich fort sein, weit fort, und nicht damit beschäftigt, ihren Boss zu beerdigen.

Hinter mir höre ich Andrei wimmern, es klingt anders als zuvor. Als würde er versuchen, etwas zu sagen. Noch bevor ich den Kopf drehen kann, spüre ich eine Berührung am Rücken. Panisch fahre ich herum, stoße mit der Pistole gegen den Rahmen der Kabinentür, es klirrt.

»Cool bleiben.« Vor mir steht Vera, in schwarzem Shirt und schwarzen Jeans, das Haar unter einer Baseballkappe versteckt. »Auf mich willst du nicht schießen.«

Das Unwirklichkeitsgefühl von vorhin kehrt zurück. Vera kann nicht hier sein, wieso sollte sie hier sein? Ist sie in Andreis Begleitung gekommen? Sie zieht mich vom Trittbrett. »Gute Arbeit übrigens. Kompliment. Wir haben schon daran gezweifelt, dass du es durchziehst, so lange, wie du dir Zeit gelassen hast.«

»Wir?«, stammle ich. »Wer ist wir? Und woher wusstest du …«

»… dass wir dich heute Nacht hier finden werden?« Sie schüttelt nachsichtig den Kopf. »Ich habe dich im Blick, seit ich aus der Wohnung abgehauen bin. War nicht so schwierig, wie du denkst. Nachdem ich einmal wusste, welches Auto deines ist.«

Die Puzzleteile in meinem Kopf ergeben kein schlüssiges

Bild. »Du wolltest dich doch tot stellen. Ich dachte, jemand hätte dich verschleppt.«

»Ich habe dir aber auch gesagt, ich würde es geschickter anpacken als du. Was ich getan habe. Niemand ahnt, dass ich noch lebe, mit Ausnahme einer Person.« Vera geht die paar Schritte zu Andrei hin und tritt leicht mit der Schuhspitze gegen seine Hüfte. »Drei Personen, wenn ich dich und ihn mitrechne. Lebt immer noch, der zähe, alte Sack. Bist du so schlecht im Schießen, oder wolltest du es ihm nicht zu leicht machen?«

Vera ist weniger klug, als sie denkt, denn sie hat mir die Walther gelassen. Die ich jetzt auf sie richte. »Mach keinen Quatsch, okay? Ich bin aus der Übung, aber ich würde dich trotzdem treffen. Hör zu, Vera. Ich wollte gerade hier verschwinden. Vom Friedhof, aus der Stadt, wahrscheinlich sogar aus dem Land. Du solltest dich auch davonmachen, bevor Andreis Leute ihn suchen kommen.«

»Werden sie nicht.« Vera blickt völlig entspannt in den Lauf meiner Pistole. »Sie haben Befehl, bis zwei Uhr zu warten, außer Andrei selbst ruft sie zurück.« Noch ein Tritt, fast zärtlich. »Und das wird er nicht, oder?«

»Zwei Uhr? Woher weißt du das?«

»Wir haben zugehört, als er die Befehle gegeben hat. Sind durch den Eingang an der Friedberger Landstraße hereingeschlüpft, den er hat aufbrechen lassen. Seine Leute parken dort, sie sitzen jetzt im Auto und warten – wie er es wollte.«

Wir, sie sagt immer wir. Ich weiß, dass Veras Russisch nur geringfügig besser ist als meines, wenn überhaupt. Also muss sie jemanden bei sich haben, dessen Sprachkenntnisse üppiger sind …

Ich habe den Gedanken noch nicht zu Ende gedacht, als ich hinter mir ein Klicken höre. Eine Pistole, die entsichert wird. Vera lacht. »Du hast uns so viel Arbeit erspart, Anna.«

»Lass die Waffe fallen«, sagt jemand hinter mir. »Komm ja nicht auf die Idee, Vera etwas anzutun.« Eine weibliche Stimme, eine, die ich nicht kenne. Dunkel, ein wenig rau, das Deutsch völlig akzentfrei.

Ich hebe die Hände, ohne die Walther dabei loszulassen. Im nächsten Moment schlägt etwas direkt neben mir ein, Erde und Steine spritzen auf. Von dem Schuss war nicht mehr zu hören als ein dumpfes Ploppen. »Hast du mich nicht verstanden?«, fragt die Frau hinter mir leise.

Ich öffne die Finger, die Pistole fällt ins Gras. Sekunden später taucht eine hochgewachsene, blonde Gestalt neben mir auf, klopft mich auf weitere Waffen ab und nickt zufrieden.

Janina. Ich lasse die Hände sinken. Sie ist ein beinahe unbeschriebenes Blatt für mich, ich habe keine Ahnung, wie sie tickt. In Wien war sie als vermeintliche Journalistin auf dem Zentralfriedhof unterwegs, und ich kenne die Fotos, die Alex von ihr auf dem Computer hatte. Ich habe sie flüchtig beim Hotel beobachtet und in der Spielhalle, wo ich ihr beim Geldeintreiben zuvorgekommen bin. Zuletzt bei ihrem Rendezvous mit Jaro im *Star Club*, aber nichts davon hilft mir jetzt einzuschätzen, wie gefährlich sie mir werden könnte.

Oder doch, schließlich kenne ich ihre Nachrichten an Boris. Weiß, dass sie Alex loswerden will.

»Das ist ihre einzige Waffe, soweit ich weiß«, sagt Vera. »Ich habe jeden Zentimeter in ihrer Wohnung abgesucht – sonst war da nichts.«

Janina hebt die Walther auf und überreicht sie Vera. Streicht ihr übers Haar, übers Gesicht, küsst sie auf den Mund. »Alles gut gegangen, Liebste.« Ein Blick auf Andrei, der zu ihren Füßen liegt. »Er lebt immer noch. Dobrý večer, djadja.«

Sie redet russisch auf ihn ein, er reagiert nicht, sie lacht und blickt zu Vera hoch. »Denkst du, er versteht mich noch? Ich hätte ihm ein paar Dinge zu sagen.«

»Ich glaube nicht.« Sie sieht auf die Uhr. »Wir sollten uns nicht zu viel Zeit lassen.«

»Richtig.« Janina zieht Andreis Kopf an den Haaren ein Stück hoch und lässt ihn wieder zu Boden plumpsen. Schlägt dann leicht gegen seinen Bauch, dahin, wo meine Kugel sitzen muss. Er zuckt, gibt ein schwaches Stöhnen von sich. »Sieh mal, immerhin spürt er noch etwas.«

Sie richtet sich auf. »Anna, Carolin – wie soll ich dich nennen? Egal. Deine Idee war gut. Wir begraben ihn hier, zu dritt schaffen wir das. Du kannst mit dem Bagger umgehen?«

»Ich will ...«

»Du willst hier weg, darüber reden wir noch. Aber du wirst gleich sehen, es wäre in deinem Interesse, dass der Alte verschwindet. Vera? Zeigst du ihr, was wir haben?«

Ich würde mich gern setzen oder, besser noch, hinlegen. Seitdem Janina aufgetaucht ist, habe ich das Gefühl, dass meine Kraft mit jeder Sekunde schwindet, dass sie kaum noch zum Stehen ausreicht.

Vera kommt auf mich zu, ihr Smartphone in der Hand. Sie hat die Foto-App geöffnet und zeigt mir ein Bild nach dem anderen. Andrei, wie er die Petunien ausreißt. Ich, von hinten, noch voller Laub, kurz nachdem ich aus dem Container gesprungen bin. Mindestens sieben Fotos, auf denen ich den bereits angeschossenen Andrei mit der Walther bedrohe. Noch einmal zehn, auf denen er mit Bauchschuss an der gleichen Stelle liegt wie jetzt. Zwei, auf denen ich versuche, ihn Richtung Grab zu rollen.

Die Bilder sind grobkörnig, sie sind ohne Blitz geschossen worden, aber man kann die handelnden Personen erkennen. Das Handy muss über eine gute Kamera verfügen. Kurz geht mir der Gedanke durch den Kopf, ich könnte es Vera aus der Hand schlagen, es gegen den Bagger schmettern. Bloß würde das nichts ändern, die Fotos sind längst in die Cloud hochgeladen. Ich verschränke die Arme vor der Brust. »Für wen sind die gedacht? Für die Polizei?«

»Für niemand Bestimmten.« Janina lächelt liebenswürdig. »Wie gesagt, du hast uns einen Gefallen getan. Wir wollten Andrei längst loswerden, er hat uns das Leben sogar aus der Entfernung schwer gemacht. Jetzt können wir die Geschäfte endlich auf unsere Art führen.«

Wenn man Janina zuhört, könnte man denken, sie würde den Ton bei den Karpins angeben. Vielleicht tut sie das ja, indirekt, aus der zweiten Reihe. Ich habe meinen Einsatz im *Star Club* wieder vor Augen. Sie und Jaroslaw an der Bar, Hand in Hand. Dazu ein Verhältnis mit Alex und eines mit Vera. Sieht aus, als wäre sie mit dem halben Clan im Bett gewesen. »Weiß Jaroslaw von Vera und dir?«

Sie hebt trotzig das Kinn. »Ja, natürlich.«

»Und es stört ihn nicht?«

»Warum sollte es?«

»Okay, verstehe. Ich dachte nur … Andrei hat mit untreuen Geliebten immer kurzen Prozess gemacht.«

»Soweit ich informiert bin, tut Jaroslaw das nicht.« Sie richtet wieder ihre Waffe auf mich. »Obwohl ich es nicht genau weiß. Ich bin nämlich nicht seine Geliebte, ich bin seine Tochter. Und du setz jetzt den Bagger in Gang, wir sollten uns um Onkel Andrei kümmern.«

Seine Tochter. Unwillkürlich suche ich nach Ähnlichkeiten, entdecke aber keine einzige – außer dem schmalen, hohen Körperbau. »Weiß dein … Vater, was hier gerade passiert?«

»Wozu?« Sie winkt mich mit der Waffe in Richtung Bagger. »Er wäre dagegen. Er denkt wirklich, wir führen Frankfurt nur, bis Andrei zurück ist, aber so hatte ich das nie geplant. Und wie die Dinge stehen, müssen wir darüber nicht mehr diskutieren. In den Bagger, los!«

Sie hatte das nie so geplant. Sie? Ich kann fühlen, wie mich aller Wille zum Weitermachen verlässt, als ich in die Fahrerkabine steige. Wer weiß, was sie noch geplant hat. Vielleicht teile ich mir schon heute Nacht ein Grab mit Andrei. Das wäre an Ironie kaum zu überbieten.

Noch nie haben meine Kraftreserven sich so aufgebraucht angefühlt, aber ich weiß, der Zeitpunkt ist schlecht. Ich muss mich konzentrieren, um mich an die Funktionen der Fußschalter und Steuerhebel zu erinnern. Und wenn alles erledigt ist, am besten einen günstigen Moment nutzen und im Dunkel verschwinden.

Schlüssel im Schloss drehen, der Motor springt an, ich ziehe beide Fahrhebel zu mir, der Bagger bewegt sich ein paar Meter zurück.

Um an Andrei heranzukommen, muss ich den Bagger wenden, kein einfaches Unterfangen zwischen den Gräbern. Vera und Janina heben seinen Oberkörper so weit an, dass ich die Schaufel darunterschieben kann. Es gelingt nicht auf Anhieb, beileibe nicht, es kostet mich sicher sieben oder acht Versuche, bei denen ich ihm die Schaufel in den Rücken ramme, bis ich es endlich richtig mache.

Immer wieder scanne ich mit meinen Blicken die Wege rundum. Hören Andreis Leute wirklich nichts? Haben sie nicht längst den Verdacht, dass etwas massiv schiefgelaufen sein muss?

Andrei rührt sich leicht, als ich ihn langsam hochhebe. Eine Hand flattert zu der Schusswunde am Bauch, sein Gesicht verzieht sich zu einer weinerlichen Grimasse. Plötzlich kann ich mir vorstellen, wie er als Kind ausgesehen haben muss, und das bringt mich völlig aus dem Konzept. Ich stoße versehentlich gegen den linken Steuerhebel, und der Oberwagen dreht sich, Andrei gerät ins Rutschen, es gelingt Vera nur mit Mühe, ihn zu stabilisieren. Jemand versetzt mir von der Seite her einen Stoß. Janina.

»Was ist los? Was tust du?«

Ich lasse alle Hebel los. Schlinge mir die Arme um den Körper. Sage das Erste, was mir durch den Kopf geht. »Alex. Was ist mit ihm? Lebt er noch?«

Sie verzieht den Mund, sichtlich genervt. »Falsches Timing für dumme Fragen. Was interessiert dich das?« Sie zielt wieder mit der Pistole auf mich und seufzt ungehalten, als ich mich nicht rühre. »Jaja, er lebt. Ich habe ihm eine riesige Szene gemacht und unsere sogenannte Beziehung beendet. Ursprünglich wollte ich, dass Boris ihn verprügelt, damit er die Flucht ergreift, aber er ist auch so abgehauen. Der Kleine ist so dämlich, dass er nie wirklich kapiert hat, was wir eigentlich tun. Du würdest nicht glauben, wie bereitwillig er mir in Wien alles abgekauft hat, was ich ihm über dich erzählt habe. Und er denkt ernsthaft, wir täten nichts weiter, als Spielautomaten zu verleihen. Ganz legal, das hat er tatsächlich geschluckt. Reicht dir das? Los jetzt.«

Ich hebe die Schaufel ein Stück höher, unschlüssig, ob ich Janina glauben soll. Sie hat Alex einfach gehen lassen? Mein Mangel an Konzentration rächt sich sofort, lässt mich unsauber arbeiten. Wieder droht Andreis Körper aus dem Gleichgewicht zu geraten – auf der einen Seite hängt sein Kopf hinunter, auf der anderen seine Beine, und die sind bedeutend schwerer. Ich lege den Rückwärtsgang ein, rolle bis neben das offene Grab.

»Leg ihn daneben ab«, befiehlt Janina. »Du musst erst noch mehr Erde ausheben, sonst merken die Totengräber morgen den Niveauunterschied.«

Sie hat recht. Ich kippe die Schaufel, Andrei stürzt aus einem Meter Höhe zu Boden wie ein Stein. Vielleicht ist er mittlerweile doch tot.

Die Grube tiefer zu graben gelingt mir nach ein paar Versuchen erstaunlich leicht. Es sind immer die gleichen Handgriffe, und die Erde ist locker. Irgendwann hebt Janina die Hand. »Genügt. Vera? Wie sieht es am Eingang aus?«

Dass Vera weg gewesen ist, habe ich überhaupt nicht mitbekommen, aber offenbar hat sie einen Erkundungsgang zur Mauer gemacht. »Sie sitzen immer noch in ihren Autos. Zwei von ihnen unterhalten sich, einer schläft, zwei spielen auf dem Handy.«

»Gut.« Mit dem Lauf der Pistole winkt Janina mich aus dem Bagger. »So, wie er liegt, könnt ihr Onkel Andrei einfach ins Grab rollen. Dann ein wenig Erde drauf, und wir sind fertig.«

Ich wechsle einen Blick mit Vera, die mit entschlossener Miene in Position gegangen ist. Was in ihren Augen steht, ist das, was ich jetzt ebenfalls fühlen sollte: Genugtuung, Freude, Erleichterung. Das Ungeheuer ist besiegt. Die Welt ist wieder schön.

Aber ich bin nichts weiter als müde und angeekelt. Denn die Welt ist nicht schön, die Karpins importieren immer noch minderjährige Mädchen aus dem Osten, handeln mit Drogen und schlachten ihre Feinde auf denkbar grausame Art.

Zugegeben, vielleicht wird Letzteres besser, nachdem Pascha, Boris und Andrei tot sind. Aber das ist nur ein winziger Trost.

Ich stütze meine Hände gegen Andreis Oberkörper, greife in Blut. Und fühle einen Herzschlag, unstet, aber zweifelsfrei vorhanden. »Er lebt noch, Janina.«

»Und?«

Ich nehme meine Hände von seiner Brust. »Du willst ihn lebendig begraben?«

»Sehr lebendig ist er nicht mehr, den Rest wird der Sturz erledigen. Und selbst wenn nicht, er bekommt es nicht mehr mit.«

Ich stehe auf und trete demonstrativ ein Stück zurück. Wieder seufzt Janina, als wäre ich ein nettes, aber schwieriges Kind.

»Na schön.« Sie stellt sich vor Andrei, richtet die Pistole auf seinen Kopf und drückt ab. »Besser so?«

Das Loch sitzt in der Stirn, über dem linken Auge. Es ist klein, und nur wenig Blut sickert heraus. Der große Krater wird sich am Hinterkopf befinden, da, wo die Kugel ausgetreten ist.

»Du hast ihn geschlachtet wie ein Schwein«, sagt Vera mit sanfter Stimme.

»Das passt doch.« Janina geht zu ihr, streicht ihr über den Kopf und küsst sachte die Narbe auf ihrer Stirn. »Jetzt weg mit ihm. Und sucht die Hülse, wir sollten keine so offensichtlichen Spuren hinterlassen.«

Ich fühle nichts, nichts, nichts, als Vera und ich Andrei in sein Grab rollen. Der schwarze König fällt. Er landet mit einem dumpfen Laut in der Tiefe. Da, wo er gelegen hat, ist das Gras dunkel und feucht.

»Jetzt kippst du die Erde wieder drauf«, ordnet Janina an. »Drück sie mit der Schaufel fest, es soll so aussehen wie vorher.«

Es ist, als wäre ich ferngesteuert. Als wäre ich eigentlich gar nicht hier, auf diesem Friedhof, vor diesem offenen Grab. Du begräbst Andrei, sage ich mir, als ich nach den Steuerknüppeln greife. Er ist tot, und du begräbst ihn. Er ist weg. Für immer.

Ich wiederhole die Sätze in meinem Kopf, ich sehe seinen leblosen Körper, der Stück für Stück unter der Erde verschwindet, trotzdem glaube ich mir nicht. Während ich arbeite, sucht Vera die Patronenhülsen – nicht nur die letzte, sondern auch die beiden aus meiner Pistole. Als sie sie gefunden hat, füllt sie zwei Gießkannen mit Wasser und spült Blutspuren weg.

Die ganze Zeit steht Janina neben mir und überwacht meine Arbeit. »Dir fällt zu viel Erde daneben. So können wir das nicht lassen, das fällt auf.«

Normalerweise würde ich darauf eine scharfe Antwort geben, aber weder habe ich eine parat, noch schaffe ich es, den

Mund zu öffnen. Es ist, als würde ich mit Andrei alles begraben, was mich in den letzten Jahren angetrieben hat. Ich wollte ihn tot sehen, und das habe ich nun. Aber irgendetwas von mir ist mitgestorben, und es könnte sein, dass es etwas Wichtiges war.

Janina klopft auf den Schaufelarm des Baggers, als sie mit dem Zustand der Grube zufrieden ist. Ich parke ihn exakt an der Stelle, an der er zuvor gestanden hat, sammle mit den Händen die verstreute Erde zusammen und werfe sie auf den Haufen, der für das Begräbnis bereitliegt.

»In zehn Minuten ist es zwei.« Mit der Pistole dirigiert sie mich in Richtung Gruftenhalle. »Abmarsch.«

Wir setzen uns in Bewegung, laufen an meinem Grab vorbei, und ich sehe, dass Vera die Petunien wieder eingesetzt hat.

Janina führt uns durch mehrere Waldstücke, immer wieder bleibt sie stehen und horcht in die Nacht. Ich schätze, dass wir mindestens einen Kilometer zurückgelegt haben, bis sie endgültig anhält. Wir sind von schwarzen Blättern und schwarzen Steinen umgeben; das Gras steht hoch hier, nicht eine einzige Grablaterne brennt. Von unserem Versteck aus sehen wir die Männer nicht kommen. Wir hören sie auch nicht, in der nächsten Stunde dringt nur ein einziges Mal ein Ruf bis zu uns, und auch das nur, weil der Wind ihn herträgt.

»Wir warten, bis es hell wird«, erklärt Janina. Sie hält Veras Hand mit der Linken, in der Rechten die Pistole. Veras Kopf liegt an ihrer Schulter. »Dann hauen wir hier ab. Wo ist der Schlüssel, Anna?«

Schon wieder der Schlüssel. Der Andrei das Leben gekostet hat. »Ich denke, Boris hatte ihn.«

»Boris, hm. Hatte?«

Ich vergesse immer, dass noch nicht alle von seinem Tod wissen. »Ja. Aber er wird ihn dir nicht mehr geben können.«

Ihre Züge verhärten sich. »Verstehe. Ich dachte es mir schon. Ich habe die Fotos gesehen, die er von dir geschickt hat, mit all dem Blut. Ich hätte die Sache geglaubt, wenn ich nicht gewusst hätte, dass du springlebendig bist. Meine Liebste hatte ein Auge auf dich.« Sie drückt Veras Hand. »Du hast sie selbst geschickt, also hast du Boris' Telefon?«

Ich nicke.

»Dann hast du ja wohl auch den Schlüssel. Wo ist er?« Der Lauf der Pistole bewegt sich langsam in meine Richtung.

»Ich weiß nichts von einem Schlüssel.«

»Boris ist sicher tot?«

Soll ich lügen? Nein, wozu. »Ja. So wie Pascha. So wie Vadim.« Ich zögere kurz. »So wie Andrei.«

Janina senkt ihre Waffe. »Und die gehen alle auf dein Konto? Sieh an. Wir sollten dir wirklich dankbar sein.« Sie wechselt einen Blick mit Vera, den ich im Dunkeln nicht deuten kann.

»Was ist es für ein Schlüssel?«, frage ich vorsichtig.

Niemand antwortet. Erst nach einer halben Minute räuspert Janina sich. »Der Schlüssel zu Andreis Macht. Zu dem Geld, das er angehäuft hat. Ein Safeschlüssel.« Sie gibt ein amüsiertes Geräusch von sich. »Dreißig Millionen Euro, sagt Vater, die jetzt in einem Banksafe vor sich hin modern und an die niemand rankommt.«

Der Gedanke belustigt mich. Dreißig Millionen, die Andrei bei seiner Flucht zurücklassen musste. Ob Boris die geringste Ahnung hatte, was ihm da von seinem Boss anvertraut wurde?

Janina rückt Veras Kopf auf ihrer Schulter zurecht. »Ein lösbares Problem, da bin ich sicher. Wenn wir eine russische Sterbeurkunde auftreiben und das Schloss tauschen lassen. Wir müssen nur sehen, dass das Finanzamt keine Auskunft über den Inhalt verlangt. Das wäre … unangenehm.« Sie küsst Vera auf den Scheitel. »Ich mache mich gleich morgen schlau.«

Dann spricht lange niemand ein Wort. Ich sitze auf dem kalten Boden, an einen Baumstamm gelehnt, und irgendwann müssen mir die Augen zugefallen sein, denn als ich sie wieder aufschlage, färbt der Himmel sich bereits grau. Vera und Janina sind noch da. Vera schläft, halb auf Janina liegend, die hellwach ist. Als sie bemerkt, dass auch ich die Augen geöffnet habe, richtet sie sofort wieder die Waffe auf mich.

Zeit, die wichtigsten Dinge klarzustellen. »Wie geht es jetzt weiter?«, frage ich leise. »Lässt du mich laufen?«

Sie dreht den Kopf zur Seite. Betrachtet die Pistole. »Hatte ich eigentlich nicht vor, bis kürzlich. Dir verdanke ich die schlimmsten Tage meines Lebens. Kannst du dir vorstellen, wie es war, das zerquetschte Auto zu sehen und mir vorzustellen, dass darin die Überreste des Menschen stecken, den ich am meisten liebe?«

Ich habe wieder dich vor Augen, die Panik in deinem Blick, das Entsetzen in dem Moment, als ich dir das Messer in den Leib gestoßen habe, aus Liebe, um dich vor noch Schlimmerem zu bewahren. »Ja. Wenn du meine Geschichte kennst, weißt du, dass ich mir das vorstellen kann.«

»Dann weißt du auch, wie wenig Grund ich habe, dich zu verschonen. Es ist mir schon schwergefallen, Vera zu verzeihen, dass sie mir kein Lebenszeichen gegeben hat, bis sie bei dir untergeschlüpft ist.«

»Das hat sie nicht?«

»Nein. Weil sie klug ist. Weil sie wusste, dass meine Reaktion echt wirken muss, wenn die Fehde weitergehen sollte. Und wie sonst hättest du den Malakyans die richtigen Leute zum Fraß vorwerfen können?« Sie blinzelt in den heller werdenden Himmel. »Angenommen, ich lasse dich laufen. Was hast du vor?«

»Weggehen. Das Land verlassen. Nie wieder an euch denken, wenn ich das irgendwie schaffe.«

Sie nickt. »Das wäre auch nötig. Meine persönlichen Vorbehalte mal beiseite, ich muss vor allem meine Familie schützen. Meinen Vater. Er ist nicht für dieses Geschäft geboren, er würde es lieber heute als morgen bleiben lassen. Anders als Andrei.«

Sie lächelt. »Und anders als ich.« Sie verlagert ihr Gewicht ein wenig, Vera seufzt im Schlaf. »Was ich vorher gesagt habe, war mein Ernst: In dieser Hinsicht sind wir dir zu Dank verpflichtet. Du hast alle Personen aus dem Weg geräumt, die Vater potenziell hätten gefährlich werden können. Er hat immer wieder davon gesprochen, dass Onkel Andrei auch Blutsverwandte aus dem Weg räumen lässt, wenn er denkt, sie könnten ihm gefährlich werden oder ihm im Weg stehen. Deshalb habe ich Vadim befohlen, Vater nie aus den Augen zu lassen. Pascha hätte keine Sekunde gezögert, ihn zu exekutieren, wenn Andrei es verlangt hätte.«

So viel töchterliche Fürsorge könnte ich beinahe rührend finden. »Was passiert jetzt mit den fünf, die Andrei begleitet haben?«

»Die waren bloß angeheuerte Söldner, so was sehe ich auf den ersten Blick. Gekaufte Schläger, die er aus Russland mitgebracht hat. Sie werden einen Teil ihres Solds bereits bekommen haben und jetzt denken, dass Andrei sich um die zweite Zahlung drücken wollte. Sie werden ihn verfluchen und zurückkehren.« Ihr Lächeln wird breiter. »Ich hätte dich trotzdem gerne im Schlaf erschossen, vorhin.« Sie zielt genauer, und ich ducke mich unwillkürlich zur Seite. Das scheint sie zu amüsieren, und überraschenderweise senkt sie die Pistole. »Aber du bekommst deine Chance. Vor allem, weil ich mich nicht hier und jetzt um deine Leiche kümmern will. Wir haben genug gegen dich in der Hand, solltest du uns je Ärger machen wollen. Wenn du verschwindest und ich nie wieder von dir höre, sind wir miteinander fertig. Falls du der Polizei oder den Armeniern unter die Arme greifen solltest, wirst du sehen, dass Andrei und ich doch verwandt waren.«

Der Handel widerstrebt mir, die ganze Janina widerstrebt mir, aber ich nicke. »Verstanden. Alles verstanden, bis auf eine Sache: Wenn du und dein Vater Andrei gar nicht schützen wolltet, wenn er dir bloß im Weg war – warum hast du mich nicht einfach in Ruhe in Wien Blumen verkaufen lassen? Wieso hast du mir Alex auf den Hals gehetzt?«

Sie zuckt mit der Schulter, auf der Veras Kopf nicht liegt. »Genau deshalb. Wir wollten uns vergewissern, dass wirklich du es bist, und dann wollten wir dich abholen und an einem sicheren Ort verwahren. Was mich angeht, ich wollte dich nicht töten, sondern als Trumpf gegen meinen Onkel im Ärmel haben.« Sie blinzelt nach oben, in den heller werdenden Himmel. »Ich war froh, dass du in München entwischt bist, denn da ist dein Auftauchen bis zu Andrei durchgesickert, und er hat dir Pascha hinterhergeschickt. Nach Wien habe ich aber die richtigen Leute ausgesandt, nur meine Männer. Mit exakten Anweisungen.«

Ich bringe kein Wort heraus. Dafür musste Norbert sterben? Die Frage würde ich ihr gerne um die Ohren schlagen, aber es hätte keinen Sinn. Janina würde mir nur erklären, dass das ein bedauerlicher Zwischenfall war. Ein Kollateralschaden.

Ich ziehe die Beine an, stütze die Stirn in die Hände. »Aber … Andrei hat mir geschrieben. Als ich in Wien war, eine Mail, an Alex' Adresse. Er wusste, dass ihr meinen Nachbarn erschossen hattet. Er war über alles informiert.«

Ihr Lächeln ist wirklich zauberhaft. »Denk doch nach, Anna. Oder Carolin, du zuckst jedes Mal zusammen bei deinem echten Namen.« Sie schüttelt leicht den Kopf. »Er sollte wissen, dass wir dich jagen. Wir hätten ihm erzählt, dass du tot bist, hurra, großer Triumph. Onkel Andrei, du kannst endlich heimkommen, niemand mehr da, der gegen dich aussagen würde! Keine unangenehmen Zeugen mehr.«

Sie muss nicht weitersprechen, es ist alles klar. Kaum hätte Andrei die Grenze übertreten, hätte die Polizei einen Tipp bekommen, und ich wäre aus dem Hut gezaubert worden beziehungsweise aus irgendeinem Keller.

Aber nachdem sie ihm von meinem Versteck erzählt haben, hat er wohl selbst die Initiative ergriffen; davon weiß Janina möglicherweise gar nichts. Er hat jemanden angeheuert, der den Clan nicht kannte, die lokalen Gegebenheiten in Wien aber umso besser. Jemanden, der es fast geschafft hätte, mich zu beseitigen. Andrei ist immer gern auf Nummer sicher gegangen. Beinahe hätte er ihr einen Strich durch die Rechnung gemacht.

Obwohl jetzt erste Sonnenstrahlen durch die Blätter dringen, ist mir kalt. »Du hast recht«, sage ich. »Deine Verwandtschaft mit Andrei Karpin ist nicht zu übersehen.« Ich richte mich auf, mein linkes Bein ist eingeschlafen, beim Auftreten kribbelt es. Es dauert noch über eine Stunde, bis die Tore geöffnet werden, aber so lange halte ich es in Janinas Gegenwart nicht mehr aus.

Wir tauschen einen langen Blick. Was sagt man in einem solchen Fall? Nicht *Auf Wiedersehen*, nicht *Mach's gut. Fahr zur Hölle*? Ja, das würde mir gefallen, aber es wäre ungeschickt. Ich drehe mich um und schiebe einen Ast beiseite.

»Du vergisst nicht, was wir besprochen haben?«, sagt sie hinter mir. »Ich verlasse mich darauf.«

Das ist das Letzte, was ich von ihr höre. Meine Schritte rascheln durchs Laub, und als ich zwischen den Bäumen hervortrete, blendet mich die Sonne. Am liebsten würde ich über die Mauer klettern, mich in den Ford setzen und schnellstmöglich Frankfurt hinter mir lassen, doch ich habe noch etwas zu erledigen.

Der Friedhof liegt verlassen da, nur ein Eichhörnchen hüpft vor mir über den Weg. Von den fünf Russen keine Spur, Janina hatte wohl recht – sie haben nicht mehr als den Minimalaufwand betrieben. Trotzdem bin ich vorsichtig. Ich verkrieche mich in dem Birkenwäldchen, das mitten auf dem Friedhof angelegt wurde, lege mich zwischen zwei Gräber und lasse mich von der Sonne wärmen.

Andrei ist tot.

Ich wollte einen imaginären Keil zwischen ihn und seinen Clan treiben, aber sieh an, den gab es bereits. Zwar war es nicht sein Bruder, der ihn entthronen wollte, wie in meinen Textnachrichten angedeutet, doch dafür hatte er in seiner Nichte eine wahrhaft würdige Feindin.

Um halb acht höre ich die ersten Stimmen von weit her, höre eine Motorsäge, einen Rasenmäher. Die Friedhofsmitarbeiter haben ihren Tag begonnen. Demnächst werden die Tore öffnen. Aber ich werde noch nicht von hier weggehen.

Die Sonne steigt höher, um die Blumen zwischen den Gräbern summen Hummeln. Ein kleiner, grün schillernder Käfer krabbelt über meine Hand. Ich stehe auf, setze ihn behutsam auf einen der schiefen Grabsteine, wo er suchend seine Fühler in alle Richtungen reckt.

Nun sind auch die ersten Besucher auf dem Friedhof. Ich gehöre zu ihnen, spaziere die Reihen entlang, bleibe an besonders beeindruckenden Grabmälern stehen. Nähere mich auf Umwegen dem Schauplatz des Geschehens der letzten Nacht.

Man sieht dem Ort nicht an, dass erst vor ein paar Stunden ein Mann hier gestorben ist. Da und dort ist das Gras ein wenig zerdrückt, das ist alles. Der Bagger steht da, wo ich ihn geparkt habe, und zwei Männer haben gerade den Absenkautomaten an dem offenen Grab eingerichtet. Sie wirken völlig entspannt, sehen nicht so aus, als wäre ihnen etwas Ungewöhnliches aufgefallen.

Mein Rucksack liegt noch im Biocontainer vergraben; Glück gehabt. Ich hole ihn heraus, überprüfe den Inhalt: Ausweise, Autoschlüssel, Geld, alles da. Auch Paschas Messer. Nur die Walther gehört jetzt Janina, samt meinen Fingerabdrücken.

Ich brauche Geduld, wieder einmal. Bis der Trauerzug eintrifft, angeführt von dem Leichenwagen, der den Sarg transportiert, ist es halb zwölf. Es ist ein kleines Begräbnis, knapp zwanzig Menschen; die meisten davon bereits in einem Alter, das automatisch die Frage aufwirft, wer von ihnen der Nächste sein wird.

Ich knie mich vor mein Grab. Senke den Kopf. Zwei Reihen weiter beginnt ein Priester, Aussegnungsworte zu sprechen, träufelt Weihwasser in die Grube und auf den bereitstehenden Sarg. Der kurz darauf hinabgelassen wird. Die Trauernden werfen Blumen und Erde hinterher, manche umarmen einander, dann machen sie sich auf den Weg zurück.

Ich stehe auf. Es sieht aus, als wäre es geschafft. Es könnte wirklich geschafft sein.

Mit einem Ruck ziehe ich die Petunien aus der Erde und fege, als letzte Geste, ein welkes Blatt von meinem Grabstein. Fahre mit dem Zeigefinger die vergoldete Inschrift nach.

Anna Piroth

Kein Geburts-, kein Sterbedatum. Anna Piroth ist aus der Zeit gefallen. Es gibt sie nicht mehr. Es ist Carolin Bauer, die nach Wien zurückkehren wird. Sie wartet noch, bis ein schmächtiger junger Mann in den Bagger klettert und beginnt, den großen Erdhaufen in die Grube zu schaufeln, in der Andrei Karpin liegt. Dann wendet sie sich um und geht.

Robert sitzt im Garten des Pflegeheims. Man hat seinen Rollstuhl in die Sonne gestellt; jemand muss ihm auch das spärliche Haar geschnitten haben. Sein Kopf hängt kraftlos in der Stütze, seine Hände ruhen auf den Oberschenkeln.

Ich lege die Petunien hinein. »Er ist tot, Robert. Andrei ist tot. Heute Mittag wurde er beerdigt. Pascha ist auch tot, genauso wie Boris. Sie sind weg.« Ich streiche über eine der Brandnarben an seinem Unterarm. »Petunien stehen für Überraschung«, flüstere ich. »Das ist doch eine Überraschung, nicht wahr?«

Er reagiert nicht, natürlich tut er das nicht, trotzdem breitet sich etwas wie Enttäuschung in mir aus. Ich würde meinen

Sieg – falls man ihn so nennen kann – gerne mit jemandem teilen. Aber außer Robert fällt mir niemand ein, mit dem das möglich wäre.

Oder vielleicht doch: ein Mann um die sechzig mit zu großen Zähnen, der seine Geschichte auch keinem erzählen kann.

Ich streiche Robert über den Kopf, fühle, wie mir Tränen in die Augen steigen. »Leb wohl, alter Mistkerl. Ich bin raus hier. Außer, du wachst doch irgendwann auf, dann komme ich noch mal her. Aber nur dann.«

NOTIZ 7

»Ich erreiche Andrei nicht, seit zwei Tagen.« Vater sitzt im Garten, auf der Bank zwischen den Rhododendronbüschen. »Nicht einmal die Sprachbox. Wann hast du zum letzten Mal von ihm gehört?«

Ich stelle das Tablett mit den drei Porzellantassen und der Teekanne auf das Tischchen vor ihm. Ziehe mir einen Stuhl heran. »Lass mich überlegen: Kurz nachdem Pascha desertiert ist. Hast du es bei Tatjana versucht? Bei Michail?«

»Natürlich. Bei seinem ganzen Petersburger Kreis. Sie sagen, er wollte nach Deutschland zurück, aber das hätte er mir doch erzählt?«

Ich nicke heftig. »Auf jeden Fall. Vielleicht hat er es sich anders überlegt und ist nach Kiew? Dort gab's ja auch noch ein paar Probleme zu lösen.«

Vater rührt mit verschlossener Miene in seinem Tee, aber ich weiß, was ihn bewegt. »Er wird sich schon melden. Du willst dich wegen der Armenier beraten, nicht wahr?«

»Sie werden zunehmend zum Problem, und ich ...« Er unterbricht sich, als Vera zu uns tritt. Ich lächle ihn an. »Weißt du was, Papa? Ich fahre heute ohnehin noch in die Stadt, und ich werde mit ein paar von den Leuten reden, die mit uns gemeinsam nach Frankfurt gekommen sind. Mit Fjodor, Sascha und Irina zum Beispiel. Die sind klug, deswegen waren sie Boris immer ein Dorn im Auge. Uns wird etwas einfallen.«

Er sieht immer noch nicht zufrieden aus. »Ich möchte nichts über Andreis Kopf hinweg tun. Es ist sein Revier und sein Geschäft.«

Über Andreis Kopf, in dem meine Kugel steckt. Ich greife nach Vaters Hand. »Du weißt, dass er umgekehrt nicht so fair wäre?«

»Ich weiß, dass wir eine Familie sind.« Er lächelt mich an. »Du musst noch viel lernen, Mischka.«

Mischka, Mäuschen. So nennt er mich, so weit ich zurückdenken kann. Ich lehne mich in meinem Stuhl zurück, die Sonne bringt Veras blondes Haar zum Leuchten. »Ich lerne gern, Papa. Das weißt du ja. Triffst du dich heute wieder mit der Frau aus dem Anzugladen?«

»Sie heißt Nadine. Vielleicht, ja. Obwohl ich fürchte, sie erwartet sich zu viel. Aber vorher muss ich mich noch um die neue Lieferung kümmern, die ist für acht Uhr angekündigt.«

»Hinter dem *Ashes*?«

»Genau.«

Der Tee in meiner Tasse hat endlich die richtige Temperatur, er ist schwarz und köstlich bitter. »Lass nur, Papa. Ich kümmere mich darum.«

29.

Eileen fallen beinahe die Augen aus dem Kopf, als ich die Blumenhandlung betrete. »Caro! Du … du … echt jetzt? Caro?« Sie stolpert fast, als sie hinter der Ladentheke hervorschnellt, und fällt mir um den Hals. »Sie haben behauptet, du würdest wegen eines Mordes gesucht. Aber du warst das nicht, oder?«

»Nein.«

»Ich hab's gewusst.« Sie drückt mich fester an sich. »Das habe ich auch dem Polizisten gesagt, jedes Mal, wenn er hier war.«

Behutsam löse ich mich aus ihrer Umarmung. »Mal sehen, ob er uns glaubt. Ist Matti da?«

»Ja, aber der macht gerade Pause, draußen irgendwo. Er wird überhaupt nicht glauben können, dass du zurück bist! Niemand hat gewusst, wo du steckst, wir haben uns alle Sorgen gemacht. Matti war total düster drauf. Hat gemeint, du wärst wahrscheinlich tot.«

Damit hätte er um ein Haar auch richtiggelegen, was mich zu einer drängenden Frage bringt. »Hast du Albert in letzter Zeit gesehen?«

»Den? Nein. Der ist auch weg. Zwei Tage nach dir ist er verschwunden. Hat telefonisch gekündigt und sich nicht einmal verabschiedet. Matti war total vor den Kopf gestoßen.«

Also ist er davongekommen. Vielleicht ist er sogar bezahlt worden. Ich weiß nicht, ob ich mehr erleichtert oder empört bin. Erleichtert, beschließe ich. Hauptsache, er ist weg.

»Wie geht es Paula?« Als ich Mattis Frau das letzte Mal gesehen habe, war sie schwach, aber guter Dinge.

Eileen zieht eine unschlüssige Grimasse. »Sie ist nicht sehr viel hier, sie bekommt wieder ihre Therapie, und ihr ist oft übel. Aber sie sagt, die Ärzte sind zufrieden.« Ihr Gesicht hellt sich auf. »Willst du wieder hier arbeiten? Oh bitte, das wäre so schön! Wir waren doch ein tolles Team, nicht wahr?«

»Doch, und ob.« Ich drücke sie noch einmal an mich. »Gib mir ein bisschen Zeit. Ich muss noch ein paar Dinge regeln.«

Unser Wiedersehen wird von einer Kundin unterbrochen, die das Geschäft betritt und Freesien kaufen möchte. »Ich komme bald wieder«, erkläre ich, den Türgriff schon in der Hand.

»Kann ich Matti von deinem Besuch erzählen?«, ruft Eileen mir nach.

Ich überlege kurz. Soll sie? »Ja, tu das ruhig. Sag ihm, wir sehen uns bald.«

Für weitere Begegnungen fühle ich mich noch nicht gerüstet, und an meiner ehemaligen Wohnung ist sicher schon das Schloss gewechselt – ganz abgesehen davon, dass ich sie nicht mehr betreten möchte. Nicht nach allem, was dort geschehen ist.

Ich fahre also aus der Stadt, die vertraute Strecke, die zum Abbruchhaus führt, in dem ich Alex gefangen gehalten habe. Die Stelle, an der ich immer mein Auto versteckt habe, ist beinahe zugewuchert, deshalb parke ich ein paar Meter daneben. Vermutlich kann man den Wagen nun von der Straße aus sehen, aber das ist egal. Es gibt keine Killer mehr, die noch hinter mir her sein könnten.

Bepackt mit ein paar Einkäufen, meinem Schlafsack und der Luftmatratze, stapfe ich durchs hohe Gras. Das Haus ist unverändert, es wirkt immer noch, als könne es jeden Moment in sich zusammenfallen. Ich drücke die Tür auf.

Staubpartikel tanzen im Sonnenlicht, das durch die trüben Fenster fällt. Ich lege meine Sachen auf den alten Holztisch in der Wohnküche und öffne die Tür zum Keller. Schalte das Licht ein.

Die Handschellen liegen auf dem Boden, die Kette hängt noch zwischen dem alten Mühlstein und dem Heizungsrohr. Soweit ich es sehen kann, hat Alex auf seiner Flucht nichts mitgenommen, keine Beweise gesammelt und ganz offensichtlich auch nicht die Polizei hergelotst.

Ich sammle die leeren Wasserflaschen, die Kekspackungen, die schwarz zusammengeschrumpften Bananenschalen vom Boden. Ein ganzer Müllsack wird voll, und danach sieht es hier unten wieder so aus wie damals, als ich diesen Keller zu meinem Refugium gemacht habe.

Trotzdem werde ich heute Nacht nicht hier schlafen. Sondern oben, wo eine Kreuzspinne vor dem Fenster ihr Netz webt und ich in der Dämmerung sehen kann, wie die Rehe aus dem Wald treten. Ich habe Wein im Gepäck und teuren Käse. Ich will ihn genießen, diesen Abend, vielleicht ist es mein letzter in Freiheit.

Morgen werde ich mich bei Tassani melden.

Er ist vollkommen sprachlos, als er meine Stimme am Telefon hört. Die Zentrale hat mich direkt zu ihm durchgestellt, und bis auf »Tassani, ja bitte?« hat er noch nichts gesagt.

»Sie haben mich verstanden?«, frage ich vorsichtshalber nach. »Carolin Bauer. Ich bin zurück in Wien, und ich habe keine Lust mehr, vor irgendjemandem davonzulaufen. Auch nicht vor der Polizei. Wollen wir uns treffen, oder soll ich mich gleich freiwillig in Untersuchungshaft begeben?«

»Äh«, macht er. »Ich ... ich will erst mit Ihnen reden. Seien Sie um drei Uhr im Stadtpark, am Ententeich.«

Drei Uhr, das lässt mir angenehm viel Zeit für mein Frühstück. Ich packe meine Sachen, fahre zurück nach Wien und schlendere durch die Innenstadt. Die Außenbereiche der Cafés sind fast alle voll besetzt, aber ich finde ein Tischchen vor dem Palmenhaus im Burggarten. Bestelle Eier, eine Melange und Orangensaft. Das Paar am Tisch neben mir spricht Italienisch, einige Studenten liegen mit nacktem Oberkörper auf der Wiese.

Während ich den Milchschaum von meinem Kaffee löffle, überlege ich, was ich Tassani erzählen soll, und vor allem: was nicht. Dass ich Andrei Karpin erschossen und begraben habe, gehört in die zweite Kategorie. Ich sollte überhaupt möglichst wenig von den Ereignissen in und um Frankfurt erwähnen. Allerdings wird Tassani wissen wollen, wo ich in den letzten Wochen war, und ich habe große Lust, ihm die Wahrheit zu sagen. Eine lückenhafte Wahrheit.

Er erscheint auf die Sekunde pünktlich am vereinbarten Treffpunkt im Stadtpark. Für seine Lederjacke ist es heute zu warm; er trägt ein hellblaues Poloshirt und ist so braun gebrannt, wie es sich für einen Neapolitaner gehört.

Ich sitze auf einer Bank im Halbschatten, sehe ihn auf mich zukommen und möchte plötzlich weglaufen. Es war dumm von mir, mich so früh bei ihm zu melden, ich hätte das Haus, meine Freiheit, diese Stadt noch ein paar Tage länger genießen sollen.

»Frau Bauer«, sagt er und bleibt vor mir stehen.

»Commissario Tassani.« Ich klopfe neben mir auf die Bank, und nach kurzem Zögern setzt er sich.

»Ich hätte nicht gedacht, dass Sie zurückkommen.«

»Wahrscheinlich ist es auch dumm von mir.« Vor dem Ententeich steht ein etwa dreijähriges Mädchen und wirft Brotstückchen ins Wasser. »Aber ich dachte, wenn ich mir nichts habe zuschulden kommen lassen, gibt es keinen Grund, wegzubleiben.«

Tassani schlägt die Beine übereinander. »Wieso haben Sie

sich nicht früher bei mir gemeldet? Ist Ihnen nicht klar, wie verdächtig Sie sich gemacht haben?«

»Doch. Aber es ist mir nichts anderes übrig geblieben. Und Sie müssen mir das nicht glauben, aber ich war es nicht. Ich hatte Norbert so gerne, ich hätte nie …«

»So weit sind wir selbst schon gekommen. Neben anderen Indizien haben wir Trittspuren auf Ihrem Teppich gefunden, die von Arbeitsschuhen stammen. Zur Tatzeit wurden drei Männer auf Ihrem Stockwerk beobachtet, die wie Handwerker aussahen, aber niemand hatte an diesem Tag Reparaturen in Auftrag gegeben. Eine Nachbarin hat ausgesagt, sie hätte einen von ihnen beim Verlassen des Hauses angesprochen und um Hilfe gebeten, weil eines ihrer Fenster klemmte, doch der Mann hätte sie nur grob beiseitegeschubst.« Tassani zieht die Augenbrauen zusammen. »Aber Sie wissen, wer die Männer waren, nicht wahr?«

»Ihre Namen kenne ich nicht, wenn Sie das meinen.« Ich hole tief Luft. »Außerdem dürften sie mittlerweile tot sein.« Das stimmt so zwar nicht, aber ich kann Janina als Auftraggeberin nicht ins Spiel bringen. Sie würde keine Sekunde zögern, die Fotos von Andreis Tod aus dem Ärmel zu zaubern.

Tassani wirkt irritiert. »Tot? Sagen Sie jetzt nicht, Sie hätten …«

»Nein, natürlich nicht. Nicht direkt.« Zumindest in diesem Punkt werde ich ihm die Wahrheit erzählen. »Sie wissen ja, dass ich vom BKA in den Karpin-Clan eingeschleust worden bin. Und dass dessen Anführer mich um jeden Preis aus dem Weg haben wollte.«

Er nickt. »Ja, so viel haben die deutschen Kollegen mir erzählt. Viel mehr leider nicht.«

»Deshalb bin ich zurück nach Frankfurt. Ich wollte einfach, dass es vorbei ist, wissen Sie? Und das ist es jetzt.«

Tassani atmet tief ein. »Würde es Ihnen etwas ausmachen, ein wenig deutlicher zu werden?«

Ich brauche ein paar Sekunden, bis ich die richtige Formulierung gefunden habe. »Es gibt in der Stadt nicht nur einen Clan, sondern mehrere, und manche sind bis aufs Blut verfeindet.« Ich schiebe mit der Schuhspitze ein paar Kieselsteine zu einem kleinen Haufen. »Sagen wir so: Ich habe den Feinden meiner Feinde ein wenig unter die Arme gegriffen. Mit Informationen hauptsächlich.«

Seine dunklen Augen werden groß. »Sie haben einen Mafia-Krieg angezettelt?«

»Nein. Doch. So ähnlich. Aber jetzt dürfte Ruhe sein.«

Tassani schüttelt den Kopf, er hört gar nicht mehr auf damit. »Ich müsste das weitergeben, ist Ihnen das klar? Ich müsste jedes Detail, das Sie mir erzählen, protokollieren und an die Kollegen vom BKA weiterreichen.«

»Ich weiß. Deshalb bekommen Sie von mir auch keine Details.«

»Das werden wir ja noch sehen.« Weiteres Kopfschütteln. »Was mich aber noch mehr interessiert, sind die Grabschändungen. Die Morde an Gernot Nadler und Gunther Siel. Was hatten Sie damit zu tun?«

»Ich? Überhaupt nichts.« Meine Stimme klingt vielleicht einen Hauch zu unschuldig. »Ich dachte, den Fall hätten Sie längst geklärt.«

Ich blicke zur Seite, bevor ich weiterspreche. »Aber wenn Sie mich nach meiner Meinung fragen: Manchmal haben Täter ihre Strafe schon hinter sich, nicht wahr? Dann wäre es doch unfair, sie ein zweites Mal zu bestrafen.«

Er versteht genau, was ich meine. Er kennt die Zusammenhänge, nur die Namen kennt er nicht. »Sie wissen«, sagt er leise, »dass ich Sie vorladen muss. Und dass Ihnen selbst ein Strafverfahren droht, wenn Sie den Täter schützen und die Aussage verweigern.«

»Ja.«

Das Mädchen am Teich hat alle seine Brotstücke verfüttert und rupft jetzt Blumen aus, die es ins Wasser wirft.

»Aber ich weiß nicht, wer es war. Ganz ehrlich, Commissario, woher sollte ich das wissen?«

Mit einem Ruck steht er auf. »Wo erreiche ich Sie künftig? Haben Sie schon eine neue Adresse?«

»Leider noch nicht. Ich muss mich erst umsehen. Aber ich gebe Ihnen gern meine neue Handynummer.«

Er tippt sie in sein Smartphone ein, und als er sich zum Gehen wendet, umspielt erstmals etwas wie ein Lächeln seine Lippen. »Wir sind noch nicht fertig miteinander.«

Ich erwidere seinen Blick. »Das sehe ich auch so.«

Am nächsten Tag schaffe ich es kaum, den Blumenladen zu betreten, weil Matti sich sofort auf mich stürzt und mich über eine Minute lang nicht mehr loslässt. »Solche Sorgen«, murmelt er. »Solche Sorgen habe ich mir gemacht.«

Als er so weit von mir abrückt, dass ich ihm ins Gesicht sehen kann, sind seine Wangen gerötet. »Sucht die Polizei dich noch? Ich verstecke dich, das hätte ich gleich getan, wenn du Bescheid gesagt hättest. Als ob du einen Mord begehen könntest, der hat ja einen Knall, der Polizist.« Matti zieht mich ins Hinterzimmer, in mein vertrautes Refugium, wo ich monatelang Blumen geköpft habe. »Du weißt, welchen ich meine? Den Kleinen mit der Glatze.«

»Ja. Tassani.«

»Genau. Jedes Mal, wenn er hier war, habe ich ihm gesagt, dass du sicher niemanden umgebracht hast, dass du ein herzensguter Mensch bist, der keinem etwas zuleide tun kann. Verdammt noch mal.« Er drückt mich auf die zerschlissene Couch. »Das werde ich vor jedem Gericht aussagen.«

Ein herzensguter Mensch. Ich kann ein paar Sekunden lang nicht antworten, weil ich Boris vor mir habe, die Blutlache, das abgeschnittene Ohr. Pascha in der Schrottpresse. Andrei auf der Baggerschaufel. Keinem etwas zuleide tun.

Matti wartet sichtlich auf eine Reaktion von mir, und ich versuche zu lächeln. »Du bist ein Schatz, danke. Aber ich glaube nicht, dass ich vor Gericht muss. Tassani und ich haben uns schon getroffen. Er traut mir zwar nicht über den Weg, aber er weiß, dass ich meinen Nachbarn nicht erschossen habe.«

Matti nickt wohlwollend. »Er ist übrigens hier.«

»Wer? Tassani?«

»Dein Nachbar. Gruppe hundertzwanzig, Reihe zwei. Ich habe ihm letztens ein Gesteck gebracht, das nicht abgeholt wurde. Der Stein ist noch nicht da, bisher gibt es nur ein Holzkreuz.« Er blickt zu Boden. »Ich dachte, ich tue das stellvertretend für dich.«

Nun bin ich es, die ihn an sich drückt. »Danke, Matti. Wirklich. Danke.«

Er zieht die Nase hoch. »Was wirst du jetzt machen? Hast du Pläne? Bleibst du in Wien?«

»Ich glaube schon. Zumindest würde ich das gerne. Allerdings bräuchte ich einen Job. Wüsstest du eventuell etwas für mich?«

Matti lacht auf. Deutet auf meine Schürze, die immer noch am selben Haken hängt. »Ob ich etwas für dich weiß? Du kannst gleich anfangen. Ist mein Ernst.«

Aufgeregtes Quieken aus dem Verkaufsraum, Eileen hat gelauscht. Ich blicke durch das trübe Fenster hinaus auf den Hof, auf dem ich einmal einen Marmorbrocken gefunden habe, mit dem ein Anwalt erschlagen wurde. »Heute habe ich noch zu tun. Aber sagen wir: morgen? Danke, Matti, das ist großartig.«

Der Nachmittag verströmt bereits dieses goldene Licht, das den Herbst ankündigt; auf den Wegen liegen gelbe Blätter. Ich habe drei weiße Lilien aus dem Blumenladen mitgenommen und gehe jetzt an den vertrauten Grabmälern und Marmorengeln vorbei, von denen ich nicht gedacht habe, dass ich sie je wiedersehen werde.

Gruppe hundertzwanzig, Reihe zwei. Das Grab ist nicht mehr so frisch, dass noch die Kränze dort liegen würden, besteht aber nicht lange genug, um fertiggestellt worden zu sein. Es befindet sich in einem traurigen, ungeschmückten Zwischenzustand. Ich drapiere die Lilien rund um das schmucklose Holzkreuz. »Es tut mir so leid, Norbert.«

Mehr weiß ich nicht zu sagen, mehr könnte ich auch nicht sagen, denn zu meiner eigenen Überraschung bricht plötzlich die ganze Trauer aus mir heraus, die ich so lange zurückgehalten habe. Um ihn. Um Robert. Um dich. Und um das, was mein Leben hätte sein können.

Ich knie vor dem Grab und versuche, mich zu fangen, doch der Schmerz hat seine Klauen tief in mich gegraben, reißt alte und neuere Wunden auf, es fühlt sich an, als würde ich ausbluten.

Es ist vorbei und wird nie vorbei sein. Die Toten werden tot bleiben, die Narben werden verblassen, aber nicht verschwinden. So wie meine Angst, von der ich nicht glaube, dass sie mich je ganz loslassen wird.

Das zeigt sich auch jetzt, an dem Schreck, der mich durchzuckt, und dem Schrei, den ich ausstoße, als sich eine Hand auf meine Schulter legt.

Tassani. Er steht da, blickt auf mich hinunter, dann zieht er eine Packung Taschentücher aus der Jackentasche. Hilft mir auf die Beine und führt mich zur nächsten Parkbank.

Dort heule ich weiter, die Ellbogen auf die Knie gestützt, das Gesicht in den Händen vergraben.

Tassani hat Geduld. Er stellt keine Fragen, und vor allem gibt er keine abgedroschenen Floskeln von sich. Er wartet, bis ich mich aufrichte und ihm mein verweintes Gesicht zuwende.

»Es war ein schönes Begräbnis«, sagt er. »Ein paar Freunde von ihm haben Musik gemacht und seine liebsten Textstellen aus verschiedenen Büchern vorgelesen.«

Das Stichwort treibt mir sofort wieder die Tränen in die Augen. »Bücher. Er wollte mir Bücher leihen, wissen Sie? Deshalb hat er an meiner Tür geläutet, wir hatten verein… vereinbart, er würde …«

Mehr bringe ich nicht mehr heraus, sinke wieder in mich zusammen. Spüre Tassanis Hand auf dem Rücken, wie sie langsam hin- und herstreicht. Dann, irgendwann, nach meiner Schulter greift. »Kommen Sie.«

Ich wische mir mit dem Ärmel übers Gesicht. »Nehmen Sie mich fest?«

Er lächelt. »Nein. Ich füttere Sie, wenn Sie einverstanden sind. Essen hilft manchmal. Und ich kenne ein sehr gutes Lokal ganz in der Nähe.«

Er hat recht, stellt sich heraus. Essen hilft, obwohl ich überzeugt bin, dass ich nichts herunterbringen werde. Ein Irrtum, wie sich zeigt. Nachdem ich meinen Teller geleert habe, breche ich nicht mehr in Tränen aus, dafür beginne ich zu erzählen. Vorsichtig darauf bedacht, nichts zu sagen, was die falschen Leute in Schwierigkeiten bringen könnte.

Aber ich erzähle von dir. Von unserer gemeinsamen Zeit und von deinem Ende. Nimmt man Alex aus, ist Tassani der erste Mensch, mit dem ich darüber spreche.

Der Gedanke an Alex lässt mich kurz den Faden verlieren. Ob ich versuchen soll, ihn aufzustöbern? Ob ich ihm erzählen soll, wie knapp er mit dem Leben davongekommen ist?

Falls das überhaupt der Wahrheit entspricht und Janina meine weiteren Fragen nicht mit einer freundlichen Lüge abwimmeln wollte. Ich könnte mich natürlich vor dem Institut für Informatik auf die Lauer legen und auf Alex' Auftauchen hoffen. Oder vor seiner Wohnung. Aber wenn er weder da noch dort auftaucht, werde ich annehmen, dass jemand anderes Boris' Aufgabe übernommen hat. Dass er längst in einem der Laugenfässer steckt.

Tassani greift nach meiner Hand; er denkt naheliegenderweise, dass ich nicht weitererzähle, weil ich die Erinnerung nicht ertrage.

In einem ersten Reflex will ich mich der Berührung entziehen, aber sie ist freundschaftlich. Fordert nichts, will nur Beistand signalisieren. »Sie müssen nicht weitersprechen«, sagt er. »Das ist keine Vernehmung, wir sind privat hier.«

Seine Hand ist braun gebrannt und warm. Meine ist weiß und sieht aus wie die einer Kranken. »Würden Sie mir einen Gefallen tun?«, frage ich.

»Welchen?«

»Könnten Sie Ihre deutschen Kollegen bitten, sich einmal im Frankfurter *Hotel zu den Linden* umzusehen? Es könnte sein, dass sie dort ein paar minderjährige Mädchen aus der Ukraine mit falschen Papieren finden.«

Er legt die Stirn in Falten, dann nickt er. »Und ich vermute, es soll niemand erfahren, woher dieser Tipp kommt?«

»Ja. Ja, das wäre wichtig.«

Es ist ein Risiko, dass ich eingehen muss, wenn ich eines Tages zur Ruhe kommen will.

»Geht es Ihnen ein bisschen besser?«

»Ja. Viel besser. Danke.«

»Soll ich Sie nach Hause fahren?«

Mein erster Impuls ist, ihm zu sagen, dass ich kein Zuhause habe, aber dann wird er eine Unterkunft für mich organisieren wollen. Vielleicht sein Gästezimmer. Dem fühle ich mich heute nicht gewachsen.

»Vielen Dank, aber ich habe mir einen Wagen geliehen, den möchte ich nicht in der Kurzparkzone stehen lassen.«

Er nickt, hebt die Hand und winkt den Kellner heran. Fünf

Minuten später stehen wir draußen, noch ist es hell. »Ich werde in den nächsten Tagen trotz allem noch die eine oder andere Aussage von Ihnen brauchen«, erklärt Tassani, als wir uns zum Abschied die Hände schütteln. »Zu allen möglichen Dingen. Ich hoffe, Sie laufen nicht wieder davon.«

»Tue ich nicht.«

Er lächelt, drückt meine Hand fester. »Dann bis bald, Frau Bauer.«

»Bis bald, Commissario.«

Als ich am Abbruchhaus ankomme, steht der Mond am Himmel. Ich nehme mir einen Küchenstuhl, ein Glas Wein und setze mich vor die Tür. Hier wäre eine Terrasse schön, man könnte über die Wiese hinweg auf den Wald schauen, den Grillen zuhören, sich die Stirn vom Wind kühlen lassen.

Zum ersten Mal frage ich mich, ob man dieses Haus kaufen könnte. Renovieren. Richtig bewohnen.

Wahrscheinlich nicht mit meinen knappen Mitteln. Aber einen Versuch wäre es wert. Mir fällt wieder ein, was der Mann mit den großen Zähnen gesagt hat. Der Mann, zu dem ich um seinetwillen besser keinen Kontakt aufnehmen sollte. *Ich hätte gern ein Häuschen im Grünen und zwei Hunde. Spazieren gehen, lesen, ein voller Kühlschrank – das wär's.*

Ja, das wär's. Das wäre genug, das wäre schön. Tagsüber Kränze binden in der Blumenhandlung, abends hier sitzen und in den Himmel schauen. Vielleicht einmal Eileen einladen – oder Matti und Paula.

Mein Handy gibt die zwei kurzen Töne von sich, mit denen eine Textnachricht eintrifft. Janina, ist mein erster Gedanke. Hat sie meine Nummer? Hatte Vera sie? Nein, keine von ihnen, und auch vor Tigran habe ich sie immer anonym geschaltet.

Hektisch ziehe ich das Telefon aus der Jackentasche. Die Nachricht kommt von einer österreichischen Nummer, die ich in diesem Gerät nicht eingespeichert habe. Noch nicht.

Ich hoffe, Sie sind gut zu Hause angekommen. Lassen Sie mich wissen, wenn Sie etwas brauchen. Gute Nacht, Carolin.

Ich lächle mein Handy an, lehne mich zurück und trinke den letzten Schluck Rotwein. Könnte wirklich sein, dass ich zu Hause bin.

Seit wann muss man auf dem Friedhof
um sein Leben fürchten?

URSULA POZNANSKI

VANITAS

GRAU WIE ASCHE

THRILLER

Blumenhändlerin Carolin ist zurück in Wien. Seit die falschen Leute wissen, dass sie noch am Leben ist, nimmt sie nie zweimal den gleichen Weg durch die Gräber. Heute hätte sie anders gehen sollen. Es ist etwas geschehen, das ihr das Blut in den Adern gefrieren lässt ...
Das Szenario ist schaurig, es hat etwas Unwirkliches.
Jemand hat ein Grab geöffnet. Und der Schädel des Toten liegt auf dem Grabstein. Mit einem abgeschnittenen Hühnerkopf zwischen den Zähnen.

»Wer einen guten deutschsprachigen Thriller lesen will,
der kommt an Ursula Poznanski nicht vorbei!«
www.denglers-buchkritik.de, Alex Dengler

KNAUR